자유 국가에서

IN A FREE STATE
by V. S. Naipaul

자유 국가에서

V. S. 나이폴

정회성 옮김

민음사

차
례

피레우스의 방랑자

아테네 피레우스에서 카이로의 알렉산드리아까지는 뱃길로 이틀이면 갈 수 있는 거리였다. 그런데 지저분한 그리스 소형 증기선을 보자마자 다른 교통편을 알아보았어야 했다는 생각이 퍼뜩 들었다. 부두에서 보았을 때도 난민선처럼 승객이 꽉 들어차 있었는데, 배에 오르고 보니 공간이 전혀 없었다.

따로 갑판이라고 부를 만한 곳도 없었다. 양쪽 문이 활짝 열려 있는 바를 1월의 매서운 바람이 훑고 지나갔다. 바라고는 하지만 크기가 붙박이장만 해서 세 사람이 들어서면 꽉 찰 것 같았다. 그런 데다 자그마한 카운터 뒤에 서 있는 땅딸막한 그리스인 바텐더가 지독히 맛없는 커피를 끓여 주었기 때문에 기분도 썩 좋지 않았다. 비좁은 흡연실에는 여기저기 의자가 많이 놓여 있었는데, 이탈리아에서 승선하여 하룻밤을 지새운 사람들이 바닥까지 거의 점령하고 있었다. 그 틈에는 하얀 얼굴에 얌전해 보이지만 끊임없이 주위를 경계하는 일단의 덩치 큰 미국 학생들도 섞여 있었다. 승객들이 머물 만한 방은 단 한 곳, 식당뿐이었다. 점심을 준비 중인 승무원과 바텐더는 매우 지치고 예민해 보였다. 그리스인 하면 떠오르는 친근한 이미지는 눈을 씻어도 찾아볼 수 없었다. 너무 바빠서 육지에 빠뜨리고 온 것일까? 어쩌면 그런 친근한 이미지는 무직 상태로 좌절감에 젖어 시골에서 빈둥거리던 데서 기인한 것일지도 모른다.

나를 포함하여 위층 승객들은 그나마 운이 좋은 편이었다. 그곳에는 선실과 침대가 있었다. 하지만 아래층에는 낮이고 밤이고 잠잘 공간밖에 없었다. 삼등실이기 때문이었다. 그들은 매서운 바닷바람을 피해 윈치[1]와 오렌지색 방수벽 사이의 햇빛 아래서 몸을 둥글게 말고 옹기종기 앉아 있거나 바닥에 누워 지냈는데, 그 모습이 파란 지중해의 검은 점 같았다.

이집트계 그리스인인 그들은 이집트로 돌아가는 길이었다. 하지만 이집트는 더 이상 그들의 모국이 아니었다. 그들은 이집트에서 추방당한 난민들이었다. 침략자들이 물러나고 수차례 굴욕을 겪은 끝에 이집트는 마침내 자유를 되찾았는데, 단순한 기술 덕에 이집트 사람들보다 형편이 조금 나았던 이 그리스

---

1) 밧줄이나 쇠사슬로 무거운 물건을 들어 올리거나 내리는 기계.

8

인들은 그 자유의 피해자가 되어 이 배처럼 허름한 선박에 태워져서 강제 추방을 당했다. 그러다 지금 이렇게 관광객 틈에 섞여 귀국길에 오른 것이다. 승객은 대부분 관광을 목적으로 여행 중이었다. 그 가운데에는 레바논의 사업가, 스페인의 나이트클럽 댄서, 독일에서 귀국하는 뚱뚱한 이집트 학생도 있었다.

부둣가에서 처음 보았을 때부터 나는 그 방랑자가 영국인일 거라고 생각했다. 배에 영국인이 한 사람도 없어서였는지도 모르겠다. 아무튼 그는 멀리서 보기에 평범한 떠돌이 같지 않았다. 모자를 쓰고 배낭을 메고 트위드 재킷을 걸친 데다 회색 플란넬 바지에 부츠까지 신은 모습이 지난 시절의 낭만적인 유랑자처럼 보였다. 어깨에 둘러멘 배낭에는 시집이나 일기장 또는 막 쓰기 시작한 소설 원고가 들어 있을 것 같았다.

그는 평균 키에 몸이 날씬했는데, 무릎 아래를 가볍게 움직이고 양발을 높이 차올리듯 하여 탄력 있게 걸었다. 목에 두른 사프란 꽃무늬의 스카프만큼이나 세련되어 보이는 걸음걸이였다. 그런데 가까이에서 본 그의 옷차림은 무척이나 지저분했다. 겉옷뿐 아니라 꽉 조여 돌려 묶은 스카프의 매듭도 때에 절어 꼬질꼬질했다. 방랑자라기보다 부랑자 같았다. 더구나 배에 연결된 건널다리 앞에서 모자를 벗은 모습을 보니 그는 초췌한 얼굴을 씰룩거리고 푸른 눈은 촉촉하게 젖은 노인이었다.

그는 잠시 고개를 빳빳이 들고 주위 사람들을 바라보았다. 그러고는 밧줄 손잡이도 잡지 않고 건널다리를 재빨리 건너서 배에 올라탔다. 허세가 배어 있는 동작이었다. 그는 무뚝뚝

한 표정의 그리스 검표원에게 표를 내보였다. 그런 다음 배를 구석구석 꿰차고 있다는 듯 두리번거리지도, 방향을 묻지도 않고 자신 있게 걸어갔다. 하지만 그가 가는 쪽은 막다른 통로였다. 그는 우스꽝스러운 동작으로 멈춰 서서 오른쪽 발꿈치를 바닥에 대고 빙글 돌더니 왼쪽 발을 힘차게 내디뎠다.

"사무장!" 그는 깜빡 잊고 있던 것이 생각났다는 듯 뱃전을 향해 소리쳤다. "사무장을 만나야겠군."

그러고는 선실과 침실이 있는 통로 쪽으로 걸어갔다.

출항이 조금 늦추어졌다. 흡연실에 자리를 맡아 놓고 먹을 걸 사러 부두로 내려간 미국 학생들을 기다려야 했기 때문이다. 이윽고 학생들이 배로 돌아왔는데, 미안해하는 미소도 없었다. 얼굴빛이 창백하고 평범하게 생긴 여자애들만 부끄러워했다. 그리스인들은 학생들을 보자마자 몹시 화를 내며 유난스레 다그쳐 댔다. 그 소리가 어찌나 큰지 닻을 감을 때 나는 쇠사슬 소리 같았다. 마침내 바닷물이 차올라 배를 부두에서 천천히 밀어내기 시작했다. 검은색의 거대한 덩어리가 시야에 들어왔다. 정기선 레오나르도 다빈치호가 막 부두로 들어오고 있었다.

방랑자가 다시 나타났다. 모자도 쓰지 않고 배낭도 메지 않아서인지 한껏 가벼운 표정이었다. 그는 무언가 가득 든 듯 불룩한 바지 주머니에 양손을 찔러 넣고 다리를 벌린 채 좁은 갑판 위에 당당하게 서 있었다. 그 모습이 마치 항해에 앞서 첫 바다 미풍을 온몸으로 맞으러 나온 노련한 여행자 같았다. 그는 승객들을 한 사람 한 사람 둘러보았다. 자기와 마음이 맞을 만한 사람을 찾는 듯했다. 그런데 그는 자기를 빤히 바라보는 시선은 무시하고, 누가 자기의 시선을 느끼고 돌아보면 재빨리 고개를 돌렸다.

이윽고 방랑자는 키가 큰 금발 청년에게 다가가서 그 옆에 섰다. 청년이 자기와 마음이 맞을 거라 직감한 모양이었다. 그가 선택한 청년은 유고슬라비아인이었는데, 해외여행이 처음이라서인지 방랑자의 말에 기꺼이 귀를 기울일 태세였다. 청년은 사투리가 심한 방랑자의 독특한 억양에 조금 당황한 표정을 지으면서도 계속 말하라는 듯 미소를 지었다. 방랑자는 하던 말을 이어 나갔다.

"이집트엔 예닐곱 번쯤 갔소. 세계 일주도 열두 번은 했을 거요. 오스트레일리아와 캐나다에도 갔죠. 지질학자니까, 아니 전에 그랬다는 말이오. 맨 처음 캐나다에 갔던 게 1923년이었는데, 그 후로도 여덟 번은 갔소. 삼십팔 년째 여행을 다니는 중이죠. 주로 유스호스텔에 묵으면서. 그건 그렇게 쉬운 일이 아니오. 뉴질랜드에 가 본 적 있소? 나는 1934년에 한 번 갔소. 우리끼리 얘기지만 그쪽 사람들이 오스트레일리아 사람들보다 좀 낫더군요. 하긴 요즘 세상에 국적 같은 게 무슨 의미가 있겠소? 나부터 스스로를 세계 시민이라고 생각하는데."

방랑자의 이야기는 대충 이런 식이었다. 여기에는 연도와 지명과 숫자뿐만 아니라 누군가의 경험에서 인용한 듯한 의견도 섞여 있었다. 하지만 그의 말은 기계적이었고 별 감정이 실려 있지 않았다. 또 허세가 있으나 깊은 인상을 남기지 못했는데, 말하는 동안 그의 촉촉한 눈은 먼 곳을 응시했다.

유고슬라비아 청년은 방랑자의 말에 미소를 지으며 맞장구를 쳤다. 그러나 방랑자는 청년을 바라보지도, 그의 말에 귀를 기울이지도 않았다. 그는 다른 사람과 대화할 줄도 모르고 청년과 이야기를 나누고 싶어 하지도 않았다. 어쩌면 처음부터 자기 말을 들어 줄 상대가 필요 없었는지도 모른다. 그런 태도로 보아 그는 여러 해 동안 방랑하면서 그렇게 자신의 인생을 숫자와 지명으로 압축하여 스스로에게 설명하는 기술을 익혀 온 것 같았다. 지명과 숫자를 모두 암송한 후에는 유고슬라비아 청년 곁에 묵묵히 서 있을 뿐, 아무런 말도 하지 않았다.

피레우스와 레오나르도 다빈치호가 시야에서 사라지기도 전에 방랑자와 청년은 다시금 모르는 사이가 되었다. 결국 방랑자는 동행이 필요했던 게 아니었다. 그저 다른 사람에게 동행이 있는 것처럼 보이고, 스스로 보호받고 있다는 안도감을 느끼고 싶었을 뿐이었다. 그는 자신이 괴팍한 사람이라는 걸 잘 아는 눈치였다.

*

점심시간에 나는 레바논인 두 명과 식사를 했다. 이탈리아에서 승선하여 하룻밤을 보낸 그들은 짐 때문에 배를 탔을 뿐, 돈이 없어서 비행기를 이용하지 못한 건 아니라는 식의 변명을 길게 늘어놓았다. 이런저런 불평을 했지만 두 사람의 표정은 좋아 보였다. 그들은 특히 프랑스어와 영어와 아랍어를 섞어서, 레바논 사람들이 어떤 식으로 돈을 버는지에 대해 온갖 허풍을 떨었는데 서로 말싸움에서 지지 않으려는 듯 흥분한 목소리로 떠들어 댔다.

두 사람 다 마흔이 안 돼 보였다. 한 사람은 얼굴이 분홍빛이고 몸이 통통했다. 밝은 노란색 스웨터에 평상복 차림의 그는 베이루트에서 문자 그대로 돈 버는 일을 한다고 했다. 또 한 사람은 살결은 거무스름하고 몸이 탄탄해 보였는데, 지중해풍의 근사한 콧수염을 기르고 체크무늬 정장을 입고 있었다. 그는 카이로에서 복제 가구를 만들었는데, 유럽 사람들이 이집트를 떠난 뒤로 사업이 신통치 않다고 했다. 유럽인들이 떠나면서 상품 매매도 문화도 이집트에서 사라져 버렸다는 것이다. 그런 터에 이집트 현지 사람들 사이에서는 복제 가구의 수요가 적은 데다 자기 같은 레바논 사람에 대한 편견까지 점차 심화되고 있어 살기 힘들다고 덧붙였다. 우울한 척 말하고는 있었지만 나는 그의 말을 곧이곧대로 믿을 수 없었다. 내게 하소연을 하는 도중에도 그는 스페인 댄서에게 계속 윙크를 보냈다.

식당의 한쪽 끝에서 두툼한 안경을 낀 뚱뚱한 이집트 학생이 독일어와 아랍어를 섞어 가며 쉬지 않고 떠들어 댔다. 같은 테이블에 앉은 독일인 부부는 학생의 이야기를 들으며 소리 내어 웃었다. 이집트 학생은 기분이 좋은 듯 아라비아 노래를 부르기 시작했다.

이윽고 베이루트에서 온 남자가 미국식 영어로 말했다.

"이제는 현대적인 가구를 만들어야 해."

"무슨 소리를 하는 거야?" 복제 가구 제조업자가 반박했다. "난 먼저 이집트를 뜰 거야. 공장 문도 닫고. 현대적인 가구? 그런 건 가구가 아니야. 이상해. 아주 그로테스크하다고. 하지만 루이 16세 양식의 가구에는 혼이 담겨 있지."

그는 잠시 말을 멈추고 이집트 학생의 노래가 끝나기를 기다렸다가 박수를 쳤다. 그리고 아랍어로 칭찬의 말을 마구 쏟아 내더니 이내 시든 표정을 짓고는 나지막이 말했다.

"아, 이집트 현지인들한테는 아무것도 기대할 수 없어."

그는 접시를 옆으로 밀고 의자에 푹 파묻히도록 뒤로 기대앉았다. 그러고는 더러운 식탁보가 덮인 테이블을 손가락 끝으로 톡톡 두드리면서 다시금 스페인 댄서에게 윙크를 보냈다. 순간 그의 콧수염 한쪽 끝이 위로 올라갔다.

승무원이 테이블을 치우러 다가왔다. 나는 아직 식사를 덜 끝냈는데, 그는 내 접시까지 치워 버렸다.

"아직 식사 중이었지요, 신사분?" 복제 가구 제조업자가 말했다. "그래도 참으셔야 해요. 진정하고 신사답게 행동하셔야 합니다!"

그는 이렇게 말하고 갑자기 눈썹을 치켜올리더니 한곳을 바라보며 눈알을 굴렸다. 흥미를 끄는 무언가가 나타난 모양이었다.

방랑자가 입구에 서서 식당 안을 훑어보고 있었다. 여전히 점잔을 빼는 듯한 태도에 언뜻 보아 구색을 갖춘 옷차림이었다. 그는 우리 옆쪽의 방금 치운 테이블로 다가오더니 빈 의자를 꾹꾹 눌러 상태를 확인하고 천천히 앉았다. 그런 다음 등받이에 몸을 바짝 기대고 팔걸이에 양팔을 얹었다. 한 집안의 가장으로서 식탁의 상석에 앉는 듯한 그의 모습은 마치 웨이터의 시중을 기다리는 호화 유람선의 여행자 같았다. 그는 한숨을 한 번 깊이 내쉬더니 치아 상태를 점검하듯 턱을 이리저리 움직였다. 그가 입은 재킷은 너덜너덜하니 볼썽사나웠다. 호주머니는 축 늘어져 불룩 튀어나왔고, 그 주머니 덮개는 떨어지지 않도록 안전핀으로 고정되어 있었다.

복제 가구 제조업자가 아랍어로 뭐라고 중얼거리자 베이루트 남자가 큰 소리로 웃었다. 승무원이 식사를 마친 승객들을 내쫓다시피 식당에서 몰아냈다. 우리는 커피를 마시기 위해 스페인 댄서들을 따라서 매서운 바람이 훑고 지나가는 자그마한 바로 들어갔다.

그날 늦은 오후에 나는 혼자 있을 곳을 찾아 가파른 계단을 올라가서 난간이 있는 선실 옥상으로 나왔다. 거기에 방랑자가 있었다. 그는 매서운 바람과 굴뚝에서 흩날리는 검댕을 온몸으로 맞으며 홀로 서 있었다. 방랑자의 더러운 바짓가랑이가 바람에 부풀고 너덜너덜한 바짓단도 펄럭거렸다. 그의 손에는 작은 기도서 같은 것이 들려 있었는데, 입술을 부지런히 움직이며 눈을 연신 깜박이는 모습으로 보아 기도에 열중한 것 같았다. 그의 얼굴은 비탄에 젖어 쇠약해 보였고, 물방울무늬 스카프 매듭 아래로 비친 목은 무척 가냘퍼 보였다. 눈 주위의 피부는 무척 보드라워 보였는데, 금방이라도 눈물에 젖을 것만 같았다. 그 모습을 보자 기분이 묘했다. 그는 동행할 사람을 찾으면서도 고독을 즐기려 했고, 타인의 시선을 끌고 싶어 하면서도 그 시선을 피하려고 했다.

　나는 그에게 말을 걸지 않았다. 그와 가까워지는 것이 두려웠다. 아래층 갑판에는 그리스 난민들이 바닥에 앉거나 누운 채 햇볕을 쬐고 있었다.

*

　저녁 식사가 끝났을 때 흡연실에서는 뚱뚱한 이집트 청년이 한껏 목소리를 높여 카바레 공연을 흉내 냈다. 그러자 그 내용을 아는 사람들이 허리를 잡고 웃어 댔다. 복제 가구 제조업자도 이집트 현지인에 대한 좋지 않은 감정을 풀고 사람들과 함께 소리 높여 환호하며 박수를 쳤다. 출발 전 잠시 말썽을 일으켰던 미국 학생들은 뱃멀미 때문에 바닥에 누워 있었는데, 풀려날 가망 없는 포로처럼 다들 생기 없는 눈빛으로 멍하니 앞을 바라보고 있었다. 그들은 자기들끼리 말할 때도 힘없이 속삭였다.

　흡연실에 있는 사람들 가운데 미국인이 아닌 경우는 대개 아랍인과 독일인이었다. 그들은 삼삼오오 모여 그룹을 이루고 있었다. 이집트 청년이 우리의 연예인이라면, 키 큰 독일 여자는 우리를 초대한 안주인이랄 수 있었다. 그녀는 우리에게 초콜릿을 나누어 주면서 부드러운 미소와 함께 일일이 말을 건넸다.

　"아주 좋은 영어책을 읽고 계시는군요. 펭귄북스에서 출간한 책들은 대단히 훌륭한 영어책이죠."

이것이 그녀가 내게 한 말이었다. 추측하건대 그녀는 아랍인 남편을 만나기 위해 배를 탄 것 같았다.

나는 문을 등지고 앉아 있어서 흡연실에 들어선 방랑자를 보지 못했다. 눈 깜짝할 사이에 그가 내 눈앞의, 누군가 막 일어선 의자에 앉았다. 독일 여자와 가까웠지만, 다른 의자들과 어울리지 않고 동떨어져 있는 것처럼 보이는 자리였다. 그는 의자 등받이에 등을 바짝 붙이고 꼿꼿한 자세로 앉았다. 누구와도 마주 보지 않았는데, 그 때문인지 좁은 흡연실을 가득 채운 사람들에게 파묻히지 않은 채 혼자서 자그마한 무대의 중앙에 앉아 있는 것처럼 보였다.

방랑자는 여느 노인처럼 앙상한 다리를 쫙 벌리고 앉아 있었다. 재킷이 호주머니의 무게로 축 늘어져서 불룩 튀어나온 바지 주머니 위에 걸쳐 있었다. 그는 잡지 한 권과 아까 보았던 기도서를 들고 있었는데, 가까이에서 보니 그것은 기도서가 아니라 종이가 낡아 너덜너덜한 포켓용 수첩이었다. 방랑자는 잡지를 네 번 접어서 허벅지와 의자 사이에 쑤셔 넣고 수첩을 폈다. 그는 수첩에 재미난 글이 쓰여 있는 듯 소리 내어 웃더니 고개를 들고 자기를 바라보는 사람이 있는지 주위를 살폈다. 그러고는 다시 수첩을 넘기고 나서 껄껄거리며 크게 한 번 웃은 뒤 옆에 앉은 독일 여자에게 몸을 기울이고 말을 걸었다.

"혹시 스페인어 읽을 줄 아시오?"

"아뇨."

독일 여자가 조심스레 대답했다.

"이 스페인 농담이 희한해서 물었던 거요."

그 후로 방랑자는 수첩을 넘기면서 한 번도 웃지 않았다.

흡연실은 여전히 웃음바다였다. 이집트 청년은 계속해서 광대처럼 굴었고, 독일 여자는 사람들에게 다시금 초콜릿을 나누어 주었다.

"좀 드시겠어요?"

독일 여자의 목소리는 무척 부드러웠다.

방랑자는 수첩을 무릎 위에 올려놓고 이번에는 잡지를 펼쳐 들었다. 그러다 잠시 동작을 멈추고 독일 여자의 초콜릿 상자로 시선을 옮겼다. 상자는 텅 비어 있었다. 그에게 돌아갈 초콜릿이 없었다. 그는 다시 잡지를 펼치는가 싶더니 마구 찢기 시작했다. 신경질적으로 손을 떨며 한 장을 찢고는 종이를 두어 번 겹쳐서 갈기갈기 찢어발겼다. 그러고 나서도 다시 책장을 넘겨 찢고 또 찢었다. 이집트 청년을 둘러싸고 왁자지껄하게 떠들던 사람들도 잡지 찢는 소리를 더는 못 들은 척할 수 없었다. 아니, 스포츠 기사가 뭐 어때서? 여자 사진과 광고가 그렇게도 불쾌한가? 아니면 이집트까지 가면서 쓸 화장실 휴지라도 마련하려고 저러는 거야?

이집트 청년이 입을 꾹 다물고 방랑자를 물끄러미 바라보았다. 미국 학생들도 말없이 그를 바라보았다. 이윽고 흡연실이 조용해지자 방랑자가 뒤늦게나마 자기가 왜 그런 행동을 했는지 이유를 밝히려는 듯, 너덜너덜한 잡지를 넓게 펼쳤다. 그러고는 자신이 신경질을 부렸던 건 찾는 기사가 없어서였다는 듯이 천천히 페이지를 넘겼다. 그는 입술을 움직이며 기사를 읽는 시늉도 했다. 하지만 이내 얼굴을 찡그리더니 다시금 종이를 찢기 시작했다. 길고 가느다란 종잇조각들이 의자 주변 바닥에 흩어진 채 너풀거렸다. 그는 걸레처럼 너덜너덜한 채 얇아진 잡지를 아무렇게나 접어서 재킷 주머니에 쑤셔 넣었다. 그러고는 안전핀으로 주머니 덮개를 꿰매고 몹시 화난 표정으로 흡연실을 나갔다.

*

"그 인간 죽여 버리겠어!"

다음 날 아침 식사 자리에서 복제 가구 제조업자가 말했다.

여전히 정장 차림이었지만, 면도를 하지 않은 얼굴에 누군가에게 얻어맞은 듯 눈 밑에 검은 고리 모양의 얼룩이 져 있었다. 베이루트 남자도 지칠 대로 지친 모습이었다. 두 남자 모두 간밤에 잠을 제대로 자지 못했던 것이다. 그들은 이탈리아에서 승선한 오스트리아 소년과 선실을 함께 썼다. 소년은 세 번째 침대를 썼고, 셋은 서로 죽이 맞아 잘 지내고 있었다. 그런데 어젯밤 그들은 네 번째 침대 위에서 배낭과 모자를 보았다. 세 사람은 밤이 깊어 각자 침대에 누웠고, 그제야 방랑자가 네 번째 룸메이트라는 사실을 알았다.

"정말 어처구니없는 일이네." 베이루트 남자가 입을 열었다. 그는 최대한 교양 있는 단어를 쓰려고 머리를 굴린 끝에 이렇게 덧붙였다. "그 양반, 꼭 어린애 같다니까."

"어린애? 그 영국 돼지 놈이 어린애 같다고? 나타나기만 하면⋯⋯." 복제 가구 제조업자가 부들부들 떨리는 팔을 들어 식당 입구를 가리키며 소리쳤다. "모가지를 비틀어 버릴 거야! 죽여 버릴 거라고!"

가구 제조업자는 자신의 동작과 대사가 마음에 들었는지 식당의 승객들이 다 보고 들을 수 있도록 동작과 대사를 반복했다. 그러자 어젯밤 열연을 펼치느라 목이 쉰 이집트 학생이 술에 취한 목소리로 중얼거렸다. 아랍어였지만 농담조의 재치 있는 말 같았다. 그러나 가구 제조업자는 웃지 않았다. 그는 손가락 끝으로 테이블을 톡톡 두드리면서 문을 노려보고는 콧김을 세게 내뿜었다.

기분이 좋아 보이는 승객은 한 사람도 없었다. 배가 시끄러운 소리와 함께 심하게 요동치고 갑자기 이쪽저쪽으로 기우는 바람에 모두 속이 불편한 데다 신경이 날카로웠다. 거기에 식당 안의 공기가 고무 타는 냄새처럼 퀴퀴하고 역했다. 그렇다고 살을 에일 듯한 바람이 씽씽 부는 갑판으로 나갈 수도 없어서 다들 짜증이 날 대로 나 있었다. 식사를 하러 온 승객이 많지 않았음에도 승무원들은 여전히 불친절했다. 그들은 잠도 못 자고 제대로 씻지도 못한 것 같았다. 머리도 빗지 않고 그대로 나온 듯 지저분했다.

갑자기 이집트 학생이 쉰 목소리로 소리를 질렀다.

방랑자가 식당으로 들어서고 있었다. 그는 잠을 충분히 잔 듯 온화하고 여유 있는 표정이었다. 그 또한 아침 식사로 커피와 롤빵을 먹으러 식당에 나온 게 분명했다. 그는 사람들이 자기를 환영하든 싫어하든 신경 쓰지 않는 듯, 조금도 망설이지 않고 우리 옆쪽 테이블로 성큼성큼 다가왔다. 그러고는 태연하게 자리에 앉더니 어제처럼 턱을 움직여 치아 상태를 점검했다. 곧바로 음식이 나왔다. 방랑자는 맛을 음미하듯 천천히 씹고 마셨다.

이집트 학생이 다시금 소리를 질렀다. 그러자 가구 제조업자가 그에게 말했다.

"오늘 밤 저자를 자네 방에 보내 주겠네."

방랑자는 주위 사람들이 뭐라고 하든 전혀 상관하지 않았다. 그저 먹고 마시는 데만 정신을 쏟았다. 단단히 맨 스카프 매듭 밑의 울대뼈가 위아래로 부지런히 움직였다. 그는 후루룩 소리를 내며 커피를 마신 뒤 후 하고 한숨을 내쉬었다. 그러고는 빵을 크게 한 입 베어 물었다. 토끼처럼 쉴 새 없이 빵을 씹는 그 모습은 조금이라도 빨리 더 많은 음식을 먹고 싶어 안달이 난 것처럼 보였다. 그는 입안 가득 음식을 밀어넣고 자기 몸을 껴안듯 양팔을 옆구리에 딱 붙이고는 손으로 연신 문질러 대며 식사의 순수한 기쁨을 만끽했다.

복제 가구 제조업자는 입을 헤벌린 채 방랑자를 바라보았다. 그러다 화가 치민 듯 자리에서 벌떡 일어서더니 방랑자를 노려보며 소리쳤다.

"한스!"

이집트 학생과 같은 테이블에 앉은 오스트리아 소년이 재빨리 일어섰다. 열여섯에서 열일곱 살쯤 된 소년의 웃는 얼굴은 앳돼 보였지만 몸은 어깨가 딱 벌어진 게 다부졌다. 잠시 후 베이루트 남자도 자리에서 일어섰다. 그들 셋은 이내 식당 밖으로 나갔다.

방랑자는 세 사람이 나가는 걸 눈치채지 못했다. 그는 앞으로 자기에게 어떤 일이 일어나든 상관하지 않겠다는 표정으로 먹고 마시는 일에만 열중했다. 이윽고 지친 듯 마지막 한숨을 내쉬는 것으로 그가 아침 식사를 마쳤다.

*

그것은 호랑이 사냥과 비슷했다. 미끼를 놓고 사냥꾼과 구경꾼이 함께 안전한 곳으로 물러나 가만히 기다리는 것이다. 이번 미끼는 방랑자의 배낭이었다. 그들은 배낭을 선실 문밖 갑판에 내놓고 몰래 숨어서 방랑자가 나타나기를 기다렸다. 복제 가구 제조업자는 여전히 분이 풀리지 않는 듯 씩씩거렸고, 한스는 사람들의 질문을 받을 때마다 웃으면서 게임 규칙을 설명했다.

하지만 방랑자는 게임에 쉽게 말려들지 않았다. 아침 식사 이후 그를 본 사람은 없었다. 햇볕이 내리쬐기는 했지만 갑판은 무척 추웠고, 이따금 물보라까지 튀어서 구경하러 나온 사람들은 더 이상 기다릴 수가 없었다. 가구 제조업자와 베이루트 남자도 간간이 흡연실로 들어가서 독일인과 아랍인, 스페인 여자들 사이에 끼어 휴식을 취했다. 사람들은 두 남자에게 기꺼이 의자를 양보했다. 일부는 두 사람의 분노와 피로에 동정심을 내비쳤다.

한스는 자리를 꿋꿋이 지키고 앉아 방랑자가 나타나기를 기다렸다. 바람이 너무 차서 잠시 선실로 물러섰을 때도 그는 문간의 낮은 침대에 걸터앉아 지나가는 사람들에게 미소를 지어 보이며 열린 문 사이로 감시를 계속했다.

그런 가운데 마침내 방랑자가 게임에 말려들게 되었다는 소식이 전해졌다. 미국 학생 몇 명은 벌써 갑판으로 뛰쳐나가 바다를 바라보고 있었다. 스페인과 독일 여자들도 뒤따라 나갔다. 한스는 선실 문을 막고 있었다. 배낭끈을 잡고 있는 방랑자가 보였다. 복제 가구 제조업자가 프랑스어와 아랍어로 고함을 질렀다. 그 고함 사이로 영어로 불평하는 방랑자의 목소리가 들렸다. 가구 제조업자는 양팔을 마구 흔들어 대다가 오른손으로 방랑자를 가리키며 삿대질했다. 그 바람에 그의 옷자락이 춤추듯 흔들거렸다.

사실 가구 제조업자가 아침에 식당에서 분노를 터뜨린 것은 극적인 효과를 노린 오버액션이었다. 콧수염과 곱슬머리를 비롯한 그의 지중해풍 외모가 그런 효과를 자아내는 데 큰 역할을 했을 것이다. 하지만 지금 그는 구경하려고 몰려든 사람들 앞에서 수동적인 희생자와 함께 서 있을 뿐, 별다른 행동을 하지 않았다. 그로서는 구경꾼들의 기대에 보답하기 위해서라도 다시금 분노를 표출해야만 했다.

"돼지! 이 돼지야!"

"아니오. 그건 사실이 아니란 말이오!"

방랑자가 구경꾼들에게 호소하듯 외쳤다.

"닥쳐, 이 돼지야!"

그야말로 그로테스크한 순간이었다. 양복을 우아하게 차려입은 육중한 체구의 복제 가구 제조업자가 왼손으로 방랑자의 머리를 힘껏 쳤던 것이다.

방랑자는 고개를 획 돌렸다. 다른 사람의 시선을 무시하던 때와 똑같은 동작이었다. 그는 뜻밖에도 훌쩍거리고 있었다. 그런데 가구 제조업자의 손은 크게 빗나갔다. 그는 잠시 균형을 잃고 휘청거리다 물보라가 튀는 난간을 붙잡았다. 그러고는 양손으로 가슴 언저리를 두드리며 펜이나 지갑이 떨어지지 않았는지 확인했다. 이윽고 그가 폭력이라도 당한 듯 절망적으로 소리쳤다.

"한스! 한스!"

방랑자는 몸을 웅크렸다. 그러고는 흐느낌을 멈추었다. 그의 푸른 눈은 금방이라도 튀어나올 것 같았다. 한스는 방랑자의 물방울무늬 스카프를 쥐어짜듯 움켜잡았다. 그러고는 갑자기 아래로 획 잡아채는가 싶더니 배낭을 힘껏 발로 걷어차고는 스카프를 당겨 방랑자를 앞쪽으로 쓰러뜨리려고 했다. 방랑자는 버티다가 한스의 발길질에 앞으로 고꾸라졌다. 한스의 얼굴에 미소가 번졌다. 보여 주려고 짓는 가짜 미소가 아니라 마음속에서 우러나는 부드러운 미소였다. 방랑자는 정신을 차리고 일어설 듯하더니 앉은 자세에서 상체만 겨우 일으키고는 배낭끈을 꼭 쥐었다. 그리고 다시 흐느끼기 시작했다.

"그건 사실이 아니오! 이 사람들의 말은 전부 꾸며낸 거요! 사실이 아니라고요!"

방랑자는 고개를 들어 눈물이 그렁그렁한 눈으로 구경꾼들을 바라보았다. 미국 학생들은 그의 시선을 피해 넓은 바다로 고개를 돌렸다.

"한스!"

복제 가구 제조업자가 소리쳤다.

방랑자가 울음을 그쳤다.

"한-스!"

순간 방랑자가 벌떡 일어서더니 배낭을 끌어안은 채 뒤도 돌아보지 않고 도망쳤다.

방랑자가 화장실에 들어가 문을 잠갔다는 말이 돌았다. 하지만 얼마 지나지 않아 그는 우리 앞에 다시 나타났다. 그것도 두 차례나.

한 시간쯤 지났을 때 그가 흡연실로 들어섰다. 다른 데 두고 왔는지 배낭은 보이지 않았다. 얼굴에는 고통의 흔적 같은 것도 없었다. 마음이 차분하게 가라앉은 것처럼 보였다. 늘 그렇듯 불쑥 나타난 방랑자는 좌우를 살피지도 않고 두어 걸음 들어와서는 복제 가구 제조업자 앞에 섰는데, 하마터면 그의 다리에 부딪힐 뻔했다. 가구 제조업자는 푹신한 가죽 의자에 몸을 쭉 뻗고는 한 손을 반쯤 감은 눈 위에 얹은 채 앉아 있었다. 방랑자는 처음엔 놀랐다가 이내 분노와 경멸이 가득 담긴 눈빛을 띠더니 고개를 돌렸다.

"한스!" 복제 가구 제조업자도 깜짝 놀란 듯 양쪽 다리를 재빨리 오므리고 몸을 앞으로 내밀며 소리쳤다. "한-스!"

방랑자 뒤에서 카드 게임을 하던 한스가 벌떡 일어섰다. 방랑자는 고개를 돌려 카드를 쥐고 있는 한스를 바라보았다. 방랑자의 눈에 두려움이 서렸다. 그의 얼굴이 돌아가면서 몸 전체가 움직였다. 그는 왼쪽 발꿈치를 축으로 하여 몸을 돌리더니 오른발을 바닥에 찍듯이 내딛고는 차렷 자세를 했다. 흡연실 입실과 전진, 방향 틀기와 후퇴, 마치 군인 같은 일련의 동작이 이어졌다.

"한스!"

한스가 어떠한 행동을 취하기를 바라고 소리친 것은 아니었다. 가구 제조업자는 그저 농담으로 한스를 불렀을 뿐이었다. 한스도 그 의도를 알아차리고는 웃으며 다시금 카드 게임에 몰입했다.

방랑자는 결국 점심을 굶었다. 점심 식사가 시작되자마자 식당에 왔어야 하는데, 그러지 못한 탓이었다. 그는 숨바꼭질하듯 화장실에서 숨어 있다가 점심시간이 다 끝날 무렵에야 나타났다. 그런데 하필이면 가구 제조업자와 한스가 테이블에 앉았을 때였다. 방랑자는 문간에서 식당 안을 살펴보았다.

"한-스!"

가구 제조업자가 한스를 부르기 전에 방랑자는 몸을 획 돌렸다.

그 뒤 방랑자가 모자를 쓰지 않은 채 배낭만 들고 아래층 갑판의 그리스 난민들 사이에 섞여 있다는 이야기가 들렸다. 하지만 그는 오후 내내 보이지 않았고, 아무도 그에 대해 말하지 않았다. 흡연실은 물론이고 바와 좁은 갑판에서도 농담과 웃음소리만 들렸다.

"한스! 한-스!"

한스는 더 이상 반응하지 않았다. 농담에 웃지도 쳐다보지도 않았다. 자기 이름이 불릴 때마다 휘파람만 불어 댔다. 해질 녘에 이르자 방랑자는 사람들의 기억에서 완전히 잊힌 존재가 되었다.

*

저녁 식사 자리에서 레바논 사람들이 지난번처럼 돈벌이에 대해 이야기를 늘어놓았다. 베이루트 남자는 그해 중동 지역의 특수 상황을 고려할 때 이집트 신발을 수출하면 큰 재산을 모을 수 있는데, 이런 사실을 아는 사람이 몇 없다고 말했다. 그러자 복제 가구 제조업자가 그것은 자신도 몇 달 전부터 알았던 내용이라고 심드렁하게 대꾸했다. 두 사람은 하나의 사업에 투자한다는 가정 아래 토지에 따라 다른 경비에 관련된 비밀 정보를 교환하고는 예상 수익에 대해 이야기를 나누었다. 하지만 이제는 둘 다 상대방을 자극하려 들지 않았다. 게임은 게임일 뿐이라면서 상대방의 생각을 받아들이려 하는데다 두 사람 모두 지쳐 있었던 것이다.

배에서 보내는 마지막 밤은 미국 학생들의 피로감이 모든 승객들에게 번지면서 조금씩 짙어져 갔다. 다른 승객보다 오히려 미국 학생들이 활기를 띠었다. 불빛이 점점 희미해지는 흡연실에 밑도 끝도 없이 떠드는 소년 소녀 특유의 말소리가 울려 퍼졌다. 그들 가운데 가장 눈에 띄는 사람은 목에서 발끝까지 검은 발레복을 입은 키 큰 여학생이었다. 어젯밤 안주인 역할을 했던 독일 여자는 멀미에 시달린 듯 얼굴색이 좋아 보이지 않았다. 스페인 댄서들도 피곤한지 사람들과 어울리려 하지 않았다. 이집트 학생은 숙취와 뱃멀미로 정신이 몽롱할 텐데도 브리지 게임을 하고 있었다. 그는 이따금 농담을 하거나 노래 한 소절을 불렀는데, 사람들은 조용히 미소만 지을 뿐 별다른 반응을 보이지 않았다. 복제 가구 제조업자와 한스도 카드 게임을 하고 있었다. 가구 제조업자는 패가 좋거나 나쁠 때마다 "한스, 한스."라고 중얼거렸다. 하지만 이때도 사람들은 아무 반응이 없었다. 아마도 사람들이 그날 내뱉은 농담에서 마지막까지 남은 것은 가구 제조업자의 그 말이었으리라.

베이루트에서 일했다는 레바논 남자가 흡연실로 들어오더니 주위를 둘러보았다. 잠시 뒤 그가 한스 곁으로 다가오는가 싶더니 가구 제조업자 옆에 멈춰 섰다. 그러고는 둘만 아는 영어로 비밀스럽게 속삭였다.

"그자가 선실에 들어가서 문을 잠그고 틀어박혀 있어."

한스도 그 정도의 영어는 알아들을 수 있었다. 한스는 복제 가구 제조업자의 반응을 궁금해하며 그를 바라보았다. 가구 제조업자도 이제는 지칠 대로 지쳐 있었다. 그는 자기 패를 본 다음 앞으로 내던지고는 베이루트 남자와 함께 흡연실을 나갔다. 그러다 얼마 뒤 흡연실로 돌아와서 한스에게 말했다.

"우리가 들어오면 선실에 불을 지르겠다는군. 종이랑 성냥은 충분히 가지고 있대. 그자는 불을 지르고도 남을 인간이야."

"정말 불을 지르면 어쩌지?"

베이루트 남자가 물었다.

"여기서 자야지, 뭐. 아니면 식당에서 자거나."

"식당에선 그리스인 승무원들이 자지 않아? 오늘 아침에 거기에서 일어나는 걸 봤어."

"그러니까 내 말은 식당에서도 잘 수 있다는 얘기야."

가구 제조업자가 말했다.

저녁에 모였던 사람들이 뿔뿔이 흩어질 무렵 나는 방랑자가 머문 선실 앞으로 가 보았다. 처음에는 아무 소리도 들리지 않았다. 그러다 종이를 구기는 소리가 들렸다. 내 기척을 알아차리고 경고하는 소리 같았다. 갑자기 그가, 지나가는 발소리에 귀를 기울이며 언제 한스가 문을 부수고 쳐들어올지 몰라 가슴 졸이면서 뜬눈으로 밤을 새울 거라는 생각이 들었다. 나는 조용히 그 자리를 떠났다.

다음 날 아침 방랑자는 다시 아래층 갑판의 난민들 사이에 섞여 있었다. 이번에는 모자를 쓰고 있었다. 어젯밤 선실에서 되찾은 모양이었다.

*

알렉산드리아는 수평선 위에 놓인 채 반짝이는 기다란 선 같았다. 모래사장과 은빛 석유 저장 탱크가 희미하게 보였다. 하늘은 잔뜩 흐리고, 초록빛 바다는 점차 거칠게 일렁거렸다. 배는 차가운 빗방울과 등대의 불빛 세례를 받으면서 방파제 안으로 들어섰다.

승객들은 입국 관리들이 배에 오르기 한참 전부터 줄을 섰다. 독일인과 아랍인들은 서는 줄이 달랐다. 한스는 레바논 사람들한테서, 레바논 사람들은 스페인 댄서들한테서 멀리 떨어져서 줄을 섰다. 방랑자와 만나고 난 후로 줄곧 외톨이였던 금발의 키 큰 유고슬라비아 청년은 지금도 혼자 서 있었다. 아래층 갑판에 머물던 난민들이 커다란 상자와 꾸러미를 들고 꾸역꾸역 올라왔다. 난민임을 나타내는 검은 옷을 몸에 걸친 그들이 그 이상의 존재로 보인 건 그때가 처음이었다. 그들은 하나같이 축 늘어진 몸에 피부색이 칙칙했다. 그것은 탄수화물을 지나치게 많이 섭취하는 사람들의 특징적인 외모였다. 얼룩덜룩 지저분한 얼굴은 표정도 없이 멍했지만, 어리숙하면서도 교활한 면이 엿보였다. 그들은 앞쪽만을 지켜보다가 관리들이 나타나자 몸싸움까지 벌이며 서로 나서려고 했다. 이 부자연스러운 열광이야말로 추방된 자들의 권력에 대한 복종을 의미할 것이다.

그런 소동 중에 방랑자가 모자를 쓰고 배낭을 멘 채 나타났다. 얼핏 여유 있는 태도였지만, 그의 눈동자는 공포에 사로잡혀 불안하게 움직였다. 그는 맨 뒤에 서서 줄이 너무 길다는 듯 얼굴을 찌푸렸다. 그러고는 몇 차례 발을 동동 굴러서 관리들에게 자신의 초조함을 내비치기도 하고, 그저 추워서 그런다는 시늉을 해 보이기도 했다. 하지만 그의 그런 행동은 그가 의도하는 만큼 시선을 끌지 못했다. 한스는 배낭을 등에 메어 몸집이 커 보였는데, 방랑자를 흘낏 보고 이내 눈길을 돌렸다. 식당에서 하룻밤 푹 잔 뒤 말끔하게 면도까지 한 레바논 사람들은 방랑자를 아예 쳐다보지도 않았다. 방랑자에게 화낼 이유가 더 이상 없었기 때문이다.

무리에서 벗어나 한 개인으로

지금 나는 미국 시민으로 세계의 수도랄 수 있는 워싱턴에 살고 있다. 여기에서든 인도에서든 내가 출세했다고 생각하는 사람들이 많을 것이다. 하지만…….

뭄바이에서 살던 시절 나는 무척 행복했다. 주위 사람들한 테서 존경도 받았고, 어느 정도의 지위도 누렸다. 그것은 중요한 인물을 위해 일한 덕이었다. 높은 사람들이 주인집 응접실에 찾아와서 내가 만든 음식을 먹고는 내 음식 솜씨를 칭찬해 주기도 했다. 내게는 친구들도 있었다. 우리는 저녁이면 베란다 밑에서 만났다. 그 가운데에는 재단사네 짐꾼이나 나처럼 이 동네에 사는 하인들도 있었고, 노숙을 하러 여기까지 찾아오는 사람들도 있었다. 모두 괜찮은 친구들이었다. 우리는 아무나 받아들이지는 않았다.

저녁이면 제법 시원했다. 지나다니는 사람도 거의 없었다. 이따금 오가는 이층 버스나 택시를 제외하고는 교통량도 매우 적었다. 우리는 길바닥을 깨끗이 치우고 물을 뿌렸다. 그러고는 저마다 낮 동안 숨겨 둔 침구를 꺼내 들고 한자리에 모였다. 우선 자그마한 석유램프에 불을 붙였다. 위쪽에서 사람들이 웃고 떠드는 소리가 들렸지만, 우리는 길바닥에 앉아서 신문을 읽거나 카드놀이를 하거나 이런저런 이야기를 나누며 담배를 피웠다. 점토를 구워 만든 파이프를 돌려 가며 담배를 피우다 보면 나른해지면서 나도 모르게 눈이 스르르 감겼다. 주인집에서 응접실 계단 밑의 자그마한 창고를 내 방으로 쓰라고 내주었지만, 나는 친구들과 길에서 자는 게 훨씬 편했다. 물론 온종일 비가 내리는 우기에는 어쩔 수 없었지만.

사방이 탁 트인 야외에서 상쾌한 밤을 보내고 청소부가 오기 전인 동틀 무렵에 일어났을 때의 기분은 말로 표현할 수 없었다. 어떤 날은 가로등 불이 꺼지는 근사한 광경을 구경할 수도 있었다. 우리는 일어나는 대로 침구를 둘둘 말아서 정리했다. 그럴 때는 모두 입을 다물었다. 곧이어 친구들은 한적한 샛길이나 뒷골목, 후미진 공터를 찾아서 허둥거리며 달려갔다. 용변을 보기 위해서였다. 나는 그런 수고를 할 필요가 없었다. 주인집 응접실 안에 화장실이 있기 때문이었다.

나는 잠자리에서 일어나 삼십 분 동안 이곳저곳 돌아다녔다. 특히 아라비아 해안가를 따라 걸으면서 태양이 떠오르기를 기다리는 시간이 무척 좋았다. 도시와 바다를 금빛으로 물들이는 태양의 마법은 황홀하기 그지없었다. 그 시절의 아침 산책길을 떠올리면, 순식간에 황금빛으로 반짝이는 눈부신 바다가 보이면서 얼굴을 촉촉이 적시고 옷자락을 펄럭이는 짭짤한 바닷바람이 느껴진다. 아침에 매점에서 사 마시던 차는 얼마나 따뜻하고 달콤했던가. 그날 첫 번째 피우는 궐련 맛도 아주 좋았다.

하지만 운명의 장난을 거역할 수 없었다. 중요한 인물인 주인 덕에 그동안 나는 사람들의 존경을 받으며 안정된 삶을 살았다. 그런데 그 주인 덕에 일생일대의 격변이 일어났다.

나를 고용한 주인은 직장에서 정부 업무를 맡게 되어 워싱턴으로 발령 났다. 주인이 승진한 것은 축하할 일이지만 내 처지를 생각하니 눈앞이 캄캄했다. 주인이 몇 년 동안 뭄바이를 떠나 있을 텐데, 이 도시에는 나를 받아 줄 사람이 없었다. 나는 이제 일자리도 없거니와 주인집에서도 나와야만 했다. 지난 몇 년 동안 안정된 생활을 했는데 갑자기 이런 처지가 될 줄 어떻게 알았겠는가? 밑바닥 생활도 할 만큼 했고, 어려운 고비도 수없이 넘겼다. 그런데 이제 와서 처음부터 다시 시작하라니, 한숨이 절로 나왔다. 절망감만 들 뿐, 희망이 보이지 않았다. 뭄바이에서 내가 할 만한 일이 있을까? 어쩔 수 없이 아내와 아이들이 있는 고향의 고원 지대로 돌아가서 살아야 하나? 휴가를 받아 쉬려고 가는 게 아니라 계속해서 눌러 살려고 고향에 내려간다고? 관광 시즌을 맞아 옛날처럼 버스에서 내린 관광객들에게 달려들어 서로 짐을 들어 주겠다며 마흔 명에서 쉰 명의 동료와 경쟁을 치르는 내 모습이 눈앞에 어른거렸다. 미국인의 가벼운 트렁크도 아니고 바위처럼 무거운 인도인의 짐을 들어 주겠다고 난리법석을 피우는 생활 속으로 다시 돌아간다고?

눈물이 흘렀다. 두 번 다시 그런 삶을 살고 싶지 않았다. 뭄바이에서 편하게 생활하느라 마음이 약해진 탓도 있지만, 이제는 그런 일을 적극적으로 할 만큼 젊지도 않았다. 갖고 싶은 걸 손에 넣었고, 창고 안을 독방으로 쓰는 데 익숙해져 그런 생각을 할 수도 있었다. 어느새 나는 이런저런 생활의 편리함에 익숙해질 대로 익숙해진 도시인이 되어 있었던 것이다.

어느 날 주인이 내게 말했다.

"워싱턴은 뭄바이와 다르네, 산토시. 거기는 물가가 비싸. 자네 봉급을 올려 준다고 해도 여기서처럼 생활할 수는 없을걸세."

그렇다면 뭄바이 생활에 익숙한 나보고 고원으로 돌아가서 맨발로 다니란 말인가? 그런 모습은 충격적인 데다 치욕스럽기까지 했다. 나는 더 이상 친구들을 만나지 않았다. 길바닥에서 자는 대신 내 개인 공간인 창고에서 곧 내다 버릴지도 모를 물건들에 파묻혀 하루를 보내곤 했다.

"산토시, 자네를 생각하면 가슴이 먹먹하네."

주인의 말에 나는 이렇게 대꾸했다.

"주인님, 그런 말씀 하지 마십시오. 제가 조금이라도 근심 어린 표정을 짓는다면 그건 주인님 걱정 때문입니다. 주인님은 입맛이 까다로우신데, 워싱턴에서 어떻게 지내실지 몹시 걱정됩니다."

"그야 어쩔 수 없지. 이것도 일종의 규칙이네. 우리처럼 가

난한 나라의 대표가 전속 요리사를 데리고 다닐 순 없으니 말
일세. 그러면 다른 나라 사람들이 우리를 어떻게 보겠나?"

"옳은 말씀입니다."

주인은 말없이 방을 나갔다.

며칠 후 주인이 이렇게 말했다.

"비용만 문제 되는 게 아니네, 산토시. 환율 문제도 있어. 우
리 나라에서 쓰는 루피의 가치는 예전 같지 않다네."

"알겠습니다, 주인님. 저는 무조건 주인님의 뜻에 따르겠습
니다."

그 뒤 이 주일쯤 지나 거의 희망을 버렸을 때였다. 주인이
이렇게 말했다.

"산토시, 정부 측과 협의했네. 자네도 워싱턴에 갈 수 있게
됐네! 정부가 허가를 내 준 만큼 그에 따른 편의도 봐줄 걸세.
하지만 비용은 별도네. 여권과 검역 증명서 같은 서류가 곧 나
올 거야. 그렇지만 나로선 자네가 잘 생각했으면 좋겠네. 워싱
턴과 뭄바이는 달라도 한참 다르니까."

그날 밤 나는 오랜만에 침구를 챙겨 들고 밖으로 나갔다.

"뭄바이는 점점 더워지는군."

내가 셔츠 안으로 훅 바람을 불어넣으며 말했다.

"네가 뭔 짓을 하는지 알아?" 재단사네 짐꾼이 퉁명스럽게
말했다. "미국 사람들이 너와 담배를 돌려 가며 피울 것 같
아? 그 사람들이 저녁에 너와 함께 길바닥에 앉아서 이런저런
세상 돌아가는 얘기를 나누려고 하겠어? 그들이 네 손을 잡
고 해안가를 산책할 거라고 생각해?"

그가 나를 시샘하는 것 같아 기분이 좋았다. 그의 시샘은 내가 올바른 선택을 했다는 증거이기도 하니까. 어쨌든 뭄바이에서의 마지막 날들은 무척 행복했다.

*

나는 주인의 짐을 트렁크 두 개에 나누어 챙겼다. 그리고 내 물건은 낡은 무명천에 둘둘 말아서 쌌다. 공항 직원들이 내 짐을 보고 소란을 피웠다. 그들은 내 짐을 책임질 수 없다면서 화물로 받아 주지 않으려고 했다. 결국 나는 짐을 몽땅 들고 비행기에 오르는 수밖에 없었다. 탑승 계단 꼭대기에 서서 비행기에 오르는 승객들에게 일일이 상냥한 미소를 보내던 젊은 여자가 나를 본 순간 웃음기를 싹 거두었다. 좌석이 대부분 비어 있는데도 그 여자는 나를 주인에게서 뚝 떨어진 맨 뒤쪽으로 이끌었다. 공간이 넓어 짐들을 여기저기 벌여 놓을 수 있으니 차라리 잘되었다고 생각하자 기분이 그리 나쁘지 않았다.

바깥은 눈부신 햇빛에 찌는 듯 더웠지만 기내는 아주 시원했다. 비행기가 공중으로 솟아오르자 뭄바이 시내와 바다가 비스듬하게 기울어져 보였다. 정말 근사했다. 시간이 지나 비행기가 안전 궤도에 올랐을 무렵 나는 말동무라도 할 사람이 있나 싶어 주위를 둘러보았다. 인도인이든 외국인이든 모두 여유 있는 표정이었는데, 나와 비슷한 신분으로 보이는 사람은 없었다. 그런데 다들 결혼식에 가는 것처럼 옷을 한껏 빼 입고 있었다. 나만 옷차림이 다르다 보니 사람들의 시선이 내게 집

중되었다. 나는 뭄바이에서 즐겨 입던 평상복 차림으로, 자락이 긴 헐렁한 셔츠에 허리 부분을 끈으로 묶은 평퍼짐한 바지를 입고 있었다. 그렇게 더럽지도 깨끗하지도 않은 전형적인 하인 옷이었다. 뭄바이에서라면 그런 옷을 입은 나를 이상하게 바라보는 사람은 없었을 것이다. 하지만 비행기 안에서는 내가 일어서기만 해도 모두 내 쪽으로 고개를 돌렸다.

초조했다. 나는 꽉 조이는 신발을 벗고 다리를 의자 위에 올렸다. 조금은 기분이 나아졌다. 나는 좀 더 기분이 나아지지 않을까 싶어 빈랑나무 열매를 입에 넣었다. 빈랑나무 열매를 질겅질겅 씹은 뒤 탁 뱉으면 왠지 모르게 기분이 상쾌해졌다. 그런데 빈랑나무 열매를 입에 넣고 씹으려는 찰나 무언가 이상한 분위기가 느껴졌다. 그 여자 승무원이 미심쩍은 눈초리로 나를 바라보고 있었다. 아무래도 내가 눈에 거슬리는 모양이었다. 이윽고 여자가 내게 다가오더니 거친 목소리로 뭐라고 말했다. 나도 말을 하고 싶었다. 하지만 빈랑나무 열매를 입안 가득 물고 있어서 말을 할 수가 없었다. 나는 물끄러미 여자의 얼굴을 바라만 보았다. 잠시 후 여자가 어디론가 사라지더니 제복 차림의 남자를 데리고 돌아왔다. 남자는 내 앞에 버티고 서서 나를 내려다보았다. 나는 재빨리 신발을 신고 입에 물고 있던 빈랑나무 열매를 대충 씹어서 꿀꺽 삼켰다. 순간 목이 아팠다. 열매가 목에 걸린 것 같았다.

여자와 남자가 급하게 자리를 뜨더니 음료수를 실은 카트를 밀며 돌아왔다. 여자는 나를 본체만체했고, 남자가 말을 걸었다.

"마실 것 필요해요?"

언뜻 보기에 나쁜 사람은 아닌 것 같았다. 나는 잘 모르기 때문에 아무 병이나 가리켰다. 마셨더니 소다수였다. 처음에는 톡 쏘는 맛이 좋았지만, 나중에는 무슨 맛인지 알 수 없었다. 그런데 여자가 대뜸 이렇게 말했다.

"영국 돈으로는 5실링이고, 미국 돈으로는 60센트예요."

순간 나는 당황했다. 값을 치러야 하는 줄 몰랐기 때문이다. 내 주머니에는 돈이 없었다. 동전 몇 개뿐이었다. 여자 승무원은 짜증이 난 듯 발뒤꿈치로 바닥을 쾅 내리찍었다. 내가 동행자가 누구인지 가르쳐 주기 위해 주인을 찾으려고 자리에서 일어섰을 때는 여자가 손에 든 서류철로 내 얼굴을 후려치지 않을까 하는 생각이 들었다.

다행히 주인이 통로를 걸어오고 있었다. 그런데 표정이 영 좋아 보이지 않았다. 그가 걸음을 멈추지도 않고 말했다.

"산토시, 샴페인을 마셨나? 벌써부터 낭비할 셈인가?" 그리고 화장실에 들어갔다가 나와서는 이렇게 덧붙였다. "산토시, 환율을 생각하게! 환율을 생각하라고!"

비행기 여행은 점점 최악으로 치달았다. 빈랑나무 열매를 삼킨 데다 굉음을 내며 요동치는 비행기 멀미를 더는 견딜 수 없었다. 결국 나는 짐 주변에다 토하고 말았다. 정신이 몽롱했다. 여자 승무원이 뭐라고 다그칠지 생각할 겨를도 없었다. 그런데 잠시 후 더 다급하고 미칠 것 같은 사태가 벌어졌다. 당황한 나머지 비행기 뒤쪽에 붙은 조그만 방으로 들어갔는데, 바람 소리가 날카로운 데다 좁은 공간이라서 숨이 막혀 죽을 것 같았다. 그러다가 고개를 들고 거울을 본 순간 충격을 받았다. 형광등 불빛 아래 내 얼굴은 창백하니 시체 같았다. 눈동자는 금방이라도 튀어나올 것처럼 붉게 충혈되어 있었다. 차가운 바람이 콧구멍을 파고들어 머릿속을 마구 휘저어 댔다. 나는 변기 위로 올라가서 쭈그리고 앉았다. 부들부들 떨리는 몸과 마음을 추스를 수가 없었다. 나는 더는 참을 수 없어 넓은 공간을 향해 밖으로 뛰쳐나왔다. 그리고 사람들의 눈에 띄지 않도록 몸을 한껏 웅크렸다. 불빛이 희미해져 있었고, 몇몇 사람이 상의를 벗은 채 잠들어 있었다. 하지만 불안한 나머지 나는 비행기가 뭔가와 충돌하여 추락하기를 바랐다.

누군가 나를 흔들어 깨웠다. 여자 승무원이 인상을 찌푸리며 날카롭게 말했다.

"저거 어떡할 거예요? 당신이 그랬잖아요?"

나는 여자가 내 셔츠를 찢어 버릴 거라고 생각했다. 셔츠를 잡고 흔들어 대는 여자의 손을 뿌리치고 뒤로 물러나서 창문에 몸을 바짝 붙였다. 여자는 갑자기 울음을 터뜨리고는 제복 입은 남자를 데리러 통로를 달려갔다. 그러다 자기 옷자락에 걸려 넘어질 듯 비틀거렸다.

여행이 아니라 악몽이었다. 그래도 나는 수차례 비행기를 갈아타면서 착륙과 이륙을 반복하고 옷을 맵시 있게 차려입은 사람들로 북적거리는 공항 라운지를 지나다 보면 마침내 워싱턴이라는 도시에 도착할 거라고 생각하며 버텼다. 그런데 비행이 끝나기를 바라기는 했지만, 막상 워싱턴에 발을 딛는다고 생각하니 덜컥 겁이 났다. 솔직히 말하자면 워싱턴이 두려움으로 다가왔다. 나는 그저 비행기에서 내려 탁 트인 곳으로 가고 싶었다. 흙냄새 물씬 풍기는 땅을 딛고 서서 한 차례 심호흡을 하고는 지금 이 순간이 하루 중 어느 때인지 알고 싶었을 뿐이다.

어쨌거나 나는 워싱턴에 발을 딛고야 말았다. 기분이 얼떨떨했다. 수많은 짐들이 보였다. 꼭꼭 닫힌 방들이 죽 늘어서 있었다. 이루 헤아릴 수 없이 많은 전등이 환한 빛을 내뿜고 있었다.

"이분은 외교관인가요?"

출입국 관리가 물었다.

"아뇨, 내 고용인입니다."

주인이 대답했다.

"이건 이 사람 짐인가요? 주머니에 든 건 대체 뭐요?"

얼굴이 화끈거렸다.

"산토시."

내가 주저하자 주인이 내 이름을 불렀다.

나는 주머니에 든 것을 하나씩 꺼내 놓았다. 후추와 소금과 사탕을 비롯하여 향기 나는 냅킨, 머스터드소스가 들어 있는 자그마한 튜브 등, 비행기를 타면 얻을 수 있는 자질구레한 물건이었다. 나는 비행기를 타고 오는 동안 몸 상태가 좋지 않고 정신이 없는 가운데에서도 승무원의 카트가 지나갈 때마다 그런 것들을 한 주먹씩 집어서 모았다.

"이 사람은 요리사예요."

주인이 말했다.

"그래서 여행을 할 때도 향신료를 주머니에 넣고 다니는 건가요?"

"이보게, 산토시." 차를 타고 이동하는 중에 주인이 말했다. "뭄바이에서야 자네가 무얼 하든 상관없었지만, 여기서는 그렇지가 않네. 자네는 우리 나라를 대표하는 몸이야. 솔직히 나로선 자네가 왜 갑자기 자네답지 않은 행동을 하는지 모르겠네."

"죄송합니다, 주인님."

"이보게, 산토시. 자네 행동은 내 평판에도 영향을 끼치니 그 사실을 명심하고 조심하게나."

창밖의 풍경은 묘했다. 늦은 오후 아니면 이른 저녁일 텐데, 정확하게 시간을 가늠할 수 없었다. 워싱턴의 시간은 뭄바이와 달랐다. 낮이면 밝고 밤이면 어두워야 하지만 워싱턴은 그렇지 않은 것 같았다. 차를 타고 가면서 인상적으로 보았던 것은 길가의 푸른 잔디, 널찍한 도로, 빠르게 질주하는 수많은 자동차였다. 자동차의 소음도 뭄바이와 달랐다. 높은 빌딩과 넓은 공원과 수많은 상점이 늘어선 상가도 인상적이었다. 이따금 울타리도 없는 데다 풀이 무성한 정원이 딸린 초라한 집들도 눈에 띄었다. 그런 집들 주변에는 흑인 여자들이 있었다. 그중 몇 명은 서 있었지만, 대부분 길바닥에 주저앉아 있었다. 내 눈에는 흑인들 모습이 무척 신기하게 보였다. 흑인들 이야기는 예전에 들어서 알고 있었다. 뭄바이에서도 한두 명쯤 본 적이 있었다. 하지만 흑인들이 워싱턴에 이렇게 많을 줄은 까맣게 몰랐다. 게다가 그들은 자유롭게 거리를 활보하고 있었다. 대체 누가 허락해서 저렇게 다닐 수 있단 말인가? 어쩌다 내가 이런 이상한 곳에 오게 됐는가?

나는 탁 트인 곳으로 가서 심호흡을 한 뒤 정신을 가다듬으며 생각에 잠기고 싶었다. 내가 바라는 것은 그뿐이었다. 하지만 워싱턴에는 탁 트인 곳이 없었다. 비행기에서 내리면 곧바로 공항 건물이었고, 자동차에서 내리면 아파트 단지였다. 그리고 엘리베이터는 복도로, 복도는 아파트로 이어졌다. 이윽고 나는 영원히 밀폐되어 있을 것 같은 공간에 갇힌 채 영원히 끝나지 않을 것 같은 에어컨 소음에 시달려야 했다.

정신이 멍멍한 상태였기 때문에 아파트를 제대로 살펴볼 수가 없었다. 쉬고 싶은 마음이 앞선 탓일까, 그곳 또한 잠시 머무는 공간이라고 생각했다. 주인은 곧바로 침대로 가더니 금세 곯아떨어졌다. 왠지 그가 가엾게 느껴졌다. 나는 내 방을 찾아 여기저기 둘러보았다. 하지만 내 방처럼 보이는 것은 없었다. 나는 그만 체념하고 침구를 들고는 아파트 문밖으로 나왔다. 그러고는 카펫이 깔린 복도에 이부자리를 깔면서 뭄바이의 내 방을 생각했다. 기다란 복도에는 수많은 문이 끝없이 늘어서고, 천장에는 크기가 다른 별 무늬의 조명등이 박혀 있었다. 회색, 파란색, 황금색으로 반짝반짝 빛나는 별들. 그 가짜 하늘 아래 누워 있노라니 죄수가 된 기분이었다.

*

잠에서 깨어 천장을 올려다보았을 때였다. 뭄바이의 길바닥에서 잠시 잠들었던 것은 아닌가 하는 생각이 퍼뜩 들었다. 곧 이곳이 어디인지 알아챘지만, 얼마나 시간이 흘렀는지 감을 잡을 수 없었다. 지금이 낮인지 밤인지도 알 수 없었다. 문 앞에 신문이 배달되어 있는 걸 보고서야 알 수 있었다. 내가 모르는 사이에 신문이 놓였다는 건 무방비 상태로 잠들어 있었다는 의미였다. 그렇다면 생판 모르는 사람이 나를 보았다는 것 아닌가? 그것도 한둘이 아닌 많은 사람들이……!

서둘러 안으로 들어가려고 했지만 문이 안으로 잠겨 있었다. 노크라도 할까 생각하다 주인을 깨우고 싶지 않아 그만두었다. 기분도 풀 겸 산책을 하기로 마음먹었다. 기억을 더듬어 엘리베이터가 있는 곳을 알아냈다. 엘리베이터를 타고 단추를 누르자 소리도 없이 굉장한 속도로 움직였다. 비행기에 타고 있는 것 같았다. 이윽고 엘리베이터가 멈추더니 파란 철문이 열렸다. 눈앞에 펼쳐진 것은 휑한 콘크리트 복도와 아무런 장식이 없는 벽이었다. 시끄러운 기계 소리로 미루어 보아 지하실로 내려온 것 같았다. 한 층만 더 올라가면 현관일 테지만 밖으로 나가지 않기로 했다. 나는 다시 방으로 올라가야겠다고 생각했다. 그런데 방이 몇 호인지 생각나지 않았다. 몇 층인지도 가물가물했다. 조금 남아 있던 용기마저 빠져나갔다. 나는 그 자리에 털썩 주저앉고 말았다. 눈물이 뺨을 타고 흘러내렸다. 엘리베이터 문이 스르르 닫혔다. 엘리베이터는 나를 가둔 채 빠른 속도로 올라갔다.

엘리베이터가 멈추고 문이 열렸다. 주인이 서 있었다. 헝클어진 머리에 어제 입은 지저분한 셔츠를 걸치고 있었다. 단추도 제대로 채워져 있지 않았다. 근심 어린 표정이었다.

"산토시, 아침 일찍 어디에 다녀오는 건가? 그것도 맨발로!"

나는 주인을 와락 껴안고 싶었다. 주인은 신문도 주워 들지 않고 나를 아파트 안으로 이끌었다. 나는 재빨리 침구를 챙겨 들고 뒤따랐다. 넓은 창을 통해 이른 아침의 하늘과 거대한 도시가 시야에 들어왔다. 주인과 나는 아주 높은 곳, 나무 꼭대기보다 훨씬 높은 곳에 있었다.

"저, 이 집엔 제 방이 없어요."

내가 변명하듯 말했다.

"무슨 소리인가? 정부에서는 마련해 놨다고 했는데." 주인이 말했다. "자네, 제대로 찾아보기는 한 건가?"

우리는 함께 집 안을 구석구석 살폈다. 좁다란 복도 끝에 욕실과 주인의 침실이 있었고, 구석진 모퉁이에는 커다란 방 하나와 부엌이 있었다. 그 외에는 아무것도 없었다. 주인은 약간 당황한 것 같았다.

"분명히 정부에선 자네 방이 있다고 했는데……."

주인은 부엌에서 왔다 갔다 하다가 붙박이장을 열어 보았다. 안은 텅 빈 창고 같았다.

"출입구도 따로 있고, 선반까지 있다고 했네. 분명히 편지에 그렇게 쓰여 있었다고."

이윽고 주인이 또 다른 문을 열고는 안을 들여다보았다.

"산토시, 정부에서 말한 게 이거라고 생각되나?"

주인이 열어 보인 붙박이장은 아파트의 다른 부분들과 마찬가지로 천장이 높았고, 폭도 2미터 정도로 부엌과 비슷했다.

길이는 1미터쯤 되어 보였는데, 문이 두 개 딸려 있었다. 문 하나는 부엌, 그 반대쪽 문은 복도로 연결되어 있었다.

"출입문을 따로 쓴다는 말이 있었네."

주인이 말했다.

"선반도 있고, 전등도 달려 있으며, 전기 설비도 갖추어져 있다고 했는데…… 바닥엔 융단도 깔았다고 했고."

"주인님, 이게 제 방이군요."

"산토시, 오해하지 말게. 정부 안에서 나를 못마땅하게 여기는 자가 이런 짓을 한 게 틀림없네."

나는 고개를 가로저었다.

"주인님, 그런 말씀 마세요. 방이 제법 넓어요. 저 혼자 얼마든지 편하게 지낼 수 있습니다. 뭄바이에서 쓰던 방보다 훨씬 넓고 좋아요. 천장도 높고요. 여기서는 머리를 부딪힐 염려도 없겠는걸요."

"산토시, 모르는 소리 하지 말게. 뭄바이에서 어떻게 지냈든 중요한 건 이곳일세. 이곳 워싱턴에서 물건이나 넣어 두는 창고 같은 데서 사는 게 문제라네. 이곳 사람들이 보면 뭄바이에서는 모두 창고에서 사는 줄 알 게 아닌가?"

"주인님, 이곳 사람들이 저처럼 하찮은 인간을 거들떠나 볼까요? 결코 그렇지 않을 겁니다."

"산토시, 자네는 정말 착한 사람이네. 하지만 이곳 사람들이 자네 흠을 잡자면 얼마든지 잡을 수 있을 걸세. 물론 자네가 만족한다면 나도 마음이 편하긴 하지."

"저는 정말 만족합니다, 주인님."

그냥 하는 말이 아니었다. 나는 정말로 만족했다. 그날 밤, 창고 같은 방에 기어 들어가 바닥에 이부자리를 깔면서 사람들 눈에 띄지 않는 곳에 숨어 있는 기분도 괜찮다고 생각했다. 나는 편안한 마음으로 잠자리에 들었다.

*

이튿날 아침 주인이 말했다.

"산토시, 돈 얘기 좀 할까 하네. 자네 월급이 100루피였지? 그런데 워싱턴 물가는 뭄바이와 다르다네. 무엇이든 조금이라도 더 비싸지. 그래서 특별 수당 같은 걸 얹어서 주려고 하네. 오늘부터 자네 월급은 150루피야."

"고맙습니다, 주인님."

"그리고 오늘 보름 치 급여를 가불해 주겠네. 75루피를 미국 돈으로 계산하면 750센트가 되지. 1루피는 10센트니까. 자, 여기 미국 돈으로 750센트네. 산토시, 오후엔 밖에 나가서 이곳저곳 둘러보게. 단, 여기는 낯선 이국이니 조심하기 바라네."

나는 방에서 휴식을 취한 뒤 주인한테 받은 돈을 주머니에 넣고는 마침내 탁 트인 공간으로 나아갔다. 워싱턴은 생각보다 무서운 도시가 아니었다. 빌딩도 생각한 것만큼 어마어마하지 않았고, 길도 그다지 복잡하지 않았다. 멋지게 자란 나무가 자주 눈에 들어왔다. 아프리카계 흑인도 많았다. 그중 몇몇은 머리를 곱슬곱슬하게 지진 데다 검은 안경을 써서 좀 무서워 보였다. 하지만 먼저 시비를 걸지 않는 한 싸움을 걸어올 것 같지는 않았다.

나는 나와 같은 고용인들이 차를 마실 만한 카페나 노점을 찾아 돌아다녔다. 하지만 그 어디에도 고용인 같은 사람은 보이지 않았다. 그런 터에 나는 일껏 마음먹고 들어간 카페에서 쫓겨났다. 카페 앞에서 잠시 서성거렸더니 여직원이 나와서 이렇게 내뱉었다.

"글도 못 읽어요? 우리 가게는 히피나 맨발 손님은 안 받는다고요!"

오, 이런! 나는 그제야 신발도 신지 않았다는 걸 깨달았다. 하지만 걸음을 재촉하며 생각해 보니 이해할 수가 없었다. 이 나라에서는 간편한 옷차림은 안 되고 언제 어디서든 정장을 차려입어야 한단 말인가? 특별한 일도 없는데 신발을 꼭 신고 옷을 제대로 차려입고 다녀야 한다고? 대체 무슨 축하할 일이 있다고 그러지? 그것이야말로 낭비고 사치 아닌가? 이 나라 사람들은 누가 자기를 지켜본다고 그러는 걸까?

그런 생각을 하며 정처 없이 걷다 보니 원형 교차로에 이르렀다. 나무가 우거진 데다 잔디밭에 분수까지 있는 곳이었다. 나는 거기에서 믿기 어려운 꿈같은 광경과 마주쳤다. 뭄바이 사람처럼 보이는 인파가 북적이고 있었던 것이다. 나는 헐렁한 바지 끈을 꽉 조여 매고 셔츠 소매를 걷어 올렸다. 그러고는 쉬지 않고 밀려오는 자동차를 피해 길을 건너서 그쪽으로 달려갔다.

거기에는 흑인도 몇 명 있었다. 흥겨운 표정으로 악기를 연주하는 모습이 무척 행복해 보였다. 잔디와 분수, 돌 위에 앉아 있는 백인들도 눈에 띄었다. 대부분 수수하니 친근감이 느껴지는 옷차림이었다. 맨발인 사람도 더러 있었다. 주인의 말만 믿고 미국인 전체를 나쁘게 본 것이 경솔했다는 생각이 들었다. 하지만 나를 잔디밭으로 이끈 것은 흑인들도, 백인들도 아니었다. 나는 춤을 추는 사람들에게 다가갔다.

그들은 작은 심벌즈를 흔들며 노래를 부르고 머리를 위아래로 끄덕이면서 춤을 추었다. 턱수염을 기른 남자들은 맨발에 노란 옷을 입었고, 여자들은 사리에다 뭄바이 사람들이 신는 바타 회사의 운동화와 비슷한 신발을 신고 있었다. 그들은 원을 그리며 빙글빙글 춤을 추다가 발을 굴러 모래 먼지를 일으켰다. 마치 서부 영화에서 본 인디언 춤 같았다. 하지만 그들은 산스크리트어로 노래했고, 힌두교의 신 크리슈나를 찬양하고 있었다.

그들을 보니 기분이 좋았다. 그런데 한 가지 의문이 일었다. 언뜻 보기에 그 사람들은 백인과 인도인의 혼혈 같았다. 산스크리트어 발음도 서툴고 억양도 이상했다. 그래서일까, 그들이 몹시 낯설게 느껴졌다. 어쩌면 저들도 한때는 나와 같은 처지였을지 모른다. 옛날이야기에 나오는 것처럼 오래전에 포로로 잡혀 아프리카계 흑인들과 함께 이곳에 끌려온 것은 아닐까? 그래서 우리 고향의 떠돌이 집시들처럼 자기네 뿌리를 잊고 사는지도 모른다. 이런 생각을 하자 그 사람들의 춤을 보아도 아무런 감흥이 일지 않았다. 솔직히 그들이 불쌍하다는 생각이 들면서도 혐오스러웠다. 뭐랄까, 타락한 나머지 무섭게 변한 동족을 대하는 기분이었다. 이는 멀리서 보았을 때

멀쩡했던 사람이 장애인이나 문둥병자임을 알았을 때 느끼는 기분과 비슷했다.

나는 서둘러 그 자리를 떠났다. 멀지 않은 곳에 카페가 있었다. 그 카페는 맨발로도 드나들 수 있는 곳 같았다. 나는 안으로 들어가서 커피를 마셨다. 맛있는 케이크도 먹었다. 담배도 한 갑 샀는데, 그러면 성냥은 공짜였다. 거기까지는 좋았다. 내가 다시 자리에 앉았을 때였다. 맨발 손님들이 나를 힐끔거렸다. 거기까지도 괜찮았다. 턱수염을 지저분하게 기른 남자가 자리에서 일어나더니 내게 다가와 코를 들이댔다. 그러고는 싱긋 웃더니 알아들을 수 없는 말로 중얼거렸다. 그러자 주변 사람들까지 내게 다가와서 코를 들이대고 킁킁거렸다. 그들이 내게 시비를 걸지는 않았지만 몹시 기분이 나빴다. 나는 카페를 나왔다. 그러자 두세 명이 내 뒤를 따라왔다. 약간 겁이 났다. 나쁜 짓을 할 것 같지는 않았지만, 어쨌거나 피하고 싶었다. 마침 영화관이 눈에 띄었다. 나는 뒤도 돌아보지 않고 영화관 안으로 들어갔다. 언젠가는 미국 영화를 보겠다고 마음먹고 있었으므로 차라리 잘됐다는 생각이 들었다. 사실 나는 뭄바이에서도 일주일에 한 번은 영화를 보러 가곤 했다.

마음이 편안했다. 하지만 영화는 이미 시작했고, 영어 대사라서 알아듣기가 좀 힘들었다. 얼마 뒤 나는 영화를 보기보다 이런저런 생각에 빠져들었다. 어둠 속에 앉아 있자 내가 여기저기 돌아다니면서 돈을 쓴 일이 떠올랐다. 뭄바이와 비교하여 물가가 크게 비싼 것 같지는 않았다. 영화표를 살 때는 석 장, 카페에서는 팁을 포함하여 한 장 반…… 이런! 나는 그제야 이곳저곳 다니면서 루피로 계산해 미국 돈으로 지불한 사실을 깨달았다. 그러니까 집을 나온 지 한 시간도 못 되어 9일 치 봉급을 홀랑 날려 버린 것이다.

더 이상 영화를 볼 마음이 나지 않았다. 나는 영화관을 나와 아파트 쪽으로 걸음을 옮겼다. 오던 길보다 흑인들이 훨씬 많이 나와 있었다. 그들이 모인 길바닥은 흠뻑 젖은 데다 유리와 병 조각이 널브러져 있어 위험해 보였다. 아파트로 돌아왔지만 꼼짝하기가 싫었다. 요리를 준비할 마음도 나지 않았다. 창밖 풍경도 바라보고 싶지 않았다. 나는 붙박이장 안으로 들어가 이불을 깔았다. 그러고는 어둠 속에 누워 주인이 돌아오기를 기다렸다.

늦은 저녁, 주인이 돌아오자 내가 말했다.

"주인님, 저는 뭄바이로 돌아가고 싶습니다."

주인이 난처한 표정으로 말했다.

"산토시, 자네를 이곳 워싱턴으로 데려오는 데 5000루피를 썼네. 자네가 지금 뭄바이로 돌아간다면 자네는 내가 빌려준 돈을 갚기 위해 육칠 년을 봉급 없이 일해야만 해. 알았나?"

나는 말없이 울음을 터뜨렸다.

"가엾은 산토시, 무슨 일이 있었던 모양이군. 말해 보게, 무슨 일이 있었는지."

"주인님, 오늘 아침 주인님께서 가불해 주신 돈이 이제 반도 안 남았습니다. 커피 한 잔에 케이크 한 조각 먹고 영화를 본 게 전부인데 말입니다."

주인의 눈이 깜빡이더니 안경 너머로 반짝 빛났다. 그는 윗

입술을 지그시 깨물었다. 콧수염이 아랫니를 스치는가 싶더니 주인의 목소리가 흘러나왔다.

"내가 말하지 않았나? 워싱턴은 물가가 비싸다고."

＊

나는 내가 죄수와 다름없는 처지라고 생각했다. 이 점을 명심하고 조심해서 행동하기로 했다. 아파트에서 조용히 지내는 법을 터득하자 마음이 평온해졌다.

주인은 취미가 고상한 사람이었다. 그는 아파트 내부를 잡지에 실린 실내 장식 사진처럼 꾸며 나갔다. 책을 비롯하여 인도의 그림과 직물로 공간을 장식하고 인도의 토속신을 조각한 석고상과 동상도 갖다 놓았다. 나는 그런 것들을 무심하게 바라보려 애썼다. 물론 보기에 좋았고, 창밖의 풍경과도 잘 어울렸다. 하지만 내 눈에는 워싱턴의 풍경이 여전히 낯설었다. 이 아파트도 제대로 된 집 같지 않았다. 대나무로 엮은 의자가 놓인 뭄바이의 낡고 허름한 응접실이 자꾸만 생각났다. 아파트는 좀처럼 정이 가지 않는 곳이었다.

주인이 저녁에 손님들을 데려오면 나는 정성껏 식사를 대접하고 시중을 들었다. 그리고 적당히 눈치를 보아서 손님들에게 공손히 인사하고 조용히 문을 닫은 뒤 부엌을 통해 아파트를 나서는 척했다. 그런 다음 살며시 창고 같은 붙박이장으로 들어와 바닥에 누워서 담배를 피웠다. 출입구가 따로 있어 마음만 먹으면 언제든 외출할 수 있었지만, 굳이 그러고 싶지 않았다. 지하에 있는 세탁실에 내려가는 것도 싫었다.

일주일에 한두 번은 동네에 있는 커다란 슈퍼마켓으로 장을 보러 갔다. 장을 보러 가는 길이면 늘 흑인 무리와 마주쳤다. 주로 남자와 아이들이었다. 나는 되도록 그들을 보지 않으려고 애썼지만 쉽지 않았다. 그들은 보통 길바닥이나 계단에 앉아 있었다. 가끔은 붉은 벽돌집 주위에 모여 앉아 있기도 했다. 몇몇 집은 창문이 널빤지로 막혀 있었다. 그들은 온종일 아무 일도 하지 않은 채 집 밖에서 빈둥거리는 것 같았다. 남자들 몇몇은 아침 댓바람부터 술에 취해 있기도 했다.

흑인들의 집 사이에는 오래된 가옥이 듬성듬성 서 있었다. 바로 미국인들이 사는 집이었다. 그런 집에는 낮이든 밤이든 현관에 가스등이 켜 있었다. 하지만 미국인들을 볼 수는 없었다. 그들은 좀처럼 거리를 돌아다니지 않았다. 그들이 현관에 켜 놓은 가스등은 마치 겉으로 보기엔 오래된 집이지만, 안쪽은 최신 시설을 갖춘 아늑한 공간이라고 말하는 것 같았다. 그것은 또 흑인들에게 집 근처에는 얼씬거리지도 말라고 경고하는 것 같기도 했다.

슈퍼마켓 밖에는 언제나 권총을 찬 경찰관이 서 있었다. 그리고 그 안에는 곤봉을 든 흑인 경비원이 늘 한두 명은 있었다. 계산대 너머에는 누더기를 걸친 늙은 흑인이 몸을 웅크린 채 구걸하고 있었다. 키는 작지만 다부진 흑인 소년들도 많았다. 그들은 배달할 거리를 기다리고 있었다. 그 모습을 보자 산으로 둘러싸인 마을에서 인도인 여행자들의 짐을 나르던 시절이 생각났다.

내게는 슈퍼마켓을 오가는 것이 유일한 외출이었는데, 장을 보고 아파트로 돌아와서야 마음이 놓이곤 했다. 집안일은 특별히 할 것이 없었다. 그래서 텔레비전을 볼 때가 많았다. 덕분에 영어 실력이 점점 늘었다. 특별히 마음에 드는 텔레비전 광고도 생겼다. 가스등만으로 짐작하던 미국인들의 생활도 그 광고를 통해 꽤 많이 알게 되었다. 둥그런 돔이든 탑이든 숲이든 유명한 도시의 경치를 멀찍이 바라보기만 하다가 미국인들의 가정을 엿볼 수도 있었다. 광고 속의 미국인들은 마루를 닦고 설거지를 하는 등 열심히 집안일을 했다. 그리고 새로 산 옷인데도 한두 번 입은 뒤 세탁을 했고, 자동차를 사면 거의 매일이다시피 세차를 했다. 내가 보기에 미국인들은 무엇이든 깨끗이 하지 않으면 직성이 풀리지 않는 사람들 같았다.

텔레비전을 자주 본 탓에 이상한 버릇이 생겼다. 길을 걷다가 미국인과 마주치면 그 사람을 텔레비전 광고 속 인물에 대입해 보았던 것이다. 그렇게 하다 보니 현실 속 미국인과 텔레비전 광고 속 미국인의 경계가 흐려졌다. 내게 미국인들은 비현실적인 사람들이었다. 모두 광고 속에서 거리로 뛰쳐나온 사람들 같았다.

이따금 흑인도 텔레비전에 나왔다. 그는 자신들에 관한 이야기를 하지 않았다. 어떻게 하면 물건을 깨끗이 정리할 수 있는지에 대한 이야기를 했다. 현실의 흑인과 사뭇 달랐다. 거리에서 흔히 마주치는 흑인이 아니었다. 이를테면 그는 배우였다. 나는 그가 텔레비전에서만 그렇게 보일 뿐, 거리로 나오면 여느 흑인과 다름없을 거라고 생각했다.

*

　어느 날 슈퍼마켓 계산대에 서 있던 흑인 여자가 내가 건넨 돈을 받고 코를 킁킁거리며 이렇게 말했다.

　"당신한테선 늘 좋은 냄새가 나."

　그 여자는 상냥하게 웃었다. 나는 한참 생각한 뒤에야 좋은 냄새가 무엇인지 알았다. 그것은 가난한 고향에서 가져온 연초 냄새였다. 냄새가 옷에 밴 것이다. 그렇지 않아도 나는 시골 냄새 같아서 부끄럽게 여기던 참이었다. 그런데 계산대 여자는 아무렇지 않은 표정을 지었다. 나는 뭄바이를 떠날 때 연초잎 한 묶음과 면도칼 100개를 짐 속에 넣었다. 두 가지 모두 인도에만 있는 것인 줄 알았기 때문이다. 나는 계산대 여자에게 연초잎을 조금 주었다. 그러자 그녀가 답례로 영어 몇 마디를 가르쳐 주었다.

　맨 처음 말은 "나는 검고 아름답다."였다. 내가 고개를 끄덕이자 이번에는 밖에 서 있는 경찰을 가리키며 말했다.

　"저 사람은 돼지."

　아파트 같은 층에 누구네 집 하녀인지는 모르지만 흑인 여자가 살고 있었다. 그 여자 덕분에도 내 영어 실력이 한 단계 도약했다. 그녀 역시 연초 냄새에 이끌려 내게 다가왔다. 하지만 연초 냄새보다는 내 작은 몸집과 이국적인 외모에 이끌렸던 것 같다. 아무튼 그녀는 몸집이 크고 얼굴이 넙데데한 데다 광대뼈가 툭 튀어나와 있었다. 눈은 부리부리했고 입술은 무척 두꺼웠다. 하지만 축 늘어지지는 않았다. 몸집은 너무 커서 마주 보기 부담스러울 정도였다. 나는 여자의 얼굴만 바라보기로 마음먹었다. 그런데 여자가 그런 나를 오해한 것 같았다. 거칠게 몸을 기대며 내게 장난을 걸어왔다. 나는 여자의 그런 행동이 싫었다. 하지만 힘이 딸려 그녀를 제어할 수 없었다. 아니, 나 또한 그녀의 용모에 마음이 끌렸던 것 같다. 어쩌면 향수 냄새와 뒤섞인 그녀의 체취에 정신이 몽롱했는지도 모른다.

그때의 만남 이후로 그녀는 걸핏하면 우리 아파트에 놀러 왔다. 그녀 때문에 좋아하는 텔레비전을 보지 못하는 날이 많았다. 그녀가 돌아간 뒤에도 냄새는 남아 있었다. 땀 냄새, 향수 냄새, 연초 냄새 등이 방 안을 가득 채웠다. 나는 주인이 장식용으로 놓은 신들의 동상 앞에 꿇어앉아 부디 불명예스러운 일을 당하지 않도록 도와달라고 빌었다. 이곳 미국인들은 흑인들과 버젓이 섞여 사는 데다 그들을 어느 정도 인간으로 대우하는 듯하여 '불명예'라는 말을 어떻게 받아들일지 모르지만, 뭄바이에서는 흑인들과 함께 있는 걸 꺼렸다. 신성한 책에든 그렇지 않은 책에든 흑인 여자를 안는 것은 불경스러울 뿐만 아니라 죄를 짓는 행위라고 쓰여 있었다. 그리고 이번 생에서 불명예스러운 낙인이 찍히면 다음 생에는 원숭이나 고양이나 흑인으로 태어난다고도 했다.

나는 마침내 타락의 길을 걷기 시작했다. 나태함과 외로움 탓일 터였다. 여자들이 내게 매력을 느끼는 것 같았다. 내 어떤 점에 매력을 느끼는지 알고 싶었다. 나는 욕실로 가서 거울에 비친 내 얼굴을 들여다보았다. 지금으로서는 나 자신도 믿을 수 없지만 뭄바이에서는 일주일, 아니 한 달 동안 거울을 보지 않고 지낸 적이 많았다. 거울을 보더라도 얼굴이 어떤지 살피려는 게 아니었다. 이발이 잘되었는지, 여드름 같은 것이 생겼는지 확인하기 위해서였다. 결국 이제야 내 얼굴을 자세히 본 것인데, 상당한 미남이었다. 전에는 한 번도 그렇게 생각한 적이 없었다. 그저 평범한 외모라서 다른 사람의 눈에 띌 일이 없을 거라고만 생각했다.

내가 미남이라고 생각하자 긴장되기 시작했다. 나는 지나칠 정도로 외모에 신경을 쓰게 되었다. 자꾸만 거울을 보고 싶어 견딜 수 없었다. 무슨 병에라도 걸린 것 같았다. 나는 이따금 텔레비전을 보면서 화면 속의 남자만큼 잘생겼을 거라고 생각하는 스스로에게 깜짝깜짝 놀라곤 했다. 물론 그럴 때는 욕실로 달려가서 거울을 뚫어지게 바라보았다.

그렇다면 외모에 전혀 신경 쓰지 않던 시절의 나는 어땠을까? 아주 초라한 모습으로 돌아다녔을 터였다. 비행기와 공항에서 얼마나 촌스럽게 행동했던가? 심지어 맨발로 카페를 드나들었다! 낡고 더러운 옷을 걸치고 부끄러움도 모른 채 오히려 하인의 옷차림이 어울린다고 생각했다. 그런 거지 차림으로 다니는 나를 내버려 두다니, 워싱턴 사람들이 참으로 너그럽다는 생각도 했다.

그나마 숨을 수 있는 장소가 있어서 다행이라는 생각이 들었다. 스스로를 죄수라고 여겼는데, 정말 그렇게 되었다고 생각하자 워싱턴이 고마웠다. 상대하지 않으면 안 되는 것이 여기에는 별로 없기 때문이었다. 아파트, 붙박이장, 텔레비전, 주인, 슈퍼마켓, 그리고 흑인 여자. 워싱턴과 나를 이어 주는 것은 이뿐이었다. 어느 날 나는 뭄바이로 돌아가고 싶은지 그렇지 않은지 분명히 답할 수 없는 자신을 발견했다. 아파트 안에 갇혀 살다 보니 내가 무엇을 원하는지 알 수 없게 된 것이다.

*

나는 외모에 더욱 신경을 썼다. 그렇다고 딱히 나아진 것은 아니었다. 나는 낡은 검정 구두에 어울리는 끈도 사고 양말과 혁대도 샀다. 그런데 뜻하지 않게 돈이 조금 생겼다. 피우던 연초가 흑인과 맨발의 히피들에게 인기를 끌었기 때문이다. 나는 슈퍼마켓의 흑인 여자를 통해 그들에게 연초잎을 팔았다. 지금 생각해 보니 좀 밑지는 장사였다. 어쨌든 200달러 조금 못 되는 돈을 손에 쥐게 되었다. 나는 연초잎을 처분할 때와 마찬가지로 허겁지겁 옷부터 샀다.

그날 아침에 구입한 녹색 중절모와 녹색 양복 한 벌은 아직도 가지고 있다. 양복은 내게 좀 컸다. 세상 물정에 어둡고 경험도 없다 보니 그런 옷을 덜컥 사게 되었던 것이다. 하지만 양복을 산 순간의 좋았던 기분은 지금도 생생하다. 당시 점원은 좀 더 이야기를 나눈 뒤에 옷을 권해 주려고 했는데, 내 귀에는 아무 말도 들어오지 않았다. 나는 점원이 펼쳐 보인 첫번째 옷을 집어 들고 탈의실로 가서 갈아입었다. 옷의 치수나 맵시 같은 건 신경 쓰지 않았다. 그저 멋진 양복으로 보잘것없는 몸을 치장한다는 생각에 가슴이 벅찼다. 그런데 쓸데없이 시간을 끌면 낭패를 볼 것 같았다. 나는 재빨리 양복을 벗고 탈의실을 나왔다. 그러고는 점원에게 달려가서 녹색 양복을 사겠다고 했다. 그때 점원이 뭐라고 말하려다 내가 나서자 입을 다물었다. 나는 양복에 어울리는 모자도 주문했다. 아파트로 돌아왔을 때는 그야말로 녹초가 되어 있었다. 나는 붙박이장에 들어가자마자 벌러덩 누웠다.

나는 그 양복을 옷장이나 벽에 걸어 본 적이 없었다. 옷가게에서부터 그 양복을 사는 건 실수라고 생각했다. 옷값을 지불하기 위해 소중한 달러를 셀 때도 마찬가지였다. 나는 양복을 포장된 그대로 보관했다. 그리고 서너 번쯤 꺼내서 입어 보았다. 양복을 입은 채 집 안을 어슬렁거리는가 하면 의자에 앉아도 보고 다리를 꼰 채 담배에 불을 붙여 보기도 했다. 하지만 양복을 입은 상태로 집 밖을 나선 적은 없었다. 시간이 좀 흐른 뒤에는 양복바지를 입고 외출하기도 했다. 그러나 윗도리는 절대로 걸치지 않았다. 양복을 새로 살 수도 있었지만, 나는 그렇게 하지 않았다. 지금 내 옷차림처럼 지퍼가 달린 편안한 점퍼를 입었다.

얼마 전까지 나와 주인 사이에는 비밀이 없었다. 나는 무엇이든 주인에게 털어놓았다. 내 멋대로 하는 것보다 훨씬 마음이 편해서였다. 하지만 녹색 양복을 산 일이나 돈에 대한 이야기는 주인에게 하지 않는 편이 좋다는 걸 본능적으로 알아챘다. 같은 이유로 내 영어 실력이 좋아지고 있다는 것도 말하지 않았다. 아무래도 감추는 것이 좋을 듯싶었다.

전에는 주인이 위대한 사람으로 보였다. 그에 비하면 나는 한낱 티끌 같은 존재였다. 나는 주인에게 늘 그렇게 말했다. 물론 이는 우리 인도 사람들이 의례적으로 하는 말이지만 어느 정도는 사실이었다. 내게 주인은 나를 위해 세상 한가운데로 과감히 나아가는 존재였다. 나는 주인을 통해 세상을 경험했다. 그리고 언제나 그의 일부로 존재한다는 사실에 만족했다. 뭄바이 길바닥에서 동료들과 잠을 청하면서도 위층에서 주인과 손님들이 말소리가 들리면 왠지 모르게 기분 좋았다. 밤중에 손님들이 집으로 돌아가다가 거리에 있는 나를 보고 알은체를 하면 가슴 뿌듯했다.

그런데 지금은 모든 것이 달랐다. 내가 주인의 일부가 아닌 것처럼 느껴졌다. 이는 의도한 것이 아니었다. 저절로 그렇게 되어 버렸다. 나는 주인과 나를 남남으로 보게 되었다. 저녁을 먹으러 아파트에 오는 사람들은 예전부터 주인을 그렇게 보았을 터였다. 가만 보니 주인은 서른다섯쯤 된 내 또래였다. 전에는 한 번도 그렇게 생각한 적이 없었기 때문에 나는 잠시 어안이 벙벙했다. 그는 뚱뚱한 편이었다. 운동 부족인 것 같았다. 그는 안경을 끼고 머리숱이 적었는데, 늘 종종걸음으로 부산스럽게 다녔다. 그리고 말하는 중에 콧수염을 이에 대고 비비는 한편, 윗입술을 잘근잘근 씹는 버릇이 있었다. 그는 일 때문에 늘 애면글면 초조해했고, 이따금 사무실 동료에게 핀잔을 들었다. 특히 워싱턴에 와서는 나보다 더 안절부절못하고 나만큼이나 조심스럽게 행동했다.

언젠가 미국인 한 사람이 주인의 저녁 식사에 초대되어 왔을 때였다. 그 미국인은 아파트 내부의 조각품들을 둘러보다가 자기도 인도의 사원에서 조각상의 머리 부분을 가져왔다고 말했다. 사원의 안내인에게 말했더니 그 자리에서 잘라 주었다는 것이다.

주인은 단단히 화가 난 것 같았다. 주인이 말했다.

"그건 엄연한 불법입니다!"

"그렇다고 해서 안내인에게 2달러를 줬어요. 위스키 한 병만 갖고 있었어도 그는 사원 전체를 끌어다 내게 줬을걸요."

주인의 얼굴이 순식간에 창백해졌다. 그는 친절하게 손님을 대하려고 애썼지만, 얼굴은 저녁 내내 슬퍼 보였다. 주인 때문에 나도 슬펐다.

그날 밤 늦은 시각에 주인이 내 붙박이장 문을 두드렸다. 누군가와 이야기를 나누고 싶은 마음을 충분히 이해할 수 있었다. 나는 속옷 차림이었으나 미국인이 돌아간 뒤라서 괜찮을 것 같았다. 입은 그대로 붙박이장 밖을 내다보았다. 주인이 좁은 부엌에서 서성거리고 있었다. 아파트 전체가 슬픔에 젖어 있는 것 같았다.

"산토시, 아까 그 사람이 한 말 들었나?"

나는 아무것도 모른 척 시치미를 뗐다. 그저 그의 이야기에 귀 기울인 다음 몇 마디 위로의 말만 해 주고 싶었다.

나는 잠자코 침묵했다가 이렇게 말했다.

"주인님, 이곳 사람들은 프랑크족입니다. 야만인이라고요. 주인님도 아시잖아요?"

"산토시, 이곳 사람들은 우리 모두를 하찮게 여긴다네. 우리 나라가 가난하니까 우리를 싸잡아서 무시하는 거지. 나

같은 정부 관리를 가난뱅이 안내인과 똑같이 취급하려 들다니……. 내가 돈 몇 푼에 뭐든 팔아넘길 사람으로 보였나 봐. 재수 없는 놈 같으니라고."

주인은 미국인이 자신을 모욕했다는 생각에 빠져 있었던 것이다. 실망스러웠다. 나는 그가 우리 인도의 사원을 생각하고 화를 내는 줄 알았다.

*

며칠 뒤 더 큰 사건이 일어났다. 여느 날과 마찬가지로 흑인 여자가 아파트 안으로 불쑥 들어왔다. 그녀는 주인의 장식품들 사이를 황소처럼 어슬렁거렸다. 나는 그녀의 강렬한 체취와 살짝 드러난 겨드랑이를 보고 자극을 받아 비틀거렸다. 그녀가 달려와 나를 소파로 이끌더니 주인이 아끼는 사프란색 시트 위에 눕혔다. 그것은 펀자브 지방 특산의 수공예 시트였다. 나로서는 어떻게 할 수가 없었다. 어느 순간 불명예스러운 일이 일어날 거라는 생각이 퍼뜩 들었다. 새카만 피부에 붉은 혀와 하얀 눈, 힘센 팔로 보아 그녀는 죽음과 파괴의 인도 여신 칼리를 닮아 있었다. 나는 그녀가 거칠고 난폭하게 나올 줄 알고 단단히 각오했다. 결론적으로 말하자면 그녀는 내 마음에 상처를 입혔다. 그리고 나를 모욕했다. 그녀는 나를 가지고 놀았다. 마치 작은 외국인 나와는 진지한 행위가 불가능하다는 듯 장난처럼 행동했다. 그녀는 행위 중에 큰 소리로 웃었다. 나는 몸을 일으키려고 애썼지만 소용없었다. 이윽고 행위가 끝났을 때 덜컥 겁이 났다.

나는 용서받고 싶었다. 될 수 있다면 다시 순결해지고 싶었다. 나는 그녀가 눈앞에서 이제 사라지기를 바랐다. 손님인데도 주인처럼 행세하는 그 여자가 두 번 다시 나타나지 않기를 바랐다. 나는 조각품과 벽걸이 융단을 바라보며 사무실에서 골머리를 앓고 있을 불쌍한 주인을 생각했다.

나는 욕실로 들어가서 몇 번이고 씻었다. 하지만 냄새는 내 몸에서 떨어져 나가지 않았다. 그녀의 체액이 내 몸 어딘가에 착 달라붙어 있는 것 같았다. 나는 레몬을 반 토막 내어 체액이 묻어 있을 만한 부분을 박박 문질렀다. 속죄와 정화의 의미로 한 일이지만, 생각만큼 아프거나 쓰라리지 않았다. 나는 내게 더 큰 벌을 내리기로 하고는 알몸으로 욕실과 거실 바닥을 마구 뒹굴었다. 그러면서 큰 소리로 울부짖었다. 눈물이 났다. 진짜 눈물이었다. 그제야 마음이 조금 편안해졌다.

아파트 안은 서늘했다. 늘 에어컨이 윙윙거렸다. 하지만 밖은 우리 고향의 여름처럼 무더웠다. 문득 고향에서 열리던 축제 장면이 떠올랐다. 축제 때의 옷차림을 하고 싶었다. 구석에 쌓아 놓은 짐 꾸러미 하나를 풀어 허리에 감을 정도의 기다란 무명천을 꺼냈다. 뭄바이를 떠날 때 재단사네 짐꾼이 선물로 준 것이었다. 한 번도 사용한 적이 없는 그 천을 허리에 두르고 다리 사이에 감았다. 그러고는 향을 피운 뒤 마룻바닥에 책상다리를 하고 앉아서 명상에 잠겼다. 고요 속에 빠져들고 싶었던 것이다. 금세 배가 고파졌지만 마음은 무척 편안했다. 나는 곧바로 단식에 들어가기로 결심했다.

갑자기 주인이 들이닥쳤다. 예상치 못한 일이었다. 하지만 나는 당황하지 않았다. 천을 감고 명상에 잠긴 내 모습을 주인이 보든 말든 상관없었다. 평소 이보다 더 이상한 광경을 보았을 것이므로 주인도 크게 놀라지는 않을 터였다. 그런데 주인이 이 시각에 귀가하다니 의외였다. 주인은 늘 저녁이 되어야 집에 돌아왔다.

"산토시, 대체 무슨 일인가?"

나는 자존심을 지키고 싶어 이렇게 둘러댔다.

"가끔씩 치르는 저만의 의식입니다."

주인은 내 말에 별다른 반응을 하지 않았다. 무언가 다른 일로 흥분한 상태라서 내 말이 귀에 들어오지 않는 모양이었다. 그는 얇은 갈색 재킷을 벗어 소파의 사프란색 시트 위에 내려놓았다. 그러더니 냉장고 문을 열고 오렌지 주스를 꺼내어 연거푸 두 잔이나 마쳤다. 그러고는 콧수염을 부비며 창밖을 바라보았다.

"가엾은 산토시, 대체 우리는 여기서 뭘 하고 있는 걸까? 대체 우리는 여기에 뭐 하러 온 거지?"

나도 창밖으로 고개를 돌리고 주인의 시선을 쫓았다. 평소와 다른 건 하나도 없었다. 넓은 유리창 밖은 무더운 여름날 풍경이었다. 파르스름한 하늘 아래 점점 시들어 가는 무성한 숲 위로 높이 솟은 건물들, 색이 바랜 둥그런 지붕들, 토요일과 일요일 아침이면 사람들이 모여 일광욕을 하는 지저분한 아파트 옥상 등이 보였다. 내가 슈퍼마켓을 오갈 때 지나는 가로수 길도 보였고, 그 주위 집들의 현관과 뒷마당도 보였다.

주인이 에어컨을 껐다. 윙윙거리는 소리가 멈추었다. 그러자 기다렸다는 듯이 바깥의 소리가 집 안으로 밀려들었다. 사이렌 소리가 요란했다. 주인이 창문을 열었다. 사방에서 사람들이 웅성거리는 소리와 비명이 들렸다. 주인이 창문을 닫자 방 안은 다시 조용했다. 창문 쪽으로 고개를 돌린 순간 슈퍼마켓 근처에서 피어오르는 검은 연기가 눈에 들어왔다. 연기는 하늘로 곧게 치솟아 엷게 퍼져 나갔다. 평소 아파트 단지에서 흔히 보던 연기와 달랐다. 근처에서 불이 난 게 틀림없었다.

"흑인들이 미쳐 날뛰고 있네, 산토시. 그자들은 워싱턴을 불바다로 만들 셈인가 봐."

불이 나든 말든 나는 아무렇지도 않았다. 아니, 사실은 참회하는 마음으로 회개의 기도를 하고 싶었던 터라 불이 나서 오히려 다행이란 생각이 들었다. 그런데 오후 내내 시커먼 연기를 내뿜던 불은 그날 밤까지 계속 타올랐다. 대도시가 불길에 휩싸인 광경을 보자니 묘하게도 해방감 같은 게 느껴졌다. 텔레비전에서는 화재 상황이 반복적으로 보도되었다. 불은 다음 날 아침까지도 꺼지지 않았다. 대도시에 걸맞게 화재의 규모가 무척 컸다. 나는 불길이 영원히 잡히지 않기를 바랐다. 오히려 도시 전체로 번져 나가기를 바랐다. 아파트 단지도, 이 집도, 이 방의 나까지도 불길 속에 타올라 완전히 사라지기를 바랐다. 불길 앞에서 도망칠 수도 없고, 그런 꿈을 꾸는 것조차 불가능한 상황이 되기를 바랐다. 불길이 점차 잦아들 것 같은 기미가 보일 때마다 나는 실망한 나머지 배신을 당한 기분마저 느꼈다.

주인과 나는 꼬박 나흘을 아파트에 갇혀 지냈다. 우리는 창문을 통해 불붙은 도시를 말없이 바라보았다. 텔레비전은 집에서도 보이는 불난 광경을 계속해서 보여 주었다. 창문을 통하지 않고도 화재 현장을 생생하게 보고 느낄 수 있었다. 마침내 조용해지더니 불길이 잡혔다. 창밖 풍경은 아무 일 없었다는 듯 그대로였다. 고층 빌딩은 여전히 위풍당당하게 그 자리에 서 있었다. 나무들도 불이 나기 전처럼 울창했다. 문득 거리로 나가고 싶은 충동을 느꼈다. 나 자신을 죄수라고 여긴 이래 처음 느끼는 기분이었다.

　화재로 파괴된 곳은 슈퍼마켓 건너편이었다. 나는 슈퍼마켓을 지나 멀리까지 걸어가 보았다. 처음 가 보는 곳이었다. 넓은 길을 따라 이어진 가로수와 집들, 상점과 광고판을 대하자 묘한 기분이 들면서 과연 대도시라는 게 실감이 났다. 하지만 간판들은 죄다 불에 타거나 검게 그을려 있었고, 상점들은 화염에 휩쓸려 부서지거나 통째로 무너져 있었다. 불길은 유리창을 뚫고 붉은 벽돌까지 새까맣게 태워 버렸다. 한참을 걸어도 거리는 폐허 그 자체였다. 곳곳에 흑인들이 모여 있었다. 나는 그들을 외면하고 지나갔다. 내 일에 바빠 화재 현장 따위 관심도 없는 척했다. 그런데 흑인들이 나를 보고 정답게 미소 지었다. 나도 그들에게 미소를 지어 보였다. 그들은 하나같이 행복한 표정이었다. 큰일을 겪었지만 스스로 극복했고, 그런 힘이 자신들에게 있다는 걸 알고 뿌듯해하는 것 같았다. 마치 고된 일을 끝내고 휴가를 즐기는 사람들처럼 보였다. 나도 그들과 함께 즐거워했다.

*

그만 여기서 도망치고 싶었다. 그것은 간단한 일이지만 한 번도 진지하게 생각한 적이 없었다. 죄수처럼 사는 데 웬만큼 적응한 탓이었다. 그래도 워싱턴을 떠나 뭄바이로 돌아가고 싶은 생각은 굴뚝같았다. 그런데 모든 것이 마음대로 되지 않았다. 나는 거울을 통해 진정한 나 자신과 대면했다. 뭄바이로 돌아가도 이전과 똑같이 살 수 없을 거라는 결론을 얻었다. 지금 주인이 아닌 또 다른 사람의 일부로 살아가는 것도 쉽지 않겠지만, 두 번 다시 그렇게 살고 싶지도 않았다. 밤마다 친구들과 길바닥에 앉아 정답게 이야기를 나누던 기억을 비롯하여 아침의 아라비아 해안가 산책 등 여러 일들이 떠올랐다. 그야말로 행복한 시절이었다. 하지만 그것은 추억 속의 어린 시절일 뿐이었다. 아름답지만 그 시절로 돌아가고 싶지는 않았다.

화재 사건 이후, 나는 버릇처럼 오랫동안 도시를 구석구석 돌아다녔다. 도망치겠다는 생각 따위 하지 않고 그저 도시를 구경하면서 자유로움을 느끼고 싶었다. 그러던 어느 날 우연히 한 상가 지구에 들어서게 되었다. 예전에 주택가였던 나무가 울창한 도로를 걷는데, 한 건물 현관에 간판을 다는 인부들과 그들을 감독하는 인도인 같은 남자가 눈에 들어왔다. 간판을 보니 건물은 식당 같았다. 그리고 감독하는 남자는 주인으로 보였다. 그는 무언가 걱정이 있는 듯한 표정으로 나를 바라보며 수줍게 웃었다. 나는 약간 놀랐다. 지금껏 워싱턴에서 만난 인도인들은 내게 냉담했기 때문이다. 그들은 나를 보고도 못 본 척 무시했다. 내가 귀찮은 부탁이라도 할까 봐 지레 피했는지도 모르지만 말이다.

나는 남자에게 다가가서 간판이 멋지다고 칭찬했다. 사업이 번창하기를 빈다는 말도 건넸다. 그는 쉰 살쯤 되어 보였는데, 키가 좀 작은 편이었다. 그가 입은 더블 재킷은 유행이 한참 지난 것으로 무엇보다 깃이 넓었다. 최근에 갑자기 여윈 듯 눈 밑이 움푹 패어 있었다. 그렇더라도 인도에서는 꽤 높은 지위를 누렸던 사람처럼 보였다. 단순히 식당 일이나 할 사람 같지 않았다. 왠지 모르게 나와 통하는 부분이 있을 것 같기도 했다. 그는 내게 식당 안을 좀 둘러보라고 권했다. 그러면서 내 이름을 묻고는 자기 이름을 밝혔다. 남자의 이름은 프리야였다.

식당 현관에 들어서자 곧바로 방이 하나 나왔다. 눈이 휘둥그레질 정도로 호화로운 방이었다. 벽지부터 벨벳처럼 아름다웠다. 직접 손으로 쓰다듬고 싶었다. 천장에 매달린 놋쇠 샹들리에도 무척 아름다웠다. 각양각색의 전구들이 눈부실 정도로 휘황찬란했다. 프리야는 계속 나를 안내했다. 화려한 장식을 지날 때마다 내 입에서는 감탄사가 터져 나왔다. 하지만 그의 눈 밑은 점점 더 어두워졌다. 시설비로 너무 많은 돈이 들어가서 걱정인 것 같았다. 개업하기 전이라 식당 안은 조금 어수선했다. 한쪽 모퉁이를 보니 선반에 프리야의 수집품들이 잔뜩 진열되어 있었다. 그는 특히 행운을 부르는 부적들을 수집해 놓고 있었다. 생쌀이 담긴 놋쇠 접시가 보였는데, 가게의 번영을 상징하는 것이라고 했다. 또 작은 연필이 끼워진 수첩은 재물을 부르고, 자그마한 도자기 램프는 인생 전반에 걸쳐 복을 누리게 해 준다고 했다.

"산토시, 어떤가요? 장사가 잘될 것 같나요?"

"그럼요. 성공할 겁니다."

"하지만 내게는 적이 많아요. 인도 식당을 하는 사람들은 내게 전혀 호의적이지 않거든요. 이 가게는 온전히 내 힘으로 마련했어요. 그리고 모든 걸 현금으로 지불했죠. 담보를 설정하고 대출을 받는 짓 따위는 하지 않았어요. 그런 건 미덥지 않으니까요. 현금으로 해결할 수 없으면 아예 그만두는 게 낫죠."

프리야의 말을 듣고 짐작하건대 아무래도 그는 가게를 담보로 돈을 빌리는 데 실패한 것 같았다. 그러니 돈 문제로 걱정할 수밖에 없을 터였다.

"지금 무슨 일을 해요? 정부 관계의 일 같은 거 하나요?"

"뭐 그런 일을 한다고 볼 수 있죠."

"나와 처지가 비슷하군요. 미국 속담에 이런 말이 있어요. '상대방을 이길 수 없으면 그와 한 패가 돼라.' 나는 속담대로 저쪽 사람들과 손을 잡았어요. 그런데도 그들은 나를 못 잡아 먹어서 안달이죠."

프리야는 한숨을 내쉬고 벽에 붙은 빨간 의자의 등받이에 양팔을 걸쳤다.

"이봐요, 산토시. 우리가 왜 이러고 있죠? 모든 걸 때려치우고 강둑에 앉아 명상이라도 하는 게 낫지 않을까요?" 프리야는 방 안을 왔다 갔다 했다. "세상은 엠블럼이오. 그냥 엠블럼

일 뿐이죠."

프리야가 쓰는 영어 단어를 알아들을 수 없었지만, 무슨 말을 하려는지는 대충 알 것 같았다. 잠깐 동안이지만 뭄바이에 있는 듯한 기분이 들었다. 재단사네 짐꾼을 비롯한 여러 친구들과 담소를 나누거나 이따금 철학적인 이야기를 하던 저녁 무렵의 풍경이 눈앞에 어른거렸다.

"이런, 미안하네요. 손님을 불러 놓고 아무것도 내놓지 않다니…… 커피나 차 같은 것 좀 마실래요?"

나는 고개를 저어 아무것도 마시지 않아도 좋다는 표시를 했다. 하지만 그는 처음 들어 보는 거친 말투로 주방 문 건너편에 있는 사람을 불렀다.

"그래요, 산토시. 엠-블럼이오."

그는 한숨을 내쉬고 한 손으로 빨간 의자를 내리쳤다.

그때 쟁반을 든 남자가 방에 들어왔다. 처음에는 인도 사람인 줄 알았는데, 자세히 보니 외국인이었다.

"제대로 봤어요." 남자가 주방으로 사라지자 프리야가 말했다. "저 친구는 바라트, 그러니까 인도인이 아니오. 멕시코 사람이죠. 내가 뭘 어떻게 하겠어요? 동포를 채용한다고 쳐요. 노동 허가증이나 입국 허가증같이 필요한 서류도 만들어 줬다고 칩시다. 그다음엔요? 고마운 줄도 모르고 어디론가 홱 도망가 버리는 거예요. 그리고 여기저기 돌아다니며 사기나 치고요. 죄다 그런 식이에요. 무슨 말인지 알겠어요, 산토시? 전에 나는 의류업을 했어요. 인도에서 50루피에 산 물건을 미국에서 50달러에 팔았죠. 쉬운 장사였어요. 터키 옷인 카프탄 같은 건 여기 미국에서 수요가 꽤 많았어요. 많은 사람들이 입어 보고 싶어 했죠. 너도나도 '카프탄, 카프탄' 했지요. 원한다면 산토시 당신한테도 한 벌 줄 수 있어요. 인도에 1000벌이나 주문해 놨거든요. 그런데 산토시, 자꾸만 납품이 지연되고 있어요. 인도에서는 늘 그렇잖아요. 물건이 도착하려면 일 년은 족히 걸릴 거예요. 하지만 그때가 되면 카프탄을 사려는 사람이 없겠죠. 대사관 사람들이 그러는데 우리 나라 사람들은 조직적이지 못하대요. 장사를 하려면 시장 조사 같은 것도 해야 하는데, 그런 건 할 생각을 않는답니다. 하지만 산토시, 시장 조사를 하러 다니면 장사는 언제 해요? 장사는 정말 골치 아픈 거예요. 알아요, 산토시? 솔직히 장사는 내 적성에 안 맞아요. 난 장사 체질이 아니라고요. 옷 장사 할 때 손님이 들어오면 창피해서 숨고 싶은 적이 한두 번이 아니었어요. 어느 땐손님처럼 보이려고 물건을 고르는 척하기도 했죠. 그런 내가 시장 조사 같은 걸 할 수나 있겠어요? 대사관 사람들은 아무것도 모르면서 그냥 지껄이는 거예요. 우리를 허깨비로 보는거죠. 산토시, 골치 아픈 것 다 떨쳐 버리고 포토맥강 변으로가서 명상이나 합시다."

나는 프리야의 이야기를 듣는 것이 좋았다. 이렇게 진솔하면서도 재미있는 이야기를 들어 보기는 뭄바이를 떠나온 이후 처음이었다. 나는 그에게 솔직히 말했다.

"프리야, 저는 요리사입니다. 요리사가 필요하시면 이 식당에서 일하고 싶습니다."

"당신은 오늘 처음 봤는데도 옛날부터 알고 지낸 사람 같군요. 가족 같기도 하고요. 좋아요, 산토시. 당신이 기거할 곳을 마련해 줄게요. 형편이 닿는 대로 식사와 함께 용돈도 대 주고요."

"그럼 제가 머물 곳을 좀 보여 주세요."

내 말에 프리야는 먼저 일어나서 아름다운 방을 지나 카펫이 깔린 계단을 올라갔다. 카펫 깔린 계단과 멋지게 페인트칠한 벽이 금방 끝날 줄 알았는데, 죽 이어져 있었다. 우리가 들어간 방은 작았다. 주인의 아파트를 축소해 놓은 것 같았다.

"붙박이장도 있고, 골고루 갖추어져 있어요. 한번 둘러봐요, 산토시."

나는 붙박이장을 열어 보았다. 맞은편에 바깥쪽으로 통하는 접이문이 달려 있었다.

"프리야, 여긴 너무 좁아요. 제 짐만 갖다 놓아도 꽉 찰 것 같은데요. 여기에다 어떻게 이불을 깔겠어요? 정말 좁아요."

프리야가 의외라는 듯 어색하게 웃었다.

"농담하지 마요, 산토시. 우리는 이미 가족이나 마찬가지인데, 무슨 말을 그렇게 해요?"

그제야 그가 붙박이장이 아닌 방 전체를 내게 내주려 한다는 걸 알았다. 나로서는 놀라지 않을 수 없었다.

프리야도 놀란 모양이었다. 그는 힘없이 침대 끝에 걸터앉았다. 눈 아래가 더 움푹 들어간 것 같았다. 더블 재킷을 걸친 몸집이 무척 작아 보였다.

"우리는 이곳에서 하찮은 존재로 살아왔어요. 산토시, 이 붙박이장이 종업원 숙소라고 하면 다들 그렇게 알 거예요. 누구 하나 관심을 두지 않죠."

잠시 그와 나 사이에 침묵이 흘렀다. 나는 이 새로운 세계에 어떻게 적응해야 할지 생각했다. 겁이 났다. 그도 우울해 보였다.

이윽고 아래층에서 누군가의 목소리가 들렸다.

"프리야!"

순간 프리야의 얼굴이 조금 밝아졌다. 그는 나를 보고 싱긋 웃더니 살짝 윙크까지 했다. 그러고는 아래층을 향해 미국식 억양으로 말했다.

"어서 오게, 밥!"

나는 프리야의 뒤를 따라 아래층으로 내려갔다.

"프리야." 미국인 남자가 서 있었다. "메뉴판 가져왔어요."

밥은 키가 컸다. 가죽 재킷에 청바지 차림이었는데, 바짓단이 위로 올라가 두꺼운 양말이 훤히 보였다. 게다가 가죽으로 밑창을 댄 커다란 구두까지 신고 있어서 달리기 시합에라도 나갈 사람 같았다. 그가 가져온 메뉴판은 무척 컸다. 표지에는 남자가 그려져 있었다. 뚱뚱한 남자는 콧수염을 기르고 깃털 달린 터번을 두르고 있었다.

"밥, 근사하군."

"내 마음에도 듭니다. 그런데 저건 뭐죠? 웬 선반이에요, 프리야?"

밥은 마치 말처럼 터벅터벅 선반으로 다가갔다. 생쌀이 담긴 놋쇠 접시, 작은 도자기 램프가 놓인 선반이었다. 가까이에서 보니 엉성하기 짝이 없었다.

프리야 역시 자기가 만들어 놓은 게 멋쩍은 모양이었다. 하지만 누가 뭐래도 선반을 치울 생각은 없어 보였다.

"내가 굳이 뭐라고 할 건 없죠. 나도 뭔가 동양적인 느낌을 풍기는 게 좋겠다는 생각은 했어요. 그건 그렇고 프리야……."

"돈, 돈, 돈! 또 돈 얘기를 하려는 거군. 그렇지?" 프리야가 어린애와 농담하는 듯한 말투로 말했다. "그런데 밥, 왜 내게 돈 얘기를 하나? 누가 들으면 내가 이 식당 주인인 줄 알겠네. 주인은 내가 아니잖아? 이 식당 주인은 자네야."

프리야는 능청스럽게 인도에서 상대를 치켜세울 때 흔히 쓰는 농담을 했다. 하지만 밥은 영문을 몰라 한동안 어리둥절한 표정을 짓다가 화제를 돌렸다.

두 사람은 사업 실패와 좌절에 대해 이야기를 나누었다. 조금은 긴장한 듯 보였지만 프리야는 워싱턴 생활에 잘 적응한 사람 같았다. 나는 그의 굳은 의지와 훌륭한 말솜씨가 부러웠다. 하지만 그의 이야기를 어디까지 믿어야 할지 알 수 없었다. 그래서 이리저리 추측해야 했는데, 그러면서도 그가 마음에 들었다. 그가 한 말을 속으로 일일이 따져 보면서도 수수께끼 같은 그의 신비한 면에 마음이 끌렸다. 그런 신비함은 확고한 신념에서 비롯된 것 같았다. 프리야와 함께 생활한다면 진정한 나를 찾을 수 있을 듯싶었다. 나는 며칠 동안 내게 일어난 일을 돌아보았다. 아파트에 갇혀 살다가 어느 날 뜬금없이 녹색 양복을 샀고, 흑인 여자를 안았다. 그리고 나흘간의 화재를 목격한 뒤 프리야를 만났다. 워싱턴에 와서 처음으로 나는 안정을 찾은 자신을 발견했다.

프리야의 집으로 이사했다는 표현은 정확하지 않을 수 있다. 나는 그냥 프리야 집에 눌러앉아 버렸다. 굳이 짐을 가지러 아파트로 돌아가고 싶지 않았다. 돌아가면 다시 죄수처럼 살 수밖에 없을 것 같았다. 주인이 나를 위해 지불한 5000루피를 내놓으라고 할 수도 있다. 흑인 여자가 찾아와 나를 자기 남자라고 주장할지도 모른다. 주인이 흑인들과 지내라며 나를 내쫓을 수도 있다. 이런 생각을 하자 아파트에 두고 온 물건들이 전혀 아깝지 않았다. 오히려 늘 신경 쓰이던 녹색 양복을 두고 오기를 잘했다는 생각이 들었다. 그렇기는 해도…….

*

프리야는 내게 주급으로 40달러씩 주었다. 3달러 75센트를 받던 내게는 그야말로 거금이었다. 아무리 돈이 필요하다고 해도 과분한 돈이었다. 사실 그 무렵에는 특별히 돈을 쓸 일도, 돈을 쓰고 싶은 욕망도 없었다. 전 주인과 흑인 여자는 내가 왜 돌아오지 않는지 궁금할 것이다. 저마다 이유는 달라도 나를 이상하게 생각하리라. 어쨌든 나는 한동안 밖으로 나가지 않기로 했다. 외출하지 않아도 충분히 견딜 수 있었다. 워싱턴에 온 이후 줄곧 그렇게 생활해 왔기 때문이다. 식당 일도 눈코 뜰 새 없이 바빴다. 태어나서 처음으로 겪는 분주한 일상이었다.

개업하자마자 식당이 성황을 이룸에 따라 프리야는 하루 종일 부산하게 움직였다. 그는 커다란 메뉴판을 들고 불쑥불쑥 주방에 들어와서 영어로 소리쳤다.

"산토시, 귀빈이야! 특별한 손님이 왔다고!"

누가 왔든 나는 신경 쓰지 않았다. 그저 내 일을 충실히 완수하는 데 만족했을 뿐이다. 나는 스스로 마련한 자유를 누리고 있다고 생각했다. 비록 숨어서 매일 밤 자정까지 일에 매여 있는 처지이기는 하지만, 그 어느 때보다 자립하여 당당하게 살아가고 있다고 확신했다.

종업원은 대부분 멕시코인이었다. 그러나 터번을 두른 탓에 다들 인도인처럼 보였다. 그들 또한 인도인들처럼 오래 있지 못하고 들락날락했다. 나는 멕시코인들과 가깝게 지내지 않았다. 그들은 자신감이 없는 데다 서로 시기하고 질투했다. 그래서 신뢰가 가지 않았는데, 요리를 하면서도 서류와 그린카드에 대해서만 이야기했다. 곧 그린카드를 받게 되었다느니 방금 받았다느니 그것 때문에 사기를 당했다느니 하는 이야기였지만, 나는 처음에는 무슨 말인지 이해하지 못했다. 그러다 그린카드가 외국인에게 발급하는 노동 허가증이라는 걸 알고는 기가 죽었다.

또 한 가지 알게 된 것은 전 주인에게서 도망친 탓에 내가 불법 체류자가 되었다는 사실이었다. 누군가의 밀고로 체포되어 구속되면 결국 추방당하는 치욕을 감내해야 할 터였다. 생각할수록 난감한 일이었다. 하지만 내게는 그린카드가 없을뿐더러 어떻게 하면 그것을 발급받을 수 있는지도 알 수 없었다. 게다가 이 문제에 대해 의논할 상대도 없었다.

나는 스스로 짊어진 비밀의 무게에 짓눌려 지냈다. 예전에는 숨겨야 할 비밀이 없었는데, 지금은 너무도 많았다. 그렇다고 프리야에게 내 사정을 솔직히 털어놓을 자신도 없었다. 그린카드도 없는 데다 전 주인과의 신의를 저버리고 흑인 여자와 놀아난 탓에 죄의식에 사로잡힌 채 모든 것이 탄로날까 봐 두려워 전전긍긍한다는 사실을 고백할 용기가 나지 않았다. 그런 상황이니 같은 인도인을 만나면 지레 놀라 몸을 숨기기 일쑤였다. 비밀이 드러나 식당을 떠나는 게 두려웠기 때문인데, 이런 이야기도 프리야에게는 할 수 없었다. 아무리 생각해도 그건 어리석은 짓 같았다. 처음 만났을 때부터 나는 그 앞에서 당당하고 싶었다. 그리고 그런 관계를 유지하고자 나름대로 강인한 척 행동했다. 나는 모든 것을 솔직히 고백하는 대신에 둘이서 이야기할 때, 가령 그가 철학적인 이야기를 하면 내 고민의 원인을 턱없이 거창한 것으로 포장하려고 애썼다. 그러는 사이 내 마음은 초라하게 죄어들었고, 그로 인한 슬픔은 내 영혼을 야금야금 갉아먹었다.

모든 상황이 아파트에 갇혀 살 때보다 나빴다. 그렇게 된 책임은 나한테 있는 만큼 나 혼자 짊어져야 했다. 얼마 전만 해도 나는 자유로워지기로 다짐했고, 스스로 결정한 대로 살아가겠다고 생각했다. 불이 났을 때 희열에 젖었던 걸 생각하니 마음이 아팠다. 그리고 도망쳐 나왔을 때 비로소 자립했다고 생각한 자신을 돌아보자 왠지 우롱당한 기분이 들었다.

해가 바뀌었다. 눈이 내리는가 싶더니 어느새 따뜻한 햇볕에 녹아 버렸다. 나는 외출을 더욱더 두려워했다. 마음의 병도 깊어졌다. 내가 꿈꾸던 미래가 나를 집어삼키려 하는 구덩이처럼 느껴졌다. 밤마다 온몸에 열이 퍼져 잠을 깨기 일쑤였다.

몸에서 땀이 줄줄 흘러내리곤 했다.

그나마 프리야가 있어서 의지할 수 있었다. 프리야는 내 유일한 희망이자 나를 현실적인 것들과 이어 주는 고리였다. 이따금 그는 밖에서 있었던 일을 내게 말했다. 특히 경쟁 식당에 가서 식사를 하고 돌아와 이야기하는 일이 잦았다.

"산토시, 전에는 식당 운영 또한 구도의 길을 걷는 거라는 사실을 몰랐어. 정말 까맣게 몰랐지. 그런데 나는 무신론자처럼 행동하는 것 같아. 먹는 것도 무신론자처럼 먹고 말이야. 그러고 보면 나는 해탈의 경지에 이른 것 같아."

프리야다운 말이었다. 그의 말에 내 마음은 더 죄어들고 고민은 더 깊어졌다. 그러면서 주방의 다른 요리사들과 점점 더 멀어졌다. 그들이 그린카드나 새 일자리 이야기를 하면 이렇게 묻고 싶었다. 왜? 왜 그런 이야기를 하지?

내 모습이 어떤지 거울이 보여 주었다. 운동 부족에다 마음의 병 탓에 얼굴은 점점 흉해졌다. 퉁퉁 붓고 누렇게 뜨더니 반점까지 생겼다. 소리쳐 울고 싶었다. 뒤늦게 미남이란 사실을 알았는데 금세 이렇게 흉해지다니, 혹시 잘생겼다고 우쭐해해서 벌을 받은 게 아닐까? 아니면 분에 안 맞게 녹색 양복을 사서 벌을 받는 것인가?

어느 날 프리야가 이렇게 말했다.

"산토시, 운동 좀 하지. 몸이 무척 쇠약해 보여. 눈도 안 좋은 것 같고. 내 눈처럼 말이야. 뭐 문제라도 있나? 뭄바이가 그리워서 그래? 고향에 두고 온 가족이 보고 싶은가?"

이제 뭄바이와 고향은 내 마음에 없었다.

어느 일요일 아침, 프리야가 내게 말했다.

"산토시, 오늘은 나와 인도 영화나 보러 가지. 워싱턴에 와 있는 인도인들은 다 모일 거야. 하인이든 누구든 상관없이 말이야."

나는 덜컥 겁이 났다. 가고 싶은 마음이 전혀 없었다. 그렇다고 이유를 말할 수도 없었다. 프리야는 어떻게든 나를 데리고 가려 했다. 그는 나를 억지로 차에 태웠다. 차에 타자 심장 박동이 점점 빨라졌다. 차창 밖으로 거리 풍경이 획획 지나갔다. 얼마쯤 가자 현관에 가스등을 켠 집들이 사라지고 불에 탄 흑인 거리가 나왔다. 끝없이 펼쳐진 폐허의 거리였지만 어느새 나무마다 새순이 돋고 있었다. 울타리로 둘러쳐진 공터에는 불도저가 쌓은 자갈이 산처럼 솟아 있었다. 널빤지로 막은 상점의 창문들, 연기에 그을린 낡은 간판은 언제 치웠는지 눈에 띄지 않았다. 넓은 도로에는 자동차들이 빠르게 질주하고 있었다. 움직이는 생명체는 도로 위에만 존재하는 것 같았다. 도로를 보자 두려웠다. 금방이라도 토할 것 같았다.

"그만 돌아가 주세요, 주인님."

잘못된 말을 내뱉고 말았다. 전에는 하루에 100번도 넘게 쓰던 말이었다. 그러나 그때는 나 자신을 주인에게 속한 보잘 것없는 일부로 생각했기에 '주인님'이라는 말을 굴욕으로 생각하지 않았다. 그것은 그저 이름이나 마찬가지였다. 주인을 높임으로써 나 자신도 높이는 말이자 마음에 안정을 주는 하나의 호칭일 뿐이었다. 하지만 프리야를 '주인님'이라고 부르는 건 다른 문제였다. 이 경우는 프리야를 높일지언정 나를 높이지는 않았다. 애초에 우리는 주종 관계가 아니었기 때문이다. 지금까지 나는 그의 이름을 불러 왔다. 프리야도 자기 이름을 부르는 걸 당연하게 받아들였다. 그것이 미국식이었다. 인간 대 인간의 동등한 관계를 의미하는 방식이었다. 프리야를 '주인님'이라고 부르는 것이야말로 굴욕적인 짓이었다. 그런데 그는 그 호칭을 거부하지 않았다. 오히려 좋게 받아들였는지, 부탁한 대로 나를 식당으로 데려다주었다. 그날 이후로 나는 두 번 다시 그의 이름을 부르지 않게 되었다.

나는 전에 미남이었지만 지금은 그 얼굴을 잃어버렸다. 나는 전에 자유인이었지만 지금은 그 자유도 잃고 말았다.

*

어느 날 밤 멕시코 종업원이 주방으로 조심스럽게 들어와서 말했다.

"손님 한 분이 요리사님을 만나고 싶어 합니다."

그때까지 그런 일은 한 번도 없었다. 나도 프리야도 몹시 흥분했다.

"미국인인가? 아무래도 우리의 적이 보낸 것 같군. 위생이니 보건이니 하면서 꼬투리를 잡아 물고 늘어질 거야."

"인도 사람인데요."

멕시코 종업원의 말에 나는 당황했다. 인도 사람이라면 전 주인일 가능성이 컸기 때문이다. 예고도 없이 조용히 찾아온 것으로 보아 전 주인이 틀림없었다. 그런데 프리야는 경쟁 식당에서 보낸 사람이라 생각했다. 그 자신은 이따금 거기서 식사를 하면서도 그쪽에서 사람을 보내는 건 비겁한 짓이라고 생각하는 듯했다. 그와 나는 문 쪽으로 다가가서 유리창 너머 어스름한 홀을 엿보았다.

"산토시, 저 사람 누구인지 아나?"

"네, 주인님."

전 주인은 아니었다. 전 주인의 뭄바이 시절 친구로 정부에서 일하는 높은 사람이었다. 나는 뭄바이에서 그를 몇 번 접대한 적이 있었다. 그는 혼자였는데, 워싱턴에 지금 막 도착한 것처럼 보였다. 뭄바이에서 유행하는 머리 모양에다 몸에 꼭 끼는 어두운 색깔의 양복을 입고 있었다. 양복 또한 뭄바이에서 유행하는 것이었다. 셔츠는 파란색으로 보였지만 홀의 천장에 붙은 여러 가지 색깔의 조명 빛을 받고 있어서 정확히는 알 수 없었다. 흰색도 파랗게 보일 터였다. 방금 먹은 음식에 불만이 있어 보이지는 않았다. 그는 카레로 얼룩진 식탁보 위에 양쪽 팔꿈치를 얹고는 눈을 반쯤 감은 채 컵을 든 왼손으로 입을 살짝 가리고 오른손 손톱으로 이를 쑤시고 있었다.

"호감이 가는 사람은 아니군. 하지만 정부 고위 관리라니까 산토시 자네가 가서 인사라도 하지."

프리야가 말했다. 나는 그러고 싶지 않았다. 아니, 그럴 수 없었다.

"앞치마를 두르고 주방장 모자도 쓰고 가게, 산토시. 귀빈이니까 가서 인사해야 해."

프리야가 먼저 홀로 나갔다. 곧 내가 나올 거라고 영어로 말하는 소리가 들렸다. 나는 내 방으로 뛰어 올라가서 머리에 기름을 바르고 빗질을 했다. 그러고는 가장 좋은 셔츠와 바지를 입고 번쩍번쩍 광이 나는 구두를 꺼내 신었다. 그렇게 차려입자 요리사가 아니라 빈둥거리며 시내를 돌아다니는 한량 같았다. 나는 홀로 내려갔다.

뭄바이 손님도 프리야도 내 모습을 보더니 놀란 표정을 했다. 나는 예전에 하던 대로 손님과 인사를 주고받았다. 그러고는 반응을 기다리며 가만히 서 있었다. 다행히 별다른 반응이 없었다. 대답하기 곤란한 질문도 하지 않았다. 나를 배려하는 것 같아 고마웠다. 나는 말실수를 할까 봐 조용히 미소만 지어 보였다. 그도 미소를 지었다. 프리야도 미소 지었지만 조금은 불편한 얼굴이었다. 우리 세 사람은 붉은빛과 파란빛이 희미하게 감도는 홀 안에서 말없이 미소를 지은 채 다음에 일어날 일을 기다렸다.

마침내 뭄바이 손님이 프리야에게 말했다.

"형제님, 미안하지만 옛 친구 산토시와 따로 얘기를 나누고 싶소."

프리야는 못마땅한 표정으로 조용히 자리를 떴다.

사실 나는 그가 말을 꺼내기를 기다리던 참이었다. 다행스럽게도 그는 내가 염려했던 말을 꺼내지 않았다. 전 주인에 대한 언급도 없었다. 우리는 예의상 서로의 안부만 물었다. 그도 나도 잘 지내고, 우리가 아는 사람들도 별 탈 없이 잘 지내고 있었다. 그도 나도 하는 일이 순조로울 터였다. 이것이 그와 나눈 이야기의 내용이었다. 이윽고 그가 아무도 눈치채지 못하게 1달러를 슬쩍 건네주었다. 1달러는 10루피이므로 뭄바이에서라면 꽤 큰 금액의 팁이었다. 그런데 이는 단순한 팁이 아니었다. 감사와 호의의 표시이자 옛 시절의 달콤한 향수에 대한 답례이기도 했다. 옛날 뭄바이 시절이었다면 이것은 내게 굉장한 의미를 띠었을 터였다. 하지만 지금의 내게는 아무런 의미가 없었다. 갑자기 서글펐다. 당황스럽기도 했다. 그가 나를 꾸짖을 줄 알았는데, 그러지 않았기 때문이다.

손님에게 인사하고 주방으로 가자 프리야가 문 뒤에 서 있었다. 얼굴이 심각하게 굳은 걸로 보아 내가 돈을 받는 걸 본 모양이었다. 그는 내 표정을 살피고는 아무 말도 하지 않고 재빨리 홀로 나갔다.

프리야가 영어로 뭄바이 손님에게 말하는 소리가 들렸다.

"산토시는 정말 유능한 사람입니다. 나는 그의 능력을 높이 사서 그에게 욕조가 딸린 방을 비롯하여 필요한 걸 다 갖춰 주었어요. 다음 주부터 주급을 100달러로 올려 줄 생각입니다. 일주일에 100달러면 1000루피인데, 그만하면 일급 대우 아니겠습니까?"

프리야의 말을 들은 순간, 어안이 벙벙했다. 일주일에 1000루피면 정부 고위직보다 높은 보수를 받는 셈이었다. 뭄바이 손님도 놀랐을 터였다. 어쩌면 내게 선의로 준 팁을 아까워할지도 몰랐다.

"산토시." 그날 밤 식당 문을 닫은 뒤 프리야가 내게 말했다. "그 남자는 우리의 적이야. 보자마자 단번에 알았지. 적인 줄 알았기에 말도 안 되는 거짓말을 한 거네."

"주인님."

"산토시 자네를 지키려고 그랬어. 그래서 거짓말을 했던 거라고. 크리스마스 다음부터 자네에게 주급 75달러를 줄 거라고 말이야."

"주인님."

"거짓말일지언정 난 내 말에 책임질 거야. 하지만 산토시, 자네도 알다시피 아직은 형편이 좋지 않아. 가게를 운영하는 데 이런저런 경비로 얼마나 돈이 많이 드는지 얘기하지는 않겠네. 산토시, 앞으로는 주급을 60달러씩 주지."

"주인님, 주급 125달러 이하로는 곤란하겠는데요."

내 말에 촉촉하게 젖은 프리야의 눈이 번쩍 빛났다. 눈 밑의 검은 그림자가 더 짙어졌다. 하지만 그는 껄껄 웃고는 입술을 한 번 삐죽 내밀었다. 그 주말부터 나는 주급을 100달러씩 받기 시작했다. 사람 좋은 프리야는 그 일로 나를 원망하지 않았다.

*

그것은 승리였다. 프리야를 이긴 뒤에야 비로소 나는 그동안 내가 그 같은 승리를 얼마나 원했는지 깨닫게 되었다. 어느 정도의 자유를 얻은 뒤, 나는 이 자유를 얻기 위해 얼마나 애썼던가! 자유를 손에 넣을 수만 있다면 죽음마저도 종말이 아닌 목표로 삼을 수 있다고 생각했던 것이다. 그런 내가 이렇게 살아났다. 아니, 이제야 오감이 되살아났다는 것이 옳은 표현일지도 모르겠다. 하지만 이곳 워싱턴에서 무엇이 내 오감을 만족시킬 수 있겠는가? 제대로 산책도 하지 않는 데다 터놓고 이야기를 나눌 친구도 없다. 새 옷을 살 수는 있지만 그래 봐야 무슨 소용인가? 그저 혼자 거울에나 비추어 보고 말 텐데. 밖으로 나가서 길을 오가는 사람들에게 보이기라도 할까? 다 부질없는 짓이다. 옷을 입든 멋을 내든, 그래 봐야 아무런 소용이 없다. 나 자신을 더욱 외롭게 할 뿐이다.

가게에서 조금 떨어진 제과점에는 스위스 사람인지 독일 사람인지 분명치 않은 여자가 있었다. 우리 가게 주방에도 필리핀 여자가 있었는데, 둘 다 별 매력이 없었다. 제과점 여자는 등을 한 대 맞는 것만으로도 등뼈가 부러질 만큼 체구가 우람했고, 필리핀 여자는 아직 젊은데도 내 고향 마을의 나이 든 아주머니를 쏙 빼닮았다. 하지만 내 오감을 만족시킬 수 있다면 그런 건 아무래도 상관없었다. 마음만 먹으면 얼마든지 그 여자들과 어울려 지낼 수 있을 것 같았다. 그러나 책임이라는 말 앞에 기가 꺾이고 말았다. 여자란 단순히 어울려 노는 상대가 아니라는 걸 나는 일찌감치 터득하고 있었다. 그들은 체중이 100킬로그램도 넘게 무거운 데다 나중에는 나를 졸졸 따라다니며 골치를 아프게 할 터였다.

결국 그런 이유로 승리의 순간은 별다른 흔적도 없이 흐지부지 지나가고 말았다. 이상했다. 슬픔은 그토록 오래 남아 사람을 죽음까지 내모는데, 승리의 기쁨은 제대로 맛보기도 전에 사라져 버렸다. 게다가 승리의 순간 뒤에서 기다리기라도 했다는 듯 고민과 두려움이 다시금 밀려왔다. 내가 불법 체류자라는 사실이 두려웠다. 전 주인도 두려웠고, 뽐내며 다닌 것도, 흑인 여자도 두려웠다. 생각해 보니 내가 거둔 승리는 쟁취한 것이 아니었다. 어쩌다 운 좋게 얻은 것이었다. 행운이란 운명의 장난일 뿐이었다. 스스로 무언가를 이룬 듯 착각하게 하는 얄팍한 속임수에 불과했다.

착각인 줄 알면서도 쉽게 진정되지 않았다. 초조했다. 나는 무언가 행동함으로써 운명에 맞서기로 마음먹었다. 더는 방에 틀어박힌 채 숨어 지내지 않기로 했다. 오후가 되면 산책을 하기 시작했다. 용기를 내어 매일 조금씩 더 멀리 가 보았다. 언젠가는 워싱턴에 온 첫날 갔던 곳, 인도 옷을 입은 사람들이 오래전 버림받은 하인들처럼 옹기종기 모여서 산스크리트어로 노래하며 이상한 인디언 춤을 추던 원형 교차로의 분수까지 가 보리라 결심했다. 그리고 얼마 뒤 마침내 그곳에 갔다.

그날 나는 길을 건너 분수 근처의 벤치에 앉았다. 그곳에는 흑인들, 맨발인 사람들, 사리와 노란 옷을 입은 댄서들이 있었다. 한낮이라 찌는 듯이 더웠다. 아무도 움직이려 하지 않았다. 맨 처음 그들을 보았을 때 얼마나 신비롭고 특이한 느낌을 받았는지 떠올렸다. 지금은 그때와 달랐다. 다들 평범하고 생기 없어 보였다. 수많은 상점과 가로수들, 도로를 달리는 자동차들, 심지어 주위를 살피는 경찰관들까지 하나같이 진부하고 공허해 보였지만, 신비로울 것 없는 이곳이야말로 사람들이 사는 세상이라는 생각이 들었다. 저 많은 사람들은 어디에서 왔고, 자동차들은 또 어디를 향해 바쁘게 움직이는지 알 것 같았다. 나는 사람들을 바라보며 저들도 나와 같은 생각을 하고 나처럼 느낄 거라고 확신했다. 그러자 마음이 조금 평온해졌다. 그 후 나는 매일 분수 근처의 그 벤치를 찾았다. 한창 바쁜 점심시간이 끝나면 벤치로 가서 저녁을 준비할 때까지 앉아 있곤 했다.

어느 날 늦은 오후, 나는 그곳에서 그 흑인 여자를 보았다. 그녀는 댄서와 악사, 흑인과 맨발의 히피들, 가수와 경찰관들 사이에 앉아 있었다. 나는 다시 한번 그녀의 몸집에 놀랐다. 그 여자가 틀림없었다. 내 기억은 결코 과장된 게 아니었다. 나는 아는 척하지 않기로 하고 가만히 있었다. 그런데 여자가 나를 발견하고 웃어 보였다. 하지만 아주 잠깐이었다. 나에 대한 증오의 감정이 되살아났는지 나를 노려보기 시작했다. 그녀가 다시 칼리 여신처럼 보였다. 팔이 여러 개 달린, 죽음과 파괴의 여신이 내 얼굴을 뚫어지게 바라보았다. 내 옷차림을 살피는 것 같기도 했다. 문득 저 여자에게 잘 보이려고 옷을 산 게 아닐까 하는 생각이 들었다. 이윽고 여자가 벌떡 일어섰다. 커다란 몸집에 착 달라붙는 바지를 입고 있어서 더 무서워 보였다. 여자는 육중한 엉덩이와 다리를 흔들면서 내게 성큼성큼 다가왔다. 나는 벤치에서 일어나 허겁지겁 도망쳤다. 재빨리 길을 건너 뒤도 돌아보지 않고 마구 달렸다.

나는 여자가 뒤쫓아올까 봐 뒷길로 한참 돈 뒤에야 겨우 식당에 도착했다. 그때 프리야는 회계 장부를 정리하고 있었다. 장부를 정리할 때면 그는 항상 평소보다 더 늙어 보였다. 지금은 특별히 근심에 차 있는 것 같지 않았다. 그저 평온한 노인처럼 보일 뿐이었다. 더 이상 인생의 풍파를 겪지 않아도 될 사람, 나는 그런 그가 부러웠다.

"산토시, 자네 앞으로 온 소포야."

프리야가 갈색 종이로 싼 커다란 소포를 건네며 말했다. 나는 소포보다 그의 얼굴을 먼저 살폈다. 계산서와 전표 뭉치, 숫자를 적는 펜, 새것으로 바꾸어 가며 매일매일 기록하는 장부에 매달리다시피 하면서도 어쩌면 저렇게 평온할 수 있을까?

나는 내 방으로 올라와서 소포를 풀었다. 마분지 상자가 나왔고, 그 안에 내 녹색 양복이 포장된 채 들어 있었다.

*

가슴에 구멍이 뻥 뚫린 기분이었다. 아무 생각도 나지 않았다. 곧바로 주방에 내려가서 일하는 걸 다행으로 여겨야 할 정도였다. 자정까지 쉬지 않고 일하게 되어 기뻤다. 하지만 일이 끝난 뒤에는 내 방으로 돌아와야 했다. 결국 나는 외톨이였다. 나는 자유를 얻은 게 아니라 버림받은 신세였다. 쓸모없는 존재가 된 것이다. 이 모든 것이 자업자득이라서 누구를 탓할 수도 없었다. 돌이킬 수도 없었다.

다음 날 아침 프리야가 말했다.

"산토시, 안색이 왜 그런가?"

프리야의 관심에 내 마음은 더욱 약해졌다. 프리야는 유일하게 마음을 터놓고 상담할 수 있는 사람이었지만, 그에게조차 아무 말도 할 수 없었다. 눈물이 났다. 세상 모든 것이 내 눈물에 녹아서 사라져 버렸으면 좋겠다는 생각이 들었다.

"주인님, 더는 여기서 머물 수 없을 것 같습니다."

나도 모르게 내뱉은 말이었다. 하지만 이 말에는 눈물과 함께 내보이고 싶은 솔직한 심정이 담겨 있었다. 프리야는 아무런 반응을 보이지 않았다. 아니, 냉담할 정도로 태연했다.

"그럼 어디로 갈 생각인가, 산토시?"

프리야가 심각한 어조로 물었다. 뭐라고 대답해야 할지 얼른 생각나지 않았다.

"어디 다른 곳으로 가면 자네 사정이 나아질 것 같은가?"

프리야마저 내게서 멀어지려는 것 같았다. 더 이상 눈물을 흘릴 수만은 없었다. 내가 다급히 말했다.

"주인님, 저를 해하려는 적이 있어요."

내 말에 프리야가 껄껄 웃었다.

"무슨 농담을 그렇게 하나, 산토시. 자네 같은 사람에게 무슨 적이 있다는 거야? 자네를 적으로 삼아 무슨 이득이 있다고? 물론 내게는 적이 있지. 하지만 자네는 적을 둘 사람이 아니야. 그게 자네의 복이지. 그건 또 세상이 공평하다는 증거고. 자네가 도망에 도망을 거듭할 수 있는 것도 다 그 덕분이지."

프리야는 빙긋 웃고 양팔을 저으며 도망치는 시늉을 해 보였다.

나는 그제야 마음이 누그러져서 솔직하게 털어놓았다. 전 주인의 이야기도 하고, 도망친 사연과 녹색 양복을 산 이야기도 했다. 그는 다 안다는 듯 말없이 듣기만 했다. 흑인 여자와의 이야기도 털어놓았다. 그러고는 그가 꾸짖기를 기다렸다. 꾸짖는 행위는 상대방이 내 명예를 진심으로 존중한다는 증거일 터였다. 그가 꾸짖는다면 나는 그에게 의지하여 구원받을 수 있을 거라고 생각했다. 그런데 프리야는 뜻밖에도 이렇게 말했다.

"산토시, 대체 뭐가 문제인가? 그 흑인 여자와 결혼하게. 그러면 자네는 자동적으로 미국 시민이 되는 거야. 자유로운 사람이 되는 거라고."

"주인님, 저는 이미 결혼한 몸입니다. 고향 집에 아내와 아이들이 있어요."

"하지만 이제는 이곳이 자네 집일세, 산토시. 물론 고향의 아내와 자식도 중요하지. 그러나 모두 과거로 묻어 둬야 하네. 당장 여기서 필요한 일을 해야지. 자네는 여기서 외톨이야. 흑인이든 백인이든 뭐가 문젠가? 자네가 선택한 상대면 아무도 뭐라 하지 않네. 여기는 뭄바이와 달라. 자네가 뭘 하든 아무도 관심을 두지 않는단 말일세. 이곳에선 거리를 나다니는 자네를 아무도 거들떠보지 않네."

프리야의 말이 옳다고 생각했다. 나는 비로소 이곳에서 자유롭게 살 수 있었다. 무엇이든 원하는 대로 할 수 있었다. 마음만 먹으면 아파트로 돌아가서 전 주인에게 용서를 빌 수도 있었다. 옛날의 나로 돌아가고 싶으면 경찰을 찾아가 자수할 수도 있었다. "나는 불법 체류자입니다. 나를 뭄바이로 강제 송환해 주세요."라고 말하면 그만일 터였다. 나는 도망칠 수도, 목을 매달 수도, 엎드려 항복할 수도, 과거를 고백할 수도, 어디론가 잠적할 수도 있었다. 나는 외톨이라서 아무 거리낌이 없었다. 하지만 지금 당장 내가 하고 싶은 일은 무엇인가? 알수 없었다. 프리야에게 오감이 만족할 만한 승리를 거두었을 때도 이랬다는 생각이 들었다. 나는 밖으로 나가 무엇을 통해서든 즐기고 싶었다. 하지만 내게는 즐길 거리가 없었다.

공허해지는 건 슬픔과 상관없었다. 공허함은 마음이 고요해지는 것이었다. 무념무상의 상태에 이르는 것이었다. 프리야는 내게 아무 말도 하지 않았다. 그는 여전히 아침이면 정신없이 바빴다. 그가 일하도록 내버려 두고 나는 내 방으로 올라왔다. 변함없이 썰렁한 빈방이었다. 삼십 분 뒤 다른 사람의 방이 되어도 이상하지 않을 만큼 무미건조한 곳이었다. 지금껏 나는 이곳을 내 방으로 여긴 적이 없었다. 깨끗한 벽을 볼 때마다 실수로 더럽힐까 봐 조마조마했다. 그건 지금도 마찬가지였다.

나는 내 생애 어느 특별한 순간이 나를 이 방으로 데려왔는지 생각해 보았다. 흑인 여자와 어울렸던 때였나? 초대받은 미국인이 전 주인을 모욕했을 때? 아니면 전 주인에게서 도망쳐 나왔을 때? 맨 처음 프리야를 만났을 때였던가? 거울에 비친 나를 보고 녹색 양복을 샀을 때? 그도 아니면 훨씬 더 전으로 뭄바이나 고향에 살던 때였나? 도무지 알 수가 없었다. 다만 순간순간이 내겐 더없이 소중했다. 그리고 모든 순간이 이어져서 나를 이 방으로 이끈 것이었다. 생각할수록 두렵고 부담스러웠다. 지금은 새로운 결단을 내릴 때가 아니었다. 잠시 멈춰야 할 때였다.

나는 침대에 누워 천장을 올려다보았다. 하늘도 올려다보았다. 그때 문이 열렸다. 프리야가 들어왔다.

"아니, 산토시! 언제부터 여기에 있었나? 너무 조용해서 자네가 나가고 없는 줄 알았네."

프리야는 방을 둘러보았다. 그러고는 화장실로 들어가더니 잠시 후 다시 나왔다.

"자네 괜찮은가, 산토시?"

프리야가 침대 끝에 걸터앉으며 물었다. 내 곁에 있는 그를 보자 안심이 되면서 기뻤다. 그런데 프리야가 황급히 내 방으로 들어온 것이 현실이 아닌 상상 속의 일처럼 느껴졌다. 그가 언제 들어왔는지 가물가물했다. 하지만 분명히 그는 내 곁에 앉아 있었다. 그 모습을 보자 비로소 현실로 돌아와졌다. 갑자기 그를 향한 애정이 용솟음쳤다. 나 또한 흥분한 그를 보고 웃으며 놀릴 수 있을 것 같았다. 이윽고 우리는 정말로 함께 웃었다.

내가 말했다.

"주인님, 오전에 좀 쉬었으면 합니다. 산책을 다녀오려고요. 차 마시는 시간까지 돌아올게요."

프리야가 사뭇 진지한 눈으로 나를 바라보았다. 내가 아무 생각 없이 던진 말이 아니라는 걸 인정하는 눈초리였다.

"그래, 산토시. 다녀오게. 지칠 때까지 실컷 하고 오게나. 그러면 기분이 나아질 거야."

이제는 익숙해진 거리를 걸으면서 분수 근처 잔디밭의 인도 옷 입은 사람들을 떠올렸다. 그들이 진짜 인도인이라면 얼마나 좋을까. 그렇다면 나도 그들과 어울렸을 것이다. 함께 거리를 걸었을 테고, 따가운 햇볕을 피해 울창한 나무 그늘 아래서 함께 쉬었을 테고, 해 질 녘 금빛으로 물든 구름도 함께 바라보앉을 테고, 저녁이면 어딘가 마을로 가서 함께 식사를 했을 테고, 밤이면 함께 모닥불에 둘러앉아 있었으리라. 하지만 그 모든 것은 현실에서는 이루어질 수 없는 꿈같은 일이었다. 나는 오랫동안 그 사람들을 보아 왔다. 그들은 이 도시 사람들이었다. 텔레비전에 익숙한 이쪽 문화권의 사람들로, 그들의 사고방식은 나와 달랐다. 나는 이곳 텔레비전에도 익숙하지 않았다. 그러나 그런 것은 중요하지 않았다. 어차피 이 도시에서 나는 혼자이기 때문에 내가 어떻든, 무엇을 하든 상관없었다.

한때는 아파트 단지도 분수가 있는 잔디밭만큼이나 신비한 공간이었다. 그런데 지금 보니 아파트는 표면이 흰 타일로 덮인 평범하고 나지막한 건물일 뿐이었다. 현관 유리문을 지나 계단 네 칸을 내려가면 오른편에 책상을 비롯하여 열쇠와 우편물이 꽂힌 자그마한 우편함이 있었다. 카펫이 깔린 왼편 복도에는 안락의자와 나지막한 테이블이 있고, 그 위에는 종이꽃이 꽂힌 화병이 있었다. 소리 없이 움직이는 파란 철문 엘리베이터도 있었는데, 그 모든 것들이 단조로울 정도로 평범해 보였다. 몇 층으로 올라가야 하는지는 잊지 않고 있었다. 복도로 나오자 천장이 하늘처럼 꾸며져 있었다. 청색, 회색, 금색의 조명이 별처럼 반짝거렸다. 이윽고 내가 찾는 방의 문이 보였다. 나는 곧바로 문을 두드렸다.

흑인 여자가 문을 열었다. 그녀가 일하는 집은 전부터 알고 있었지만, 직접 찾아온 것은 처음이었다. 그래서 같은 층에 있는 전 주인의 집과 비슷할 거라고 생각했다. 그런데 마치 텔레비전 광고에 나오는 집처럼 꾸며져 있었다. 워싱턴에 와서 이런 집은 처음 보았다.

화를 낼 줄 알았는데 그녀는 조금 놀란 표정만 지었다. 정말 다행이었다.

나는 영어로 이렇게 말했다.

"나와 결혼해 주겠소?"

그 한마디로 모든 것이 해결되었다.

"더없이 좋아요, 산토시."

식당으로 돌아오자 프리야가 차를 따라 주며 말했다.

"자네는 이제 자유로운 사람이 되는 거야. 미국 시민이 되는 거라고. 비로소 자네 앞에 새로운 세계가 활짝 열리겠군."

프리야가 기뻐하니까 덩달아 기뻤다.

*

지금 나는 미국 시민이다. 합법적으로 신분을 보장받고 여전히 워싱턴에 살고 있으며, 프리야의 가게에서 일하고 있다. 하지만 프리야와는 이전처럼 자주 이야기를 나누지 않는다. 식당은 내 삶을 이루는 세계의 일부고, 공원과 가로수가 이어진 산책로도 그 세계의 또 다른 일부다. 이따금 밤거리를 걷다 보면 또 하나의 세계가 펼쳐지는 듯하다. 불에 타서 시커먼 벽돌집들, 부서진 울타리, 잡초가 무성한 마당, 두 집의 높은 담장 사이에 꾸며진 아이들의 놀이터. 그런데 놀이터에서 흑인 아이들이 노는 모습은 볼 수 없다. 놀이터 바로 앞에는 어두운 분위기를 풍기는 집이 있다. 지금 내가 살고 있는 집이다.

집에 들어오면 이상한 냄새가 난다. 집 안의 모든 것이 내게는 어색하기만 하다. 집에서도 나는 여전히 이방인이지만, 그런 사실이 오히려 내게 유리한 것 같다. 나는 영어로 된 모든 것을 차단하고 있다. 신문과 라디오와 텔레비전도 거부하고, 벽에 붙은 흑인 육상 선수와 권투 선수와 음악인들의 사진도 거들떠보지 않는다. 이제는 무언가를 받아들이거나 새로 배울 생각이 없다.

나는 오직 나 자신만을 위해 행동하고 판단하기로 마음먹은 단순한 인간이다. 돌이켜 보면 마치 여러 인생을 살아온 것 같다. 더 이상 복잡하게 살고 싶지 않다. 오후에는 이따금 분수가 있는 잔디밭까지 산책을 하곤 한다. 거기에서 춤을 추는 사람들을 보지만, 유리로 가로막힌 듯 그들은 나와 동떨어져 있다. 또 한 차례 화재가 일어나리라는 소문이 무성하던 무렵, 누가 우리 집 앞 길바닥에 흰 페인트로 "솔 브라더(영혼의 형제)"라고 써 놓았다. 그 뜻이 무엇인지는 알았다. 그러나 형제라니, 대체 누가 누구의 형제라는 말인지 알쏭달쏭했다. 나도 한때는 큰 무리의 일부였다. 그때는 나를 독립된 개인으로 인식하지 못했다. 그러다 거울 속에서 나를 발견하고는 자유로워지기로 마음먹었다. 자유는 내게 이런 사실을 일깨워 주었다. 내가 가진 건 오로지 몸뚱이 하나뿐이라는 사실, 어떻게 해서든 그 몸뚱이를 입히고 먹여 살려야 한다는 사실, 그러다 보면 어느 날 모든 게 끝난다는 사실을.

누구를 죽여야 하는지 말하라

역시 동생답다. 하필 이런 날 아침에 결혼식을 올리다니. 우중충한 날씨에 바람까지 쌀쌀하다. 마을과 마을 사이의 초원조차 푸르지 않고 희뿌옇게 보인다. 안개가 비처럼 내리고 대지는 촉촉하게 젖어 있다. 이따금 멀뚱히 서 있는 소가 보인다. 우유처럼 뿌연 물이 흐르는 시냇가에는 깡통과 쓰레기가 잔뜩 쌓여 있다. 들판이 온통 물에 젖어 있는 듯 보인다. 마치 옛날 우리 고향의 장마철 풍경 같다. 하지만 바닥에 괸 물이 너무 탁해서 하늘을 비추지 못한다. 대지의 눅눅한 기운을 증발시켜 말려 버릴 태양은 얼굴을 내밀지 않는다.

기차 안은 무척 덥다. 차창을 타고 빗물이 흘러내린다. 승객들 옷에서 냄새가 난다. 내가 입은 낡은 양복에서도 퀴퀴한 냄새가 난다. 내게는 너무 크지만 양복이라고는 이것 한 벌뿐이다. 돈벌이가 좋을 때 마련한 것이다. 따분하다. 마을과 마을 사이에는 초라한 들판만 펼쳐져 있다. 이따금 저 멀리 외딴집이 보인다. 저런 집에서 이른 아침 비와 기차를 바라보면 얼마나 멋질까? 이런 생각에 젖은 사이 들판이 지나가고 마을이 나타난다. 그리고 또 다른 마을이 나타나는데, 이런저런 풍경이 합쳐져 거대한 마을을 이룬 것처럼 보인다. 모든 것이 갈색인 데다 벽돌이나 무쇠나 녹슨 함석이어서 마치 물에 젖은 커다란 쓰레기 더미 같다. 그런 풍경을 바라보노라면 침울하다 못해 위장까지 졸아드는 기분이다.

프랭크가 나를 바라보며 안색을 살핀다. 그는 근사한 트위드 재킷에 회색 플란넬 바지를 입고 있다. 키가 크고 마른 체격에 머리가 약간 벗어졌지만 행복해 보인다. 나와 함께 있어서, 그리고 사람들이 우리를 같은 일행으로 보기 때문에 행복할 것이다. 프랭크는 내 친구이기도 하지만 꽤 괜찮은 사람이다. 그는 내심 자부심을 느끼고 있다. 프랭크만큼 내게 잘해 주는 사람은 없다. 그는 너무 행복해서 자신을 작게 보이려고 애쓴다. 지금도 케이크라도 올려놓을 것처럼 무릎을 모으고 쪼그려 앉아 있다. 그가 웃지 않는 것도 지혜롭고 너무 행복하기 때문이다. 낡고 커다란 그의 구두는 학교 교사의 것처럼 반짝반짝 광이 나는데, 이 또한 그가 매일 밤 행복한 마음으로 기도하듯 정성껏 닦기 때문이다. 일부러 그러는 건 아닐 테지만 그는 걸핏하면 나를 우울하고 초조하게 만든다. 나는 내가 아무리 애써도 프랭크만큼 멋지고 단정해질 수 없다는 걸 안다. 절대로 프랭크처럼 지혜롭고 행복해질 수 없다는 것도 안다. 그래, 나는 안다. 모든 친구들을 잃었다는 걸. 지금 이 세상에서 내 친구라고 할 만한 사람은 오직 프랭크뿐이라는 걸.

저기 남자아이가 희뿌연 차창에 손가락으로 낙서를 하고 있다. 유리창의 글씨는 물기로 금세 망가져 내린다. 엄마와 함께 있으니 아이는 편안하다. 가는 곳이 어디인지, 기차가 어디서 멈출지 엄마가 모두 알고 있다고 생각하기 때문이다. 나는 기차가 역에 도착할 때마다 승객들이 뿔뿔이 흩어지는 모습을 보는 게 싫다. 배가 항구에 도착할 때 사람들이 짐을 챙겨 어디론가 가는 모습을 보는 것도 싫다. 짐의 내용물이 각각 다르듯 그들이 향하는 곳도 제각기 다르겠지만 다들 바쁘게 움직인다. 내 눈에는 모두 행복해 보인다. 그들에게는 잠시 이야기할 시간도 없다. 어디로 가야 하는지 알기 때문이다. 그런데 이 나라에 온 이후로 나는 한 번도 그런 적이 없다. 늘 어디로 가야 할지 모른다. 그렇기 때문에 무슨 일이 일어날지 무작정 기다리는 수밖에 없다.

나는 지금 동생의 결혼식에 가는 중이다. 하지만 이 기차에서 내려 어떤 버스를 타야 하는지 모른다. 언제 내려야 하는지, 어느 기차로 갈아타야 하는지, 어느 길로 걸어가야 하는지도 모른다. 어느 현관으로 들어서야 하는지, 어떤 문을 열고 어떤 방으로 들어가야 하는지도 나는 모른다.

*

　동생 이야기를 하겠다. 오늘과 비슷한 어느 날이 떠오른다. 몹시 더운 날, 어두컴컴한 하늘에 구멍이 뚫린 듯 하루 종일 비가 쏟아졌다. 빗방울이 양철 지붕을 마구 두드렸다. 마루 아래쪽 땅은 진흙 구덩이로 변했고, 마당에는 흙탕물에 누런 거품이 일었다. 집 뒤쪽 목초지의 풀들은 빗물에 죄다 쓰러졌다. 너무 습해서 살갗이 끈적거리고 몹시 가려웠다.

　수레는 집 아래쪽에 세워져 있고, 당나귀는 뒷마당 외양간에 매여 있다. 비에 젖은 외양간은 진흙과 퇴비 더미로 지저분하다. 갓 베어 온 풀과 묵은 건초가 한데 뒤섞여 있다. 당나귀는 감기에 걸리지 말라고 걸쳐 놓은 사탕수수 자루를 덮어쓴 채 얌전히 있다. 어머니는 좁은 부엌에서 요리를 하고 있다. 장작이 젖어서 검은 연기가 난다. 매캐한 냄새와 함께 연기가 집 안을 가득 채운다. 이런 날에는 식욕도 일지 않는다. 진흙과 더위와 냄새 탓에 음식을 먹어도 토하고 만다. 아버지는 메리노 셔츠에 바지 차림으로 2층 베란다의 흔들의자에 앉아 양팔을 손으로 문지르고 있다. 연기는 2층에 있는 모기까지 내쫓지는 못한다. 그러나 아버지는 모기에 물리지도 않는다. 아버지에게 이 세상 모든 것은 부질없다. 아버지는 무엇이든 깊이 생각하지 않는다. 그저 어두운 하늘과 사탕수수밭을 바라보며 몸을 흔들 뿐이다. 낡은 양철 지붕 아래 골방에서는 동생이 바닥에 누워 끙끙 앓고 있다. 말라리아에 걸렸기 때문이다.

　방은 휑뎅그렁하다. 아무런 장식도 없는 삼나무 판자벽에는 옷 몇 벌과 달력만이 걸려 있다. 집만 지었을 뿐, 세간을 들여놓을 여유가 없었던 것이다. 아무튼 잘생긴 동생은 말라리아에 걸려서 사탕수수 자루와 밀가루 포대를 겹쳐 깐 방바닥에 누워 부들부들 떨고 있다. 덮고 있는 것도 이불이 아닌 밀가루 포대다. 동생의 작은 얼굴만 봐도 환자라는 걸 금방 알 수 있다. 열이 펄펄 끓는데도 땀은 흘리지 않는다. 동생은 내 말을 전혀 알아듣지 못한 채 뭐라고 헛소리만 한다. 주위에 있는 것이든 자기 내부에 있는 것이든 무겁고 미끌미끌하다고 중얼거린다. 무척 미끌거린다고 하는데 대체 무슨 말인지 모르겠다.

아무래도 곧 죽을 것 같다. 나 같은 사람도 이렇게 멀쩡한데, 이 어리고 귀여운 아이가 이런 고통을 겪고 있으니 세상은 참 불공평하다는 생각이 든다. 동생은 정말로 잘생겼고 귀엽다. 조금만 더 자라면 에롤 플린이나 팔리 그레인저[1] 못지않은 소년 배우가 될 수 있을 것이다. 방 안에 누운 아름다운 아이는 내게 보물 같은 존재다. 그런 아이를 잃을 수도 있다고 생각하니 가슴이 찢어지는 것 같다. 횅한 방, 벽 틈 사이로 밀려들어오는 습기, 방 밖의 시커먼 진흙 구덩이, 매캐한 연기 냄새, 극성스러운 모기떼, 서서히 다가오는 어둠 등을 생각하면 두려워서 견딜 수가 없다.

동생을 생각하면 늘 이 기억이 떠오른다. 동생이 성장한 뒤에도 당시의 기억이 떠오르곤 했다. 수레를 팔고 트럭을 산 뒤에도, 옛집을 헐고 새집을 지어 멋지게 단장한 뒤에도 마찬가

1) 에롤 플린과 팔리 그레인저 둘 다 20세기 중반에 활약한 미국 배우.

지였다. 내게 동생은 항상 작고 병약한 아이였다. 나 대신 고통받는 귀엽고 잘생긴 아이였다. 동생에게 고통을 주는 사람은 누구든 죽일 수 있을 것 같았다. 나는 어떻게 되든 상관없었다. 어차피 내게는 삶 같은 게 없었으니까.

동생이 앓았던 건 1954년이나 1955년으로, 특별한 사건이 없는 평범한 해였다. 날씨로 추측하건대 12월이나 1월이었던 것 같다. 하지만 너무 오래된 일이라 정확한 시기는 모르겠고, 어디였는지도 기억이 희미하다. 물론 우리 집이 어디인지는 훤히 안다. 고향 집에 가게 되면 택시를 타고 갈림길에서 내려 사바나 로드를 걸어야 한다는 것도 분명히 안다. 계절에 따른 그곳 날씨도 잘 안다. 하지만 특별히 기억에 남는 장소는 없다. 모든 것이 가물가물하다. 기억에 남아 있는 것은 비와 밀려오는 어둠과 집과 진흙 더미와 밭과 당나귀와 부엌 연기와 베란다에 있던 아버지, 그리고 방바닥에 누워 있는 어린 동생뿐이다. 나머지는 모두 사라져 버렸다.

두려워하는 일은 결국 일어나고야 마는 것처럼 위험한 길을 걸으면 반드시 위험이 닥치는 듯하다. 이 기억 또한 꿈처럼 모호하다. 오래된 영국 저택에 내가 있다. 로렌스 올리비에와 조앤 폰테인이 나왔던 영화 「리베카」에서 본 것 같은 집이다. 2층 방에는 말아 올리는 블라인드와 돌림무늬가 박힌 창이 있다. 날씨가 어땠는지는 기억나지 않는다. 나는 동생과 함께 그 집에 손님으로 와 있다. 동생은 영국에서 대학교인지 고등학교인지, 아무튼 학교에 다니면서 착실히 공부하고 있다. 그 집은 학교 친구네 집으로 그 가족도 함께 산다. 어느 날 그 집 문밖에서 싸움이 벌어진다. 친구끼리 벌이는 말다툼이다. 하지만 곧 몸싸움으로 변한다. 처음엔 반쯤 장난으로 시작한 것인데, 어느 순간 한 소년의 몸에 칼이 꽂힌다. 소년은 비명도 지르지 못하고 쓰러진다. 놀란 표정이지만 피는 흐르지 않는다. 나는 그 얼굴을 자세히 살피고 싶지 않다. 동생이 소리를 지르려는 듯 입을 벌린다. 그러나 아무 소리도 나지 않는다. 두렵다. 동생이 교수대로 끌려갈 거라는 생각이 든다. 단순한 사고인데, 고의가 아닌데. 순간 그동안 살아오면서 겪은 위험과 사랑의 감정이 내 안에서 솟구쳐 오르는 걸 느낀다. 이제 내 인생은 끝이다. 삶이 무너져 버린 것이다.

그런데 더 힘든 순간이 기다리고 있다. 소년의 부모와 한 식탁에 앉아 밥을 먹어야 한다. 그들은 무슨 일이 벌어졌는지 까맣게 모른다. 동생과 나는 묵묵히 앉아 식사를 한다. 시체는 집 안, 옷을 넣는 상자에 담겨 있다. 영화 「로프」에서 팔리 그레인저가 처한 상황 같다. 시체는 처음부터 상자에 담겨 있는 만큼 앞으로도 영원히 거기에 머물 것이다. 다른 모든 일들은 별 볼 일 없는 것으로 여겨지리라. 하지만 우리는 소년의 부모와 식사를 한다. 동생은 부들부들 떤다. 아무래도 좋은 배우는 될 수 없을 것 같다. 나도 그들의 얼굴을 똑바로 쳐다볼 수가 없다. 그들의 표정이 어떤지 알지 못한다.

이 기차에 탄 백인 중에 그들이 있을 수도 있다. 어쩌면 유리창에 낙서를 한 아이의 엄마가 죽은 소년의 어머니일지도 모른다.

*

지금의 나는 그 누구도 도울 수 없다. 내 삶이 망가져 버렸기 때문이다. 기차가 멈추지 않았으면 좋겠다. 하지만 건물들이 점점 높아지면서 가깝게 다가온다. 철도 옆으로도 죽 늘어서 있다. 습기 찬 차창 너머로 건물 안의 방들이 보인다. 부엌도 보인다. 세탁물을 비롯하여 온갖 것들이 걸려 있다. 마침내 런던에 도착한 것이다. 프랭크와 함께 있게 되어서 정말 다행이다. 기차가 멈추면 프랭크가 나를 돌봐 줄 것이다. 결혼식장이 어디든 나를 데리고 가 주리라. 동생이 결혼한다. 그 생각을 하면 마음이 납덩이처럼 무겁다.

기차가 멈추어 선다. 나는 사람들이 내린 뒤에야 자리에서 일어선다. 그러고는 마음을 가라앉히고 밖으로 나온다. 이제 비는 멎었다. 잠시 후면 태양이 구름을 뚫고 얼굴을 내밀 것 같다. 프랭크가 시간이 충분하다고 해서 우리는 좀 걷기로 한다. 비가 내린 뒤라 거리는 지저분하다. 우중충한 건물들, 오래된 신문지가 하수도의 빗물에 떠내려가고 있다. 프랭크가 앞장서서 내가 잘 아는 길로 나를 안내한다. 우연인지, 정말 길을 알고 가는 것인지 알쏭달쏭하다. 아무튼 프랭크는 모르는 게 없는 듯하다.

그때의 그 상점이 보인다. 겉이 유리로 된 지저분한 상자 같다. 지금은 장난감 가게가 되어 있다. 더러운 쇼윈도에 조그만 카드가 나란히 붙어 있다. 친구를 즐겁게 해 줘요. 친구에게 겁을 줘 봐요. 속임수용 카드, 가짜 의치, 기네스 맥주잔, 고무

거미, 간지럽게 하는 가루약, 플라스틱 개똥 등, 허접한 것뿐이다. 어쨌든 아무도 믿지 않겠지만, 이곳은 예전에 몇 달 동안 내 가게가 있던 자리다.

"바로 이 자리였어."

내가 프랭크에게 말한다.

"내 인생 최대의 실수였지. 이 자리에서 내 돈을 몽땅 날렸어. 자그마치 2000파운드나 되는 돈을. 그 돈 모으는 데 오 년이나 걸렸는데. 그런데 그 돈을 날리는 데는 고작 다섯 달밖에 걸리지 않더라고."

2000파운드. 영국 화폐를 사용해 보지 않은 사람은 파운드가 돈이라는 사실조차 실감하지 못할 것이다. 아버지는 십년 동안 일했어도 2000파운드를 모으지 못했다. 그런 거금을 몽땅 날렸으니 어떻게 다시 힘을 내겠는가? 말은 쉽다. 다시 시작하면 돼. 열심히 일해서 다시 돈을 모으는 거야. 말로는 무엇을 못하겠는가? 하지만 모든 의욕이 사라진 뒤다. 의욕이 있어도 쉽지 않은데 말이다.

프랭크가 내 어깨에 팔을 얹더니 쇼윈도에서 나를 멀찍이 떼어 놓는다. 가게 주인, 가게의 새 주인, 나와 계약했던 남자가 우리를 쳐다보고 있다. 머리가 벗겨지고 배가 나온 황인종 남자다. 그의 가게는 점점 망해 가고 있다. 프랭크는 약간 굳은 표정이다. 하지만 자부심으로 버틴다. 프랭크는 지금 대머리 가게 주인과 사람들의 시선을 의식하며 연기를 하고 있다.

내가 그에게 말한다.

"백인 개자식!"

프랭크는 그 상소리가 마음에 드는 표정이다. 그가 상냥하고 부드러운 태도를 취하자 나는 마음에 없는 말을 계속 쏟아낸다.

"프랭크, 난 큰돈을 벌 거야. 자네 같은 백인 놈은 평생 가도 못 만질 큰돈을 벌 거라고. 그래서 여기에서 가장 높은 빌딩을 살 거야. 아니, 이 거리 전체를 사겠어."

나는 그렇게 말하면서 스스로 바보 같다고 생각한다. 내 인생은 이미 끝났는데? 나도 모르게 입에서 웃음이 나온다.

이제는 길 한가운데에 서 있고 싶지 않다. 사람들 눈에 띄고 싶지 않아서가 아니라 사람들을 보는 게 싫기 때문이다. 프랭크는 주위에 백인들뿐이라서 그런 마음이 드는 거라고 말한다. 정말 그래서인지 모르겠지만 프랭크의 그 말은 내게 백인 한 명쯤 죽여 보라고 부추기는 것처럼 들린다.

거리를 벗어나 어딘가에서 마음을 가라앉히고 싶다. 프랭크는 나를 카페로 데려간다. 우리는 벽과 마주한 맨 뒷자리에 앉는다. 내 옆에 앉은 프랭크가 말을 건다. 자기 어렸을 때 이야기를 한다. 그도 말라리아에 걸려 빈방에 홀로 누웠던 적이 있다고 말한다. 동정심을 얻으려고 그런 말을 하는 듯하다. 하지만 그는 성공했고 도시에서 산다. 게다가 지혜롭고 강인하다. 그는 자신이 얼마나 내 질투심을 자극하고 있는지 모른다. 그의 이야기는 더 이상 듣고 싶지 않다. 나는 냅킨에 그려진 꽃무늬를 바라본다. 그것에 정신을 파느라 그의 이야기는 귀담아듣지 않는다. 그는 왜 내 마음이 닫혔는지 눈치채지 못한다. 백 년을 살아도 이해하지 못할 것이다. 내 인생이 얼마나 공허한지 말이다. 좋은 일은 하나도 없는 인생. 사탕수수와 거친 길 외에 아무것도 없는 내 인생. 나는 안다. 어렸을 때부터 내가 텅 빈 인생을 살아왔다는 것을.

*

내 인생은 보잘것없어도 동생까지 그런 삶을 살아서는 안 된다고 생각했다. 동생은 결코 그렇게 살지 않을 것이다. 그는 전문직을 가진 어연번듯한 인물이 될 것이다. 나는 그런 동생의 모습을 볼 날을 기대했다. 돈 많은 부자와 전문직을 가진 사람에게는 인생이 절대로 시시하지 않다. 그런 사람들을 보아 왔기 때문에 잘 안다. 보통 사람이 오두막을 지을 때 그들은 대저택을 짓는다. 보통 사람에게는 잡초가 우거진 진흙투성이 밭밖에 없는 반면, 그들에게는 아름다운 정원이 있다. 일요일에 보통 사람은 할 일 없이 빈둥거리는데, 그들은 호화로운 파티를 연다. 인간이 이 세상에 태어나는 건 똑같아도 누구는 앞서가고 누구는 뒤처지게 마련이다. 너무 뒤쪽으로 처진 나머지 자기가 어디에 있는지조차 모르는 사람들도 있다. 그런 사람들은 자신의 위치에 신경도 쓰지 않는다.

우리 아버지가 그런 사람이었다. 아버지는 글을 읽고 쓸 줄도 몰랐다. 그런데도 아무렇지 않게 생각했다. 오히려 자신이 문맹이라는 사실을 농담 삼아서 피둥피둥 살찐 팔을 손으로 두드리며 껄껄 웃기까지 했다. 아버지는 자기 인생의 한 귀퉁이를 떼어 도시에서 변호사 조수로 일하는 숙부에게 준 데 대해 아주 만족한다고 했다. 동생인 숙부를 만날 때마다 자기의 인생을 이야깃거리 삼아 농담을 늘어놓았다. 심지어 어린 우리에 대해서도 농담한 적이 있다. 그런데 아버지의 농담에는 숙부의 지혜로움에 대한 자랑이 섞여 있다. 그는 숙부가 삶이란 흥정에서 이겼다고 생각한다. 형과 누나 둘도 그렇게 생각되기는 마찬가지다. 그들은 인생에서 필요한 것을 학교에서 충분히 배웠다고 생각한다. 그리고 옛날 사람들처럼 학교를 나오자 곧바로 결혼했는데, 형은 형수를 때리기까지 한다. 옛날 사람들이 하던 행동을 그대로 따라 하는 것이다. 형은 주말이면 술에 취해 곤죽이 되곤 한다. 게다가 돈을 함부로 낭비하는데, 그러면서도 부끄러운 줄 모른다.

나는 형제 중 넷째이며 차남이다. 내가 자라는 동안 세상은 변해 갔다. 주위 사람들은 공부하러 멀리 떠났다가 대부분 훌륭한 인물이 되어 금의환향했다. 나는 일찌감치 내가 뒤처지고 있다는 사실을 깨달았다. 학교를 그만두었을 때 내가 인생에서 얼마나 큰 것을 잃게 되었는지 알았다. 그때 동생만은 이렇게 되도록 놔두지 않겠다고 결심했다. 나는 내가 가족 중에서 앞을 가장 잘 내다볼 줄 안다고 확신한다. 그런데 가족들은 내가 그저 예민할 뿐이라고 말한다. 나는 내가 우리 집 가장이라고 생각한다. 나는 가족을 위해 야심을 품고 부끄러움을 감내하며 살았다. 야심은 부끄러움과 닮아 있다. 부끄러움은 은밀한 것이다. 늘 마음 한구석이 뜨끔뜨끔한 것이다. 모든 것이 끝난 지금도 내 마음은 야심과 부끄러움으로 여전히 뜨끔뜨끔하다. 프랭크는 이런 내 마음을 헤아릴 수 있을까? 절대로 그러지 못할 것이다.

*

　이웃의 커다란 이층집에 한 남자가 살았다. 황토색 콘크리트 벽돌로 지은 그 집은 정면을 초콜릿색 나무로 장식하여 무척 아름다웠다. 너무나 곱고 근사하여 먹음직스러운 과자처럼 보이기도 했다. 나는 매일 그 집을 바라보면서 저 집이야말로 부자가 사는 곳이라고 생각했다. 실제로 남자는 부자였다. 하지만 한때는 그도 우리처럼 가난했다. 그런데 남쪽 어딘가에 석유가 나오는 땅을 차지한 바람에 부자가 되었다고 했다. 남자는 아버지처럼 단순한 사람이었다. 교육을 받지 못한 것도 아버지와 똑같았다. 하지만 석유가 나오는 땅을 갖게 되는 행운과 많은 돈과 커다란 집을 손에 넣은 그는 내 눈에 아주 위대한 사람으로 보였다.

　나는 그 남자를 숭배했다. 그는 사치할 줄 몰랐다. 가끔 시내에 나가려고 버스나 택시를 기다리는 그를 볼 때가 있었다. 옷차림도 평범했다. 누구인지 몰랐다면 눈에 띄지도 않을 정도였다. 하지만 그의 주변을 주의 깊게 관찰하면 어디서나 행운과 돈이 보였다. 그가 손수 빗어 넘긴 머리칼, 단추를 채운 셔츠, 끈을 묶은 구두에서도 행운과 돈을 엿볼 수 있었다. 남자는 그 집에서 혼자 살았다. 그의 자식들은 이미 결혼했다. 그런데 가족과 사이가 나쁘다는 소문이 돌았다. 근심거리가 많다고도 했다. 그러나 내게는 그런 점조차 위대함의 일부로 보였다.

어느 날인가 마을에 결혼식이 있었다. 옛날 식으로 밤을 지새워 치르는 결혼식이었는데, 그때 남자는 자기 집을 기꺼이 식장으로 내주었다. 내가 그 집에 처음 들어가 본 것은 그 결혼식 날이었다. 그런데 밖에서는 멋있어 보이던 집이 안으로 들어가자 너무나 초라했다. 아래층은 벽으로 둘러친 넓은 방에 콘크리트 기둥들뿐이었다. 2층에는 자그마한 방이 다섯 개로, 앞뒤에 베란다가 붙어 있었다. 주위는 무척 어두컴컴했다. 흐린 불빛이 가장 기억에 남는데, 죽은 쥐 썩는 냄새가 진동하고 온통 먼지가 뒤덮여 있었다. 조금만 움직여도 사방에서 먼지가 떨어졌다. 그런데 나중에 알고 보니 그것은 먼지가 아니라 조그맣고 단단한 쥐며느리 알이었다. 나무에 붙은 알들이 손만 살짝 닿아도 우수수 떨어졌던 것이다.

거실은 가구 때문에 답답했다. 영국의 공예가 윌리엄 모리스의 응접세트와 테이블을 비롯하여 이런저런 모양의 자그마한 가구들이 가득했다. 가구들은 하나같이 약해 보였다. 조금만 힘을 주어도 부서져 버릴 것 같았다. 거실엔 오로지 가구들뿐이었다. 그림은 고사하고 달력 하나 걸려 있지 않았다. 기독교 잡지가 잔뜩 쌓여 있는 것이 인상적이었다. 《여호와의 증인》인가 뭔가 하는 잡지로, 우리 집이었다면 내다 버렸을 것이다. 기독교인도 아니면서 왜 그런 잡지를 쌓아 두고 있는지 의아했다. 집은 마치 무덤 같았다. 사람의 온기가 조금도 느껴지지 않았다. 그 남자도 왜 그런 집을 지었는지 모르는 것 같았다.

어느 날이었다. 남자가 총에 맞아 죽었다. 돈 때문인지 가족 간의 불화 탓인지 아무도 모른다. 결국 그 사건은 마을의 미스터리로 남았다. 흑인 경찰이 마을에 와서 500달러 현상금을 알리는 포스터를 곳곳에 붙였다. 그 바람에 마을이 영화 「제시 제임스」에 나오는 다지 시티, 그러니까 헨리 폰다와 타이론 파워가 어슬렁거리는 도시로 변한 것 같았다.

사람들은 드라마 같은 사건을 기대했지만, 아무 일도 일어나지 않았다. 포스터는 닳고 닳아 벽에서 떨어졌고, 경찰도 그 사건을 잊게 되었다. 집만 그 자리에 덩그러니 남았다. 황토색 칠은 벗겨지고 양철 지붕은 녹슬었다. 녹물이 벽을 따라 땅바닥으로 흘러내렸고, 습기가 차서 벽이 온통 녹색으로 변했다. 그리고 세월이 지나면서 녹색은 점점 검은빛을 띠었고, 벽 앞에는 초록빛 수풀이 우거졌다. 집 안에는 곰팡이가 잔뜩 피었으며, 지붕은 시커멓게 녹이 슬었다. 그뿐만이 아니었다. 페인트칠이 벗겨져 목조가 훤히 드러났는데, 이제는 나뭇결까지 뚜렷하게 보였다. 나무들은 속이 썩어 들더니 연한 부분부터 떨어져 내렸다. 내가 이웃에 살던 내내 그 집은 해골처럼 앙상한 골조만 남은 채 간신히 버티고 있었다.

이제야 깨닫지만, 부자인 줄 알았던 그 남자의 삶은 결코 풍요롭지 않았다. 여기 이 시골 같은 도시에서도 평원에 둘러싸인 고향 마을이 보이는 것 같다. 축축한 습지대, 푸른 사탕수수밭 사이의 검고 울퉁불퉁한 길, 커다란 잡초가 우거진 도랑, 자그마한 초가집들, 비 온 뒤 황토가 드러나는 뒷마당, 거기에 고인 빗물, 허물어지는 콘크리트 집의 녹슨 양철 지붕 등이 눈에 보이는 듯하다.

*

아마 사람들은 궁금할 것이다. 어떻게 그런 마을에 모여 살
수 있는지, 어떻게 그런 곳을 고향이라 부르는지 말이다. 하
지만 그곳은 분명히 우리의 고향이다. 화창한 일요일 아침이
면 마을 사람들은 일터에 가는 대신 앞마당에서 느긋하게 햇
볕을 쬔다. 여기저기 백일초를 비롯하여 금잔화와 맨드라미와
난초와 히비스커스 등이 흐드러지게 피어 있다. 이발사가 마
을을 돌고 사람들은 망고 나무 아래에서 머리를 깎는다. 숙부
가 자전거를 타고 울퉁불퉁한 길을 달려 우리를 찾아오는 시
간도 늘 그런 아침이다.

숙부는 시내에 살고 있었다. 그가 어떻게 시내에서 살게 되
었는지, 아버지가 받지 못한 교육을 어떻게 받을 수 있었는
지, 어떻게 법과 관련된 일을 하게 되었는지, 이 모든 일은 내
가 태어나기 한참 전인 옛날에 일어났기 때문에 내게는 아직
까지 하나의 수수께끼로 남아 있다. 숙부는 기독교인이다. 그
는 스티븐이라는 기독교식 이름을 갖고 있다. 이는 숙부가 진
보적인 사람이라는 증거다. 아버지는 숙부가 없는 자리에서
그의 이름을 조롱했다. 그러나 스티븐 숙부는 우리 가족 모두
의 자랑이었다. 숙부 덕에 우리 가족은 마을에서 명성을 얻고
존경을 받았다.

숙부의 방문은 그 자체가 큰 행사였다. 그가 온다는 소식

만 들고도 어머니는 도망 다니는 닭을 쫓아 잡았고, 아버지는 럼주와 잔을 준비했다. 말 그대로 잔치였다. 일요일 낮술에 얼큰하게 취한 숙부는 시내로 돌아가기 전인 오후 4시 30분에 아이들에게 동전을 나누어 줌으로써 잔치의 대미를 장식했다.

한동안 계속 그랬다. 어린 시절 나는 스티븐 숙부를 존경했다. 존경한 나머지 그는 시내에서 혼자 살며, 친척이라고는 우리밖에 없다고 단정했다. 그러다 얼마 지나지 않아 숙부에게 실망했다. 그에게는 가족이 있었다. 수도원 부속 학교에 다니는 딸들이 있었고, 아들도 하나 있었다. 아들은 똑똑하고 공부를 아주 잘했다. 숙부는 사촌인 그 아들을 무척 귀하게 여겼다. 사촌은 나와 동갑이거나, 아니면 몇 살 위였을 것이다. 한두 번 우리 집에도 왔다. 착하게 생긴 데다 얌전했다. 우리 앞에서 잘난 척하지도 않았다. 아버지는 자기 자식들보다 조카인 그 사촌을 더 마음에 들어 했다. 그 아이야말로 아버지가 바라는 아들이었다. 그 아이는 나나 동생과 사뭇 달랐다. 영리했다. 장차 전문직을 가질 특출한 아이였다. 아버지는 낮술에 취해도 그 아이에게 푼돈 같은 건 주지 않았다. 셜리 템플 만년필이나 미키마우스가 그려진 손목시계를 주었다.

스티븐 숙부는 늘 불쑥 찾아왔다. 그처럼 잘난 사람이 왜 일요일 아침마다 자기 가족을 놔두고 우리 마을 같은 시골 구석에 와서 우리와 잔치를 벌이는지 의아했다. 아버지에게 물으니 스티븐도 이따금 도시를 벗어나고 싶은 것 아니겠느냐고 말했다. 그러면서 스티븐 숙부의 아내, 즉 숙모도 기독교인이라서 행복하지 않다고 했다. 게다가 숙부는 진보적인 사고방식을 지녔기 때문에 걱정이 끊이지 않는다는 것이었다. 그처럼 성공한 사람에게 무슨 걱정거리가 있다는 것인지 나로서는 도무지 이해할 수가 없었다. 정말 걱정거리가 있었는지 모르지만 숙부는 그런 티를 내지 않았다.

스티븐 숙부는 농담하고 남을 놀리기 좋아했다. 그는 타고 온 자전거를 나무 그늘에 세우기 전부터 농담을 했다. 그리고 모자를 벗기도 전, 바짓가랑이를 묶은 끈을 풀기도 전, 럼주를 한 모금 마시기도 전부터 우리를 놀리기 시작했다. 우리 집 당나귀가 뭐 그리 우습다는 것인지 지금까지도 풀리지 않는 의문 중 하나다. 숙부는 당나귀를 처음 보는 것처럼 굴었다. 그는 당나귀를 가지고 우리 식구를 놀렸다. 당나귀가 죽었을 때도 그랬다. 한번은 트럭을 사서 며칠 동안 집 앞에 세워두었는데, 숙부는 그걸 갖고도 우리를 놀렸다. 우리가 무엇을 하든 그에게는 놀림거리였다. 아버지는 말리기는커녕 자기 동생이 기뻐하니 덩달아 기뻐했다.

숙부는 처음 본 날부터 나를 놀려 댔다.

"형님, 이놈 장가는 언제 보낼 거요?"

아주 어릴 때였는데도 숙부는 아버지에게 그런 질문을 던졌다. 아버지는 늘 그렇듯 웃으면서 대답했다.

"내년 이맘때 보내려고 해. 이미 참한 신붓감을 골라 놨어."

어느 정도 자라서는 그런 농담을 들으면 바로 노골적으로 싫은 내색을 했다. 그러자 스티븐 숙부는 두 번 다시 그 같은 농담을 하지 않았다.

사실 숙부는 나쁜 사람이 아니다. 잔인한 사람도 아니다.

그저 태생적으로 농담을 좋아하는 사람일 뿐이다. 걱정이 많은데도 그는 농담을 즐긴다. 심지어 자신을 농담거리로 삼기도 했다. 언젠가 숙부가 아들을 데리고 우리 집에 와서 내게 이렇게 말했다.

"이 애는 태어난 후로 한 번도 거짓말을 해 본 적이 없단다."

"정말이야?"

내가 아이에게 물었다.

"아니."

아이가 대답하자 숙부가 웃음을 터뜨리고는 이렇게 말했다.

"오, 이런! 너희한테서 거짓말하는 버릇이 옮았나 보구나. 방금 한 말이 이 아이의 첫 번째 거짓말이야!"

스티븐 숙부는 늘 그런 식이었다. 농담을 한 뒤에는 늘 진지한 말투로 말했다. 그가 우리를 놀렸던 것은 우리가 조금이라도 진보적인 삶을 살기를 바라서였을지도 모른다.

숙부는 우리 집에 올 때마다 아버지에게 막내인 동생을 어떻게 가르칠지 물었다.

"다른 애들은 틀렸어요. 하지만 막내한테는 공부를 시켜 볼 필요가 있어요. 데이요, 이리 와 봐라. 너 공부하고 싶지 않니?"

그러면 데이요가 옆에서 고개를 숙인 채 한쪽 발로 반대편 발목을 문지르다가 이렇게 대답했다.

"공부하고 싶어요."

스티븐 숙부는 데이요의 잘생긴 얼굴이 마음에 들었던 것이다. 나는 일찌감치 그 사실을 눈치채고 있었다. 숙부는 걸핏하면 이렇게 말했다.

“데이요를 우리 집에 데려갈게요.”

그때마다 아버지는 이렇게 대답했다.

“그렇게 해. 네가 데려가서 공부 좀 시켜 줘. 이런 촌구석 학교에서 뭘 배우겠어? 이곳 선생들이 가르치면 뭘 가르치겠냐고?”

나는 숙부가 데이요에게 관심을 갖는 걸 늘 좋게 생각했다. 데이요가 숙부 덕에 시내의 좋은 학교에 다닐 수 있다면 그보다 좋은 일은 없을 터였다. 하지만 스티븐 숙부는 그저 말뿐이었다. 나는 그걸 눈치챘다. 닭고기에 술을 마신 뒤의 취기로 그냥 던져 본 말이었다. 나는 데이요에 대해 숙부와 진지하게 상의해 보고 싶었다. 하지만 무슨 말을 어떻게 해야 할지 알 수 없었다. 차라리 숙부가 남이라면 좋을 것 같았다. 그런데 그는 가까운 친척이었다. 친척이란 묘한 것이었다. 숙부나 그의 아들인 사촌에게 우리가 경쟁심 같은 걸 느끼고 있다는 인상을 주고 싶지 않았다. 우리가 자기들에게 경쟁심을 느낀다고 생각하면 숙부는 단순히 놀리는 데서 그치지 않고 무언가 나쁜 짓을 할 것이다. 적어도 노발대발 화를 내리라.

결국 나는 숙부가 말하는 걸 지켜만 보았다. 술을 마시고 나면 그는 또 우리를 놀릴 게 뻔했다. 곧 그의 두 눈이 붉게 달아오를 테고, 얼굴에는 근심의 그림자가 드리울 것이다. 그리고 잔치가 끝나면 자전거에 올라타 가족이 있는 시내로 돌아가리라.

스티븐 숙부가 데이요에게 진정으로 관심을 갖는 게 쉽지 않다는 걸 나는 알고 있었다. 자기 아들에게 관심을 기울이고 신경을 쓰는 것만으로도 벅찰 터였다. 숙부는 몇 년째 아들을 멀리 보내 공부시키겠다고 이야기했다. 아들 공부 때문에 몇 년째 저축을 하고 있다는 말도 스스럼없이 했다. 그런데 마침내 아들이 공부할 시기가 코앞에 닥쳤고, 캐나다의 대학에 유학하기 위한 모든 준비를 마쳤는데도 숙부는 안심하지 못했다. 아들에게 거는 기대가 큰 만큼 좋지 않은 일이 일어날까 봐 겁을 냈던 것이다. 내가 보기에 숙부는 금방이라도 깨져서 몸을 다칠 무언가를 끌어안고 있는 사람 같았다. 아버지까지 숙부의 그런 속내를 훤히 꿰뚫어보았다. 어느 날 숙부가 없는 곳에서 아버지는 이렇게 말했다.

"내 동생 스티븐은 언젠가 아들 때문에 상처를 입을 거야."

그때 아버지는 행복해 보였다. 아버지는 제대로 가르친 자식이 없기 때문에 상처를 입을 염려가 없을 테니까.

사촌이 출국하기 몇 달 전인 어느 일요일 오후, 스티븐 숙부가 우리를 찾아왔다. 물론 언제나 그렇듯 이번에도 예고 없이 불쑥 찾아왔는데, 자전거를 타고 오지는 않았다. 혼자 오지도 않았다. 자동차에 온 가족을 태우고 왔다. 당시 집 뒤쪽 목초지에 있던 나는 숙부의 차가 서는 걸 보았다. 맨 먼저 숙부의 딸들이 내렸다. 순간 나는 우리 집이 어떤 상태인지 떠올리고 당황했다. 대충이라도 치우려고 집으로 달려갔다. 하지만 치우지는 않았다. 사촌들에게 굳이 잘 보일 필요는 없을 것 같았기 때문이다. 사촌들이 올라오는지 옆 계단에서 말소리가 들렸다. 나는 애써 평온한 척했다. 그들이 놀리든 말든 아버지처럼 웃어넘기기로 마음먹었다. 볼 테면 보라지. 그래, 우리는 이렇게 살아. 초라하게 산다고.

숙부의 가족이 모두 2층으로 올라왔다. 기독교인이라는 숙모와 여자 사촌들의 얼굴에 경멸의 빛이 어렸다. 못생긴 여자들이라면 그러려니 했을 텐데, 하나같이 아주 예뻤다. 우리 집이 지저분하니까 경멸하는 것도 당연하다는 생각마저 들었다. 나는 부끄러워서 슬그머니 뒷걸음질을 쳤다. 그때 어머니가 달려와서는 더러운 한쪽 발을 반대쪽 발목에 비비면서 멋쩍게 웃었다. 어머니는 베일을 머리끝까지 올려 썼는데, 표정을 보니 손님을 맞이하기 위해 한껏 멋지게 치장했다고 생각하는 것 같았다. 어머니가 말했다.

"스티븐 서방님! 다 같이 온다고 미리 말하지 그랬어요. 갑자기 온 바람에……."

어머니는 나를 손가락으로 가리켰다.

"이 애가 청소를 한다고 이리저리 뛰어다니며 한바탕 난리를 피웠답니다."

어머니는 그렇게 말하고 큰 소리로 웃었다. 스스로 멋진 농담이라도 한 줄 아는 모양이었다. 어리석게도 자기가 한 말이 무슨 뜻인지 모르는 걸까? 나는 집 밖으로 뛰쳐나가 목초지와 사탕수수밭을 지나치면서 부끄러움과 짜증스러운 마음을 달래려고 애썼다.

나는 걷고 또 걸었다. 집으로 돌아가고 싶지 않았다. 하지만 날이 저물어 돌아갈 수밖에 없었다. 도랑과 웅덩이에서 개구리들이 개골개골 울어 댔다. 우리 집에서 희미한 불빛이 새어 나오고 있었다. 그러나 아무도 내 걱정 따위 하지 않을 것이다. 내가 집을 뛰쳐나간 사실조차 모를 게 뻔했다. 내가 어디로 사라져 무엇을 하고 있는지 아무도 궁금해하지 않으리라. 집 안에 있는 사람들은 너나없이 새로운 소식에 대해 이야기하느라 정신이 없었다. 데이요가 시내에서 숙부의 식구들과 함께 살게 될 거라는 이야기가 흘러나왔다. 숙부는 데이요를 무슨 대학에 보낼 거라고 말했다. 데이요를 의사나 변호사처럼 전문직을 가진 사람으로 키우기로 이미 결정했고, 그에 필요한 것을 갖추었다고도 말했다.

꿈같은 이야기였다. 하지만 무언가 석연치 않았다. 기뻐야 하는데 전혀 그렇지 않았다. 오히려 상처받은 느낌이었다. 머지않아 데이요가 멀리 떠난다고 생각하자 숙부가 아들에게 그랬듯 나 또한 데이요를 마음속에 품고 있었다는 걸 깨달았다. 언젠가는 데이요가 좌절하여 내 마음에 상처를 줄 수 있다는 생각도 들었다. 순간 용서받아야 할 나쁜 감정이 내 마음속에서 솟구쳤다. 아버지와 어머니, 숙부와 그의 가족 모두, 방 안에 있는 모든 사람들이 죽었으면 좋겠다. 그들과 함께 부끄러운 내 마음을 땅속에 묻었으면 좋겠다. 나는 그들을 증오했다.

지금도 나는 그들을 증오한다. 백인들, 이 카페, 이 거리, 내 인생을 망친 모든 사람들보다 당시 방 안에 있던 그들을 더 증오한다. 그런데 지금 와서 생각하니 죽어야 할 사람은 그들이 아니라 바로 나였다.

*

　나에겐 대도시에 대한 환상이 있었는데, 내 환상 속의 그곳은 이렇게 생긴 도시가 아니었다. 이런 거리도 아니었다. 환상 속에서는 아름다운 공원이 창처럼 뾰족 솟은 검은 철제 울타리에 둘러싸여 있었다. 오래된 나무가 드넓은 도로까지 울창하게 숲을 이루었다. 비가 내렸다. 로버트 테일러의 「애수」에서 보았던 그런 비였다. 나뭇잎이 한 잎 두 잎 떨어져 보도 위를 덮었다. 떨어져도 원래 모양을 그대로 유지한 나뭇잎은 황금빛, 빨간빛, 진홍빛을 띠었다.

　어느 날 숙부의 아들인 사촌이 우리에게 단풍잎을 보내 주었다. 캐나다 몬트리올로 유학을 떠난 지 얼마 후의 일이었다. 기다란 봉투에 처음 보는 우표가 붙어 있었고, 봉투 안에는 예쁜 단풍잎이 들어 있었다. 거리를 뒤덮은 수많은 단풍잎 중 하나를 골라서 보냈을 것이다. 나는 봉투와 단풍잎을 닳도록 쓰다듬었다. 우표도 살펴보았다. 그러면서 검은 철제 울타리 옆 도로를 걷는 사촌의 모습을 머릿속에 그려 보았다. 아주 추운 날씨다. 사촌이 걸음을 멈추고 코를 푼다. 그러고는 고개를 숙이고 길바닥에 뒹구는 낙엽을 본다. 문득 그의 머리에 사촌들, 그러니까 우리가 떠오른다. 그는 감기에 걸릴까 봐 두꺼운 외투를 입고 있다. 옆구리에는 자그마한 가방을 끼고 있다. 몬트리올에 있는 그는 틀림없이 그런 모습일 터였다. 갑자기 데이요가 보고 싶다. 데이요도 그런 모습일 것이다.

*

숙부의 집으로 간 데이요는 힘든 나날을 보냈다. 사촌이 몬트리올로 떠나자 숙부네 식구들은 데이요를 못살게 굴기 시작했다. 그들은 걸핏하면 데이요를 비웃었다. 그리고 응접실에서 자게 했다. 그것도 모두 잠든 뒤에야 바닥에 요를 깔게 했다. 그들은 자기네 자식들에게는 공부방을 마련해 주었지만, 데이요에게는 그러지 않았다. 데이요는 베란다에서 공부해야 했다. 베란다라고 해 봐야 길 쪽으로 툭 튀어나온 좁은 공간이었다. 그래서 데이요는 길을 걷는 사람들을 훤히 볼 수 있었고, 행인들은 데이요를 빤히 쳐다볼 수 있었다. 쳐다보는 정도에서 그치지 않았다. 누구든 손만 뻗으면 데이요가 읽는 책의 페이지를 넘길 수도 있었다. 사람들은 베란다에서 열심히 공부하는 데이요의 모습을 칭찬했다. 내 생각에 숙부네 식구들이 동생을 못마땅하게 여긴 건 사람들의 칭찬 때문인 것 같다. 공부를 하는 건 자기네들만의 몫이라고 생각하지 않았을까.

특히 숙부의 딸들이 데이요를 괴롭혔다. 잘생긴 사촌을 자랑스러워할 줄 알았는데 전혀 그렇지 않았다. 그 애들은 가난한 사람들과 마찬가지로 자기들만 가난에서 벗어나고 싶어 했다. 하지만 가난한 사람이 가난한 사람을 밟고 올라선 격이었다. 그들은 데이요가 자기들을 밟고 올라가려 한다고 생각했다. 숙부한테서 데이요가 자기 딸들을 괴롭히고 귀찮게 군다는 말을 들었어도 나는 전혀 놀라지 않았을 것이다.

데이요가 이런저런 시험에 실패할 때마다 숙부네 식구들이 얼마나 고소해하고 기뻐했는지 모른다. 데이요는 평판이 좋지 않은 학교에 다녔기 때문에 제대로 지식을 쌓을 수 없었다. 데이요가 평판이 좋은 학교에 들어가지 못한 데에는 그만한 이유가 있었다. 그런 학교들은 하나같이 집안이나 가정 환경을 따졌다. 결국 데이요는 자격도 없는 엉터리 교사들이 가르치는 사립 학교에 다닐 수밖에 없었다. 그런데 숙부의 딸들은 그같은 사정 따위는 전혀 헤아리지 않았다.

나는 그래도 숙부만은 데이요를 감싸 줄 거라고 생각했다. 숙부는 진보적인 의식을 지닌 데다 데이요의 장래를 생각하여 그를 시내로 데려가지 않았던가. 그런데 아들이 캐나다로 떠난 뒤로 숙부는 이상하게 달라졌다. 그는 무엇에도 흥미나 관심을 보이지 않았다. 마치 상이라도 당한 사람 같았다. 나쁜 소식이 올 것을 초조하게 기다리는 사람, 손에 쥔 것이 깨져 손을 다칠까 봐 노심초사하는 사람 같았다. 숙부의 얼굴은 점점 푸석푸석해졌고, 어느새 반백이 된 머리칼은 점점 더 부수수하고 희끗희끗해졌다.

그런데 나쁜 소식은 내게 먼저 날아왔다. 어느 날 트럭 일을 마치고 녹초가 돼서 집에 돌아오니 데이요가 와 있었다. 옷을 제법 잘 차려입어서 손님처럼 보였다. 하지만 데이요는 견디다 못해 숙부네 집을 뛰쳐나왔던 것이다. 그는 두 번 다시 그 집에 가지 않겠다고 말했다.

"그 집 식구들은 나를 심부름꾼처럼 부려 먹었어. 이것저것 일만 시켰다고."

동생이 얼마나 괴로웠을지 알 것 같았다. 데이요는 우리가 자기 말을 믿지 않고 숙부네 집으로 돌려보낼까 봐 잔뜩 겁을 먹고 있었다.

아버지는 동생을 돌려보내고 싶은 눈치였다. 덤덤한 표정으로 양팔을 벅벅 긁기만 했다. 그러다 뻣뻣한 회색 턱수염을 쓰다듬어 아버지가 좋아하는 소리를 냈다. 그러고는 무엇이든 훤히 꿰뚫을 정도로 지혜로운 척 점잖게 말했다.

"그런 것쯤은 능히 견딜 줄 알아야 한다."

결국 가엾은 데이요가 믿고 의지할 사람은 나밖에 없었다. 동생의 슬프고 겁먹은 얼굴을 보자 힘이 쏙 빠지면서 온몸이 떨렸다. 가슴이 찢어지고 몸속 깊은 곳에서 피가 솟구치는 것 같았다. 팔도 아팠다. 마치 팔 안쪽 어딘가에 철사가 박혀 있고, 누군가가 그 철사를 잡아당기는 것 같았다. 데이요가 조용히 말했다.

"형, 나 멀리 가야겠어. 이곳을 빨리 떠나야 할 것 같아. 여기에 계속 머물다간 그 사람들의 질투와 시기에 머리가 돌고 말 거야."

뭐라고 해야 할지 알 수 없었다. 뾰족한 해결책이 떠오르지 않았다. 내게는 요령도 없거니와 연줄 같은 것도 전혀 없었다. 숙부라면 모든 걸 척척 해결할 테지만, 이제는 그와 그 무엇도 의논할 수 없었다.

"여기에는 내가 할 만한 일도 없어. 그렇잖아?"

데이요가 말했다.

"유전 일은 어때?"

내가 물었다.

"유전? 유전 일이라고? 돈이 될 만한 좋은 자리는 모두 백인들 차지야. 우리는 그런 데 가서도 고작해야 보조 연구원밖에 될 수가 없어."

보조 연구원? 생전 처음 들어 보는 말이었다. 순간 가슴이 뭉클했다. 숙부네 식구들은 데이요의 지식이 늘었다는 것을 인정하지 않았지만, 나는 동생이 이 년 동안 얼마나 발전했는지 느낄 수 있었다. 말하는 본새가 전과 달랐다. 예전처럼 빨리 말하지도 않았고, 목소리가 불안정하게 오르내리지도 않았다. 손동작이 많은 것도, 이따금 여자로 착각할 만큼 독특한 어조로 말하는 것도 예전과 달랐다. 교육을 받은 사람들이 주로 쓰는 어조와 손동작이었다. 동생의 세련됨이 조금은 당황스러웠다. 그래도 그런 동생이 미더워 보였다. 그래서 나는 그의 이야기를 막지 않고 끝까지 들었다. 동생은 이야기에 정신이 팔려 슬픔과 두려움도 잊은 것 같았다.

"무슨 공부를 하고 싶은데? 약학? 회계? 아니면 법률?"

내가 동생에게 물었다. 그때 어머니가 끼어들었다.

"잘 모르겠다만 나는 데이요가 아주 어렸을 때부터 치과의사가 되면 어떨까 생각해 왔단다."

데이요에 대한 어머니의 생각은 거기에 머물러 있었다. 하지만 치과든 뭐든 어머니가 데이요의 장래에 대해 진지하게 생각한 적은 한 번도 없었다. 우리는 어머니가 할 말을 하도록 내버려 두었다. 데이요는 어머니가 부엌으로 내려가자 아까와 같은 세련된 말투로 입을 열었다. 그는 묻는 말에는 대꾸도 하지 않고 이리저리 말머리를 돌리더니 대뜸 이렇게 말했다.

"항공 공학을 배우고 싶어."

항공 공학이라니, 그 역시 처음 들어 보는 말이었다. 생소한 말이라서 나는 조금 두려웠다. 그런데 데이요는 영국에는 그런 걸 가르치는 대학이 있다고 했다. 그리고 수업료만 내면 그 대학에 다닐 수 있다고 했다. 결국 우리는 데이요의 말을 따르기로 했다. 데이요는 곧 항공 공학을 배우러 떠나게 될 터였다.

데이요는 우리가 자기 생각에 동의하자 탈옥수처럼 행동했다. 타고 갈 배편까지 이미 알아 둔 마당에 여기에서 조금이라도 머뭇거릴 필요가 뭐 있냐는 듯 굴었다. 나중에 알게 됐지만, 데이요는 정말로 타고 갈 배를 구해 둔 상태였다. 영국까지 함께 갈 친구도 몇 있는 모양이었다. 나는 여기저기 뛰어다니며 돈을 마련했다. 여기서 꾸고 저기서 빌리고 이런저런 서류에 사인도 했다. 그럭저럭 비용 문제는 해결되었다.

모든 일이 빠르게 진척되었다. 데이요가 싱긋 웃으면서 배에 타는 모습을 보고서야 나는 나중 일을 생각할 수 있었다. 이윽고 배가 움직이자 기름이 둥둥 뜬 바닷물이 배와 부두 사이로 밀려들었다. 그 광경을 보자 마음이 무거웠다. 기분이 썩 좋지 않았다. 모든 일이 너무 순조롭게 진행된다고 생각하자 오히려 불안했다. 이처럼 쉽게 시작된 일이 끝까지 순조로울까? 아무래도 그렇지 않을 것 같았다. 갑자기 슬퍼졌다. 물론 그것은 동생 때문이었다. 새 양복을 입고 떠나는 가냘픈 데이요의 모습이 무척 슬퍼 보였다.

데이요의 빈자리를 슬픔이 채웠다. 나는 숙부네 식구들의 질투와 시기심을 원망했다. 도저히 가만히 있을 수가 없었다. 데이요가 떠나고 이삼 일 뒤, 나는 숙부네 집에 가기 위해 시내로 향했다.

변두리에 있는 그 집은 좁고 허름한 옛날식 목조 건물이었다. 한때 숙부를 부자로 여겼던 것이 부끄럽고 후회될 정도였다. 알고 보니 숙부는 도시에서 산다는 것뿐 대단한 인물도 아니었다. 그와 딸들의 모든 기대와 희망은 몬트리올에서 공부하는 사촌에게 쏠려 있었다. 그렇기 때문에 사촌은 숙부네 식구들에게 왕자 같은 존재였다. 그들은 앞마당도 뒷마당도 없는 작은 그 집에서 백설공주와 일곱 난쟁이처럼 살고 있었다. 좁아터진 응접실에는 자그마한 외국 사진들이 걸려 있었고, 반짝반짝 윤나게 닦은 가구들이 옹색하게 들어서 있었다. 응접실에 들어가려면 몸을 한껏 움츠리고 조심해야 할 것 같았다. 무작정 들어갔다가는 뭔가를 부술 게 틀림없었다.

숙부네 집에 간 건 늦은 오후였다. 모두 집에 있었다. 숙부는 베란다의 흔들의자에 앉아 있었다. 그가 꽤 늙어 보여 깜짝 놀랐다. 짧은 잿빛 머리칼이 삐죽삐죽 서 있었다. 그들은 나를 맞아 주기는 했지만, 무슨 말썽이라도 일으킬까 봐 조마조마한 눈치였다. 나는 그들의 예상대로 행동하지 않았다. 숙부의 뺨에 입술을 살짝 갖다 대고, 숙모의 볼에도 가볍게 키스했다. 사촌 여자애들은 나를 못 본 척했다. 나는 그러거나 말거나 신경 쓰지 않았다.

그들은 내게 차를 내주었다. 우리 집에서 마시는 시골 차가 아니었다. 우리는 홍차에 달콤한 연유와 누런 설탕을 넣어 휘휘 저어서 마셨다. 솔직히 차라고도 할 수 없는 것이었다. 숙부네 식구들은 그런 걸 마시지 않았다. 홍차, 우유, 흰 설탕이 각각의 그릇에 따로 담겨 있었다. 나 또한 일곱 난쟁이의 일원인 양 조심스레 행동했다. 그들이 하자는 대로 고분고분 따라 했다. 그러자 예상했던 대로 그들이 데이요의 안부를 물어 왔다.

나는 자그마한 티스푼으로 차를 휘저어 한 모금 마신 뒤 살며시 찻잔을 내려놓았다. 그러고는 담담하게 말했다.

"데이요는 영국으로 갔어요. 콜롬비호를 타고요."

숙부는 놀란 듯 흔들의자를 멈추었다. 그러고는 빙그레 웃었다. 영락없이 아버지 같았다.

기독교인이라는 숙모는 아주 짧은 원피스를 입었는데, 목소리가 거만했다.

"일자리를 구하러 간 거니?"

나는 찻잔을 집어 들고 대답했다.

"고등 교육을 받으러 갔어요."

숙부가 화가 난 듯 날카롭게 물었다.

"고등 교육? 그 애는 기초 교육도 제대로 받지 못했는데 무슨 놈의 고등 교육?"

"그렇게 생각하실 수도 있겠죠."

나는 데이요의 세련된 말투를 흉내 내어 말했다. 그때 그 집 딸 중 하나, 굉장히 예쁘지만 심술궂기 이를 데 없는 여자애가 방에서 나와 내게 물었다.

"거기서 뭘 공부할 거래?"

"항공 공학."

숙부의 얼굴에 놀란 빛이 역력했다. 숙부 앞에 얼굴을 바짝 들이대고 큰 소리로 웃고 싶었다. 그 집 식구들 모두가 질투심으로 미칠 것 같은 표정이었다. 여자 사촌들이 일제히 응접실로 나와서는 나를 빙 둘러쌌다. 내가 마치 술래 같았다. 나는 당황하지 않고 자그마한 잔에 담긴 차를 마셨다. 생각해 보니 외국 경치가 담긴 그림과 사진을 벽에다 잔뜩 걸어 놓은 것은 일종의 과시인 듯싶었다. 자신들은 기독교인이므로 그런 것을 두루 꿰차고 있다고 시위하고 싶었을 것이다.

"항공 공학이라……"

숙부가 입을 열었다.

"그 애는 공항 택시를 모는 게 나을 텐데."

여자 사촌들은 깔깔거리고 숙모도 빙긋 웃었다. 숙부는 평소의 그 자신으로 돌아와 농담을 늘어놓았다. 다른 사람들도 제자리로 돌아온 것 같았다. 모두 기분이 좋아진 모양이었다. 나는 차를 다 마시고 자리에서 일어났다. 더 머물렀다간 그들에게 욕을 퍼부을 것 같았다. 그 집을 나서는 내 귀에 여자 사촌의 웃음소리가 들렸다. 순간 가슴속에서 증오의 감정이 솟구쳤다.

나는 이튿날 새벽 4시에 눈을 떴다. 여전히 증오의 감정이 남아 있었다. 날이 훤히 밝자 그런 감정을 떨쳐 내려고 침대에서 일어났다. 하지만 증오의 감정은 온종일 내 마음을 할퀴었다. 잡다한 일을 하는 동안에도, 트럭을 몰고 자갈길을 왔다

갔다 하는 동안에도 그랬다.

오후에 일을 끝내자마자 트럭을 집 앞에 세워 두고 택시를 잡아탔다. 택시는 시내를 향해 달렸다. 왜 또 숙부네 집을 찾아가는지 나도 알 수 없었다. 택시를 타고 가면서 처음 얼마 동안은 그들과 화해해야겠다고 생각했다. 숙부의 농담을 받아 주고 함께 웃기로 마음먹었다.

하지만 그건 겁쟁이나 하는 비겁한 짓이었다. 어리석고 잘못된 행동이다. 원수와 농담을 주고받다니, 절대로 그럴 수 없다. 원수가 누구인지 아는 이상, 상대가 나를 죽이기 전에 내가 먼저 그를 죽여야 한다. 나는 그 집에 도착하면 우선 살림살이부터 닥치는 대로 망가뜨리기로 했다. 응접실의 원목 의자로 자그마한 방들에 있는 가구들에 새겨진 빌어먹을 돌림무늬를 깨부순 뒤 질투심을 불러일으켰던 벽도 부수어야겠다고 생각했다.

그런데 생각지 않은 일이 벌어졌다. 아무래도 그날 너무 일찍 일어난 탓이었을 것이다. 온종일 변비 때문에 고통스러웠는데 갑자기 변이 마려웠다. 숙부네 집에 거의 도착할 즈음에는 화장실 생각밖에 나지 않았다.

이튿날에도 나는 새벽 4시의 어둠 속에서 눈을 떴다. 갑자기 겁이 났다. 펑펑 울고 싶고 용서해 달라고 빌고 싶었다. 무언가 잘못되어 간다는 불안한 느낌이 들었다. 내 생활도 내 마음도 정상이 아닌 게 분명했다. 이제는 마음속에 증오의 감정도 남아 있지 않았다. 그런 감정이 더 이상 느껴지지 않았다. 그저 공허한 느낌뿐이었다. 예전 우리 집 방바닥에 누워 앓던 데이요의 모습이 떠올랐다. 하얀 콜롬비호를 타고 멀어져 가던 모습도 떠올랐다. 새벽에 일어났는데도 마음이 왜 그렇게 허전한지 도무지 알 수가 없었다.

나는 벌을 받게 될 거라고 생각했다. 어떤 벌을 받을지 모르지만 불안한 마음으로 하루를 보냈다. 나는 하루도 빠짐없이 데이요의 편지를 기다렸다. 하지만 동생은 편지를 보내지 않았다. 나는 숙부네 집에 가는 것에 대해 생각했다. 연락도 없이 불쑥 찾아가서 말없이 앉았다가 오면 어떨까 싶었다. 그러나 끝내 실행에 옮기지는 않았다.

데이요보다 사촌 녀석의 소식이 먼저 날아왔다. 사촌은 몬트리올에서 자리를 못 잡고 방황한다고 했다. 학업과 숙부의 기대가 그에게는 큰 부담이었던 모양이다. 몬트리올에서 방황하는 걸 보면 말이다. 조련사나 돌보는 사람이 없으면 경찰견이든 애완동물이든 멍청해지는 것처럼 사촌도 그런 것 같았다. 아무튼 숙부에게도 마침내 나쁜 소식이 전해졌다. 식구들을 구원할 왕자님은 오지 않을 터였다. 시내의 그 자그마한 집에서 온 가족이 품었던 희망은 물거품이 되어 버릴 것이다.

아버지가 말했다.

"스티븐은 아들 녀석 때문에 상처를 입게 될 거라고 내가 말했지?"

아버지는 자기가 이겼다고 생각했다. 정말 이겼다면 이는 손 하나 까딱하지 않고 마냥 기다림으로써 얻은 승리다. 나는 마음속의 증오를 떠올렸다. 증오로 괴로운 것은 바로 나였다. 내가 그들을 죽인 것 같은 기분이 들었다.

*

　사촌이 보내 준 단풍잎을 떠올려 본다. 낯선 우표가 붙은 항공 우편 봉투 속에 든 단풍잎. 공부하러 간 곳의 거리를 걷는 사촌을 떠올려 본다. 기다란 외투를 걸치고 자그마한 서류 가방을 옆에 낀 모습이다. 낙엽이 깔린 오래된 거리, 천 번도 넘게 비가 내린 길옆에는 창처럼 뾰족 솟아오른 검은 철제 울타리가 쳐져 있다. 나도 그 거리를 걷는 것 같은 기분이다. 처음 보는 낙엽과 낯설기만 한 꽃잎을 하나둘 주워 든다. 내게는 노트가 한 권 있다. 아이들의 숙제용 공책처럼 줄이 쳐지고 번호가 매겨진 노트다. 노트의 맨 위 밑줄 칸에 내 이름이 적혀 있다. 프랭크가 써 준 것이다. 하지만 내게는 노트에 편지를 써서 단풍잎이나 꽃잎과 함께 봉투에 넣어 보낼 사람이 없다.

*

　바닷물은 시커멓고 배는 새하얗다. 등불은 눈부시게 빛나지만 배에 탄 승객들은 죄수처럼 실내에 꼼짝없이 갇혀 있다. 불빛이 점점 흐려진다. 승객들은 모두 침대에 누워 있다. 아침이 되자 물빛이 파래진다. 이제 육지는 보이지 않는다. 배에 탄 이상 배가 가는 곳으로 갈 뿐이다. 다시는 자유로워질 수 없다. 배 안에서 역겨운 냄새가 난다. 금방이라도 토할 것 같다. 지저분한 식당 뒷문이 떠오른다. 낮이든 밤이든 배는 계속 앞으로 나아간다. 하늘도 바다도 제 색깔을 잃었다. 사방이 잿빛으로 물들어 있다.

배가 영원히 멈추지 않았으면 좋겠다. 육지로 두 번 다시 돌아가고 싶지 않다. 내 침대 아래 칸에는 이름이 칸인가 모하메드인가 하는 보석상이 있다. 그는 늘 중절모를 쓰고 있다. 모자를 벗은 모습을 본 적이 없다. 장난삼아 모자를 쓰고 있는지도 모른다. 그의 조그만 얼굴에는 웃음기가 없다. 그는 벌써 돌아갈 이야기를 한다. 하지만 나는 돌아갈 수 없다. 늘 고향을 떠나 있어야 한다. 왜 그래야 하는지 나도 모르겠다. 어쩌다 내 처지가 이렇게 되었는지도 모르겠다.

육지가 점점 가까워진다. 아침의 빗줄기 사이로 육지가 보인다. 푸르지 않고 뿌옇다. 색깔 같은 것이 없다. 갑자기 배가 멈춘다. 주위는 쥐 죽은 듯 고요하다. 아래쪽을 내려다보니 방수포를 쓴 남자들이 보트에 타고 있다. 움직이는 모습은 볼 수 있지만 소리는 들리지 않는다. 지난 며칠 항해하는 동안에는 모든 것이 회색이었는데, 지금 눈앞에 있는 보트는 밝게 빛난다. 흑백 영화가 별안간 컬러 영화로 바뀐 것 같다. 파도가 잔잔하게 일렁이는 수면도 짙은 푸른색이다. 방수포는 노란색, 사람들의 얼굴은 고운 분홍색이다.

신비스러운 육지는 보트에 탄 사람들의 것이다. 나는 그저 이방인일 뿐이다. 빗속에 서 있는 집 중 내 것은 없다. 깎아지른 절벽 위로 난 평평한 길이 눈에 들어온다. 그 길을 걸을 자신이 없다. 하지만 그곳으로 가서 걸어야 한다. 모두 짐을 챙겨 배에서 내린다. 뱃고동이 울린다. 더없이 포근했던, 흰색의 커다란 배가 내게 작별을 고한다. 배는 나를 남겨 놓고 도망치듯 재빨리 떠난다. 컬러 영화가 끝나면서 눈앞의 광경이 다시 바뀐다. 시끌벅적한 가운데 짐이 쌓인다. 기차와 함께 각종 교통수단이 보인다. 그렇다. 나는 눈을 가린 듯 갈피를 잡지 못한다.

*

내가 영국에 온 것은 데이요를 보살피기 위해서였다. 나는 데이요가 공부하는 동안 아프지 않도록 곁에서 돌보아 주기로 스스로에게 다짐했다. 그런데 데이요는 나를 맞으러 나와 있지 않았다. 부두에도 기차역에도 그 애는 없었다. 나를 홀로 내팽개쳐 버린 것이다. 나는 사람들이 하는 대로 따라 하면서 하나하나 대처해 나갔다. 맨 먼저 일자리를 구했고, 패딩턴 거리에 방도 하나 얻었다. 버스 번호와 동네 이름도 외웠다. 그러는 동안 계절이 바뀌어 쌀쌀하던 날씨가 따스하게 풀렸다. 나는 웬만큼 이곳 생활에 적응했다. 하루하루를 썩 괜찮게 꾸려 나갔다. 하지만 이런 삶은 내 것이 아니라는 생각이 들었다. 배를 타고 있을 때와 똑같은 느낌이었다. 내 삶을 잃었다는 느낌, 스스로 내 삶을 내팽개쳤다는 느낌이 들었다.

그렇게 몇 주를 지내며 이런저런 고민에 빠져 있을 때 데이요에게서 편지가 왔다. 녀석은 되레 나를 탓하려 들었다. 내 주소를 알아내려고 번거롭게 고향 집에 편지까지 보냈다는 것이다. 녀석은 다른 도시에 살고 있었다. 항공 공학에 대해서는 한마디도 없이, 무언가 특수 과정을 마치고 수료증을 받았다고 했다. 그리고 이제는 런던으로 건너와서 공부를 계속하고 싶으니 좀 도와달라고 했다.

나는 다니던 담배 공장에 하루 휴가를 냈다. 그러고는 우체국에서 돈을 조금 인출하여 기차를 타고 동생이 사는 도시로 갔다. 늘 똑같았다. 나는 항상 기차나 버스를 타고 낯선 곳으로 떠나곤 했다. 내가 가는 곳이 어디인지, 찾아갈 집은 어디에 붙어 있는지도 모른 채 무작정 갔던 것이다.

자그마한 회색 벽돌집들이 빽빽하게 들어서 있었다. 대문에서 현관까지는 두어 계단밖에 없었다. 문을 열어 준 몸집 작은 노인에게 내 이름을 대자 벌컥 화를 냈다. 그의 가느다란 목 위로 옷깃이 헐렁하게 늘어져 있었다. 노인은 알아들을 수 없는 말을 내뱉었다. 짐작건대 데이요가 12파운드쯤 되는 방세를 내지 않고 도망친 모양이었다. 노인은 동생의 트렁크를 저당으로 잡아 두고 있었다. 그런 노인이 혐오스러웠다. 군데군데 곰팡이가 핀 데다 벽마다 때가 낀 작은 집도 역겨웠다. 동생이 머물던 방을 보니 초라하기 짝이 없었다. 이런 방을 일주일에 3파운드를 받았다고 생각하니 분노가 치밀었다. 그런다고 얻는 게 무엇인지 알 수 없지만, 이번에도 화를 눌러야 했다.

방 안에 데이요의 트렁크가 있었다. 그가 탔던 콜롬비호의 스티커가 그대로 붙어 있었다. 나는 돈을 주고 트렁크를 받았다. 대체 데이요는 이 도시 어디에 있을까? 지난 사 주 동안 그는 어디에서 숨어 지냈을까? 나는 바보처럼 무거운 트렁크를 들고는 방금 배에서 내린 사람처럼 두리번거리면서 데이요를 찾아 거리를 헤매기 시작했다.

기차역으로 다시 돌아왔지만 아직은 떠날 결심이 서지 않았다. 대합실은 텅 비어 있었다. 의자에 칼자국이 있어서 보기만 해도 소름이 돋았다. 이런 곳에서 데이요가 어떻게 혼자 지냈나 싶었다. 해가 저물고 어둠이 내리는 광경을 지켜보는 데이요를 생각해 보았다. 의지할 곳 하나 없어 무척 외로웠을 것이다. 어느덧 내가 탄 기차는 런던에 도착했다. 눈앞에 펼쳐진 모든 것이 진저리 나게 싫었다. 집들, 가게들, 차와 사람들, 심지어 마당에서 놀이를 하는 아이들까지 꼴도 보기 싫었다.

런던 역에서도 또다시 기다린 끝에 버스를 탔다. 그리고 한 번 더 버스를 갈아타고는 무거운 트렁크를 들고 내려서 골목의 모퉁이를 돌았다. 그때 데이요가 보였다. 콜롬비호에 올라탔을 때의 양복 차림 그대로였다.

데이요도 한참 동안 나를 기다렸던 모양이다. 그는 지금껏 무엇을 기다렸는지 잊은 것 같은 표정을 짓고 있었다. 동생의 몸은 이제 날씬하지 않았다. 오히려 조금 살이 찐 것 같았다. 데이요는 나를 보자 설움이 북받친 듯 눈물을 글썽거렸다. 내 눈에서도 금세 눈물이 흘렀다. 우리는 지하의 내 방으로 내려가서 서로 부둥켜안았다. 그러고는 소파 겸 침대에 사이좋게 나란히 앉았다. 이런 것에 신경을 써서 부끄럽지만, 동생의 몸에서 냄새가 났다. 그리고 보니 동생의 옷도 몹시 더러웠다.

데이요가 내 무릎에 머리를 얹자 나는 아기에게 하듯 부드럽게 토닥였다. 나 없이 혼자 지냈을 동생의 지난날을 생각해 보았다. 데이요가 머리로 내 무릎을 가볍게 치면서 천천히 입을 열었다.

"형, 난 자신이 없어. 자신이 없어졌다고."

나는 동생의 머리칼을 바라보았다. 머리칼이 길었다. 꽤 오랫동안 이발도 못 한 듯했다. 목 주위의 옷깃에도 때가 끼어 있었다. 신발도 더러웠다. 동생은 자꾸만 같은 말을 되풀이했다.

"난 자신이 없어. 자신이 없어졌단 말이야."

데이요에게 하고 싶은 말이 많았지만 하지 못했다. 나는 내 무릎 위에 누인 동생의 머리를 살살 흔들었다. 어느새 주위가 어두웠다. 거리에는 이미 가로등이 켜져 있었다. 나로서는 알량한 자존심 때문에 데이요가 바보짓을 하도록 내버려 둘 수 없었다. 나는 동생에게 살아갈 길을 마련해 주고 싶었다. 그래서 이렇게 물었다.

"계속해서 공부하고 싶지 않니?"

동생은 대답하지 않았다. 그저 훌쩍대기만 했다. 다시 물어보았다.

"더 이상 공부할 마음이 없는 거야?"

동생이 고개를 들고 코를 풀더니 이렇게 대답했다.

"그렇지 않아, 형. 난 공부하고 싶어."

목소리가 밝은 것으로 보아 기분이 좀 나아진 모양이었다. 동생은 그저 조금 걱정이 된 데다 외로웠고, 잠시 용기를 잃었을 뿐이리라. 이제는 모든 것이 잘될 터였다.

부엌의 불을 켜자 사방으로 흩어지는 바퀴벌레가 보였다. 바퀴벌레는 더럽고 낡은 스토브, 지저분한 솥과 프라이팬 위를 달렸다. 나는 빵과 우유를 꺼냈다. 뉴브런즈윅 정어리 통조림도 한 통 꺼냈다.

보름달이 뜬 밤이었다. 위층에 사는 늙은 백인 여자가 발광하기 시작했다. 그 여자는 보름달만 뜨면 매번 소동을 일으켰다. 고래고래 소리를 지르고 남편과 뒤엉켜 싸웠다. 부부는 둘중 한 사람이 물러설 때까지 고함을 지르고 욕설을 퍼부었다.

나는 불을 피웠다. 석탄 대신 불쏘시개와 신문지를 태우고 데이요와 그 앞에 앉아 저녁을 먹었다. 유감스럽게도 이곳 지하실에서는 몸을 씻을 수 없다. 내일 데이요만이라도 공중목욕탕에 보내야겠다. 요금 6펜스와 낡았지만 부드러운 수건을 들려 보낼 생각이다. 불을 피우니 따뜻한 데다 습기도 사라져 상쾌했다. 그런데 생쥐 녀석들이 빵 냄새를 맡았는지 쥐구멍 앞을 막아 둔 종이 상자를 긁어 댔다. 지하실에 있다 보면 야영을 나온 것 같은 기분이 들었다. 이곳으로 이사하고 나서 며칠 뒤 벽난로 위가 휑하여 여성용 손거울이라도 놓을까 생각했다고 말하자 데이요가 웃었다.

우리는 소파 겸용 침대에서 자기로 했다. 쥐 죽은 냄새가 방 안을 떠돌았지만 나는 의식하지 않으려고 애썼다. 오래 묵은 먼지 냄새, 자극적인 가스와 녹슨 쇠 냄새도 맡지 않으려고 했다. 위층의 늙은 여자가 남편을 집 밖으로 내쫓았다. 남편은 고함을 지르며 문을 마구 두드렸다. 그 소리에 나는 한밤중에 잠에서 깼다. 아침이 되어서야 잠잠했다. 마침내 보름날의 소동이 막을 내린 것이다.

*

슬픔과 두려움이 사라지고 행복한 시간이 우리에게 찾아왔다. 행복이 우리 곁에 계속 머무는 바람에 나는 잊기 시작했다. 스티븐 숙부와 그의 식구들, 아버지와 어머니, 사탕수수와 진흙 구덩이, 이웃의 허물어져 가는 부잣집, 어둠을 가르던 여객선과 아침의 신비스러운 육지 등, 나는 모든 것을 잊어버렸다. 이제는 모두 먼 곳에 있었다. 그래서 남의 것인 듯 되어버렸다. 그중 어떤 것도 지금의 내 삶과 연결되기를 원치 않는다. 위층에 미친 노파가 있는 지하실에서 누구도 사귀지 않은 채 동생 데이요와 단둘이 외롭게 살고 있지만, 이곳 런던의 생활은 이제 어엿한 내 삶이 되었다.

나는 데이요를 위해 좁은 뒷방을 침실로 꾸몄다. 그리고 독서용 스탠드를 비롯하여 필요한 것들을 갖추었다. 데이요도 마음을 추스르고 조금씩 규칙적으로 공부하기 시작했다. 자신감을 되찾은 데이요를 보니 그의 말처럼 공부를 좋아하는 것 같았다. 그는 한 과목을 끝내기 무섭게 다른 과목에 덤벼들었다. 데이요는 내가 사 준 옷을 입고 있었는데, 그래서인지 미남에 대단히 영리해 보였다. 말투도 꽤 세련되어 마치 전문직을 가진 사람 같았다. 나는 내가 무식하다는 걸 알기 때문에 동생의 공부에 참견하지 않았다. 그저 동생이 자기 길을 찾아 정진하기만을, 조금이라도 불행한 일이 동생에게 일어나지 않기만을 바랐다. 동생이 내 곁에 있는 것만으로도 나는 행복했다.

그 무렵 나도 대도시 생활을 즐기기 시작했다고 볼 수 있다. 고향에서는 모두 나를 거칠게 대했고, 일하는 걸 죄나 벌쯤으로 취급했다. 그래서 나는 늘 한 마리 늑대처럼 혼자 외롭게 일했다. 여기에서는 담배 공장에 들어가 일했는데, 아주 괜찮았다. 나를 감시하지도 않았고, 함부로 깔보거나 조롱하지도 않았다. 독한 담배 냄새도 나쁘지 않았다. 담배가 줄줄이 이어져 나오는 기계도 처음에는 좀 무서웠지만, 이제는 익숙할 대로 익숙해졌다. 일하는 것이 이런 것인 줄 이제야 알았다고나 할까, 공장이 늘 거기에 있어 아침마다 내가 그곳에 간다는 생각만으로도 가슴이 벅차고 흐뭇했다.

　공장에서는 금요일마다 노동자들에게 담배를 100개비나 나누어 주었다. 담배에는 투명한 비침무늬가 있었는데, 파키스탄 노동자들은 그것이 영 마음에 들지 않는 모양이었다. 그들 중 몇 명은 담배를 받지 않았다. 하루는 백인 녀석 하나가 카우보이 부츠 같은 신발을 신고 돌아다녔다. 이를 수상히 여긴 직원이 그를 붙잡아 신발을 벗겼더니 담배가 가득 채워져 있었다. 자주 있는 일이었다. 공장은 학교와 비슷한 점이 많았다. 처음에는 가기 싫었는데 점점 좋아졌다.

　트럭 때문에 골치 아플 일도 없었다. 특별한 이유도 없이 시비를 거는 사람도 없지만 공연히 남과 실랑이를 벌일 일도 없었다. 그런 터에 공무원이나 전문직 종사자처럼 작은 갈색 봉투에 담긴 봉급을 꼬박꼬박 받았다. 규칙적인 작업에 규칙적인 수입이었다. 몇 달이 지나 고향에서 진 빚을 다 갚았고, 그 후로는 나를 위해 저축까지 하게 되었다. 돈을 집 안에 두지는 않았다. 아버지는 몇 푼 안 되는 돈을 집 안에 보관했지만, 나는 그때그때 우체국에 맡겼다. 물론 내 명의로 된 통장을 갖고 있었다. 어느 날 통장을 보니 저축액이 100파운드나 되었다. 순전히 내 돈이었다. 남에게 꾼 돈이 아니었다. 100파운드. 마음이 편안했다. 얼마나 편안한지 말로 표현할 수 없었다. 그 돈을 생각할 때마다 나는 가슴에 손을 얹고 눈을 지그시 감았다.

*

하지만 언제까지나 행복할 수는 없는 법이다. 행복한 만큼 많은 것을 잊어버리기도 한다. 100파운드의 돈 때문에 나는 나를 잊어버리고 말았다. 100파운드로 인해 나는 내가 왜 런던에 왔는지 잊어버렸다. 그저 편안함을 보장받고 싶은 마음뿐이었다. 돈이 더 불어나면 좋겠다는 생각뿐이었다. 매주 우체국 직원들이 내 통장에 금액을 적는 걸 보는 게 즐거웠다. 나는 오로지 돈에 대한 생각에만 사로잡히고 말았다. 어리석은 줄 알지만, 데이요에게는 돈에 대해 이야기하지 않았다. 비밀을 갖고 있는 것은 무척 흥분되는 일이었다. 매주 통장의 금액이 더 크게 불어나는 걸 보고 싶은 나머지 나는 아르바이트까지 했다. 일자리를 찾아 여기저기 알아보던 끝에 식당 주방에서 밤일을 하게 되었던 것이다.

결국 나는 일에 중독된 나날을 보내게 되었다. 생활 자체가 일의 연속이었다. 아침 6시에 일어나 데이요가 아직 잠들어 있는 7시에 담배 공장에 도착했다. 그리고 저녁 6시에 지하실 방으로 돌아왔다. 그동안 데이요는 집을 지키고 있기도 하고 밖에 나가 있기도 했다. 8시에는 식당으로 출근했는데, 퇴근은 자정 또는 그보다 늦은 시각이었다. 런던에서 버스와 나는 떼려야 뗄 수 없는 관계였다. 아침과 저녁과 밤에 공장과 식당과 지하실을 오갈 때 지겹도록 버스를 탔다. 나 자신도 무리하고 있다고 생각했다. 하지만 그런 생활이 내게는 삶의 즐거움 중 하나였다. 병들어 야위어 가는 사람들은 점점 더 야위기를 바란다. 스스로 어느 정도까지 야위는지 알고 싶기 때문이다. 뚱뚱한 사람들도 마찬가지다. 정작 뚱뚱한 모습은 싫어하면서도 어느 정도까지 살이 찌는지 알고 싶어 한다. 이들은 늘 자기 그림자의 크기를 살피는데, 이를테면 남몰래 즐기는 취미라고 할 수 있다. 나 또한 피곤한 상태에서 곯아떨어져 아침이면 항상 힘들었지만 사실은 이를 은근히 즐기고 있었다. 매달 50~60파운드씩 돈이 쌓이는 것이 비밀이듯, 내가 피곤함을 즐기는 것도 일종의 비밀이었다. 그러나 피곤함도 아침이 조금 지나면 온데간데없이 사라졌다.

내가 무슨 생각을 하면서 사는지 데이요가 안다면 나를 경멸할지도 모른다. 데이요는 별말을 하지 않았다. 하지만 런던에서 공부하는 그로서는 형이 식당에서 주방 일을 하는 걸 알면 탐탁하게 여기지 않을 터였다. 아무튼 몇 달이 가고 일이 년이 흐르면서 생활은 견딜 만해졌고 돈도 계속 불었다. 돈이 생기면서 나는 강해졌다. 무엇이든 극복할 자신이 있었다. 남들이 어떻게 생각하든, 뭐라고 말하든 상관하지 않았다. 돈이 없을 때는 지하실도 싫었고, 누가 보아도 멋진 옷을 데이요에게 사 주고 나 또한 마음에 드는 옷을 장만하는 꿈을 꾸었다. 이제는 옷 따위 신경도 쓰지 않게 되었다. 오히려 작업복을 입은 내 모습이 떳떳하기만 했다. 초라한 옷차림을 하고 지하실에서 나오거나 거리를 걷는 나를 보고 그 누가 1000파운드, 1200파운드, 1500파운드나 되는 거금을 가진 사람이라고 생각하겠는가? 아마 상상도 하지 못할 것이다.

나 자신도 믿기지 않는 일이었다. 런던에서의 생활! 고향에서는 그것만큼 멋진 삶은 없다고들 생각했다. 하지만 나는 그런 걸 바라지 않았다. 내가 런던에 온 건 멋지게 살기 위해서가 아니었다. 그런데 그렇게 살고 있었다. 불안한 것도 없었다. 있다면 내 체력이 바닥나지 않을까 하는 것, 데이요가 공부를 마치고 홀로 떠나지 않을까 하는 것, 지금의 생활이 계속 이어지지 않으면 어쩌나 하는 것뿐이었다.

사실이었다. 정말 행복한 나날이었다. 데이요는 나와 지하실에서 함께 지내고, 나는 눈을 가린 채 앞을 향해 달리는 말처럼 열심히 일만 했다. 아침이면 공장에 나갔고 저녁이면 식당으로 향했다. 그런 가운데에서도 예전에는 누리지 못했던 일요일의 휴식을 맛보았다. 맨 처음 이곳에 도착한 날이 머릿속에 떠올랐다. 그 아침, 노란 방수포를 쓴 남자들, 깊고 푸른 바다도 떠올랐다. 문득 그 모든 것이 어딘가 다른 세계의 추억같기도 하고, 내가 꾸며낸 기억 같기도 했다.

*

어처구니없는 일이다. 사람은 왜 그렇게 자신을 속이려 드는 걸까? 지금 이 거리를 보라. 여태껏 한 번도 본 적 없는 저 낯선 사람들과 물건들을 보라. 저 사람들에게는 각자의 생활이 있다. 이 도시는 바로 저들의 것이다. 나는 대체 어디에 와 있다고 생각하는 걸까? 이 도시는 유령처럼 저절로 움직이는 것 같다. 어쨌든 내가 본 것들은 이 정도다. 프랭크는 절대로 이해하지 못할 것이다. 그는 내가 보는 이 도시의 그림자를 볼 줄 모르리라. 내가 그토록 열심히 일한 사실도 모를 것이다.

프랭크는 공장에서 나를 모욕했던 반장이나 주임들에 대해 물었을 뿐이다. 나와 다투었던 식당 사람들에 대해 알고 싶어 했을 뿐이다. 프랭크는 걸핏하면 인종 차별 문제를 들먹여 나를 귀찮게 한다. 그래도 그는 세상에서 하나뿐인 내 친구다. 나는 프랭크가 얼마나 많이 나를 도와주었는지 안다. 그가 얼마나 멀리서 나를 데려 주었는지도 안다. 하지만 그는 걸핏하면 나를 곤경에 빠뜨린다. 내가 얼마나 약한 존재인지 확인하고 싶은 것이다. 녀석은 마치 맨홀 뚜껑을 열어 놓고 내가 빠지기를 기다리는 것 같다. 나를 어둠 속으로 몰아넣고 싶어 안달이 나 있는 듯하다.

카페에서든, 버스 정류장에서든, 버스 안에서든 그는 늘 이런 식이다. 저리 비켜요. 이 사람은 연약해요. 내 보호를 받고 있다고요. 프랭크가 이럴 때마다 온몸의 힘이 쏙 빠져서는 번쩍번쩍 광이 나는 그의 구두와 근사한 트위드 재킷에 흘러드는 것 같다. 그런 때는 내가 트위드 재킷을 현금으로 산 일이 단 한 번도 없었던 것 같은 느낌도 든다.

이제 나는 돈을 잃었고 다른 것도 모두 잃었다. 내게는 이 냄새나는 양복밖에 남은 것이 없다. 그런데 이곳에서는 무엇이든 냄새가 난다. 고향에서는 공기가 맑아서 늘 창문을 열어두었다. 하지만 이곳 런던에서는 문이란 문은 죄다 꼭꼭 닫아둔다. 버스의 창문도 닫아서 바람이 안으로 드는 법이 없다.

이런 도시의 어딘가에서 데이요가 오늘 결혼한다. 그 아이는 자기가 어디에 있는지 알고 있을까? 그런지 어떤지 나로서는 통 모르겠다.

*

나는 일하고 또 일했다. 돈을 모으고 또 모았다. 돈은 점점 불어나 2000파운드나 되었고, 나는 그만 맥이 풀리고 말았다. 일을 더 계속할 자신이 없었다. 일관되게 사는 건 쉬운 일이 아니다. 그런 삶은 어디에선가 멈추기 마련이다. 계속해서 두 직장을 다닐 수 없을 것 같았다. 그렇게 했다가는 무슨 일이 일어날 터였다. 계속 일해서 1000파운드를 더 모으고 싶었지만, 도저히 안 될 것 같았다. 나는 일을 그만두었다. 담배 공장에도, 식당에도 나가지 않았다. 나는 우체국에서 2000파운드를 몽땅 인출했다. 그리고 그 돈을 쓰기로 마음먹었다.

어리석고 미친 짓이었다. 나는 그 돈 때문에 미치고 말았다. 돈은 나를 강인한 사람으로 만들었고, 돈 버는 일이 쉬운 것처럼 느끼게 했다. 나는 돈 모으는 것이 얼마나 힘든 일인지를 잊어버렸다. 그 돈을 모으느라 사 년이 넘게 걸렸는데도 말이다. 2000파운드를 갖고 있는 탓에 아버지가 당나귀 수레를 몰아 매달 10파운드씩 벌던 것도 잊어버렸다. 아버지는 그 10파운드로 우리 가족 모두를 먹여 살렸는데 말이다. 10파운드씩 열두 달을 모아도 120파운드밖에 안 된다. 그러고 보면 내 수중에 있는 돈은 아버지의 십오 년, 또는 십육 년 품삯에 해당한다. 이렇게 생각하니 런던을 통째로 내 것으로 만들 수 있을 것 같은 기분이 들었다.

나는 인출한 돈을 고향 사람들의 방식대로 쓰기로 했다. 사업을 시작한 것이다. 하지만 그것은 누가 보아도 미친 짓이었다. 돈 때문에 제정신이 아니었던 것이다. 나는 런던이 어떤 곳인지도, 사업이 무엇인지도 몰랐다. 그런데 덜컥 사업을 시작했다. 나는 고향 사람들처럼 머릿속으로 단순하게 계산했다. 일단 트럭을 한 대 사서 일한다. 그러다 한 대 더 사고, 조금 이따가 또 한 대 산다.

내가 염두에 둔 것은 로티[2]와 카레를 전문으로 취급하는 작은 가게였다. 식당이라 부를 만한 커다란 가게가 아니라 경마장에서 흔히 보는 매점 같은 것이었다. 한쪽 가판대에는 카레를 담은 양푼을 두고, 다른 쪽 가판대에서는 로티나 차파티,[3] 달푸리[4]를 몇 장씩 쌓아 놓을 생각이었다. 고향에서는 여

2) 남아시아에서 철판에 구워 만드는 빵의 일종.
3) 둥글납작하게 철판에 구운 인도의 빵.
4) 남아시아 지역에서 먹는 속이 빈 튀긴 빵.

자들이 그런 식으로 차려 놓고 장사했다. 나는 담배 공장에 다닐 때 문득 고향 여자들이 장사하는 모습을 떠올리고 그 같은 가게를 열어야겠다고 생각했다. 마치 누군가가 귀띔을 해 준 듯 그런 장사를 하면 잘될 것 같은 확신이 섰다. 데이요는 그 사업에 대해 별로 관심이 없었다. 동생은 평소 그의 방식대로 이런저런 말을 했지만, 특별히 귀담아들을 것은 없었다. 녀석은 창피하게 여길지도 몰랐다. 고향 사람들이나 먹는 로티를 런던에서 만들어 팔려는 걸 어리석게 생각할지도 몰랐다. 나는 동생이 멋대로 말하도록 내버려 두었다.

맨 처음 충격을 준 것은 부동산 가격이었다. 생각 외로 비쌌다. 그렇다고 미리 겁을 먹고 포기할 수는 없었다. 아니, 제정신이 아니라서 물러설 줄을 몰랐다. 나는 마치 기차가 떠나기 전에 돈을 다 써야 한다는 듯이 행동했다. 그런데 이상하게도 번듯한 건물 하나 없는 초라한 거리에 무너지기 직전의 가게를 몇 년 분의 임대료에 계약하고 돈을 내 주고서야 나는 내가 어리석었음을 깨달았다. 이제는 돈을 다 써 버려 수중에 한 푼도 남아 있지 않은 것 같은 느낌이었다. 그리고 벌써부터 사업이 망해 가는 것 같은 느낌이었다. 나 자신이 온몸에서 피가 흘러나오자 아예 허물어지기를 바라는 사람 같은 느낌도 들었다.

겨우 사오 주가 흘렀을 뿐인데 세상이 완전히 달라 보였다. 나는 이제 강인하지도 부유하지도 않았다. 남들이 나에 대해 뭐라고 말하든 나를 어떻게 보든 상관하지 않았는데 이제는 그렇지 않았다. 갑자기 가난한 처지가 되고 행색이 허름해지자 바짝 신경이 쓰이기 시작했다. 사고 싶은 물건을 보면 사소한 것이라도 사지 못해 안달이 났다. 12파운드짜리 트위드 재킷이 있었는데, 실내 장식업자와 전기 배선공과 음식 배달원에게 돈을 지불하고 나니 그 재킷을 살 수 없었다.

나는 편견과 규제에도 시달렸다. 고향에서는 집 앞에 테이블을 놓고 무엇이든 마음대로 팔 수가 있었다. 하지만 여기에서는 규제가 심했다. 트위드 재킷에 플란넬 바지를 입은 수상한 사람들이 가게를 기웃거렸다. 그중 젊은 몇 명이 서류를 내밀며 사방에서 나를 압박했다. 그들은 내 마음을 잠시도 편하게 놔두지 않았다. 이것저것 지적하며 참견을 했다. 그들은 내가 하는 모든 일이 마음에 들지 않는 듯 웃지도 않았다. 나는 시장에서 재료를 사서 열심히 요리하는 한편, 늘 깨끗이 청소했다. 그런데 위치가 나빠서인지 장사가 신통치 않았다. 일찍 일어나 부지런을 떨면서 성실하게 일했지만 소용이 없었다.

이런 상태가 계속 이어지면 죽을 수밖에 없을 터였다. 나를 지탱하던 용기도 이제는 남아 있지 않았다. 런던을 손에 쥐겠다던 나의 비밀스러운 꿈도 사라져 버렸다. 어리석은 꿈인 줄은 알고 있었지만 이렇게 물거품처럼 사라질 줄은 미처 몰랐다. 우체국에 맡긴 2000파운드가 없어지면서 현금이 한 푼도 남지 않게 되자 나는 그만 힘을 잃고 말았다. 이를테면 머리칼이 잘린 삼손 같은 처지가 된 것이다.

플란넬을 입은 사내들이 가게를 떠나면, 젊은 영국 불량배들이 몰려왔다. 놈들이 왜 하필 내 가게로 몰려오는지 모를 일이었다. 왜 하필 나를 골라 괴롭히는 걸까? 나는 놈들이 주고받는 말을 이해할 수 없었다. 하지만 놈들이 질 나쁜 불량배라는 사실은 한눈에 알 수 있었다. 놈들은 옷을 한껏 차려입고 갑자기 나타나서는 소란을 피웠다. 때로는 음식값도 내지 않았다. 그러면서도 걸핏하면 접시와 컵을 깨고 포크와 나이프를 구부려 놓았다. 그게 놈들의 취미인 모양이었다. 그런 놈들이 많았는데 나 혼자 상대해야만 했다. 그것이 용감한 짓이고 교육받은 자들이 하는 행동인지 모르겠지만, 내 편을 들어 주는 사람은 아무도 없었다.

예전에, 그러니까 두 직장을 다니면서 열심히 일해 돈을 벌던 시절에는 그런 문제로 괴롭지 않았다. 하지만 지금은 모든 것이 괴로웠다. 나는 그 불량배들이 옷맵시를 뽐내며 웃고 떠드는 꼴을 참고 볼 수 없었다. 내 마음은 다시금 증오로 가득 찼다. 예전에 스티븐 숙부와 그 식구들을 미워했을 때처럼 이번에도 그런 증오의 마음이 나 자신을 병들게 했다.

*

데이요가 나를 도와주어야 마땅했다. 그 애는 내 동생이니까. 나는 그동안 데이요를 위해 돈을 벌려고 뼈 빠지게 일했으니까. 데이요를 찾아 바다를 건너왔으니까. 그런데 데이요는 나를 내팽개쳤다. 물론 그 애는 지금 나와 함께 지하실에서 산다. 일요일이면 함께 식사도 한다. 그러나 그 애의 태도는 '난 내 일을 할 테니 형은 형 일이나 하라'는 식이다. 그 애는 자기 길을 간다. 공부를 하든 다른 무언가를 하든 지금 하는 일을 계속할 모양이다. 집에 돌아오면 그 애 방에 불이 켜진 때가 더러 있다. 그래서 밤늦게 살금살금 집에 들어가기도 한다. 아침이면 늘 자는 그 애를 두고 가게로 향한다. 그 애는 거기에 있다. 그 애를 한시도 잊을 수 없다. 그런데 내 마음은 그애에게서 돌아서기 시작했다.

먼저 그 애의 말투가 거슬린다. 나는 그 애의 일거수일투족을 살피게 된다. 한때는 데이요도 귀엽게 생긴 소년이었다. 팔리 그레인저처럼 머리를 멋지게 빗고 바셀린 헤어 토닉을 발랐다. 그런데 지금의 얼굴은 평범한 노동자 같다. 열심히 일하느라 볕에 그을린 아버지처럼 강인한 모습은 없지만 말이다. 그 애가 본래의 말투로 말문을 열면 그 입에서 온갖 쓸데없는 이야기가 거침없이 쏟아져 나온다. 그럴 때 나는 기껏해야 "데이요, 성냥 좀 줘." 같은 말을 던질 뿐이다.

데이요의 말을 듣고 있자면 무언가 문제가 있는 것 같다. 말하는 본새가 정상이 아니다. 데이요에게는 아직 그만의 독특한 억양이 있지만 일단 말을 하기 시작하면 자제를 하지 못한다. 마치 그날 처음으로 말문이 열린 듯, 런던에는 이야기를 나눌 사람이 아무도 없는 듯이 말한다.

그래서 나는 요즘 데이요가 걱정된다. 로티 가게는 늘 걱정거리였지만, 이제는 지나간 과거에 묻혀 버렸다. 나는 열심히 일했지만 돈과 보람을 허무하게 날렸다. 다시 시작할 수는 없다. 담배 공장으로, 버릇없고 무식한 여자애들에게로 돌아갈 수도 없다. 춥고 지루한 출근 버스로도 돌아갈 수 없다. 그런 생활은 끝났다. 나는 이제 동생 데이요만을 생각한다. 그 애의 얼굴을 가만히 바라본다. 걷는 모습, 면도하는 모습을 살핀다. 데이요는 그런 나를 이해하지 못한다. 그 애는 여전히 여자애처럼 말한다. 나는 아무 말 하지 않는다. 나조차 내가 무엇을 염두에 두고 있는지 모르겠다. 그저 관찰하듯 동생을 바라볼 뿐이다.

*

어느 날 아침, 몽정을 하다 잠에서 깼다. 어릴 때 처음 한 후로 두 번째였다. 몽정은 내게 짜증 나고 지저분하며 창피한 것이었다. 데이요에게 가서 용서를 빌고 싶었다. 몽정을 한다는 것은 내가 그만큼 동생을 생각하지 않는다는 증거였기 때문이다. 동생을 무시하고 배신했다는 생각도 들었다. 데이요와 화해하고, 예전처럼 이야기를 나누고 싶었다. 내가 변함없이 사랑한다는 걸 데이요가 알기 바랐다.

데이요의 침실인 뒷방으로 갔다. 이른 아침 뒷마당의 불빛이 얇은 커튼을 뚫고 방 안으로 비쳐 들었다. 좁은 철제 침대에 누워 잠들어 있는 동생은 얼굴이 마치 젊은 노동자 같았다. 동생을 위해 빨간 방수포를 씌운 책상 위에는 내가 공부하라고 사 준 독서용 스탠드가 놓여 있었다. 동생의 근사한 책들을 비롯하여 머리를 식힐 때 읽는 페이퍼백 몇 권과 자그마한 트랜지스터라디오도 놓여 있었다. 라디오는 동생이 최신 가요를 듣고 싶다고 졸라서 사 준 것이었다.

영락없는 노동자의 얼굴이었다. 그 얼굴이 슬퍼 보여 마음이 아팠다. 답답할 정도로 좁은 방도, 창밖의 콘크리트 벽도, 햇볕이 들지 않는 뒷마당도 마음이 아팠다. 앞으로 어떻게 될까? 동생과 내게는 대체 무슨 일이 일어날까? 동생은 결국 고향으로 가는 배에 올라 햇빛 밝은 아침에 내려서 택시로 교차로까지 가서는 낯익은 길을 달리게 될까?

재떨이로 쓰는 접시와 함께 값비싼 담배가 눈에 들어왔다. 동생의 손과 손톱에는 때가 잔뜩 끼어 있었다. 겨드랑이까지 살이 붙어 양팔이 피둥피둥했다. 예전에는 힘센 팔이었다. 예전에는 걸음걸이도 멋졌다. 그래서 당시에는 동생이 헨리 폰다 같다고 생각했다.

나는 추운 방에 우두커니 서서 동생을 내려다보았다. 동생이 몸을 비틀어 돌아누웠다. 그러고는 눈을 뜨고 나를 알아보는가 싶더니 겁먹은 표정으로 벌떡 일어났다. 시트가 무척 더러웠다. 저렇게 더러운 시트에서 동생이 잠을 잤다고 생각하니 기분이 몹시 찜찜했다.

동생이 입을 열었다.

"무슨 일이야?"

여전히 억양 없는 말투였다. 동생은 마치 내가 자기를 죽이러 오기라도 한 것처럼 쳐다보았다. 더 이상 아무 말도 하지 않았다. 갑자기 말하는 법을 잊은 사람 같았다. 역시 노동자의 얼굴이었다.

슬펐다. 나만 느끼는 슬픔이었다. 슬픔이 체액처럼 몸 안에서 흘렀다.

"데이요, 요즘은 뭘 공부하니?"

내가 물었다.

이제 동생의 얼굴에 두려움 같은 건 없었다. 그는 오히려 화를 내려는 것 같았다.

"형, 지금 나를 취조하려는 거야? 경찰이라도 된 모양이지?"

동생의 말은 평소 억양이 아니었다. 말을 계속하지도 않았다. 마치 어린 시절 살던 고향으로 되돌아간 듯 말했다.

"나는 너랑 얘기가 좀 하고 싶을 뿐이야. 내가 가게 일로 정신없이 바쁜 건 너도 잘 알잖아. 너랑 제대로 얘기를 나눠 본 지도 꽤 오래됐어."

내 말에 동생이 다시 입을 열었다. 이제는 평소 억양으로 말했다.

"뭐, 형이 물으니까 대답하지. 하긴 형한테 그런 걸 물을 정도의 권리는 있으니까. 솔직히 말해 이런 데서 공부하는 건 무척 힘들어. 형이나 다른 사람들이 생각하는 것보다 훨씬 힘들다고. 많은 사람들이 저마다 계획을 세우고 이리 몰려와. 공부를 하겠다는 일념으로 말이야. 그런데……."

"데이요." 나는 동생의 말을 막았다. "그럼 넌 뭘 하려고 왔는데?"

"나는 현대의 세계를 향해 준비하고 있어. 형이 알고 싶다면 얘기하지. 난 지금 컴퓨터 프로그래밍 과정을 공부하고 있어. 컴퓨터 프로그래밍. 형도 마음에 들었으면 좋겠어."

나는 책상 위의 담뱃갑을 집어 들었다.

"이 담배 꽤 비싸겠군."

"난 질 좋은 담배만 피워."

내 말에 동생이 평소 억양으로 말했다. 노동자의 얼굴에 노동자의 말투였다. 조금만 더 그 방에 머물다가는 동생을 후려칠 것 같았다. 동생을 사랑하는 데다 형으로서 부끄러운 마음에 그 방에 갔음에도 말이다.

부끄러움은 온종일 내 마음에 달라붙어 있었다. 힘든 가게 일을 마치고 백인 불량배들과 실랑이를 벌인 끝에 야간 버스를 타고 귀가하던 중이었다. 철삿줄이 팔 안쪽에서부터 팽팽하게 옥죄어 드는 것 같았다. 버스에서 내리자 목걸이를 한 검정 개가 내 뒤를 졸졸 따라왔다. 가로등이 길가의 나무들을 비추었다. 껍질이 벗겨진 가로수를 보자 고향의 구아버 나무가 떠올랐다. 구아버 나무 껍질과 비슷했다. 보도는 축축하게 젖어 있었다. 걸을 때마다 거무스름한 진흙에 발자국이 새겨졌다. 덩치만 컸지 개는 무척 순했다. 나는 그 개가 실수로 나를 따라온다고 생각하고 쫓으려 했다. 그런데 녀석은 나를 빤히 바라보며 꼬리를 흔들었다. 그리고 내가 걷기 시작하자 다시 나를 따라왔다. 그것도 아주 바짝. 나와 함께 지내고 싶은 표정이었다.

한참을 걸었는데도 개는 나를 계속 따라왔다. 어디까지든 따라올 태세였다. 녀석은 쓰레기통은 거들떠보지도 않고 지하실까지 따라왔다. 개도 이제는 나를 따라온 것이 실수라는 사실을 깨달았을 거라고 생각했다. 하지만 그렇지 않았다. 내가 문을 열고 들어온 순간 녀석도 따라 들어왔다. 그러고는 현관을 이리저리 뛰어다니면서 즐거운 듯 꼬리를 흔들었다. 어느새 여기저기 녀석의 발자국이 찍혔다.

나는 데이요의 방을 가만히 들여다보았다. 개도 나를 따라 방을 보았다. 하지만 불을 켰어도 보이는 건 더러운 침대뿐이었다. 침대 한가운데에 시트가 개어져 있었다. 시트도 베개도 때가 타서 갈색이었다. 식탁 위 접시에는 담배꽁초가 수북했다. 정말 어처구니없었다.

배가 고팠다. 하지만 먹고 싶은 생각이 들지 않았다. 나는 간단한 맥아음료를 만들었다. 그것을 마시려 하자 개가 꼬리를 흔들면서 다가왔다. 녀석은 계속 꼬리를 흔들며 현관까지 따라왔다. 내가 문을 열자 녀석이 계단을 뛰어올랐다. 그제야 자기의 실수를 깨달은 모양이었다. 개는 뒤도 돌아보지 않고 어두운 거리를 향해 달려갔다. 그 모습을 보자 마음 한구석으로 쓸쓸함이 밀려왔다.

나는 다시 방에 들어와 잠자리에 누웠다. 잠시 후 데이요가 살금살금 들어와서 불을 켜는 소리가 들렸다.

다음 날 아침, 데이요는 자도록 내버려 두고 시장에 가려고 지하철을 탔다. 나는 지하철 광고판에서 이런 문구를 보았다.

"컴퓨터 프로그래밍 학습을 통해 미래의 세계를 준비하세요."

나는 그제야 확실히 알게 되었다. 놀라지는 않았지만 증오의 감정이 마음을 가득 채웠다. 겁에 질린 동생의 얼굴을 다시 한번 보고 싶었다. 나는 역을 두어 개 지나 지하철에서 내렸다. 그러고는 한동안 플랫폼에서 서성거렸다. 내가 무엇을 하려고 하는지 알 수 없었다. 연달아 담배를 두 개비 피웠다. 몇 대의 열차를 그냥 보냈다. 주위 사람들이 수상쩍은 눈초리로 나를 바라보았다. 잠시 머뭇거리다 맞은편 플랫폼으로 건

너갔다. 이쪽에는 사람이 별로 없었다. 이윽고 열차가 들어오자 올라탔다.

건방진 녀석. 질 좋은 담배만 피운다고? 생각할수록 어처구니없었다. 지하실의 동생 방으로 내려가는 내 모습을 그려 보았다. 더러운 시트와 값비싼 담배가 수북이 쌓인 재떨이가 보인다. 침대에서 그 애를 끌어낸다. 그러고는 거짓말이나 하는 꼬마 노동자의 입을 한 대 후려갈긴다.

하지만 나는 지하실 계단을 내려갈 수 없었다. 그저 한참 동안 집 앞에 서서 쓰레기통과 무너진 울타리만 바라보았다. 아무도 손질하지 않은 탓에 두어 군데의 울타리 관목이 무성하게 자라서 작은 나무처럼 보였다. 지하실 창문은 먼지로 시커먼 데다 젖은 종이든 마른 종이든 어지럽게 들러붙어 있어서 무척 지저분했다. 잡초가 가득한 좁은 마당에는 온갖 쓰레기와 잡동사니가 널려 있었다.

보름달만 뜨면 소동을 일으키는 백인 여자가 문을 열고 얼굴을 내밀었다. 주름지고 누렇게 뜬 얼굴이었다. 그녀 뒤쪽으로 보이는 집 안은 어두컴컴했다. 여자는 잠시 멍하니 서 있었다. 발작을 일으킨 바람에 온몸의 힘이 쏙 빠진 모양이었다. 그녀는 매일 밤 악몽에 시달리는 것 같았다. 배달된 우유를 집으려고 몸을 굽힐 때 어린아이처럼 숱이 적은 데다 마구 헝클어진 머리가 보였다. 이윽고 그녀가 나를 바라보았다. 나를 알아보는 표정이지만 확신하지는 못하는 것 같았다. 나는 속으로 인사말을 건넸다. 오 년째 이 집에 살면서 그녀와 인사하는 건 늘 이런 식이었다. 나는 마음을 돌려 급하게 모퉁이 쪽으로 걸어갔다. 그러면서 생각을 바꾸기 잘했다고 중얼거렸다.

하지만 그 자리를 떠나 곧바로 장을 보러 갈 수가 없었다. 지금은 그런 일을 할 때가 아니었다. 막연하지만 눈앞에 닥친 일부터 해결해야 했다. 나는 모퉁이에서 서성거렸다. 내가 대체 무엇을 하려는 것인지 나 자신도 알 수 없었다. 그러다 데이요를 보았는데, 그제야 그게 무엇인지 깨달았다.

동생이 가는 버스 정류장이 어디인지는 이미 알고 있었다. 나는 왼쪽으로 돌아 그 애가 타는 정류장의 바로 전 정류장으로 갔다. 버스가 다가왔다. 재빨리 올라타 오른쪽 창가 자리에 앉았다. 다음 정류장에서 데이요가 버스를 기다리고 있었다. 이렇게 동생을 관찰하다니 생각할수록 우스웠다. 동생이 낯선 사람처럼 느껴졌다. 동생은 내가 자기를 관찰하는 걸 눈치채지 못한 것 같았다. 아무래도 찬물에 얼굴을 대충 문지르고 나온 모양이었다. 셔츠도 무척 더러워 보였다. 평소에도 동생은 외모에 그다지 신경을 쓰지 않았다. 동생이 버스에 올라타더니 2층으로 올라갔다. 그 비싼 담배를 피우려는 것 같았다.

동생은 옥스퍼드 서커스에서 내렸다. 버스가 신호등에 걸렸을 때 나도 내렸다. 그러고는 동생을 찾아 인파를 헤치고 옥스퍼드가를 걸었다. 거리 끝에서 동생이 신문을 샀다. 이윽고 그 애는 라이언스 건물 안으로 들어갔다. 나는 밖에서 한참 동안 기다렸다. 시간이 꽤 지난 것 같았다. 오전 시간도 얼마 남지 않았다.

나는 데이요를 따라 그레이트 러셀가를 걷기 시작했다. 동생은 말 그대로 빈둥거리며 이곳저곳을 기웃거렸다. 인도 식품점의 유리창 안을 들여다보더니 외국 소식지를 파는 신문 판매대에 걸린 안내판에 시선을 두었다. 또 서점에서 내놓은 먼지투성이 책을 보려고 횡단보도를 건너기도 했다. 주위에는 아프리카 흑인들이 많았다. 그중에는 재킷에 넥타이를 매고 자그마한 서류 가방을 끼고 걷는 사람들도 있었는데, 대체 그들에게 공부가 무슨 소용인가 싶었다.

어느 정도 걷자 상점이 없었다. 보이는 것은 보도를 따라 높게 쳐 놓은 검은 쇠창살뿐이었다. 데이요는 대영 박물관 앞의 광장으로 들어섰다. 그곳은 옷차림이 가벼운 외국 관광객들로 붐볐다. 마치 다른 도시 같았다. 양복을 입고 책을 든 채 넓은 계단을 오르는 데이요도 관광객처럼 보였다. 관광객들은 그저 관광을 위해 이곳에 들렀을 터였다. 다들 행복해 보였다. 광장 한쪽에는 호텔로 데려다줄 버스가 그들을 기다리고 있었다. 관광객들에게는 저마다 돌아갈 고향도, 편안한 집도 있을 터였다. 가슴 가득 슬픔이 차올랐다.

데이요가 건물 안으로 사라졌다. 그 애를 더는 볼 수 없었다. 나는 밖에서 기다리기로 하고는 관광객을 바라보며 어슬렁거렸다. 입구까지 갔다가 광장을 돌아다녔다. 그러다 광장을 벗어나 가로수 거리를 왔다 갔다 했다. 토트넘 코트 거리까지 걸어가 보기도 했다. 후텁지근해 보이는 데다 냄새가 나는 인도 식당 곁을 걸을 때는 내 가게 생각이 났다. 나 자신을 쏟아부었지만 결국은 실패한 가게였다. 그러고 보니 어느새 점심시간이었다. 나는 시간을 거의 잊고 있었다. 박물관 쪽으로 서

둘러 갔다. 오가는 관광객들을 헤치고 계단을 뛰어올라 문까지 다다랐다. 데이요가 보였다. 그는 문 앞 나무 벤치에 앉아 담배를 피우고 있었다.

데이요는 책을 끌어안은 채 드러눕듯 앉아 있었다. 동생에 대한 미운 감정이 고개를 들었다. 사람들이 보는 앞에서 녀석의 뺨을 때려 주고 싶었다. 녀석이 어떤 거짓말을 했는지 공개적으로 망신을 주고 싶었다. 하지만 나는 기둥 뒤에 숨어서 녀석의 얼굴을 가만히 바라보았다.

비단 슬픈 표정만은 아니었다. 담배를 피우는 품이 별나서도 아니었다. 녀석은 어떻게 되든 상관없다는 표정으로 연신 담배를 입에 대었다 떼곤 했다. 남에게 보이려고 드러눕듯 앉아 있는 것은 아니었다. 녀석은 정말로 등뼈가 부러진 사람 같았다. 나는 그를 똑바로 바라보았다. 지친 데다 어딘지 어리숙한 소년의 얼굴이었다. 더 이상 어떻게 할 수 없는 사람의 얼굴이었다. 잠에서 깨어 겁먹은 표정으로 나를 바라보던 얼굴이었다. 무슨 일이 닥치면 그 즉시 입이 찢어져라 비명을 지를 것 같은 얼굴이었다.

해는 이제 하늘 한가운데에 있었다. 푸른 잔디가 길게 뻗어 아름다웠다. 잔디밭의 가장자리는 풀이 무성하게 자라 검푸르게 보였다. 잔디 위를 걸을 때마다 발밑을 통해 촉촉한 느낌이 전해졌다. 처음 잔디를 심었을 때처럼 씨앗이 싹을 틔우고 잎이 조그맣게 갈라져 쑥쑥 자라나는 것이 보이는 듯했다. 일단의 어린 여학생들이 콘크리트 연석에 불량스러운 자세로 앉아 있었다. 모두 짧은 파란색 치마를 입고 있었는데, 주위는 아랑곳하지 않고 저희끼리 큰 소리로 웃고 떠들어 댔다. 버스와 택시가 끊임없이 오가는 가운데 남자들과 여자들이 타고 내렸다. 세상은 그렇게 돌아가고 있었고, 나는 세상 밖으로 내쳐져 있었다. 기둥 사이로 동생과 나 자신을 돌아보며 서 있을 뿐이었다. 나는 작업복을, 동생은 양복을 입고 있었다. 양복이라고는 해도 싸구려라서 주름도 잡히지 않고, 맵시도 나지 않았다. 동생은 담배를 피우고 있었다. 갑자기 동생에게 세상에서 가장 질 좋은 담배를 피우게 해 주고 싶었다.

동생을 스티븐 숙부의 아들처럼 방황하게 놔둘 수는 없다. 아무리 동생이 미워도 나는 그렇게 되기를 원치 않는다. 동생에게 다가가서 끌어안고 머리를 토닥여 주고 싶다. 그 애의 체취를 맡아 보고 싶다. 이제는 다 괜찮다고 말해 주고 싶다. 내가 보호해 주겠다고, 공부 같은 건 더 이상 하지 않아도 된다고, 너는 이제 자유인이라고 말해 주고 싶다. 동생이 나를 보고 웃어 주면 좋겠다. 하지만 그 애는 나를 봐도 웃지 않을 것이다. 그리고 내가 다가가면 겁을 먹고 고막이 터져라 비명을 지를 것이다. 내가 그렇게 만들었다. 내가 그렇게 하도록 대한 것이다. 나는 동생에게 다가갈 수 없다. 그저 기둥 뒤에 숨어서 그 애를 지켜볼 뿐이다.

동생이 담배를 껐다. 그리고는 책을 들고 성큼성큼 걸어서 검은 쇠창살 사이의 문을 나섰다. 점심시간이라 식당과 샌드위치 가게에 사람이 많았다. 가로수 아래는 사무실에서 쏟아져 나온 사람들로 북적거렸다. 데이요는 사람들 틈에 섞여 있었다. 하지만 그 애에게는 갈 곳이 없을 터였다. 멀어지는 동생의 모습을 보고 내게도 갈 곳이 없다는 사실을 깨달았다. 런던에서의 생활도 이제는 끝난 것 같았다.

*

내게는 갈 곳이 없었다. 나는 데이요처럼 관광객과 섞여서 걸었다. 로티 가게가 생각났다. 내 목을 죄는 올가미 같은 가게. 모든 것을 팽개치고 훌쩍 떠날 수 있다면 얼마나 좋을까. 이대로 떠날 수만 있다면 바랄 게 없을 터였다. 어제 사용한 카레는 말라붙은 채 부패하여 독약처럼 붉은색으로 변할 것이다. 천장과 의자에도 먼지가 잔뜩 앉아 있으리라. 아무튼 데이요가 더 이상해지기 전에 고향으로 데리고 가야 한다. 그렇게 할 수 있다면, 엉망이 된 삶에서 벗어날 수만 있다면 얼마나 좋을까.

보름달만 뜨면 머리가 돌아 버리는 위층 여자, 앞이든 뒤든 아무것도 보이지 않는 창이 있는 지하실을 떠날 수만 있다면……. 지하실에서는 매일 밤 쥐들이 갉아 대는 소리가 들렸다. 언젠가 쥐구멍을 막아 둔 종이 상자를 들어낸 적이 있었다. 상자 여기저기에 쥐가 앞발로 긁은 자국이 나 있었다. 어둠 속에서 상자를 긁어 대는 쥐를 본 적도 있었다. 하얀 털 같은 게 마치 상자의 일부처럼 보였다. 나는 쥐구멍을 향해 밖으로 나와 마음대로 돌아다니라고 소리쳤다. 어차피 이곳에서의 생활은 끝났으니까. 나는 모든 걸 포기한 사람 같았다. 내가 보기에도 그랬다. 나는 이곳에 빈손으로 왔다. 지금도 가진 것이 없다. 따라서 빈손으로 떠날 수밖에.

오후 내내 이곳저곳 다녔더니 내가 마치 자유인이 된 것 같았다. 나는 눈에 띄는 모든 것을 비웃으면서 다녔다. 걷다 지쳤을 때는 저녁 무렵이었다. 나는 여전히 비웃고 있었다. 버스도 사람도 가게도 비웃었다.

내 가게를 찾아온 백인 불량배들도 비웃었다. 놈들은 시비를 걸거나 말썽을 피우려고 왔다. 나는 지금까지 무언가를 놓고 다른 사람과 싸운 적이 없었다. 하지만 오늘 밤은 사정이 달랐다. 놈들이 시비를 걸어오자 내 몸 안에서 힘이 불끈 솟았다. 머리칼이 자란 삼손은 다시 강해질 것이다. 그 무엇도 그와 대적할 수 없으리라. 그는 이제 배를 타고 고향으로 돌아갈 것이다. 밤바다가 아무리 검다 해도 아침이면 푸르게 빛나는 법이다. 조금만 더 힘이 솟으면, 그는 뒤도 돌아보지 않고 이곳을 떠나서 멀리 가 버릴 것이다. 먼지가 날리든, 쥐가 구멍에서 나와 돌아다니든 상관하지 않으리라.

컵과 접시가 깨졌다. 고함 소리와 크게 웃는 소리가 가게 안에 울려 퍼졌다. 다 부서지고 깨져라. 나는 데이요를 데리고 고향으로 가는 배를 탈 것이다. 고향으로 돌아가면 그 애의 얼굴은 더 이상 슬퍼 보이지 않으리라. 고막이 터져라 비명을 지를 일도 없을 것이다. 그만 밖으로 나가자. 여기를 떠나자. 나는 손에 칼을 쥐었다. 문가에 다가서자 고함을 지르고 싶은 충동이 일었다. 다시 데이요의 얼굴이 보였다. 몸에서 힘이 몽땅 빠져나가는 것 같았다. 양팔의 뼈가 철사로 변하는 것 같았다. 이 녀석들이 내 돈을 빼앗았다. 이들이 내 인생을 망가뜨렸다. 나는 문을 닫고 열쇠를 돌려 잠갔다. 그때 귀에 내 말소리가 들렸다. 내가 문 쪽으로 돌아서서 이렇게 소리쳤다.

"오늘 너희 중 한 놈을 죽이겠다. 오늘 그놈과 나는 둘 다 죽을 거다."

내 목소리 외에 아무 소리도 들리지 않았다.

그런데 그 후 나는 언제나처럼 고요 속에서 놀란 소년의 얼굴을 보았다. 정말 이상했다. 소년과 데이요는 대학 친구고, 둘은 영국의 고풍스러운 목조 건물에서 함께 생활하고 있었다. 아무튼 그것은 사고였다. 둘은 그저 장난을 쳤을 뿐이었다. 그런데 어떻게 그처럼 쉽게 그 아이 몸에 칼이 꽂힐 수 있었는지, 어떻게 그처럼 간단히 쓰러져 버릴 수 있었는지 모르겠다. 나는 제대로 살펴볼 수 없었다. 데이요가 나를 바라보고 비명을 지르려는 듯 입을 크게 벌렸다. 하지만 소리는 나오지 않았다. 동생은 내가 자기를 도와주기를 바랐다. 그 애의 눈은 겁에 질려 금방이라도 튀어나올 것 같았다. 그러나 나는 동생을 도울 수 없었다. 동생은 곧 교수대로 끌려갈 것이다. 동생을 대신하여 내가 죽을 수도 없었다. 머릿속이 뒤죽박죽 어지러웠고, 지금껏 계속 마음속에 있던 사랑과 위험이 날카롭게 부서지면서 내 심장을 찔렀다. 내 인생은 그렇게 끝났다. 이제는 아무 소리도 들리지 않았다. 시체는 영화 「로프」에서처럼 궤짝에 담긴 채 이 집 안에 있었다. 최악의 상황은 이제부터 벌어질 터였다. 차를 타고 고요에 잠긴 어둠 속을 달려 죽은 아이의 부모와 함께 식탁에 앉을 것이다. 데이요는 떨고 있었다. 그 애는 능숙하게 연기하지 못할 것이다. 모든 것을 사실대로 말할 게 뻔했다. 동생의 몸이 궤짝에 담겨 있는 것 같았다. 아니, 누워 있는 것이 내 몸 같기도 했다. 나는 그 집을 똑바로 바라볼 수 없었다. 아이의 부모도 똑바로 바라볼 수 없었다. 모든 것이 꿈 같았다. 움직일 수 없었다. 꿈이라면 일 초라도 빨리 깨어나고 싶었다.

다시 소리가 들렸다. 오른쪽 눈에 무언가 이상이 생긴 것 같았다. 하지만 손이 말을 듣지 않았다. 그래서 눈을 만져 볼 수도 없었다.

＊

프랭크는 지금 버스의 내 옆자리에 앉아 있다. 창 쪽에 앉은 나는 거리를 내다보고 있다. 바깥쪽에 앉은 프랭크가 자꾸만 나를 밀어붙인다. 우리는 기차를 타러 역으로 가는 길이다. 기차 다음에는 또다시 버스를 탈 것이고, 마지막에는 어떤 건물이나 교회에서 동생과 그와 결혼할 백인 여자를 만날 것이다. 지난 삼 년 동안 데이요는 자기 길을 걸어왔다. 공부를 그만두고 직장을 잡아 일했다.

그날 텅 빈 지하실에 돌아온 데이요를 떠올려 본다. 아무도 없고, 아무도 오지 않을 걸 깨달은 동생의 심정은 어땠을까? 그 애는 모든 것이 끝났다고 생각했으리라. 하지만 동생은 나 없이도 삶을 잘 꾸려 나갔다. 그 애에게는 내가 필요 없었다. 나는 동생을 잃고 만 것이다. 데이요가 어떻게 생활했는지는 나도 잘 모른다. 이따금 동생은 나와 상관없는 사람 같다. 내가 알던 데이요가 아닌 것처럼 느껴진다. 그러면서도 가끔은 옛 모습 그대로의 동생이 떠오르곤 한다. 나처럼 그 애도 혼자라는 생각이 든다.

비가 멎었다. 해가 얼굴을 내밀었다. 기차는 높은 건물의 뒤쪽으로 지나가고 있다. 건물 벽이 회색이다. 페인트칠도 되어 있지 않다. 창틀만 칠해져 있다. 밝은 빨강과 밝은 초록색이다. 저기에서 사람들은 층층이 겹쳐져 살고 있을 것이다. 아파트의 평평한 지붕에 놓인 온갖 지저분한 잡동사니들이 위쪽으로 뾰족 튀어나와 있다. 이따금 김이 서린 창문 안쪽에 놓인 자그마한 녹색 화분이 보인다. 모든 것이 저마다 자기 자리를 차지하고 있다. 하지만 사람은 그 모든 걸 버리고 떠날 수 있다. 예고도 없이 별안간 사라져 버릴 수 있는 것이다. 그러면 누군가 그 뒤를 이어 옛 흔적을 깨끗이 지운다. 그리고 그 빈자리에는 새 사람이 들어와 주어진 시간만큼 머물다 떠난다.

역에 도착하자 런던에서 벗어난 것 같은 기분이 든다. 역 건물은 낮고 아담하다. 주위의 집들도 작고 외관이 깨끗하다. 빨간 벽돌로 지어진 데다 자그마한 굴뚝이 달려 있다. 굴뚝에서는 한가하게 연기가 피어오른다. 역 광장의 커다란 광고판을 보니 이곳 사람들은 모두 행복한 것 같다. 지붕처럼 생긴 커다란 우산 아래 모인 사람들이 웃고 있다. 밝고 우스운 표정으로 소시지를 먹는 것으로 보아 온 식구가 한데 모여 식사를 하는 모양이다.

프랭크와 나는 마지막 일정으로 버스를 기다린다. 갑자기 초조해진다. 도로는 꽤 넓다. 모든 것이 깨끗하다. 하지만 여기서도 소외된 느낌이 든다. 프랭크가 그런 내 마음을 알아챈 듯 내 곁으로 바짝 다가선다. 마치 차가운 바람을 막아 주겠다는 표정이다. 바람이 찬 탓인지 프랭크의 얼굴이 약간 하얗다. 그의 숱 적은 머리칼이 바람에 흩날린다. 왠지 모르게 그가 어린 소년처럼 보인다.

나는 프랭크가 이 같은 거리에서 뛰놀았을 어린 시절에 대해 생각한다. 왠지 모르겠지만 내 눈에는 더러운 옷에 지저분한 얼굴로 뛰노는 그의 모습이 보인다. 푼돈을 구걸하는 어린 애들 같은 모습이다. 그런 생각을 하며 프랭크의 반짝이는 구두를 내려다본다. 그때 짧은 청바지를 입은 자그마한 여자애가 그에게 다가간다. 여자애는 프랭크의 무릎에 매달려 돈을 달라고 조른다. 프랭크가 거절하자 아이가 그의 다리를 걷어찬다. "아저씨는 1페니도 없어요?" 아이는 너무 어리다. 그래서 자기가 무엇을 하는지 모르는 것 같다. 낯선 사람에게 돈을 달라고 저런 행동을 하다니, 어쩌면 아이는 돈이 무엇인지도 모를 것이다. 프랭크의 얼굴이 굳었다. 아이가 떠난 뒤에도 그는 여전히 얼떨떨한 표정이다. 버스가 와서 올라탄 뒤에야 좀 안심을 하는 것 같다.

이제 교회로 가는 마지막 일정만 남았다. 마치 적진으로 들어가는 것 같은 기분이다. 동생이 이런 곳에서 산다는 게 이해되지 않는다. 동생을 이곳 사람들과 섞여 살게 하고 싶지 않다. 거리는 아주 넓다. 가로수에는 잎이 없다. 모든 것이 새로 만들어진 것 같다. 심지어 교회도 새 건물처럼 보인다. 교회는 빨간 벽돌 건물이다. 울타리 같은 것은 없다. 휑한 대로 위에 건물만 덩그러니 서 있을 뿐이다.

우리는 포장도로 위에 서서 기다린다. 이제는 바람도 꽤 차다. 나는 점점 초조해진다. 아마 프랭크는 나보다 더 초조할 것이다. 트위드 정장을 입은 여자가 교회에서 나온다. 쉰 살쯤 돼 보이는데 미인이다. 여자가 우리를 보고 웃는다. 프랭크가 나보다 더 수줍어한다. 여자는 데이요의 장모인가? 아니면 단순히 안내를 하러 나왔나? 알쏭달쏭하다. 결혼이라고 하면 교회나 홀 같은 곳에 사람들이 모여 있는 모습이 연상된다. 이런 경우는 생각해 본 적이 없다.

몇 사람이 더 나온다. 아이들도 두셋 있다. 그들이 심각한 표정으로 나를 바라본다. 적을 바라보는 눈초리다. 저런 사람들이 내 인생을 망쳤다.

프랭크가 내 팔을 잡는다. 안도감이 들지만 나는 그의 손을 뿌리친다. 아닌 줄 뻔히 알면서도 프랭크 역시 반대편이라는 생각이 든다. 안 보는 척하면서 나를 흘끔흘끔 훔쳐보는 저 사람들과 한편일 것 같다. 사실이 아닌 줄은 안다. 보라, 프랭크도 나만큼이나 안절부절못하지 않는가. 아마 프랭크는 나와 단둘이 있고 싶을 것이다. 자기와 같은 백인들 사이에 섞여 있는 걸 원치 않으리라. 버스에 탔을 때나 카페에 있을 때와는 다르다. 그때는 '나는 함께 있는 이 남자를 보호하고 있소' 하는 식의 태도를 취했다. 하지만 여기 교회 밖에서는 다르다. 우리 둘은 길 이쪽에 서 있고, 왠지 슬퍼 보이는 그 사람들은 반대쪽에 서 있지 않은가. 태양이 오렌지 같은 붉은빛을 내뿜는다. 헐벗은 나무에는 그림자도 지지 않는다. 벽돌로 지은 교회

건물 근처에는 잔디가 무성하다.

택시 한 대가 멈춘다. 동생이 온 것이다. 몸이 홀쭉한 백인 청년과 함께다. 둘 다 양복 차림이다. 오늘 같은 날, 결혼식 당일에 택시를 타다니……. 터번도 두르지 않고 결혼식 행렬도 없다. 북도 치지 않고 환영식도 하지 않는다. 녹색의 멋진 아치 같은 것도 없다. 결혼식 천막의 등불도 없고 결혼식 노래도 없다. 오직 택시뿐이다. 그 밖에 날씬한 구두에 머리를 짧게 깎은 홀쭉한 백인 청년만 있다. 청년은 담배를 피운다. 동생이 재킷에 흰 장미를 꽂는다. 그 애는 변한 게 없다. 볼썽사나운 노동자 얼굴이다. 동생과 청년이 이야기를 나눈다. 동생은 자기가 세련된 사람이라는 걸 보여 주려 애쓰는 듯하다. 어째서 삼 년 사이 동생이 달라졌을 거라 생각했는지 나도 잘 모르겠다.

동생과 그 애의 친구인 청년이 내 쪽으로 다가온다. 나는 동생의 눈과 살찐 볼과 웃는 입을 바라본다. 부드러우면서도 겁먹은 얼굴이다. 누가 언제 저 얼굴을 망가뜨릴지 걱정스럽다. 청년이 나를 바라본다. 담배 연기 사이로 흘끔거린다. 거칠고 야윈 얼굴에 교활해 보이는 눈동자다.

프랭크도 굳어 있다. 아까보다 더 초조한 표정이다. 트위드 정장 차림의 여자가 보인다. 여자가 활발한 어조로 뭐라고 말한다. 목소리가 시끄럽다. 말을 한다기보다는 정적을 깨뜨린다는 표현이 더 어울릴 듯하다. 여자는 동생과 청년을 한쪽으로 보내고 반대편 사람들 사이를 헤집고 돌아다닌다. 여자에게서 여전히 시끄러운 소리가 들려온다. 여자는 멋져 보인다. 한마디로 미인이다. 기분이 썩 좋아 보이지 않는데도 태도는 매력적이다.

프랭크와 나는 교회로 들어간다. 매력적인 여자가 우리를 오른편에 앉힌다. 이쪽에는 프랭크와 나뿐이다. 밖에 있던 사람들이 들어와 왼편에 앉는다. 초라하다 못해 흉하게 생긴 교회는 턱없이 넓기만 해서 안에 아무도 없는 것 같다. 교회에 온 건 처음인데, 나는 사실 교회가 싫다. 교회는 마치 내게 강제로 소고기와 돼지고기를 먹이려 하는 것 같다. 꽃과 놋쇠 촛대, 묵은 먼지 냄새와 십자가에 매달린 시체 등이 죽음을 생각나게 한다. 입안에서는 이상한 맛이 감돈다. 익숙한 메스꺼움이다. 침이라도 삼키면 금세 토할 것 같다.

나는 고개를 숙인 채 프랭크가 하는 대로 따라 한다. 입안이며 기분이 찜찜하다. 나는 결혼식이 끝날 때까지 신랑 신부를 쳐다보지 않는다. 결혼식이 끝나서야 베일과 꽃에 파묻힌 흰옷의 신부를 바라본다. 신부는 마치 죽은 사람 같다. 넓적한 얼굴에 멍한 표정, 안색은 무척 희다. 뺨과 광대뼈에 화장을 좀 짙게 한 탓인지 그 부분이 반짝거리는 밀랍처럼 보인다. 나와는 전혀 관계없는 사람처럼 느껴진다. 이 여자는 어쩌다 동생과 맺어진 걸까? 납득할 수 없다. 옳게 보이지 않는다. 동생은 이곳에서 미아다. 신부만 빼고 동생을 바라보는 모든 사람의 얼굴에 그렇게 쓰여 있다.

교회 밖으로 나오자 신선한 공기가 나를 맞는다. 사진을 찍느라 모두 분주하게 움직인다. 그런데 내 눈에는 결혼식이 아니라 장례식으로 보인다. 아까 그 매력적인 여자가 프랭크와 나를 사진사의 차에 태운다. 사진사는 걱정에 휩싸인 비즈니스맨이다. 금테 안경에 짧은 콧수염이 인상적이다. 그는 사업 이야기만 한다. 그리고 고향의 미치광이 택시 운전사처럼 차를 너무 빨리 몬다. 그는 자기 직업에 대해 설명하고, 어떻게 사진을 시작하게 되었는지 말한다. 신문사 같은 데와도 연줄이 있다고 자랑한다. 그리고 운전 중인데도 안주머니에 손을 넣더니 우리에게 몸을 돌려서 웃는 얼굴로 명함을 한 장씩 건네준다.

사진사는 우리를 커다란 식당 앞에 내려놓는다. 그는 카메라에 정신이 쏠느라 우리에게는 더 이상 신경 쓰지 않는다. 식당은 고풍스러운 건물로 안으로 들어가자 아담한 마당이 있다. 여기저기 구부러진 갈색 기둥이 보인다. 영국의 옛날 그림에 나올 법한 건물 구조다. 사람들이 우리를 굽은 기둥이 많은 방으로 이끈다. 거기에서 모두 모여 또 한 차례 사진을 찍는다. 작은 방인데도 결혼식에 참석한 사람들이 모두 들어와 있다.

여자들 몇 명이 훌쩍거린다. 동생은 지쳐서 멍한 표정이다. 신부도 그렇게 보인다. 그녀는 이제 동생의 아내다. 이런 큰일이 순식간에 일어나다니, 남자들은 너무도 간단히 인생을 망친다. 프랭크가 내게 바짝 다가선다. 순서가 되어 식탁에 가서 앉아야 하는데도 그는 내 곁에 앉는다. 식당 안은 대체로 조용하다. 시끄럽게 말하는 사람이 없다. 여종업원만이 활기차고 즐거워 보인다. 정장 치마에 흰 앞치마를 두른 그녀는 말쑥하니 예쁘다. 이 결혼과 전혀 상관없는데도 오직 그녀만이 결혼식 잔치에 잘 어울려 보인다.

　나는 예쁜 여종업원이 내민 고기를 사양한다. 프랭크도 고기는 싫다고 한다. 그는 무엇이든 나를 따라 할 모양이다. 여종업원이 이번에는 송어 요리를 내민다. 머리 부분만 빼고 껍질이 시커멓게 탔다. 그런데 한입 먹어 보니 덜 익은 데다 썩은 맛이 난다. 교회에서 느끼던 입맛이 다시 살아난다. 죽은 사람이 또 생각난다. 놋쇠 촛대와 꽃들이 눈앞에 어른거린다.

　여종업원이 다시 들어온다. 그녀가 우리 곁을 지날 때 겨드랑이 냄새가 난다. 그녀는 맨 처음 주문받을 때 물었어야 했는데 그만 깜빡했다면서 좌중을 향해 "와인 마실 분 있어요?" 하고 묻는다. 아무도 귀를 기울이지 않는다. 대답하는 사람도 없다. 여종업원은 결혼 잔치에서 와인 정도는 마셔 주어야 한다며 다시 묻는다. 이번에도 대답하는 사람이 없다. 이윽고 우울한 얼굴로 묵묵히 앉아 있던 노인이 고개를 들더니 웃으며 말한다. "왜 자꾸 물어요? 대답은 이미 나왔잖아요, 아가씨." 노인은 친척 중 가장 지혜롭고 재치 있는 스티븐 숙부 같은 사람이 아닐까 싶다. 숙부는 사람들을 웃길 줄 아는데 노인도 그런 것 같다. 노인의 말에 사람들이 큰 소리로 웃는다. 노인이 마음에 든다.

　나는 그 사람들을 사랑한다. 그들은 내게서 돈을 빼앗았고 내 인생을 망쳤다. 그뿐만 아니라 우리 형제를 갈라놓기까지 했다. 하지만 그들을 죽일 수는 없다. 그 사람들 중 나의 적은 누구인가? 누가 적인지만 알면 그를 죽일 수 있을 것이다. 여기 이 사람들은 나를 혼란에 빠뜨린다. 대체 누가 내 돈을 강탈하고 내 인생을 망쳤는가? 나는 이들 중 누구에게 복수해야 하는가? 나는 사 년 동안 밤낮을 가리지 않고 당나귀처럼 열심히 일해 웬만큼 재산을 모았다. 하지만 지금은 빈털터리다. 동생은 교육을 받아야 할 아이, 훌륭한 사람이 되어야 할 아이였다. 그런데 끝은 이렇게 되어 버렸다. 이 좁은 공간에서 사람들과 식사를 하고 있는 것이다. 누군가 아는 사람이 있으면 말하라, 대체 나는 누구를 죽여야 하는지.

동생이 다가온다. 잠시 후 그는 자기 아내와 함께 어딘가 멀리, 영원히 떠나 버릴 것이다. 동생이 내 손을 잡는다. 나를 바라보는 그 애의 두 눈에 눈물이 가득 고여 있다. 동생이 말한다.

"사랑해, 형."

진심인 줄 안다. 울면서 자신 없다고 말하던 때와 똑같은 표정이다. 나를 사랑한다는 동생의 말을 조금도 의심하지 않는다. 동생은 분명히 나를 사랑한다. 하지만 이 방을 나서면 그 마음은 변할 것이다. 나를 잊을 수밖에 없으리라. 고민 끝에 앞으로 나는 아무도 모르게 숨어 살기로 했으니까. 내가 죽었다는 소식이 머지않아 고향에 전해질 것이다. 사실 나는 지금 죽은 사람이나 다름없다.

내게는 나만의 장소가 있다. 식사가 끝나면 프랭크가 나를 그곳으로 데려다줄 것이다. 지금 동생이 나를 영원히 떠나는데, 나는 벌써 그 애의 얼굴을 잊어버렸다. 내 눈에 보이는 건 비 내리는 풍경과 고향 집과 진흙 더미뿐이다. 집 뒤쪽 빗물에 쓰러진 풀들, 외양간의 당나귀, 부엌에서 피어오르는 연기가 보인다. 아버지는 베란다의 흔들의자에 앉아 있다. 그리고 동생은 차가운 방바닥에 누운 채 영화 「로프」의 한 장면처럼 비명을 지르려고 입을 크게 벌리고 있다.

자유 국가에서

1

아프리카에 위치한 이 나라에는 왕도 있고 대통령도 있다. 두 사람은 서로 다른 부족 출신인데, 양쪽 부족은 식민 통치에서 벗어나 독립하면서부터 오랫동안 첨예하게 대립하며 철천지원수처럼 지냈다. 왕과 대통령이 공존한 까닭에 백인 정부를 대표하여 이 나라에 주재하는 사람들은 무척 곤혹스러웠다. 양쪽으로부터 지지를 요청받은 그들은 개인적으로는 왕을 좋아했다. 그러나 실질적인 힘을 가진 쪽은 대통령이었다. 새로 편성된 군대는 대통령의 심복이었고, 그들은 모두 대통령과 같은 부족 출신이었다. 그래서 백인들은 일찌감치 대통령을 지지했다. 그들의 지지를 등에 업은 대통령은 마침내 이번 주말에 왕의 지지 세력을 습격하기로 했다.

왕을 지지하는 사람들은 국토의 남쪽에 거주하고 있었다.

그 지역은 지금도 식민지 시절의 명칭 그대로 '남부 관할 지구'라고 불렸다. 중앙 정부 산하 기관의 행정관인 바비는 바로 그 지역에서 근무했다. 그런데 그는 위기가 닥칠 거라는 소식이 퍼진 한 주일 동안 지역 발전 세미나에 참석차 640킬로미터나 떨어진 수도에 올라와 있었다. 수도에서는 전쟁이나 위기 상황이 닥칠 조짐이 전혀 보이지 않았다. 세미나에는 아프리카인보다 영국인이 훨씬 많이 참석했다. 아프리카인들은 옷을 멋지게 차려입은 데다 위엄 있어 보였지만, 회의 내내 거의 입을 열지 않았다. 세미나는 독립 이후 여전히 영국인 주거 지역으로 남아 있는 교외의 널찍한 정원에 뷔페식으로 마련된 일요일 점심 식사를 끝으로 막을 내렸다.

여느 일요일과 똑같은 풍경이었다. 백인들이 남아프리카 공화국으로 집단 퇴거를 한 데다 국외 추방까지 당했지만, 아프리카의 자연 속에서 탄생한 영국과 인도풍의 교외 주택지는 그 모습 그대로 남아 있었다. 주택지에서 아프리카의 향토색을 풍기는 것은 찾아볼 수 없었다. 사실 그런 것은 애당초 필요가 없었다. 수도에서 멀지 않은 곳에 원시 형태의 마을이 보존되어 있었으니까. 그곳은 반나절 코스의 관광지였다. 하지만 수도에서 볼 수 있는 아프리카의 모습이란 고작해야 교외에 위치한 아열대 정원뿐이었다. 그리고 관광객 전용 상점에 진열된 목각이나 가죽 제품, 기념품 북이나 뾰족한 창 정도였다. 새로 들어선 관광호텔 입구에는 어색한 제복 차림의 소년들이 서 있었다. 멀지 않은 곳에서 소년들을 감독하는 관리자는 대개 백인이거나 유대인이었다. 이곳 수도에서 아프리카는 그저 장식일 뿐이었다. 하지만 백인 관광객이나 망명객들은 그런 것에 매력을 느꼈다. 원시림을 빠져나온 아프리카 사람들도 마찬가지였다. 도시에 살면서 자립한 그들은 도시 문명을 최고의 가치로 여겼다. 이곳은 아직도 식민지의 매력을 그대로 지닌 도시였다. 어쨌든 도시 안에 거주하는 주민 대다수는 고향을 떠나온 사람들이었다.

*

호텔 뉴 슈랍셔 내에 있는 바는 한때 백인들만 출입이 가능한 곳이었다. 하지만 지금은 수도에 사는 각양각색의 인종이 총집합하는 장소다. 인종 간의 다툼이 빈번하기로 이름난 이곳에서 백인들은 셔츠 자락을 활짝 열어젖히고 앉아 맥주를 마셨다. 아프리카인들은 영국제 닥스 정장 차림으로 칵테일 스틱이 꽂힌 예쁜 빛깔의 술을 홀짝거렸다. 그들은 머리칼을 왼쪽 아래에서 오른쪽 위로 쓸어 올렸는데, 이는 이곳 흑인들 사이에서 영국식 헤어스타일로 통했다.

이곳의 아프리카인들은 약간 통통한 이십 대의 젊은이가 대부분이었다. 그들은 글을 읽고 쓸 줄 알았으며, 고급 공무원이나 정치가 또는 그와 비슷한 일을 했다. 그중에는 최근에 들어선 대규모 다국적 기업의 지국에 근무하는 임원도 있었다. 그들은 이 나라의 신진 계층으로 스스로를 권력층이라고 생각했다. 그래서인지 비싼 옷을 입고도 그 값을 지불하는 법이 없었다. 오히려 자신이 돈을 갚아야 할 직물상을 국외로 추방해 버리기도 했다. 그들이 뉴 슈랍셔에 오는 것은 잠시나마 백인들의 이목을 끌기 위해서, 그러니까 백인들의 환심을 사려고 오는 것이었다. 그게 아니라면 말썽을 피우려고 오는 게 전부였다. 바에서 아시아계 사람은 찾아볼 수 없었다. 자유는 백인과 흑인에게만 해당되는 것이었다.

바비는 '원주민 셔츠'로 알려진 누런 면 셔츠를 입고 있다. 소매는 짧고 넓으며 목 부분이 깊게 파인, 작업복 비슷하게 생긴 셔츠였다. 셔츠에는 대담하게도 원주민풍의 검붉은 무늬가 그려져 있었다. 그런데 디자인과 옷감은 네덜란드에서 수입한 것이었다.

몸집이 자그마한 젊은 흑인이 바비와 한 테이블에 앉아 있었다. 그는 이곳 원주민이 아니었다. 첫눈에도 남아프리카 공화국에서 망명한 줄루족임을 알아볼 수 있었다. 그는 연한 파란 바지에 무늬 없는 흰 셔츠 차림이었지만, 체크무늬 헝겊 모자 탓에 흑인들 틈에서도 쉽게 눈에 띄었다. 의자에 구부정한 자세로 앉은 그는 손에 든 모자를 만지작거렸다. 그러다 눈 위까지 푹 눌러썼다 벗었다를 되풀이하다가 부채처럼 들고 얼굴을 향해 부쳐 댔다. 그러고 나서 모자를 배 쪽에 바짝 붙이고는 자그마한 손으로 주물럭거렸다. 마치 특정 부위의 근육을 강화하기 위해 운동을 하는 것 같았다.

줄루족 청년과 대화를 나누기란 쉽지 않아 보였다. 그는 진득하게 이야기할 줄을 몰랐다. 왕과 대통령, 남아프리카 공화국의 노동자 문제, 세미나, 관광객, 원주민 등, 이 이야기에서 저 이야기로 마구 건너뛰었다. 그런 데다 자기 입장을 확실히 밝히지도 않았고 이야기를 연결할 줄도 몰랐다. 손에 든 헝겊 모자는 줄루족 청년의 모호한 태도를 그대로 보여 주는 것 같았다. 모자를 쓴 그의 모습은 멋쟁이 같기도 하고, 남아프리카 공화국 광산에서 노동 착취를 당하는 노동자 같기도 했다. 그런가 하면 미국 가수처럼 보이기도 했으며, 그 자신이 말한 대로 혁명 투사처럼 보이기도 했다.

바비와 줄루족 청년은 한 시간 이상 떠들었다. 시계를 보니 10시 30분이 다 되어 있었다. 바비에게는 좀 늦은 시각이었다. 두 사람은 한동안 아무 말 없이 바 안을 둘러보았다. 이윽고 줄루족 청년이 입을 열었다.

"이 동네엔 이제 백인 매춘부도 있어요."

바비는 자기 맥주잔을 내려다보았다. 그러고는 천천히 한 모금 마셨다. 그는 의식적으로 줄루족 청년의 시선을 피했다. 하지만 화제가 섹스로 옮겨 가는 게 싫지는 않은 표정이었다.

줄루족 청년이 이어서 말했다.

"그런데 좋은 건 아니에요."

"뭐가 좋은 게 아니라는 거요?"

"이걸 보세요."

줄루족 청년이 모자를 머리에 얹고 등을 쭉 펴고 앉으며 말했다. 그는 곧바로 바지 뒷주머니에 손을 넣었다. 흰 셔츠 안의 잘 발달된 가슴 근육이 팽팽하게 앞으로 튀어나왔다. 그는 지갑에서 빳빳한 지폐를 꺼내 엄지손가락으로 튕겼다.

"이 정도 돈이면 매춘부가 있는 곳에서 환대받을 수 있어요. 하지만 그런 게 좋지는 않죠."

바비는 속으로 이 청년이야말로 매춘을 즐기는 사람이라고 생각했다. 그는 호텔 바에서 만나는 이런 부류의 흑인들에게 진절머리가 났다. 그래도 이번에는 어느 정도 이야기를 나누어 보기로 했다.

"그렇게 현금을 들고 다니다니 꽤 용감하군요. 나는 60실링에서 80실링 이상은 갖고 다니지 않아요."

"하지만 여기에선 뭘 하려면 200실링은 필요해요."

"내 경우 밖에선 100실링이면 충분해요."

"그럼 그렇게 갖고 다니세요."

바비는 고개를 들어 줄루족 청년의 눈을 똑바로 바라보았다. 청년은 꿈쩍도 하지 않았다. 먼저 시선을 돌린 쪽은 오히려 바비였다.

바비가 말했다.

"당신네 남아프리카 사람들은 모두 오만해요."

"이곳 사람들과는 크게 다르죠. 이곳 원주민들은 세상에서 가장 무지한 사람들이에요. 안 그런가요?"

"말조심해요. 자칫하면 추방당할 수 있어요."

줄루족 청년은 모자를 쥐고 부채질을 했다. 그러고는 화제를 바꾸었다.

"어째서 당신네 백인들은 원주민을 가까이하려고 들죠? 몇 년 전만 해도 원주민은 이곳에 들어오지 못했어요. 그런데 지금은 어떤지 보세요. 이건 좋은 현상이 아니에요. 결코 좋은 현상이 아니라고요."

"물론 이곳은 남아프리카와 다르겠죠."

바비가 말했다.

"나한테 무슨 얘기를 듣고 싶어서 그런 말을 하는 거예요? 내 얘기 좀 할까요? 나는요, 남아프리카에서도 아주 잘나갔어요. 내 돈 주고 위스키를 마실 만큼 여유도 있었죠. 여자도 여럿 있었고요. 그 수가 얼마나 되는지 알면 깜짝 놀랄걸요."

"그래요. 당신은 인기가 좋았을 것 같네요."

"말이 나온 김에 얘기하죠."

청년은 비밀을 누설하듯 목소리를 낮추어 남아프리카 공화국 정치가들의 이름을 하나하나 나열하고는 그들의 아내나 딸들과 동침했다고 말했다.

바비는 줄루족 청년의 작고 긴장된 얼굴을 바라보았다. 그의 눈동자에는 아픔이 서려 있었다. 바비는 청년에 대해 동정심을 느꼈다. 한편으로는 묘하게 흥분이 되기도 했다. 아프리카인을 대할 때의 전율이 느껴졌던 것이다. 바비는 곧 초조함을 잊었다.

"남아프리카 사람들은요," 청년이 다시 목소리를 높였다. "이 나라에 와서도 서로 가만 놔두지 않아요. 마치 서로 찾아다니는 것 같아요. '남아공에서 왔죠?' 하고 물으면서요. 그런 질문, 이젠 정말 지긋지긋해요."

"그렇다고 그런 사람들을 원망할 수는 없죠."

"그렇긴 하죠. 맨 처음 당신을 봤을 때 남아공 사람인 줄 알았어요."

"내가요?"

"그쪽 사람들은 나와 합석하고 싶어 하거든요. 나와 얘기를 나누고 싶어 한단 말입니다."

"당신 모자 참 멋지군요."

바비는 상체를 숙이고 체크무늬 모자에 손을 갖다 댔다. 잠시 두 사람은 함께 모자를 쥐고 있었다. 바비는 손가락으로 모자를 살짝 문질러 보았다. 줄루족 청년은 바비가 모자를 만지도록 내버려 두었다.

바비가 물었다.

"내 셔츠 마음에 들어요?"

"나라면 그런 누르스름한 원주민 셔츠는 입지 않을 겁니다."

"색상 때문이군요. 당신들이 입는 그런 화려한 색상은 우리에게 맞지 않아요."

청년의 눈빛이 차가웠다. 바비의 손가락은 여전히 모자 위에서 꼼지락거렸다. 이윽고 그의 분홍빛 손가락과 청년의 검은 손가락이 나란히 놓였다. 바비는 두 손가락을 가만히 내려다보았다.

"나는 다시 다음에 태어날 때……" 바비는 말을 하다 멈추었다. 줄루족 청년에게 아프리카식 영어를 쓰는 것은 아무래도 좋지 않을 듯싶었다. 바비는 고개를 들고 다시 말했다. "다시 태어난다면 나는 당신 같은 피부색을 갖고 태어나고 싶어요."

바비의 목소리는 낮았다. 그의 손가락은 체크무늬 모자 위에서 계속 움직이다가 청년의 손가락과 부딪혔다.

줄루족 청년은 꼼짝도 하지 않았다. 고개를 들어 바비를 바라보는 그의 얼굴에는 아무런 표정이 없었다. 바비의 푸른 눈동자는 점점 젖기 시작했고, 상대방을 뚫어져라 바라보고 있었다. 그리고 얇은 입술은 파르르 떨렸으며, 반쯤 미소를 짓고 있었다. 두 사람은 한동안 아무 말도 하지 않았다. 그런데 어느 순간 청년이 손도 까딱하지 않고 표정도 바꾸지 않은 채 바비의 얼굴에 침을 탁 뱉었다.

바비의 손가락이 청년의 손가락 위에 얹혔다. 이윽고 바비가 손을 거두어 손수건을 찾아서는 얼굴을 쓱쓱 문질렀다. 손수건을 뗄 때까지 그의 시선은 줄루족 청년의 얼굴에 꽂혀 있었다. 그리고 그의 입술은 여전히 반쯤 미소 짓고 있었다. 그래도 청년은 움직이지 않았다.

바 안에 있는 사람들이 일제히 두 사람을 바라보았다. 흑인들은 눈을 동그랗게 떴고, 백인들은 고개를 돌린 채 흘끔거렸다. 바 안의 사람들은 잠시 침묵했다가 다시 대화하기 시작했다.

바비가 자리에서 일어섰다. 줄루족 청년은 여전히 꼼짝하지 않고 눈앞의 빈자리만 바라보았다. 바비는 의자를 제자리에 조심스레 밀어 넣었다. 그러고는 원주민 셔츠 차림에다 퉁퉁 부은 듯한 얼굴에 희생자 같은 표정을 짓고는 왼팔을 옆구리에 붙이고 오른쪽 팔을 흔들면서 미소를 머금은 채 춤추듯 천천히 몸을 흔들며 문 쪽으로 향했다.

줄루족 청년은 안락의자에 몸을 깊숙이 파묻었다. 그러고는 모자를 썼다가 곧 다시 벗은 뒤 턱을 앞으로 당기고 입을 크게 벌렸다 다물었다. 굳은 그 얼굴에는 아무런 표정이 나타나지 않았다. 그저 어린애처럼 평온해 보이기만 했다. 말하자면 이것이 그가 벌인 혁명적 행동 끝에 남은 전부였다. 뉴 슈랍셔를 찾아와 백인에게 시비를 건 결과는 바로 이것이었다. 이 도시에서 줄루족 청년은 외톨이였다. 그는 직업도 없고, 미국 재단에서 주는 몇 푼 안 되는 돈으로 하루하루를 연명하고 있었다. 아프리카에서도 이곳은 미국인들이 먹여 살리는 지역이었다. 오직 미국인들만 이곳을 재정적으로 지원하고 있었다.

제복 차림의 보이가 제 할 일을 깨달은 듯 계산서를 들고 부랴부랴 바비를 쫓아왔다. 그러고는 뉴 슈랍셔의 새 장식물인 입구의 커다란 원주민 북 근처에서 바비를 불러 세웠다. 바비는 처음엔 미처 듣지 못하고 앞으로 가다 보이가 자기를 부르는 줄 알고서야 놀란 듯 과장된 몸짓을 해 보였다. 그는 누런 원주민 셔츠를 더듬다가 손을 내려 연회색 플란넬 바지 뒷주머니에서 지갑을 꺼냈다. 그러고는 보이의 얼굴은 쳐다보지도 않고 겸연쩍은 표정으로 미소를 지었다. 그가 보이에게 내민 것은 20실링짜리 지폐였다. 잠시 후 그는 기사도 정신을 발휘하듯 지폐를 한 장 더 꺼냈다. 그것은 줄루족 청년의 술값이었다. 바비는 거스름돈을 받지 않은 채 몸을 돌려 바에서 나갔다.

*

로비에는 대통령의 새 공식 사진이 걸려 있었다. 이번 주말부터 일반에게 공개되기 시작한 사진이었다. 지난번 사진 속의 대통령은 왕이 속한 부족의 전통 머리 장식을 하고 있었다. 그것은 독립 당시 부족 단결의 상징으로 왕이 그에게 선물

한 장식이었다. 그런데 이번 새 사진에서 대통령은 그 머리 장식을 하지 않았다. 양복 차림에 넥타이를 매고는 영국 스타일로 머리를 빗어 넘긴 모습이었다. 그의 통통한 양쪽 볼이 조명을 받아 반짝거렸다. 그는 속을 알 수 없는 강렬한 눈빛으로 앞을 똑바로 응시하고 있었다. 아프리카인들은 그의 그런 눈빛에 마력이 있다고 말했다. 사진 속 대통령의 눈 또한 그 사실을 의식하고 있는 것 같았다.

바비는 조명등으로 대낮처럼 밝힌 뉴 슈랍셔의 앞마당을 빠져나왔다. 호텔 앞마당은 바위가 많은 정원이었다. 하얀 깃봉에 국기가 축 늘어진 채 걸려 있었다. 바비는 비탈진 길로 차를 몰아 어두운 고속 도로를 향했다. 교외의 고속 도로 주변도 밤이 되면 원시림의 분위기를 풍겼다. 원시 촌락 사람들이 백인 문화에 물든 수도에 살고 싶어서 매주 이곳으로 몰려들었다. 하지만 그들이 가진 건 숲에서 살아가는 기술뿐이라 이곳 생활에 적응하지 못했다. 그래서 허름한 변두리를 맴돌며 생활했다. 그들과 관련된 끔찍한 이야기도 무척 많았다. 바비는 망명객들에게 그런 이야기를 들을 때마다 코웃음을 치며 한 귀로 흘려 넘겼다. 하지만 이번에는 그럴 수 없었다.

그는 긴장한 채 전속력으로 달렸다. 고속 도로 양쪽으로 수풀이 무성했다. 이윽고 바비는 넓은 우회로를 돌아서 인도인 시장의 울퉁불퉁한 시골길을 달렸다. 그리고 주택, 상가, 대형 상점을 지나서 도심에 들어섰다. 구불구불한 일방통행로를 따라 몇 개의 시커먼 고층 건물이 우뚝 서 있었고, 그 건물들 아래로 탁 트인 광장과 먼지가 풀풀 날리는 넓은 주차장이 보였다.

바비가 묵는 호텔의 비좁은 로비에도 대통령의 새 사진이 걸려 있었다. 사진의 양쪽에는 영국의 여우 사냥 풍속을 묘사한 판화들이 걸려 있었다. 식민지 시대에 건설된 호텔은 바비 같은 지방 관리들이 업무차 수도에 올라올 때 묵는 곳이었다. 하지만 호텔은 그 이전 시대에 지은 것처럼 오래돼 보였다. 거친 목재를 사용하여 영국의 튜더 왕조풍을 우스꽝스럽게 재현하기는 했으나, 보기에 따라서 개척자 주택 같기도 하고, 영국 본토 분위기를 풍기는 건축물 같기도 했다. 아무튼 바비는 호텔이 마음에 들지 않았다. 벽난로가 있는 그의 방은 흰 벽에 흰 양가죽 카펫, 흰 침대 커버와 얼룩말 가죽 쿠션 등 전체적으로 흰색인 데다 여기저기 깃털이 날렸다.

이윽고 밤이 저물면서 이번 주도 지나갔다. 이 밤이 수도에서 보내는 바비의 마지막 밤이었다. 그는 아침 일찍 차를 몰고 남부 관할 지구로 돌아갈 예정이었다. 이미 짐은 다 꾸려 놓았다. 보이에게 건넬 팁도 봉투에 담아 두었다. 그는 곧 잠자리에 들었다. 마음이 평온했다.

*

바비에게 아프리카는 아무것도 없이 광활하기만 한 곳이었다. 드넓은 도로를 지쳐 쓰러질 때까지 달려도 되는 안전한 모험의 공간이었다. 도로에는 성인 아프리카인들, 그리고 어른처럼 덩치가 큰 사내아이들이 전부였다.

"차 태워 줄까? 키가 참 크구나. 학교는 안 가니? 아니, 아니, 겁먹지 마. 봐, 너한테 돈 주려는 거야. 자, 받아. 내 손 잡아도 돼. 봐라, 내 색깔과 네 색깔이 다르네. 나 지금 학교 책 사라고 너한테 돈 주는 거야. 이 돈으로 책 사. 그리고 읽어. 배우라고. 좋은 일자리 구하고 말이야. 나 다음에 태어나면 네 색깔이고 싶다. 겁먹지 마. 너 이 5실링 원하지?"

어린애같이 천진한 말투였지만, 굳이 입 밖으로 내지는 않았다. 말 속에는 상대방에 대한 조롱과 자기혐오 같은 감정이 잠재되어 있을 수 있으니까.

바비는 일주일 내내 행정관 자격으로 세미나에 참석하면서 관할 지구로 돌아가는 길을 머릿속에 그려 보았다. 그런데 어느 날 그는 점심 뷔페 자리에서 린다를 데리고 돌아가 주면 좋겠다는 말을 들었다. 바비로서는 그 부탁을 거절할 수 없었다. 린다는 관할 지구 내 유럽인 거주 구역의 정부 공관에 사는 행정관 부인 중 한 사람이었다. 부인은 세미나에 참석하는 남편을 따라 수도에 올라왔으나 형편상 남편과 함께 항공편으로 돌아갈 수 없었다. 바비는 린다도 그 남편도 알고 있었다. 그 부부 집에 초대받아 간 적도 있었다. 하지만 그 뒤 삼년 동안 그들은 그저 아는 사람으로만 지냈다. 서로 상대방을 견제하는 건 아니지만 뭐라 한마디로 규정하기 어려운 애매한 관계였다. 린다와 동행하는 바람에 돌아가는 길에 대한 바비의 기대는 여지없이 무너져 버렸다. 귀가 여행이 멋지기는커녕 긴장감만 가득할 것 같았다.

바비가 뉴 슈랍셔에 간 이유는 즐기기 위해서가 아니라 그 부인과의 동행으로 인한 실망감을 달래기 위해서였다. 그런데 뉴 슈랍셔로 갈 준비를 하는 동안 무언가 일이 생길 것 같은 예감이 들었다. 그는 사실 뉴 슈랍셔 같은 곳을 좋아하지 않았다. 그런 바에서 어떻게 처신해야 하는지, 그곳 사람들의 거친 태도에 어떤 반응을 해야 하는지 몰랐다. 그런데 맨 처음 줄루족 청년과 눈이 마주친 순간부터, 바비는 그가 말썽이나 일으키는 성가신 종류의 인간이라는 사실을 본능적으로 알아챘다. 그럼에도 청년의 테이블 쪽으로 다가가는 모험을 감행했던 것이다. 물론 바비가 몸을 파는 아프리카인을 좋아할 턱이 없었다. 이곳에서 몸을 파는 흑인 소년들은 5실링 이상을 화대로 요구했다. 그 정도 돈을 요구한다는 것은 닳고 닳았다는 뜻이었다. 그런 친구에게 다가간 것부터 잘못이었다. 결국 바비는 잘못인 줄 뻔히 알면서 줄루족 청년을 상대했던 것이다.

그날 밤 그는 나름대로 세운 규칙을 깼다. 그런데 이는 그 자신이 세운 규칙이 옳았다는 것을 스스로 증명한 꼴이었다. 특별히 씁쓸한 기분은 들지 않았다. 상처받지도 않았다. 바비는 줄루족 청년을 탓하지 않았다. 린다도 탓하지 않았다. 아프리카에 오기 전 이런 일을 겪었다면 바비 역시 이같이 위험한 곳에서 한참 동안 어슬렁거렸을 것이다. 호텔 방에 돌아와서도 과격한 행동을 하여 자신을 해쳤을지 모른다. 다행히 그는 흥분은 곧 가라앉는다고 생각했다. 곧 아침이 밝을 것이다. 린다와 동행하기는 하지만 드라이브할 기회는 얼마든지 있으리라.

바비는 닭 울음 같은 시끄러운 소리에 잠에서 깼다. 소리가 나는 곳은 호텔 옆 오솔길이었다. 밤이면 벌어지는 아프리카 특유의 소란스러움, 몰래 침입한 좀도둑이 발각된 모양이었다. 저놈 잡으라는 소리가 오솔길 가득 울려 퍼졌다. 잠시 후 바비는 자신이 다시금 뉴 슈랍셔 같은 곳에 와 있다고 느꼈다. 그는 바닥에 쓰러져 있었고, 제복을 입은 소년이 위에서 내려다보고 있었다. 고개를 들려고 해도 마음대로 되지 않았다. 소년이 웃고 있는지 어떤지 그 얼굴을 보려고 해도 소용없었다. 머리가 욱신욱신 쑤셨다가 금세 터질 것처럼 아팠다. 잠에서 깨어났는데도 두통은 여전히 그를 괴롭혔다. 얼마나 아픈지 정신을 차릴 수 없을 정도였다. 그는 끙끙거리다가 스르르 잠이 들었다. 그가 다시 잠에서 깬 것은 가까이서 들리는 헬리콥터 소리 때문이었다. 그 소리는 잠시 멀어지는가 싶더니 이내 호텔 바로 위에서 들렸다. 5시가 넘은 시각이었다. 하얀 방으로 햇빛이 들어오기 시작했다. 그는 그만 일어나야겠다고 생각했다.

2

타, 타, 타, 타. 호텔 주차장을 감시라도 하듯 헬리콥터가 위에서 나지막이 선회했다. 자동차 문을 열 때 울리는 도난 경보기 소리마저 헬리콥터 소음에 묻혔다. 바비는 자신이 감시당하고 있다고 느꼈다. 하지만 고개를 들어 위를 올려다보지는 않았다. 헬리콥터가 주차장 주위를 몇 차례 빙빙 돌고는 공중을 비스듬히 날면서 높이 올라갔다.

바비가 모는 차는 어젯밤 마구 달렸던 시장 거리에 들어섰다. 콘크리트와 함석으로 지은 상점과 창고는 대부분 닫혀 있었다. 밋밋한 간판에 적힌 기다란 인도 이름은 그 간판이 달린 건물만큼이나 답답해 보였다. 지금은 그럭저럭 보아 줄 만하지만 곧 지저분해질 게 분명했다. 도랑이 있는 길을 벗어나자 왕복 차선이 그려진 도로가 나왔다. 중앙 분리대까지 있었는데, 거기에는 꽃과 관목이 심어져 있었다.

유니언 클럽은 식민지 시대 인도인 몇 명이 창설한 다인종 클럽이었다. 당시 아프리카인이 출입할 수 있는 클럽은 수도에서 그곳 한 군데뿐이었다. 그런데 독립이 된 뒤 클럽 창설자인 인도인들은 국외로 추방당했다. 클럽은 정부에 압류되었고, 관광호텔로 쓰였다. 그러나 이름만 관광호텔이지 초라하기 그지없었다. 휑뎅그렁한 앞뜰을 둘러싸고 꾸며진 호텔 정원에는 잡풀만 무성했다. 린다는 먼지가 풀풀 날리는 땅바닥 위, 중앙 현관 앞 콘크리트 석판 아래 아이보리 색 옷 가방을 옆에 내려놓은 채 서 있었다. 그러다 바비를 보고는 손을 흔들었다.

린다는 무척 활기 있어 보였다. 아침 일찍 일어났는데도 야윈 얼굴에는 그런 기색이 전혀 없었다. 수도에서의 마지막 밤을 어떻게 보냈는지 굳이 물어볼 필요가 없을 것 같았다. 크림 색 셔츠를 파란 바지 밖으로 내 입은 차림이었는데, 헐렁한 셔츠 자락이 축 처진 빈약한 엉덩이를 살짝 가리고 있었다. 머리에는 연갈색 스카프를 두르고 있었다. 그런 차림으로 콘크리트 석판 아래에 서 있는 그녀가 바비의 눈에는 자그마한 소년처럼 어색해 보였다. 그다지 아름다운 편은 아니었다. 나이도 얼굴에 그대로 드러났다. 그런데 관할 지구에서 린다는 요부로 통했다. 바비도 그녀에 대한 좋지 않은 소문을 들은 적이 있었다. 그는 차에서 내리며 린다 또한 자기에 대한 좋지 않은 소문을 들었을 거라고 생각했다.

바비와 린다는 텅 빈 호텔 앞마당에서 큰 소리로 인사를 나누었다. 처음으로 단둘이 만나는 어색한 자리라서 긴장해 있다가 마치 누가 옆에 있는 양 연기하듯 떠들썩하게 말했던 것이다. 하지만 둘 다 상대방의 말을 귀담아듣지 않았다. 린다는 미안한 표정으로 자기 사정을 설명하면서 고맙다고 말했고, 바비는 마치 연극 소품 다루듯 아이보리 색 옷 가방을 만지작거리면서 린다에게 고마워할 필요는 없다고 했다.

타, 타, 타, 타.

두 사람은 입을 다물고 하늘을 올려다보았다. 헬리콥터에 탄 사람들은 백인이었다.

"저 사람들 왕을 찾고 있는 거예요."

이윽고 헬리콥터가 멀어지자 린다가 말했다.

"왕이 수도로 숨어들었대요. 아프리카인이 모는 택시를 타고 관할 지구를 빠져나왔다는군요. 변장까지 했다던데요."

린다는 그 모든 걸 직접 목격한 듯 의기양양하게 말했다. 하지만 그것은 지난밤 망명객들 사이에 떠돌던 소문일 뿐이었다. 바비는 동행자 린다의 당당한 태도에 점차 주눅이 들기 시작했다. 차는 바위와 부서진 보도를 덜커덩거리며 지나서 호텔 앞마당을 빠져나왔다.

"저들이 가련한 여자들에게 끔찍한 짓이나 하지 않았으면 좋겠어요." 린다가 말했다. 여전히 무엇이든 훤히 꿰차고 있다는 당당한 태도였다. "댁은 이쪽 정부 사람들한테 평판이 좋았나요?"

"아뇨, 별로였어요. 저는 상류 사회와는 잘 어울리지 못하는 성격이거든요."

바비의 말에 린다가 깔깔거리며 웃었다. 기분이 아주 좋은 모양이었다.

바비는 린다 앞에서 우울한 표정을 유지하기로 했다. 그녀에게 약점을 잡히고 싶지 않았다. 지금껏 나름대로 호의를 보였으므로 앞으로는 표정을 관리할 필요가 있다고 생각했다.

바비는 계속 우울한 표정을 지으며 이차선 도로를 따라 차를 몰았다. 그리고 몇 분 뒤 교외 도로의 완만한 커브 길을 돌았다. 도로 옆에 잔디밭이 넓게 펼쳐져 있었다. 울타리와 커다란 저택과 넓은 정원이 눈에 들어왔다. 카키색 옷을 입은 맨발의 아이들 모습도 보였다.

"이곳이 아프리카란 사실이 믿기지 않아요." 린다가 말했다. "여기는 정말 영국 같아요."

"제가 보기엔 영국보다 좀 더 나은 것 같은데요."

린다는 바비의 이 말에 아무런 대꾸를 하지 않았다. 그녀는 한동안 입을 다물었다. 바비는 자신이 다소 공격적으로 말한 것 같아 이렇게 둘러댔다.

"하긴 아프리카 사람들은 여기서 마음대로 살 수 없으니까 그렇게 보일 수도 있죠."

"하지만 같은 아프리카 사람이어도 하인들은 살 수 있잖아요. 안 그래요, 바비?"

"하인들은…… 정말 그러네요." 바비는 허를 찔린 듯 당황했다. 린다가 그렇게 도전적으로 나올 줄 몰랐기 때문이다. 그는 마치 인종 학살이라도 예언하듯 조용하면서도 우울한 목소리로 말했다. "그래서 존 무벤드 움바라라 같은 사람이 원주민 부락 밖으로 나오려 하지 않는 것이겠죠."

"어머, 그 이름을 잘도 발음하시네요. 난 어려워서 못 하겠던데……."

바비는 우울하다 못해 침울해졌다.

"아무튼 그 사람이 댁 앞에 나타나는 일은 없을 겁니다. 그 사람 작품이 보고 싶으면 댁이 직접 찾아가야 할 거예요. 원주민 부락 안으로요."

"그 자니 M이란 사람 말이에요." 린다가 말했다. "처음 그림을 그리기 시작할 무렵만 해도 아주 괜찮은 화가였어요. 난 그가 그린 비쩍 마른 소 떼 그림을 모두 좋아했죠. 그런데 언제부턴가 특별할 것도 없는 원주민 그림 같은 걸 대량 생산하듯 마구 그려 대더군요. 이제 그 사람 그림은 한물갔어요. 때문에 그가 원주민 부락 안에 틀어박혀 계속 소 떼 그림을 그리든 말든 이젠 관심 없어요."

"그런 말들은 전에도 있었어요."

"그 사람이 원주민 부락에 산다는 것 말인가요?"

"아뇨. 그 사람의 그림에 대한 말요."

바비는 문득 시답잖은 질문에 일일이 대꾸하는 자신에게

환멸을 느꼈다.

"그 사람 뒤룩뒤룩 살이 쪘다면서요?"

린다가 말했지만 바비는 더 이상 대꾸하지 않기로 마음먹었다. 그저 우울한 표정만 짓고 그녀의 이야기에 말려들지 말자고 생각했다.

*

몇몇 교외의 정원을 벗어나자 가로수가 줄어들면서 아프리카인들에게 할당된 구역이 나타났다. 도시의 외곽답게 시야가 탁 트여 마치 망망대해에 떠 있는 것 같았다. 바다가 가까이 있음을 알려 주는 등대처럼 태양이 밝게 빛났다. 도시와 대자연 사이에 위치한 이곳에는 비바람에 페인트칠이 벗겨진 커다란 광고판이 높이 서 있었다. 광고판에는 환한 얼굴로 담배를 피우거나 청량음료를 마시면서 재봉틀을 돌리는 아프리카인들의 모습이 그려져 있었다.

할당 구역을 지나자 작은 규모의 사유지와 아직 개발하지 않은 땅이 나타났다. 아프리카인 몇 명이 좁은 길을 오가고 있었다. 대부분은 걸었지만, 낡은 자전거를 타고 가는 사람도 한둘 보였다. 그들은 모두 큼지막한 천 조각을 기워 붙인 옷을 입고 있었다. 빨강, 파랑, 노랑, 초록 등 옷 색깔도 다양했다. 시골에서는 보통 그런 옷을 입는 모양이었다. 바비는 아프리카인들의 색채 감각을 언급하려다 그만두었다. 자칫하면 조금 전 원주민 화가의 이야기로 돌아갈 수 있기 때문이었다.

경사진 길로 접어들면서 눈앞의 전경이 더 넓어졌다. 영국풍과 인도풍으로 꾸며진 수도에서 아주 멀리 떨어져 나온 것 같은 기분이 들었다. 도로의 한쪽 옆으로 자그마한 언덕들이 이어져 있었다. 마치 풀로 뒤덮인 거대한 개미탑 같았다. 땅 위로 볼록 솟은 것은 베고 난 나무 밑동이었다. 지금은 사방이 이렇다 할 것 없이 썰렁한 불모지지만 칠십 년 전만 해도 이곳에서는 방금 지나친 지역처럼 아프리카인들이 군락을 이루고 살았다. 세상에 모습을 드러내지 않았을 뿐, 그들만의 숲속 보금자리에 모여 살았던 것이다.

타, 타, 타. 처음에는 멀리서 윙윙거리는 소리만 들렸다. 그런데 어느새 헬리콥터가 머리 위에 있었다. 잠시 제자리에서 빙빙 도는 헬리콥터의 기체가 아침 햇빛을 받아 반짝거렸다. 헬리콥터 소리와 진동 때문에 자동차 타이어에서 나는 소음과 엔진 소리는 전혀 들리지 않았다. 자동차는 내리막길을 따라 급하게 내려갔다. 그러고는 노란 햇빛 속으로 들어갔다가 다시 습기 찬 웅달을 달렸다. 헬리콥터는 점점 멀어졌다. 바람 소리와 타이어 소리가 들리기 시작했다.

과일과 야채를 잔뜩 쌓아 놓은 도로변에서 팔다리가 굵은 아프리카 소년들이 자동차를 향해 달려와서는 콜리플라워와 양배추를 번쩍 쳐들어 보였다. 그런 소년들 때문에 걸핏하면 사고가 났다. 한번은 어느 운전사가 소년들을 향해 감정을 폭발했다가 원주민들에게 봉변을 당하기도 했다. 성난 관중이 도로변 숲에서 한꺼번에 몰려와 소란을 피웠던 것이다. 바비는 속도를 늦추고 핸들 위로 상체를 숙인 채 맨 앞에 선 소년을 향해 손을 천천히 흔들었다. 소년은 손을 흔들어 주지 않았다. 그래도 바비는 미소를 거두지 않았다. 그는 죽 늘어선 소년들을 다 지나칠 때까지 계속 손을 흔들었다. 그리고 문득 린다가 곁에 있는 걸 의식하고는 다시 우울한 표정을 지었다.

린다는 침착했다. 얼굴은 여전히 활기찼다.

"아까 애들이 들고 나온 콜리플라워, 얼마나 큰지 봤어요?"

천진한 목소리로 묻는 것으로 보아 조금 전에 말다툼한 사실을 까맣게 잊은 것 같았다.

"그래요, 봤어요."

바비가 음울한 목소리로 대답했다.

"난 그것 때문에 놀랐어요."

"그래요?"

"바보 같다고 생각하겠지만, 난 아프리카에 채소밭이 있는 줄 몰랐어요. 아프리카 사람들은 죄다 정글에만 사는 줄 알았죠. 마틴이 남부 관할 지구로 발령이 났다고 했을 때, 난 우리가 살 유럽인 거주 구역은 숲속의 자그마한 개간지일 거라고 생각했어요. 이렇게 도로가 있고 집이랑 상점 같은 게 있을 줄은 꿈에도······."

"라디오도 있는걸요."

"정말 우습죠? 우습다고밖에 생각 못 하겠네요. 이곳 원주민들이 나무 아래 모여서 기다란 창에 기대 서 있는 모습을 봤어요. 구식 라디오를 둘러싸고요. '히즈 마스터스 보이스'[1]라

---

1) 영국제 진공 라디오 상표.

는 거였죠."

"기억할지 모르지만 미국 재단에서 나왔던 미국인 있잖아
요? 통계를 낸다느니 조사를 한다느니 하던 사람." 바비가 말
했다. "그 사람하고 드라이브를 한 적이 있어요. 그런데 시 외
곽으로 나오자마자 무서워서 어쩔 줄 모르더군요. 겁에 질려
서 계속 저한테 '콩고인은 어디 있죠? 저 사람 콩고인 아닌가
요?' 하고 물었어요."

자동차가 언덕길을 오르기 시작했다. 꼬불꼬불한 길에 '낙
석 주의' 표지판이 군데군데 서 있었다.

"저는 저런 표지판을 아주 좋아합니다. 이따금 저런 표지판
없나 하고 찾아다닐 정도지요."

바비가 말했다.

"제대로 찾았네요."

"그러게요."

이제 바비의 목소리에서 우울한 기색은 찾을 수 없었다. 또
다시 우울한 목소리를 내기란 쉽지 않을 것 같았다. 어느새
바비와 린다는 여행의 동반자가 되어 있었다. 멋진 경치 앞에
서 함께 감상에 젖고, 무엇을 보든 무의식중에 둘이 나눌 화
젯거리를 찾았다.

"나는 이렇게 아침 일찍 다니는 걸 좋아해요." 린다가 말했
다. "영국에서 지내던 여름날 아침이 생각나거든요. 막상 영국
에서는 여름을 좋아하지 않았지만 말이에요."

"그랬어요?"

"나는 늘 삶은 스스로 즐길 줄 알아야 한다고 생각해요. 그

런데 실상은 그렇지 않아요. 하루하루 시간은 계속 흘러가는 데 할 일은 별로 없고…… 여름이 되면 항상 뭔가를 잃어버린 느낌이 들어요. 그래서 가을을 좋아하죠. 가을이 되면 왠지 마음이 안정되는 것 같아요. 나한테 가을은 뭔가 새로 시작하는 계절이에요. 어린 소녀처럼 유치하죠? 내가 생각해도 그런 것 같네요."

"아뇨, 그렇게 생각하지 않아요. 평범하지 않다는 생각은 드네요. 전에 정신과 의사를 만난 적이 있어요. 그 의사 말이 누구나 10월이 되면 죽음을 생각하게 된다더군요. 그런데 자기도 그런 사실을 깨달은 뒤부터 겨울이면 앓던 류머티즘이 말끔히 나았대요. 물론 그때부터 중앙난방을 한 덕이기도 할 거라고 말하더군요."

"그래요? 왠지 모르게 바비 당신이 정신과에 다녔을 것 같은 느낌이네요." 린다는 다시 명랑해졌다. "그런데 정확히 무슨 문제가 있었는지 말해 줄 수 있나요?"

바비는 조용히 말했다.

"옥스퍼드에 다닐 때 신경 쇠약을 앓았어요."

바비는 지나칠 정도로 조용히 말했고, 린다는 여전히 명랑했다.

"예전부터 당사자에게 직접 물어보고 싶었는데, 신경 쇠약이 정확히 뭐예요?"

바비는 전에도 그 증세에 대해 몇 차례 알아본 적이 있었다. 그는 적당한 말이 생각나지 않아 망설이는 척하다가 입을 열었다.

"신경 쇠약이란 이를테면 자기가 죽어 가는 과정을 지켜보는 것 같은 겁니다. 아니, 죽어 가는 과정이라기보다 유령으로 변해 가는 과정이라고 하는 게 정확하겠네요."

"당신은 그걸 오래 앓았나요?"

린다가 바비의 말투를 흉내 내며 물었다.

"일 년 반쯤요." 바비는 자기 말에 린다가 놀랐을 거라고 생각했다. 그는 어린아이를 대하듯 빙그레 웃으면서 이렇게 말했다. "저 사랑스러운 나무 좀 봐요." 린다는 바비의 말대로 나무를 바라보았다. 그러자 바비가 사뭇 진지한 말투로 이어서 말했다. "아프리카가 나를 살렸어요."

마치 중대한 선언처럼 무게 있는 이 말이 모든 걸 설명해 주었다.

린다는 입을 꾹 다물었다. 무슨 말을 해야 좋을지 몰랐던 것이다.

*

사람들 사이에서 경관이 훌륭하기로 유명한 곳이었다. 탁 트인 대지가 하늘만큼이나 드넓게 펼쳐져 있었다. 땅은 아래를 향해 끝없이 경사져 내려갔다. 마치 거인이 대지를 여러 갈래로 갈라놓은 것 같았다. 넓게 펼쳐진 골짜기 끝은 구름과 안개에 파묻혀 보이지 않았다. 무색의 그 웅장한 모습은 보는 이의 눈을 사로잡기에 충분했다.

린다가 중얼거렸다.

"아프리카, 아프리카."

"잠시 멈춰서 구경 좀 할까요?"

바비는 도로변이 넓어지는 지점에 차를 세웠다. 그러고는
린다와 함께 차에서 내렸다.

"정말 상쾌하네요."

린다가 말했다.

"여기가 적도 부근이란 사실을 믿을 수 있겠어요?"

두 사람 모두 이 경관을 여러 차례 보았다. 그러므로 둘 다
언젠가 들어 본 적 있는 진부한 말은 더 이상 하고 싶지 않았
다. 지나치게 감상적인 말도 피하고 싶었다.

"구름 때문에 경관이 더 웅장해 보이는 거겠죠." 린다가 입
을 열었다. "처음 이곳에 왔을 때 마틴은 종일 구름 사진을 찍
어 댔어요."

"마틴이 사진작가인 줄 이제 알았네요."

"아직 사진작가랄 수는 없죠. 카메라를 들고 다닌 지 얼마
안 돼요. 필름 현상을 맡길 때도 늘 내 이름으로 보내는걸요.
그래서 코닥사에서는 아무도 그 사람이 찍은 사진인 줄 몰라
요. 필름을 현상해 놓고 보면 버릴 게 한 무더기일 거예요. 요
즘은 구름 사진에 싫증이 났는지 네발로 기다시피 하면서 독
버섯이나 자그마한 야생화 같은 걸 찍더군요. 그런데 그런 것
들은 카메라에 잘 잡히지 않나 봐요. 온통 초록색이나 갈색의
얼룩만 찍힌 걸 보면요. 코닥사 사람들은 꼬박꼬박 얼룩진 사
진을 보내와요. 그것도 내 앞으로요."

어느 순간 두 사람은 이야기에 빠져 눈앞의 경치를 잊고 있

었다.

"여기는 정말 멋있는 곳이군요."

바비가 말했다. 그때 흰색 폴크스바겐이 두 사람 곁을 지나갔다. 도시에서 나온 모양이었다. 운전사는 백인 남자로, 그는 두 사람을 향해 경적을 크게 울리고는 언덕을 빠르게 내려갔다.

"뭘 자랑하고 싶어 저렇게 요란을 떠는지 모르겠네요."

바비가 말했다.

린다는 재미있어하는 표정을 지을 뿐이었다.

"내 말이 좀 엉뚱하게 들리겠지만요." 차에 올랐을 때 바비가 다시 입을 열었다. "나는 이 모든 게⋯⋯." 바비가 웅장한 골짜기를 가리키며 이어서 말했다. "내 몸의 일부라고 생각해요."

린다가 웃음을 참느라 몸을 앞으로 숙였다가 고개를 들고는 깔깔거리며 웃었다.

"엉뚱하게 들려요, 바비. 말이 안 되잖아요."

"하지만 내가 뭘 말하려는지는 알 거요. 두 번 다시 여기에 올 수 없다면 그것만큼 가슴 아픈 일은 없을 겁니다. 이런 경치는 세상 어디에서도 볼 수 없으니까요. 무슨 말인지 알겠어요?"

바비는 운전 교습생처럼 뻣뻣하게 앉아 좌우를 한 차례 살피고는 액셀러레이터를 밟았다.

"한때 나는 이 세상에 아프리카 같은 땅이 있는 줄 몰랐어요. 알았어도 관심도 없었겠지만요. 나중에 알았는데, 나 또한 댁처럼 아프리카 하면 원주민이나 뾰족한 창 같은 것만 생각했어요. 물론 남아프리카에 대해서는 비교적 잘 알았지만요."

"저, 그런데 말이에요, 지금 막 깨달았는데 아까부터 헬리콥터 소리가 들리지 않는 것 같아요."

"헬리콥터는 이동 폭이 그리 넓지 않아요. 이게 내가 공군에서 배운 거의 유일한 지식이지요."

"어머, 바비!"

"아니, 나는 공군에서 군 복무를 조금 했을 뿐이에요."

"왕이 체포된 게 아닐까요?"

"왕요? 그랬다면 당사자에겐 악몽 같은 일이겠군요." 바비가 말했다. "명색이 왕인데 동족을 피해 도망 다닌다는 사실이 만천하에 드러났으니까요. 내 의견에 동의하는 사람이 적을 거란 사실은 나도 알아요. 하지만 나는 늘 왕한테도 문제가 있다고 생각했어요. 내가 보기에 그는 영국 물이 들어도 너무 많이 들었어요. 그 잘나 빠진 런던 친구들이 지금 이 상황에서 무슨 힘이 되겠어요? 아무튼 말이 왕이지 어리석은 사람이에요. 국토를 분리하느니 어쩌니 하면서 왕을 선동한 것도 그 친구들이었겠죠."

"이렇게 말했겠죠. '너무 짜증 나서 이곳 검둥이들과는 더이상 섞여 살 수 없어요.'라고요."

"그 사람들은 그런 말이 재미있고 매력적이라고 생각했을 거예요. 하지만 분명히 말하는데, 나는 한 번도 그런 말이나 생각을 한 적이 없어요. 잘 아시겠지만 사실과 무관한 비난이 얼마나 많습니까? 우리도 그런 비난을 피할 수 없을 거예요. 아프리카 독재 정권에 봉사했느니 어쩌니 하는 비난 말입니다."

"마틴도 그것 때문에 걱정했어요."

린다가 말했다.

"그래요?"

"네, 그런 비난 때문에요."

"나는 그저 정부 일을 하러 여기에 왔을 뿐입니다." 바비가 이어서 말했다. "이 나라의 정책을 이렇게 펼쳐라 저렇게 펼쳐라 훈수하러 온 게 아니에요. 그런데 이곳에는 그런 식으로 사사건건 참견하는 자들이 아주 많아요. 아프리카 사람들이 어떤 정책을 펼치든 상관할 바 아닌데 말입니다. 어떤 정부가 들어서든 이곳 사람들한테는 식량과 학교와 병원이 필요해요. 그런 걸 위해 봉사하지 않을 바에는 여기에 머물 필요가 없죠. 내 말이 좀 과격하게 들릴지 모르지만 틀린 말은 아닐 겁니다."

린다는 아무런 대꾸도 하지 않았다.

"물론 나처럼 생각하는 사람이 많지는 않을 거예요. 그나저나 우리 공작 부인께서 뭐라고 하셨더라?"

"공작 부인요?"

"네, 나는 그 여자를 그렇게 불러요."

"도리스 마셜 말인가요?"

"'난 흑인들 편에 서서 노력하고 있어요.' 그 여자가 하는 말이 이거 아닌가요?"

린다의 입가에 미소가 떠올랐다.

"정말 희한해요." 바비가 말했다. "유럽 사람들은 왜 아프리카인은 눈이 없는 줄 아는 걸까요? 그 이유를 모르겠어요. 마셜 가족이 옛 남아공 철도와 관련 있다는 사실을 아프리카인들이 모를 거라고 생각해요?"

"글쎄요? 그런데 마셜은 남아공 사람이잖아요?"

"그렇게 말하고 다니는 것뿐이에요." 바비가 말했다. "'난 이런 사실이 너무나 자랑스러워요.'라고 떠벌리기도 하면서요."

린다가 웃었다.

"'내가 남아공에서 에티켓을 배울 때는 말이죠.'"

"정말 똑같아요." 린다가 말했다. "흉내를 참 잘 내시네요. '글러브 박스'라는 것도 있잖아요. 아세요?"

"자동차 조수석 앞에 있는 사물함을 '글러브 컴파트먼트'라고 부르지 않는단 말인가요?"

"네. 마셜에게 '당신은 늘 글러브 박스라고 하네요.'라고 말하면……."

"'이봐요, 남아공에서는 그렇게 부르는 게 에티켓이거든요.'라고 말하죠."

바비가 말했다.

"맞아요. 바로 그거예요." 린다가 맞장구를 쳤다. "내 생각엔 하루라도 빨리 데니스 마셜에게 급료 지불하는 걸 멈추고 그 부부를 남아공에서 내보내야 할 것 같아요. 그래야 다른 사람들이 편안해질 거예요."

린다는 그렇게 말하고 머리에 쓴 스카프를 매만진 뒤 차창을 조금 내렸다.

"추운 것 같아서요." 린다는 심호흡을 한 뒤 이어서 말했다. "수도에서 생활하면서 좋았던 건 난방 시설이에요."

바비는 약간 실망했다. 속을 터놓고 이야기하는가 싶었는데, 린다가 국외 거주자의 상투적인 화제를 끄집어냈기 때문이다.

"수도 생활 가운데 가장 근사한 건 이겁니다. 귀갓길의 드라이브. 이건 해도 해도 싫증 날 것 같지 않아요."

"그런 얘기 그만하죠. 쓸쓸한 기분만 드니까."

"어느 소설에선가 서머싯 몸이 쓴 글이 생각나네요. 요즘 사람들은 서머싯 몸의 소설을 잘 읽지 않는 것 같은데 아무튼 그가 뭐라고 썼냐면, 뭔가를 포기하지 않은 채 간절히 바라고 바라면 대체로 그 소원은 이루어진댔어요. 나 역시 그렇게 생각하기 시작했다고 말해 주고 싶네요. 우리는 무엇이든 진정으로 원하면 이룰 수 있다고 생각해요."

"지금으로서는 얼마든지 그렇게 생각할 수 있겠죠. 하지만 바비 당신도 말했잖아요. 이 세상에 아프리카 같은 데가 있는 줄 몰랐던 때가 있었다고요."

"이제라도 알았으면 된 거 아닌가요."

"나도 이제는 알아요. 하지만 그래 봐야 아무런 소용이 없죠. 나는 여기에 더 머물고 싶지만 실제로는 그럴 수 없다는 걸 잘 알아요."

린다는 차창을 닫고 다시 심호흡을 했다. 그러고는 웅장한 골짜기를 내려다보았다.

이윽고 그녀가 입을 열었다.

"영국인이 될 수 없다면 나는 마사이족이 되고 싶어요. 마사이족 여자들은 다들 늘씬하고 우아하더군요."

이를테면 그녀의 말은 아프리카에 대한 찬사였다. 바비는 그녀의 태도가 조금 전과 비교하여 크게 달라졌다고 생각했다. 그런데 그의 입에서 엉뚱한 말이 튀어나왔다.

"마치 케냐 식민지에서 생활하는 유럽인처럼 말하는군요. 그곳 흑인들은 낭만적으로 보일지는 몰라도 한참 뒤처진 사람들이에요."

"한참 뒤처진 사람들이라고요? 글쎄요. 나는 그곳 사람들에 대해 지리책에서 본 그림 정도로 생각해요. 말하자면 자그맣고 초라한 움막에 울타리를 높이 쳐 놓고 산다든지, 밤이면 약탈자들을 피해 소를 집으로 몰고 온다든지 하는 정도로요."

"내가 뒤처진 사람들이라고 말한 게 그 때문이에요. 그 사람들은 아프리카의 피터 팬이랄 수 있어요. 별생각 없이 살고들 있지요."

"그렇게 말하는 걸 보면 당신은 아프리카에서 느껴지는 인간의 태곳적 모습에서 아무런 영향도 받지 않은 것 같네요."

바비는 대꾸하지 않았다. 두 사람 모두 당혹스러운 표정을 지었다.

바비가 입을 열었다.

"아무튼 나로서는 그들 틈에 섞여 사는 당신 모습이 상상조차 되지 않습니다."

린다가 고개를 끄덕이고는 잠시 후 입을 열었다.

"약탈자라는 말이 마음에 드는군요."

도로에는 드문드문 차들이 오가고 있었다. 교통량은 적었지만 수도로 가는 차량은 끊임없이 이어졌다. 낡은 화물 트럭과 터번을 쓴 시크교도가 모는 유조차, 이따금 유럽이나 아시아 승용차도 눈에 띄었다. 그리고 아프리카인이 운전하는 푸조의 스테이션 왜건과 공장에서 갓 나온 것 같은 왜건도 보였다. 빠른 속도로 달리는 이 왜건에는 아프리카인들이 가득 타고 있었다.

말하자면 왜건은 아프리카에서나 볼 수 있는 장거리용 택시였다. 그중 한 대가 경적을 크게 울리며 추월하는 바람에 바비는 깜짝 놀랐다. 가파른 비탈길을 달리는 차에서 아프리카인들이 뒤를 돌아보고 히죽히죽 웃었다. 린다는 그들에게서 시선을 돌렸다. 경적이 계속 울렸다. 잠시 후 커브 길이 나왔다. 앞에서 달리는 푸조의 브레이크 등에 불이 들어왔다.

"브레이크 페달을 밟으면서 왜 저렇게 빨리 달리는지 도대체 이해를 못 하겠군요."

바비가 말했다.

"다들 저러니까 스페어타이어까지 잘 팔리는 거겠죠."

린다가 말했다.

커브 길은 계속 이어졌고, 푸조의 브레이크 등에는 불이 들어왔다 나갔다 했다. 얼마쯤 지나자 푸조는 바비의 시야에서 사라져 버렸다.

"맨 처음 여기 왔을 때가 생각나네요." 린다가 말했다. "당시 만나는 사람마다 대부분 사고를 당한 적이 있거나 아는 이가 사고를 당했다고 말하더군요. 그리고 거주 구역 내에도 팔이나 다리에 부목을 댄 사람이 무척 많았어요. 얼마나 많은지 스키장에 와 있는 줄 알았다니까요."

농담처럼 들렸지만 바비도 인정할 수밖에 없는 말이었다. 바비 자신도 그런 사람을 한두 번 본 게 아니었다.

"얼마 전 바로 이 근처에서 사고가 있었어요. 우리 동료들 사이에서 가수로 통하던 시크교 친구였지요. 그런데 그 친구가 신나게 자동차를 몰다가 시동 키를 뺐대요. 그 바람에 핸들이 잠겨 버렸다는군요."

"어머, 그래서 어떻게 됐대요?"

"어느 정도 달리다 도로에서 뛰쳐나가 즉사했답니다."

"마틴은 그런 사람이야말로 최악의 운전사라고 했어요."

"도로에 메르세데스 벤츠가 굴러가면 운전사는 아시아 사람일 겁니다. 솔직히 나는 아시아인들의 상술이 마음에 들지 않아요. 그들은 아프리카인들에게 담배를 갑째로 팔지 않지요. 매번 한두 개비씩만 팝니다. 아프리카인들을 이용하여 한 재산 모으려는 거죠."

"그 사람들에게 뭔가를 얻어 내는 방법이 있어요. 그들에게 다가가서 다짜고짜 '이거 남아공제 아닙니까?' 하고 물어보세요. 그럼 겁을 먹고 가게라도 몽땅 내놓으려 할 거예요."

린다는 거기까지 말하고 입을 다물었다. 말이 좀 지나쳤다고 생각했기 때문이다.

*

이윽고 자동차는 경사진 기슭에 이르렀다. 그곳은 골짜기의 맨 아래였다. 해는 높이 떠 있었고, 눈앞에는 관목이 무성한 땅이 드넓게 펼쳐졌다. 차 안이 점점 더워졌다. 린다는 차창을 조금 열었다. 골짜기 저편의 가파른 경사로가 흐릿하게 보였다. 햇빛을 받는 데다 거리가 먼 탓에 환영처럼 불투명했다. 얼마 뒤 자동차는 비탈길 너머 고원을 향해 달렸다. 길이 직선으로 곧장 뻗어 있었다.

시속 100킬로미터, 110킬로미터, 130킬로미터. 바비는 무의식중에 자꾸만 속도를 높였다. 시야가 탁 트인 상태에서 도로를 달리다 보니 그렇게 되는 것 같았다. 바짝 긴장한 채 굽이진 언덕길을 지나 속도를 높이며 달리는 드라이브의 모험은 거기에서부터 시작되었다. 자동차와 시커먼 도로에만 집중한 탓에 바비의 시간 감각은 갈수록 예리해졌다. 굳이 시계를 보지 않아도 정확히 십오 분마다 시간의 흐름을 알 수 있었다.

목조 폐가가 드문드문 보였다. 도로변의 색 바랜 빨간 표지판에 속도를 줄이라는 경고문이 적혀 있었다. 그런 경고문은 도로 위에도 흰 글씨로 길게 쓰여 있었다. 이윽고 차는 오른쪽으로 꺾어서 뻘겋게 녹슨 좁은 철로를 건넜다. 고속 도로는 집이 띄엄띄엄 늘어선 큰길로 이어졌다. 함석지붕, 낡은 기둥, 비스듬히 쌓아 놓은 물건, 철사로 엮은 울타리, 그리고 위험을 알리는 빨간색 표지판이 보였다. 그리고 더러운 샛길이 나왔는데, 길 한가운데에는 나무들이 서 있었고, 길옆에는 땅에서 불쑥 솟은 것 같은 지저분한 상점들이 있었다. 길이 더욱 좁아 보이는 것은 군중을 이룬 아프리카인들이 꽉 차 있었기 때문이었다.

그들은 왕관 장식이 달린 원뿔 모양의 펠트 모자를 푹 눌러쓰고 있었다. 길게 늘어진 웃옷을 걸친 사람도 눈에 띄었는데, 그 수가 꽤 많았다. 그것은 갈색 또는 어두운 회색으로, 유럽인들이 입다 버린 옷 같았다. 대다수 사람들이 알록달록한 천을 덧대어 기운 옷을 입고 있었다. 두세 사람이 연필과 서류철을 들고는 아프리카인들을 높은 차양이 달린 화물 트럭에 태우고 있었다. 그리고 검은 제복 차림의 경찰관이 그 모습을 지켜보고 있었다.

"저 사람들 모두 제정신이 아닌 것 같아요."

린다가 말했다.

바비는 린다의 농담을 흘려들으며 아주 천천히 차를 몰았다. 길가에 서 있는 아프리카인들이 바비를 물끄러미 바라보았다. 트럭에 탄 아프리카인들도 그를 내려다보았다. 펠트 모자 아래의 검은 얼굴에는 아무런 표정이 없었다. 바비는 그들을 향해 조용히 손을 흔들었다. 그러다 이내 동작을 멈추었다. 린다는 흑인들의 시선을 의식하고 스카프를 매만지고는 앞만 똑바로 바라보았다. 바비는 천천히 차를 몰아 군중 사이를 빠져나왔다. 서둘러 빠져나가려고 애쓰는 것처럼 보이고 싶지 않았다. 누더기 차림에 모자를 쓰고 멍한 표정을 짓고 있는 룸 미러 속의 흑인들이 점점 작아졌다. 차가 마을을 벗어나 커브 길을 돌 즈음, 바비는 다시금 룸 미러를 확인해 보았다. 차 뒤의 도로에는 사람의 그림자조차 없었다.

햇빛이 눈을 찔렀다. 린다는 선글라스를 썼다. 주위는 온통 관목 숲으로, 숲은 안개에 싸인 산봉우리까지 이어져 있었다. 높은 하늘에 뜬 구름이 깃털처럼 가늘게 늘어나는가 싶더니 거센 바람을 맞아 은빛과 검은빛을 띤 채 흩어졌다 다시 뭉치면서 새로운 모양으로 변했다. 바비와 린다는 한동안 아무 말도 하지 않았다. 바비가 속도를 높여 달리기 시작하고 나서 시간이 좀 흘렀을 때 린다가 입을 열었다.

"아까 그 사람들 뭘 하려는 건지 알죠?" 바비는 대답하지 않았다. "증오의 의식을 치르려는 거예요. 그게 뭔지 알죠? 얼마나 끔찍한 건지 아느냐 이 말이에요. 그 사람들은 이제부터 오물을 먹을 거예요. 피, 똥오줌, 쓰레기 같은 것들을요."

바비는 핸들 위에 상체를 기댔다.

"그런 말을 어디까지 믿어야 할지 모르겠네요."

"정말 몰라요? 수도에서 듣기로는 주말마다 그런다고 하던데요?"

"수도에서는 별별 소문이 다 돌잖아요. 뭔가 재미있는 게 없나 하는 사람들이 많으니까요."

"왕과 그 세력들을 증오해서 그러는 거예요. 당신과 나 같은 사람도 증오하고요. 나는 그런 식의 재미는 질색이에요. 내 말 무슨 뜻인지 알아요?"

"알아요, 압니다. 댁은 그 의식을 테러나 칼부림 같은 걸로 생각하는군요. 하지만 그건 어제오늘의 일이 아니에요. 다행스럽게도 말입니다. 그 사람들이 하려는 건 날고기 한 점 먹는 정도일 거예요. 아니, 먹는 게 아니라 한 입 베어 무는 거겠죠."

"말하자면 그 사람들이 정부 청사로 몰려가 오물을 먹은 다음 손에 손을 잡고 어둠 속에서 알몸으로 춤추는 것과 청사 방문자 목록에 이름을 적는 것이 크게 다르지 않다는 얘기 같네요."

린다는 그렇게 말하고 큰 소리로 웃었다. 어색한 분위기가 조금 누그러졌다.

"나 역시 아까 나를 바라보던 그 사람들 눈이 께름칙했어요." 바비가 말했다. "잠시 과거로 돌아간 것 같은 기분이었죠. 그때였다면 나도 그 사람들이 싫었을 겁니다. 댁도 그랬겠죠?"

"글쎄요. 상황에 따라 달랐겠죠. 나는 그때그때 적응을 잘 하는 편이거든요."

"우리가 대통령과 그 세력들을 시기하고 있는지도 몰라요. 이런 식으로 배척을 당하면 당연히 반감을 품게 되겠지만요. 그들이 좀 더 부드럽게 나온다면 우리도 그들을 호의적으로 생각하지 않을까요? 마사이족한테 그런 것처럼요. 개인적인 의견을 말하자면 나는 그 어떤…… '편견'도 갖고 있지 않아요."

그녀의 이마가 움찔거렸다.

"그래요, 바비. 당신이라면 간단한 일일 거예요."

"무슨 뜻이죠?"

"오후엔 비가 내릴 것 같아요. 아까 포장도로를 벗어날 때부터 그런 생각이 들었어요. 저쪽에 구름이 쌓여 올라가는 것 보이죠? 아마 당신도 마틴과 여행을 오래 다니다 보면 구름을 살피는 버릇이 생길 거예요. 난 개인적으로 이런 비포장도로가 정말 싫어요. 삼십 분만 비가 쏟아져도 진창이 되어 버리잖아요. 특히 흙탕물에 미끄러지는 건 도저히 못 참겠더라고요. 지진이 난 것처럼 도로가 엉망이 되는데, 그런 걸 볼 때마다 신경이 날카로워져요. 진흙탕과 지진을 생각하면 머리가 돌 것 같아요."

"그런데 구름이 쌓여 올라간다는 건 바른 표현이 아닙니다."

"그런가요? 아무튼 호수에 비가 내리는 광경이나 구경하며 대령 집에서 하루 묵었다 가는 건 어때요? 꽤 낭만적일 것 같은데요."

"솔직히 나는 그 대령이라는 사람과 가깝게 지내고 싶은 마음 없어요. 얘기를 들어 보니 아주 따분한 성격이더군요."

"그 사람은 전형적인 식민지 지배자 타입이에요. 남한테는 아예 신경을 안 쓰죠."

"아프리카인들에게 관심이 없다는 말인가요?"

"바비, 내 말 좀 들어 봐요. 마셜 부부가 맨 처음 대령 집에 갔을 때 도리스 마셜이 그 사람한테 포트와인과 레몬을 주문했대요."

"'이봐요.'라고 불러서 했겠군요."

"그랬겠죠. 그러니까 대령이 비쩍 마른 팔을 들어 문을 가리키고는 고함을 질렀겠죠. '썩 나가!' 하고 말이에요. 바 심부름꾼도 너무 놀라 간 떨어질 뻔했대요."

"남아프리카 방식의 에티켓이 통하지 않았나 보군요. 나라면 대령의 무례함을 그냥 넘겼을 텐데. 오히려 그건 그 사람의 장점일 수도 있으니까요. 그런데 아까 나라면 간단한 일일 거라는 말이 무슨 뜻이죠?"

"바비, 나는 마틴과도 가끔 그런 얘기를 해요. 어쩌면 하루도 빼놓지 않고 얘기한다고도 할 수 있어요. 소녀 시절, 나는 서머싯 몸의 책을 무릎 위에 펼쳐 놓고 넓은 세상을 배우려고 했죠. 그런데 그때는 내가 결혼 생활을 이곳에서의 '복무규정' 같은 걸 고민하며 보낼 줄은 꿈에도 생각하지 못했어요."

"내 상사 중에 오구나 왕가 버트르란 사람이 있어요." 바비가 말했다. "내 보스라고나 할까요. 하지만 그 사람과 나는 서로 존중하고 있어요."

"미안해요. 하지만 당신 입에서 그런 사람 이름이 튀어나오니 좀 우습다는 생각이 들어요."

"나는 이곳 사람들이 유럽인들에 대해 편견 같은 걸 갖고 있다면 그건 순전히 유럽인들 탓이라고 생각해요. 대통령은 매일 이 나라 곳곳을 다니며 우리 유럽인들의 도움이 필요하다고 국민을 설득하고 있어요. 대통령이 뭘 몰라서 그러는 게 아니에요. 그 또한 식민지 시절 유럽인들이 챙길 것 다 챙겨서 남쪽으로 도주한 사실을 훤히 꿰고 있어요. 생각하면 웃기는 일이에요. 우리는 아프리카인들에게 부패하면 안 된다고 역설해요. 그런데 그들이 우리의 사소한 부정이나 부패를 지적하면 화를 벌컥 내며 그건 잘못된 편견에서 나온 것이라고 핏대를 세우죠. 따지고 보면 결코 사소하지도 않아요. 있지도 않은 화물을 수출한다며 운송 허가서를 내주는 조건으로 수천 파운드를 받아먹고 그러니까요."

"아주 잘하고들 있네요."

린다가 비아냥조로 말했다.

그녀는 멍한 얼굴을 하고 있었다. 유쾌한 표정은 찾아볼 수 없었다. 스카프 아래로 비어져 나온 숱 적은 머리칼 사이로 앙상하게 각이 진 이마가 빛났다. 선글라스 위쪽으로 찌푸린 이마의 주름살이 보였다.

"부소가 크소로가 내게 서류를 갖고 왔어요. 그러고는 나한테 '바비, 데니스 마셜의 청구 건은 승인되어 돈이 지급됐네. 그런데 저번 휴가 기간에 마셜은 아무 데도 짐을 가져가지 않았더군. 대체 어떻게 된 거지?'라고 물었죠. 나는 뭐라고 대답할 수가 없었어요. 내가 어떻게 대답할 수가 있었겠어요? 아마 직원들은 휴식 시간에 커피를 마시면서 내가 충성심이 없다는 식으로 수군댔을 겁니다. 하지만 충성심이라니, 대체 누구에 대해 그런 마음을 품어야 한다는 거죠? 나는 부소가 크소로에게 장관님께 보고해야 될 것 같다고 말했어요."

바비는 약간 흥분해 있었다. 그는 쓸데없는 말을 했다고 생각했다. 린다는 아까부터 그의 말에 흥미를 잃은 표정이었다. 바비는 다시 핸들에 상체를 기댔다. 그러고는 도로 쪽을 바라보며 미소를 짓고 자세를 똑바로 한 뒤 입을 열었다.

"어디서 커피나 한잔할까요?"

"사냥꾼 쉼터 어때요?"

바비는 그곳이 마음에 들지 않았지만 린다의 말에 동의했다.

"좋아요. 그런데 거기 주인이 바뀌었다면서요?"

린다는 여전히 멍한 얼굴이었다.

"부동산 폭락 이후에 그랬대요."

"아시아 사람이 인수해서 장사가 잘된다더군요."

린다는 아무런 대꾸도 하지 않았다. 바비는 조금 전의 수다스러운 자기 모습을 린다의 뇌리에서 지우고 싶었다. 처음으로 돌아가 다시 과묵한 남자로 보이고 싶었다. 하지만 지금 과묵하고 우울해 보이는 쪽은 린다였다.

도로는 끝없이 펼쳐진 관목 숲 사이로 검게 뻗어 있었다.

"댁의 말이 맞군요." 바비가 말했다. "구름이 쌓여 올라가고 있네요. 곧 비가 내릴 것 같은데, 속도를 내야 할지 어디서 멈춰야 할지 잘 모르겠어요."

린다의 기분을 풀기 위한 말이었지만, 그녀는 이에 호응하려 들지 않았다. 그녀가 단호한 어조로 말했다.

"커피 마시고 싶어요."

두 사람은 도로의 양옆을 살폈다.

"아까 얘기 나도 들었어요." 바비가 말했다. "새미 키세니는 결코 호락호락한 사람이 아니라더군요. 그렇더라도 그 사람 때문에 마틴이 곤경에 처할 줄은 몰랐어요."

린다는 한숨을 쉬었다. 바비는 입을 꾹 다물었다. 그는 좌석 깊숙이 기대앉아 있었다. 린다는 바비의 입을 다물게 하려고 그러는지, 둘 사이의 긴장을 유지하려고 그러는지 지루한 표정을 지으며 머리와 스카프를 만지작거렸다.

앞쪽 도로 한가운데 무언가 번쩍거리는 게 보였다. 바비는 잘못 본 것이라고 생각했지만 바짝 다가가자 차에 깔려 죽은 개였다. 둘은 가만히 개의 사체를 바라보았다.

"저걸 봐서 다행이에요." 린다가 말했다. "나는 늘 저런 걸 보고 싶었어요. 언젠가 한 번쯤은 봐야 한다고 생각했죠."

알쏭달쏭한 말이었다.

"이제 여기를 떠날 건가요?"

"아, 바비. 당신과는 달라요. 당신 부서에서는 일을 하다 보면 눈에 보이는 성과가 나죠. 하지만 라디오는 달라요. 어떤 경우에도 방송을 내보내야 하는데, 당신도 마틴처럼 그 분야에서 오래 일했다면 자신이 맡은 방송이 잘못되었을 때 금세 알아챘을 거예요. 이쪽으로 전출당하고 BBC를 그만둔 건 어처구니없는 일이었을 수 있어요. 그런 만큼 그건 마틴의 실수일 수 있죠. 하지만 그는 여기저기 자신을 광고하며 다니는 사람이 아니에요."

"나도 그건 알아요. 라디오에 관한 거요. 라디오는 정치나 연설이 차지하는 비중이 너무 큰 것 같아요. 편집을 해서 조절할 수도 있을 텐데 말이에요."

"마틴은 지역 국장 자리를 제의받기도 했어요. 그때 그는 '난 아닙니다. 여기는 아프리카니까 새미 키세니 같은 사람이 적당합니다.'라고 했죠."

"새미도 영국에서 고생을 많이 했다고 하더군요."

"그렇긴 하지만 그리 심하지는 않았어요. 아직도 BBC에는 마틴을 기억하는 사람들이 꽤 있어요. 작년 휴가 때 거기에 갔는데, 한 클럽에서 어떤 사람이 마틴에게 큰 소리로 '당신은 거기서도 상당한 권력을 쥐고 있지 않나요?' 하고 묻더군요."

"하기는 이쪽으로 건너왔다고 해서 경력에 큰 해가 되는 건 아니죠. 그나저나 댁들은 영국으로 돌아갈 계획인가요?"

"미래를 생각하지 않으면 안 되잖아요. 하지만 영국으로 돌아갈지 어떨지 나는 잘 모르겠어요. 마틴이 여기저기 알아보고 있으니까 조만간 어디로든 결론이 나겠죠."

"영국이 아니면 어디를 생각하는데요?"

바비의 질문에 린다는 대답하지 않았다.

"어디로 가게 될 것 같나요?"

바비가 다시 묻고는 대답을 기다렸다.

"남쪽이요."

린다가 말했다.

"그렇군요. 내 삶은 계속 이곳에 머물 겁니다."

바비가 말했다.

3

관목 숲이 평평한 골짜기 너머 비탈진 경사면까지 이어져 있는 것처럼 보였다. 하지만 조금 더 가자 도로 옆 땅이 군데 군데 개발된 탓에 관목이 듬성듬성 우거져 있었다. 경사진 길은 시야의 끝까지 이어져 있었지만, 그들은 조금씩 숲길을 벗어나고 있었다. 여기저기 나지막한 언덕들이 울룩불룩 솟아 있었다. 짙푸른 나무들이 보이는 것으로 보아 물 있는 곳이 멀지 않은 듯했다. 평야에 드문드문 숲이 있다는 건 조림 사업을 벌였다는 증거였다. 지저분한 도로는 다시 고속 도로로 이어졌다. 이정표에는 30킬로미터, 50킬로미터, 100킬로미터 떨어진 곳의 지명이 적혀 있었다. 길가에는 자그마한 흙무더기가 몇 군데 쌓여 있었다. 오가는 차량은 여전히 적었다.

"이번 여행 중 가장 마음에 드는 건 이 언덕이에요. 마치 거인의 손이 옆구리를 짚고 있는 것 같아요."

린다가 속을 알 수 없는 말을 했다. 하지만 그럴듯한 말이었다. 바비도 언덕을 보면서 그렇게 생각했던 것이다.

"그렇게 보이는군요."

바비가 말했다.

포장을 친 커다란 트럭이 앞쪽의 옆길에서 나왔다. 옆구리를 막은 판자 위로 사냥개들이 고개를 내밀고 있었다. 심하게 흔들리는 트럭 짐칸에는 빨간 모자와 재킷에 승마용 바지와 부츠를 신은 아프리카인 두 사람이 타고 있었다.

"아프리카는 무엇이든 특이해요."

린다가 말했다.

잠시 후 그녀가 상체를 구부리고 바닥에 놓인 백을 들어 올렸다. 그러고는 화장품 케이스를 꺼내 얼굴을 다듬기 시작했다. 우울한 표정이 온데간데없어졌다. 이제 우울한 쪽은 바비였다.

"몇 달간 서아프리카에 머문 적이 있어요." 린다는 곁눈질로 차창 밖을 흘끗거리면서 손거울을 보며 파우더로 얼굴을 톡톡 두드렸다. "당신도 아프리카 사람들이 영국의 영향을 전혀 받지 않았다고는 말하지 못할 거예요. 프랑스령 경계를 살짝만 넘어가도 흑인들이 길가에 앉아 있는 광경을 볼 수 있어요. 그 사람들은 프랑스빵에다 적포도주를 마시고 머리엔 조그만 베레모까지 썼더라고요. 그런데 여기에 와서 보니 저렇게 영국인 흉내를 내는 말구종들까지 있네요."

이제 자동차는 커브 길로 접어들었다. 길은 조금 전과 달리 좁았다. 바비는 트럭의 뒤를 따라갔다. 사냥개들이 흥분하여 마구 짖어 댔다. 짐칸의 아프리카인들이 적개심 어린 눈으로 바비와 린다를 노려보았다. 표지판을 보니 1.5킬로미터 떨어진 곳에 '사냥꾼 쉼터'가 있었다.

"서둘러야겠어요."

바비가 말했다.

"저기 구름이 쌓여 올라가는 걸 보니 아무래도 불안합니다."

"그런 건 내가 잘 안다고 했죠?"

새로 접어든 도로의 양옆은 움푹 패어 있었다. 그런 데다 검붉은색의 좁은 도로에는 중앙에서부터 바퀴자국이 깊게 나 있었다. 어제나 오늘 아침 일찍 비가 내린 듯했다. 차는 바퀴 자국을 따라 미끄러지듯 내려갔다. 바비가 붙잡고 있는데도 핸들이 마구 흔들거렸다.

"아직 땅이 마르지 않은 것 같군요."

바비가 말했다.

"곧 다시 비가 내릴 거예요."

린다가 말했지만 걱정하는 기색은 없었다.

검붉은 도로는 완만한 비탈 사이의 얕게 파인 구덩이를 지나 커브 길로 이어졌다. 잠시 후 바비와 린다는 녹음이 짙은 길로 들어섰다. 고속 도로는 잘 보이지 않았다. 멀지 않은 앞쪽에, 잎이 다 떨어진 나무 몇 그루가 서 있는 게 희미하게 보였다. 그쪽으로 죽 가면 시냇물이 나오고, 그 너머에서부터는 다시 오르막이 시작될 터였다.

"풍경이 영국 같네요."

린다가 주변을 둘러보며 말했다.

"아프리카 같기도 하죠."

분기점을 지나자 도로 왼편으로 언덕을 깎아 내린 듯 평평한 땅이 나타났다. 언뜻 보아 습지 같았는데, 잔디와 갈대숲이 드문드문 있어서 전체적으로 고르지는 않았다. 평지가 끝나는 지점에 목조 건물이 서 있었다. 얼마나 낡았는지 지붕이 반쯤 무너져 있었다.

"폴로 경기장 같아요."

린다가 말했다.

"마틴도 폴로를 하나요?"

그곳을 지나 오르막에 이르자 폐허로 변한 폴로 경기장이 나타났다. 판자가 밖으로 뜯겨 나온 뒷벽의 틈새로 빛이 새어 들어 부서진 계단과 널빤지 등을 비추었다. 그래서인지 건물이 마치 녹색 바탕에 암회색 종이 모형을 세워 둔 것처럼 보였다. 애초에 오래 사용하려고 지은 게 아니라 군대의 이동에 따라 세워졌다가 버려지곤 하는 건물 같았다.

"아까 그 사냥개들 말이에요. 때가 되면 영국으로 데려가나요? 혹시 그냥 버려지는 건 아닌가?"

린다가 물었다.

바비는 대답하지 않았다. 도로 옆은 나무들이 늘어선 시냇가 둑이었다. 나무 몇 그루는 뿌리가 말라 죽어 있었다. 바위를 때리면서 흐르는 물소리에 자동차 엔진 소리가 묻혔다. 이따금 물이 둑 위로 튀어 올라왔다. 그 때문에 둑 가장자리는 진흙투성이였다.

"대단하네요." 바비가 입을 열었다. "폭우가 쏟아졌던 것 같군요."

길이 다시 꺾였다. 꼬불꼬불한 데다 오르막이었다. 낙석이 여기저기 흩어지고 빗물에 흙이 쓸려 나가서 길이 울퉁불퉁했다. 자동차가 심하게 흔들렸지만 엉뚱한 데로 미끄러지지는 않았다. 얼마쯤 가자 평지가 나타났다. 시야가 넓어졌다. 마침내 자동차는 '사냥꾼 쉼터'에 도착했다. 방부제 냄새가 나는 사무실 겸 창고에 간판이 달려 있었다. 나지막한 건물 두 채가 나란히 서 있는 '사냥꾼 쉼터'는 식민지 양식과 튜더 왕조 양식을 복합적으로 흉내 내어 지은 건물이었다. 기와지붕과 굴뚝과 허술한 여닫이 창문이 인상적이었다. 건물 아래쪽에는 씨앗을 머금은 꽃이 만발했다. 최근에 내린 비로 꽃들이 고개를 숙이고 있었다.

마당에는 흰색 폴크스바겐이 세워져 있었다. 젖은 모래에 새겨진 바큇자국으로 보아 방금 도착한 것 같았다. 아까 바비와 린다가 경치를 감상할 때 요란스럽게 경적을 울리며 지나간 폴크스바겐이 틀림없었다. 선글라스를 쓰고 카키색 바지에 흔한 스포츠 셔츠를 걸친 운전사는 마흔쯤 되어 보이는 작고 통통한 남자였다. 그는 건물 안으로 들어가려 하지 않았다. 두 사람을 기다린 듯 차 옆에 서 있었다.

바비는 옆자리에 앉은 린다가 그 남자를 보고 활기찬 표정을 짓는 걸 보고 자기도 모르게 고개를 갸웃거렸다. 왜 자신이 아무런 거리낌 없이 이곳으로 달려왔는지 의아하기만 했다. 바비는 언짢은 표정을 지어 보이려고 애썼다.

"커피를 마시기엔 좀 늦은 것 같습니다."

폴크스바겐 운전사가 말했다. 말투에 별 특징이 없는 평범한 미국인이었다.

"점심을 먹기엔 그리 늦지 않은 듯한데요."

린다가 말했다.

바비는 조심스레 주차를 하면서 애써 얼굴을 찡그려 우울한 표정을 짓느라 두 사람의 대화에 끼어들 기회를 놓쳐 버렸다.

"바비." 린다가 불렀다. "혹시 카터를 알아요?"

바비는 차 문을 닫는 척하며 그들을 쳐다보지 않았다.

"아니, 모르는데요."

"그래요? 그럼 인사해요. 이쪽은 카터예요."

"셔츠가 멋지군요, 바비."

카터가 선글라스를 벗고 바비에게 손을 내밀었다. 바비는 린다가 이미 카터에게 자기에 대한 이야기를 했다는 걸 알아챘다.

"점심은 12시부터랍니다." 카터가 말했다. "하지만 주문하면 지금도 식사할 수 있을 겁니다. 보면 아시겠지만 손님이 별로 없거든요. 점심 드실 거죠? 제가 가서 주문하고 오겠습니다."

"아니, 내가 갈게요."

바비가 말했다. 그러고는 홀 쪽으로 걸어갔다.

"사무실로 가세요, 바비." 카터가 소리쳤다. "주문은 사무실에서 받으니까요."

바비는 고개를 오른쪽으로 돌리고 살짝 미소 지었다. 잠시 어디로 가야 하는지 깜빡 잊었다는 뜻의 미소였다. 하지만 그는 곧 미소 지은 것을 후회했다. 바보처럼 보였을 것 같아서였다.

바비는 왼팔을 옆구리에 딱 붙이고 입을 굳게 다문 채 사무실 쪽으로 걸어갔다. 그의 원주민 셔츠가 바람에 펄럭였다. 그는 마당을 가로질러 사무실로 쓰이는 작은 통나무집 계단을 올라갔다.

자그마한 카운터 뒤에 중년의 백인 여자가 서 있었고, 그 뒤로 영국 스타일로 머리를 빗은 대통령 사진이 걸려 있었다. 여자는 오른팔에 깁스를 했는데, 왼손으로는 부지런히 무언가를 적고 있었다. 그러다 바비를 흘끔 쳐다보고는 하던 일을 계속했다. 다른 나라에서라면 충분히 있을 수 있는 일이었다. 하지만 아프리카에서는 백인을 홀대하는 일이 거의 없었다. 빛이 닿지 않는 사무실 한쪽 구석에 아프리카인 하나가 미소 띤 얼굴로 앉아 있었다.

아침에 봤던 트럭 안의 노동자들과 차림이 비슷했다. 그런데 가만 보니 다른 사람이 버린 옷을 주워 입은 것 같았다. 줄무늬 갈색 재킷은 군데군데 얼룩져서 지저분했고, 넓은 옷깃도 더러운 데다 아무렇게나 구겨져 있었다. 하지만 옷이 몸에 딱 맞아 보였다. 때에 절고 올이 거칠어 보이는 스웨터도 몸에 맞는 것 같았다. 땀이 밴 자국에 기름때가 지고 목둘레가 시커먼 셔츠도 또 다른 피부인 듯 몸에 꼭 맞아 보였다. 왕관 장식이 달린 펠트 모자를 쓴 길 위의 아프리카인들 얼굴에는 그림자가 드리워져 있었다. 그 검은 얼굴들에는 아무런 표정이 없었다. 그런데 사무실에 앉아 있는 아프리카인은 꼭대기가 둥근 모자를 손에 든 채 얼굴을 훤히 드러내 놓고 있었다. 사진 속의 대통령처럼 평범한 얼굴이었다. 어떻게 살아왔는지 쓰여 있는 것이 아니라 대충 나이만 짐작케 하는 얼굴이었다. 하지만 눈동자는 생기가 넘치고 풍부한 감정을 담고 있었다.

카운터의 여자를 향하던 아프리카인의 시선이 어느새 바비

쪽으로 돌려져 있었다. 미소가 엷게 번져 있는 얼굴이었다. 바비는 그를 보고 미소 지었다. 하지만 아프리카인은 바비의 미소에 아무런 반응도 보이지 않았다. 마치 미소를 지은 채 표정이 그대로 굳어져 버린 것 같았다.

"점심 식사 3인분 부탁합니다."

"식사는 12시부터예요."

여자는 아프리카인을 앞에 두고 바비와 말을 섞기 싫다는 듯 퉁명스레 내뱉고는 다시 고개를 숙였다.

바비는 사무실 밖으로 나왔다. 린다와 카터의 모습은 보이지 않았다. 바비는 고개 숙인 꽃들이 늘어선 오두막 사이의 자갈길을 걸어 내려갔다. 오두막 문 앞마다 비에 젖은 유칼립투스 장작이 쌓여 있었다. 회색과 검정색 털이 뒤섞인 늙은 스패니얼 한 마리가 장작 주위에서 킁킁거리며 냄새를 맡았다. 오두막 건너편은 숲이었다. 울퉁불퉁하게 솟은 땅은 숲 쪽으로 기울어 있었다. 숲을 가로질러 흐르는 시냇물 소리가 요란했다. 뿌리가 죽은 하얀 나뭇가지를 따라 흐르는 물줄기가 한눈에 들어왔다.

바비는 시냇가로 내려갔다. 나무토막이며 잔가지 등이 둥둥 떠내려왔다. 둑 위에 올라서자 시뻘건 물줄기 아래로 둥글넓적한 돌들이 깔려 있는 광경이 훤히 보였다. 바로 징검다리였다. 비가 심하게 내리지 않을 때 이처럼 정갈하게 정돈된 정원에서 징검다리를 건너면 그런대로 재미있을 것 같았다. 조금 위쪽에 부서진 벽돌담이 보였다. 오래전 물살에 휩쓸려 담장 한가운데가 뻥 뚫려 있었다. 최근에 생긴 것 같은 틈을 통

해 냇물이 정원 쪽으로 흘렀다. 그 바람에 백합꽃이 흐드러지
게 핀 꽃밭이 늪지처럼 변해 버렸다. 나뭇가지 틈으로 비쳐든
햇빛에 하얀 꽃들이 밝게 빛났다. 물살에 밀려 납작 엎드린 잡
초들 위로 순수하게 반짝이는 꽃들이 마치 가위로 오려 붙인
듯 두드러졌다. 그곳까지 흘러 들어온 물은 이제 천천히 웅덩
이 물로 바뀌고 있었다.

백합꽃들이 한꺼번에 색을 잃은 것처럼 보였다. 나무 그늘
이 점점 짙어졌다. 거의 늪으로 변한 정원에는 정적만 감돌았
다. 물살은 아까보다 거칠었다. 반대편 둑에 선 나무들도 검게
보였다. 가지와 잎이 축 늘어져 있었다. 동화에 나오는 나무
처럼 현실감이 없었다. 닥치는 대로 벌목한 바람에 원주민들
이 자취를 감춘 자리에 백인들이 새로 나무를 심고 가꾸었는
데, 다행히 자연 그대로의 모습으로 돌아와 있었다. 풍경의 미
술적 효과를 노리고 숲을 조성했으나 지금은 사람 손이 닿은
흔적조차 남아 있지 않았다. 숲 안으로 들어가면 왠지 위험할
것 같았다. 바비는 헬리콥터로 추적을 당하던 왕을 떠올리며
하늘을 올려다보았다. 먹구름이 몰려오고 있었다. 바비가 서
있는 곳에서부터 170킬로미터는 비포장도로였다.

바비는 숲을 빠져나와 넓은 길로 들어섰다. 그러고는 다시
언덕을 향해 걸었다. 스패니얼은 아직도 장작더미에 코를 박
고 있었다. 녀석이 건드려서인 듯 장작더미 한쪽이 무너져 있
었다. 미소를 짓던 아프리카인은 사무실 밖으로 나와 있었는
데, 여전히 모자를 손에 들고 있었다. 바비는 그가 자기를 바
라보고 있다고 느꼈지만 모른 척하고 돌아섰다. 그러고는 홀

쪽으로 걸어가서 '라운지'라고 적힌 방으로 들어갔다.

무척 길고 넓은 방이었다. 화려한 무늬의 커튼이 드리운 조그만 유리창을 통해 삼림 지대가 또렷이 보였다. 들쭉날쭉한 소나무 숲 너머로 언덕이 있었다. 꾸물거리는 먹구름도 잘 보였다. 방 안의 가구는 죄다 낡았는데, 꽤 오랫동안 방치된 듯 보였다. 이 방에도 영국 스타일로 머리를 빗은 원주민 출신의 대통령 사진이 걸려 있었다. 낡은 잡지도 몇 권 눈에 띄었다. 잡지마다 파티와 무도회 장면, 시골집들과 가구들 사진이 실려 있었다. 외국에 보내는 영국 소개용 잡지 같았다. 보기에 좋지 않은 것들은 걸러 낸 게 분명했다. 바비가 아는 영국의 한 전원 풍경도 실렸는데, 실제 모습은 공업화로 황폐해진 주택촌에 지나지 않았다. 도로가 생기고 철도가 놓이고 공장 건물이 들어서면서 오래된 가옥들이 하나둘씩 헐려 마을 전체가 야영장처럼 썰렁했다. 남아 있는 자연이라고는 자그마한 개천이나 가지 잘린 버드나무 정도였다. 그곳은 도시를 닮은 불모지일 뿐이었다. 하지만 이 방에 들어온 사람은 잡지 속의 사진이 영국의 진짜 모습인 줄 알 터였다.

방은 바비에게 너무 넓었다. 깁스를 한 여자가 있던 좁은 사무실에 비하면 운동장이랄 수 있었다. 예전에도, 앞으로도 이 방에 들어온 사람은 너무 넓다고 생각할 것이다.

누군가 소리쳤다.

"점심 3인분, 맞소?"

심하게 목이 쉰 날카로운 목소리였다. 그런 목소리로 속삭이면 귀에 거슬릴 것 같았다. 아무튼 목소리의 주인공은 중년의 백인인데, 크게 부상을 입은 듯 한쪽 다리와 한쪽 팔에 깁스를 하고 있었다. 금속제 목발을 짚었지만, 제대로 서 있기도 힘겨워 보였다. 걸음을 뗄 때마다 넘어질 듯 위태로웠다.

"자동차 사고였어요." 그가 뽐내듯 의기양양하게 말했다. "번개는 같은 곳에 두 번 치지 않는다는 속담도 있던데……." 그는 고개를 절레절레 흔들었다. "우리 마누라 봤소?"

"사무실에 있는 여자분 말인가요?"

바비가 물었다.

"봤군요." 그는 코미디언처럼 우스꽝스러운 동작을 취했다. "이제는 괜찮소. 조금 근질거릴 뿐이오. 깁스를 하면 이렇게 우스운 꼴이 되죠. 당신도 깁스를 해 봤으면 알겠지만 말이오. 깁스를 풀면 한가운데는 늘 덜 말라 있더군요. 그나저나 남쪽으로 가는 길이오? 거기서 일해요? 단기 계약직인가요?"

설명하면 이야기가 길어질 것 같아서 바비는 얼른 고개를 끄덕였다.

"운이 참 좋은 분이구려. 매달 봉급의 절반은 런던 은행에 저축하겠군요. 안 그렇소? 그 돈은 손대지 말고 그대로 두시오. 지금 관할 지구는 사정이 좋지 않을 거요. 뭔가 말썽이 있을 것 같소."

"말썽이라뇨? 무슨 말썽이죠?"

바비가 물었다.

남자의 태도가 조심스러워졌다. "이곳은 아직 말썽이 일어나지 않았나 보군요." 남자는 대통령의 사진을 올려다보며 고개를 끄덕거렸다. "저 주술사는 그런대로 똑똑한 편이오. 아무튼 이곳은 괜찮을 거요. 관광 사업은 전망이 좋죠. 저 아프리카 친구도 혼자 힘으로는 안 된다는 걸 알아요. 다들 얕보지만 아프리카인들은 바보가 아니오."

바비는 손에 든 잡지를 내려놓았다. 그러고는 방에서 나가려고 걸음을 옮겼지만, 서두르지는 않았다. 그럴 필요가 없었다. 부상당한 남자가 바비를 쫓아왔다. 그러나 바비의 걸음걸이를 따라잡지는 못했다.

아프리카인은 여전히 사무실 밖에 서 있었다. 늙어 기운 없는 스패니얼은 사무실 계단 위에 올라앉아 있었다. 오두막 문간의 장작더미는 이제 완전히 무너졌다. 그 주위에 라벤더가 흐드러지게 피어 있었다. 바비는 라벤더를 꺾으려고 그쪽으로 갔다. 흩어진 장작 사이로 도마뱀 꼬리가 보였다. 몸에서 떨어져 나와 죽은 꼬리였다. 고개를 드니 저 멀리 린다와 카터가 서 있었다. 린다가 바비를 보고 손을 크게 흔들었다. 자갈길을 배경으로 언덕 기슭의 비스듬한 빛을 받아서인지 린다의 파란 바지와 크림색 셔츠가 멀리서도 선명했다. 아침처럼 관객을 앞에 두고 그들 셋이 영화를 찍거나 연극을 하는 것 같았다. 잠시 후 바비는 고개를 획 돌렸다. 사무실 앞에 선 아프리카인이 바비를 바라보더니 혀로 윗입술을 살짝 핥았다.

"손에 든 게 뭐예요. 바비?"

린다가 물었다.

"라벤더요." 바비는 손에 든 라벤더를 린다의 코앞에 들이댔다. "난 라벤더가 좋아요. 이렇게 말하니까 여자처럼 보이나요?"

바비의 말에 린다가 웃었다. 상한 이가 처음으로 훤히 드러났다.

"그렇진 않아요. 조금 상투적으로 보이긴 하죠."

천장이 높은 목조 식당으로 들어설 때, 그녀와 바비와 미국인 가운데 가장 명랑한 사람은 린다였다.

*

세 사람은 휑한 식당의 한쪽 끝, 높다란 벽난로 옆의 테이블 앞에 앉았다. 불을 피우지 않았지만 난로 안에는 장작이 쌓여 있었다. 보이가 다가와서는 포크와 나이프를 이리 놓았다 저리 놓았다 했다. 손님이 오지 않아서 오랫만의 일이 손에 익숙지 않은 듯 우왕좌왕하는 모습이었다. 입고 있는 흰 셔츠도 무척 지저분했다. 때에 전 검정 나비넥타이도 삐딱하게 매여 있었다. 보이가 물러나자 카터가 입을 열었다.

"당신네 식민주의자들은 아주 잘해 왔어요."

"그것 참 반가운 말이네요." 린다가 말했다. "요즘은 웬만해선 그런 말 못 들어요. 당신이 말하니까 아주 비중 있게 들리네요."

"여기에 앉아 있으니까 식민주의자들이 모두 대단한 인물들이라는 생각이 드는군요. 뭐랄까, 거인들이라고나 할까요? 그래요, 거인들. 그래서 우리를 위해선 불을 지펴 주지 않는 것 아니겠어요? 그들에 비하면 우리는 애송이들이니까요."

카터가 말했다.

바비는 빵을 쪼개며 자기들이 초라하게 보여서 무시하는

것일지도 모른다고 생각했다.

보이가 잔뜩 겁먹은 표정으로 수프가 담긴 접시를 양손에 하나씩 들고 왔다. 그는 접시 가장자리를 꼭 쥐고 몸을 굽힌 채 다리를 번쩍번쩍 들며 걸었다. 그가 걸을 때마다 발목 끈을 느슨하게 묶은 커다란 샌들이 금방이라도 벗겨질 듯 크게 흔들거렸다. 그 모습을 본 카터가 말했다.

"이 애는 우리 나라에서 흔히 보는 소년 같군요."

그제야 생각났다는 듯 린다가 바비에게 말했다.

"바비, 카터한테 들었는데 지금 남부 관할 지구는 오후 4시부터 통행금지래요. 군부에서 들고 나선 것 같아요."

"아프리카 군대는 그런 데 쓰라고 있는 거예요." 카터가 말했다. "이를테면 시민 진압용이죠."

"통행금지니까 우리는 대령 집에서 자야 될 것 같아요." 린다가 말했다. "아니면 여기서 자든지요."

"여기서 자면 보이가 당신을 위해 불을 지펴 줄 겁니다."

카터가 바비를 향해 말했다.

카터는 어금니가 좋지 않은지 개처럼 머리를 접시에 박고 한입 크게 음식을 베어 물고는 턱을 움직이며 먹었다. 그러면서 씩씩거렸다. 음식이 무척 뜨거워서 그러는 모양이었다. 그가 음식을 꿀꺽 삼키고는 다시 입을 열었다.

"나는 아직도 '보이'라는 말이 입에 붙지를 않아요."

"도리스 마셜은 자기네 집 심부름꾼을 '하우스보이'라고 불렀어요."

린다가 말했다.

"보통 그렇게 부르지 않나요?"

바비가 물었다.

"그 여자는 그렇게 불렀다가 결국엔 '사환'이라고 부르더군요. 그런데 아무래도 적절한 것 같지 않아요."

린다가 말했다.

"루크는 그렇게 부르면 화를 내요. 나한테 그랬어요. '난 사환이 아니라 하우스보이예요.'라고요."

바비가 말했다.

"도리스 마셜이 누구죠?"

카터가 물었다.

"남아공 여자예요."

린다가 대답하고는 음식을 입에 넣었다. 카터는 무슨 소리인지 모르겠다는 표정이었다.

"루크는 바비 씨네 하우스보이고요."

린다가 덧붙여 말했다.

바비가 린다를 바라보며 입을 열었다.

"내가 보기에 그 여자는 자기가 흑인들을 위해 비상한 노력을 기울인다고 믿는 것 같아요."

"바비!"

린다가 책망하듯 소리쳤다.

"왜 그래요? 내가 좋아하는 얘기를 하는데……. 하인에 대한 얘기 말입니다."

카터가 말했다.

"그런가요? 외지에서 온 사람들은 다 그런가 보군요."

바비가 말했다.

카터는 아무런 대꾸도 하지 않고 음식만 먹었다. 그러다 외지에서 왔다는 걸 강조라도 하듯 식당을 둘러보며 말했다.

"나는 이런 곳에서 영국 분위기가 나는 걸 참을 수가 없어요."

린다는 이렇게 말했다.

"서아프리카에 갔더니 만나는 사람마다 그러더군요. 우리는 하나같이 못돼 처먹은 식민주의자들이라고요. 자기들에 비하면 프랑스 사람들은 선량하대요. 그럴 만도 해요. 프랑스령에 가 보니까 정말 그렇더라고요. 여기에서 보는 흑인들과 똑같은 흑인들이 모두 길에 나와 앉아 있었어요. 프랑스빵에 적포도주를 마시고 머리에는 우스꽝스러운 베레모까지 쓰고 말이에요."

"그럼 우리도 그렇게 봐줘야겠군요."

바비가 말했다.

카터는 바비를 노려보았다. 그 얼굴에는 바비에 대한 반감이 노골적으로 드러나 있었다.

"당신들은 이미 그렇게 하고 있지 않나요?"

비가 내리기 시작했다. 식당은 점점 어두워졌다. 후두둑. 지붕을 때리는 빗소리가 천장에서 쏟아져 내렸다.

"저 진흙탕 길."

린다가 입을 열었다.

"생각만 해도 진저리가 나요. 진흙탕 길에서 미끄러졌잖아요."

"아까 말한 통행금지, 그거 사실입니까?"

바비가 물었다.

"내가 굳이 거짓말할 이유가 있을까요?"

카터가 비아냥대듯 되물었다.

"이유 없이 거짓말을 할 수도 있을 것 같아서 물었던 거요."

바비가 말했다. 린다는 두 사람의 대화를 듣지 않은 척했다. 그녀는 혼잣말하듯 이렇게 중얼거렸다.

"작고 불쌍한 왕." 유치할 정도로 감상적인 어조였다. "작고 불쌍한 아프리카 왕."

이후 대화다운 대화는 더 이상 이어지지 않았다. 셋은 오스트레일리아산 백포도주를 한 병 비웠다. 이윽고 식사가 끝났다. 보이는 한숨 놓은 표정이었다. 바비는 보이가 가져온 계산서를 받았다. 카터의 얼굴이 눈에 띄게 침울했다.

"사무실." 소년이 말했다. "사무실 돈 낸다."

바비는 고개를 끄덕이고 식당에서 나왔다. 아프리카인은 여전히 그곳 좁은 처마 밑에서 비를 피하고 있었다. 쏟아지는 비 때문에 언덕의 윤곽이 흐릿했다. 빗방울이 기와지붕을 타고 흘러내려 꽃밭과 자갈길을 흠뻑 적셨다. 한기가 느껴질 정도로 추운 날씨였다. 바비는 계산을 하고 식당으로 돌아왔다. 식당에는 카터뿐이었다. 둘은 아무 말도 하지 않았다. 카터는 고개를 돌려 비 내리는 창밖 풍경을 멍하니 바라보았다. 린다가 돌아왔다. 아까처럼 명랑한 표정이었다.

이제는 출발해야 했다. 바비는 부산스레 떠날 채비를 했다.

"나는 여기에 좀 더 있을 겁니다."

카터가 말했다.

"또 만나게 되겠죠?"

바비가 그에게 물었다.

"만나게 되면 만나겠죠."

카터가 대답했다.

바비는 빗속을 뚫고 주차장으로 뛰어갔다. 그러고는 린다를 태우러 현관까지 차를 몰고 왔다. 린다가 차에 올랐다. 그녀는 조금 걱정스러운 눈빛으로 카터를 바라보았다. 카터의 뒤쪽으로 그림자 하나가 움직였다. 팔다리에 깁스를 한 백인 남자였다. 그는 무슨 구경이라도 난 듯 상체를 앞으로 굽히고 있었다. 바비가 차를 출발하려고 할 때 팔에 깁스를 한 여자가 사무실에서 나왔다. 여자는 성한 팔로 아프리카인을 가리키며 빗줄기 사이로 바비에게 소리쳤다. 무슨 말인지 알아들을 수 없었다.

바비가 차를 멈추고 창문을 내렸다.

"저 사람 좀 큰길까지 태워 주실래요?"

여자가 다시 소리쳤다.

"잠시만요."

린다가 그렇게 말하고는 뒷좌석 쪽으로 몸을 기울여 자기 짐을 치우기 시작했다.

*

아프리카인이 직접 차 문을 열었다. 그가 타자 차 안에 냄새가 진동했다. 유리창에는 하얗게 김까지 서렸다. 바비는 빗속을 뚫고 차를 몰았다. 린다는 뻣뻣하게 앉아 움직이지 않았다. 바비는 손등으로 앞 유리를 연신 닦았다. 그는 룸 미러를 보다가 미소 짓고 있는 아프리카인과 눈이 마주쳤다.

"자네 여기서 일하나?"

바비는 이곳의 노인들과 대화할 때처럼 꾸밈없는 목소리로 다정하게 물었다.

"응."

"무슨 일을 하지? 일이 뭐야?"

"애니아니스트."

"그게 뭐지? 아, 노동조합원 같은 것이군. 일꾼 조직하고 주인과 협상한다. 돈 많이 받게 하고 일 편하게 한다. 내 말 맞지?"

"그래, 그래. 애니아니스트. 당신 뭐 해?"

"나 여기서 일해."

"나 당신 못 본다."

"난 남쪽에서 일해. 남부 관할 지구."

"그래, 그래. 남쪽."

아프리카인은 이렇게 말하고 크게 웃었다.

"난 공무원이야. 관료지. 기결함도 있고 미결함도 있어. 차 마시는 쟁반도 있고."

"공무원 좋다."

"나도 좋아."

자동차는 바위가 울퉁불퉁 튀어나온 비탈길을 천천히 내려갔다. 빗방울이 앞 유리를 거세게 때렸다. 와이퍼로 닦아도 앞이 잘 보이지 않았다. 아프리카인 하나가 비탈길 기슭을 돌아오는 모습이 보였다. 그는 '사냥꾼 쉼터' 쪽으로 오고 있었다. 자동차가 다가가자 아프리카인은 길옆에 비켜서서 차가 지나가기만을 가만히 기다렸다. 모자를 푹 눌러쓰고 재킷을 걸친 차림이었다.

"비에 흠뻑 젖었군."

바비가 다정하면서도 꾸밈없는 목소리로 중얼거렸다.

"물에 빠진 생쥐 꼴이네요."

린다가 말했다.

"당신 세워."

차 안의 아프리카인이 바비를 향해 말했다.

바비는 룸 미러를 보았다. 뒷좌석의 아프리카인과 눈이 마주쳤다.

"당신 멈춰." 아프리카인이 룸 미러를 응시하며 명령하듯 말했다. "당신 저 사람 태워."

"하지만 우리가 가는 방향과 달라."

바비가 말했다.

"당신 멈춰. 저 사람 내 친구."

바비는 폭우 속에 서 있는 아프리카인 옆에 차를 세웠다. 모자챙을 타고 빗물이 떨어져 아프리카인이 어떤 표정을 짓고 있는지 알 수 없었다. 잠시 후 모자를 벗은 아프리카인의 얼굴은 겁에 질려 있었다. 뒷좌석에 탄 아프리카인이 문을 열었다. 밖에 섰던 아프리카인이 차에 올라탔다. 그는 바비를 '나리'라고 불렀다. 그리고 먼저 탄 친구가 안으로 끌어당길 때까지 좌석의 끄트머리에 조심스레 앉아 있었다.

아프리카인이 둘이나 타자 차가 꽉 차는 것 같았다. 린다는 옆 창문을 열고 숨을 크게 내쉬었다. 빗방울이 그녀의 목에 두른 스카프에 튀었다. 평평한 폴로 경기장은 이제 완전히 물에 잠겨 있었다. 수면 위로 드문드문 솟은 잔디와 갈대 덤불을 보자 그 어느 때보다도 늪 같았다. 폐허가 된 목조 건물은 비 때문에 더욱 어두워 보였다.

"자네 친구도 조합원인가?"

바비가 먼저 탄 아프리카인에게 물었다.

"그래, 그래." 아프리카인이 재빨리 대답했다. "애니야니스트다."

"이런 날씨에는 멀리 다니지 않는 게 좋아."

바비가 말했다.

"안 멀다."

먼저 탄 아프리카인이 말했다.

깊이 파인 차 바큇자국을 지날 때마다 흙탕물이 사방으로 튀었다. 게다가 뻘겋게 거품이 이는 데다 진흙이 한쪽으로 밀려났다. 이따금 차가 미끄러지기도 했다. 얼마쯤 가자 도로는 다시 고속 도로인 제방 쪽으로 이어졌다.

"당신 오른쪽 돌아."

조금 전의 아프리카인이 말했다.

"우리는 왼쪽으로 가." 바비가 말했다. "관할 지구로 가는 거야."

"오른쪽 돌아."

자동차는 시뻘건 진흙길이 모래와 바윗길로 바뀌는 지점에 와 있었다. 도로는 거기에서부터 차츰 오르막이 되면서 고속 도로로 이어졌다. 조금 전의 아프리카인은 여전히 룸 미러를 응시하고 있었다.

"네가 가는 곳이 멀어?"

바비가 물었다.

"멀지 않다. 오른쪽 돌아."

"어휴!"

린다가 몸을 뒤로 젖히고 손을 뻗어 차의 뒷문 손잡이를 잡으며 소리쳤다.

"차 세워요!"

바비는 급히 차를 세웠다. 린다 뒤에 타고 있는 빗물에 흠뻑 젖은 아프리카인이 차에서 내렸다. 바비와 계속 말을 나누던 아프리카인도 차에서 내려 모자를 뒤집어썼다. 그러고는 멍한 얼굴로 바비를 바라보았다. 그 얼굴에는 미소도, 그 어떤 위협도 보이지 않았다. 바비는 그들을 내버려 두고 오르막을 올랐다. 두 아프리카인은 머리 모양이 드러날 정도로 모자를 푹 눌러쓴 채 진흙길 양편에 서서 비를 맞고 있었다.

"냄새가 얼마나 고약한지 미칠 뻔했어요." 린다가 몸서리치면서 말했다. "정말 못 말리는 사람들이에요. 아프리카인들한테 친절한 걸 뭐라 할 수는 없지만, 무턱대고 친절했다가는 죽을 수도 있다는 건 알아야 하지 않을까 싶네요."

바비는 고속 도로로 들어서기 직전 룸 미러를 보았다. 두 사람은 그 자리에 꼼짝 않고 서 있었다.

"마틴과 다닐 때도 가끔 이런 일이 있었어요." 린다가 말했다. "이게 다 그 빌어먹을 의식 때문이에요. 저들은 그 의식을 치르면 사람들이 모두 겁내는 줄 알겠죠."

"하지만 나는 좀 부끄럽네요. 저들 앞에서 그렇게 잘난 척할 것까지는 없었는데 말이에요. 저들이 왜 비를 맞으면서 어슬렁거렸는지 모르겠어요. 부인도 저들이 좀 불쾌하게 했기로 그렇게까지 생각할 건 없지 않았나 싶군요."

바비가 조심스레 말했다.

"좀 불쾌하게 했다고요? 내가 오해했다는 거예요? 저들은 멍청해서 그러는 거라고요. 창문이나 좀 열어요. 사람들이 뭘 먹었는지 오물 냄새가 나서 숨을 쉬지 못하겠더라고요."

굵은 빗방울이 비스듬히 떨어졌다. 바비는 다시금 룸 미러를 통해 고속 도로 위에 서 있는 아프리카인들을 바라보았다. 검은 모습이 무언가를 상징하는 것처럼 보였다. 룸 미러에 비친 그들은 점점 작아졌다. 아스팔트 위로 쏟아지는 빗줄기 탓에 그들 모습은 흐릿했다. 잠시 후 아프리카인들이 걷기 시작했다. 둘은 고속 도로를 벗어나 진흙 길로 들어섰다. '사냥꾼 쉼터'로 가는 게 분명했다. 린다는 그들의 모습을 보는 것 같지 않았다. 바비는 그들에 대해 더 이상 린다에게 말하지 않기로 했다.

4

"당신은 너무 감상적이에요."

린다가 말했다.

"미안해요, 모질지 못해서."

바비가 말했다.

"당신은 그들에게 미안해하고 있어요. 그들을 동정한다고요. 계속 친절하게 대하고 좋은 말로 용기를 북돋워 주죠. 자신이 어떤 상황에 있는지도 모른 채 무턱대고 새미 키세니 같은 원주민 출신들만 가까이하고 있어요. 아, 이제는 창문 닫을게요. 마셜네 사람들이 아프리카 냄새에 대해 한 얘기가 있는데, 당신도 들어 봤죠?"

린다가 창문을 닫으며 물었다.

"제대로 들었어야 했는데 그러지 못했네요."

"정말 냄새가 독특해요."

"솔직히 난 아프리카에 대해서 냄새가 어쩌고저쩌고 떠드는 인간들과는 상종하고 싶지 않아요." 바비가 짐짓 단호하게 말했다. "그런 인간들은 마사이족에 대해서도 이러니저러니 아주 쉽게 말하죠."

"어쩌면 당신 말이 옳을지도 몰라요. 하지만 내가 지나치게 예민하단 생각은 해 본 적 없어요. 마셜네 사람들이나 다른 사람들이 어쩌고저쩌고하는 아프리카 냄새도 사실은 맡아 본 적이 없죠. 그런데 이번 여행길에 확실하게 냄새를 맡았어요. 한 삼십 분쯤 됐나요? 야채 썩은 냄새 같았어요. 아프리카 사람들 냄새가요. 그 냄새와 비슷했다고요."

문이 꼭 닫힌 데다 더운 실내에 있으면 그런 냄새가 났다. 하지만 바비는 그런 냄새가 좋았다. 그는 이렇게 말했다.

"아무래도 부인은 이제 남쪽으로 내려갈 때가 된 것 같군요."

"바비, 당신은 역시 감상적인 말만 하네요. 지난번 대통령이 관할 지구에 왔던 거 알죠? 그때 모인 사람 중 마른 사람은 모두 백인이었어요. 뚱뚱하게 살찐 건 죄다 흑인이었고요."

"부인이 언제부터 흑인들이 살찌는 것에 신경을 썼는지 궁금하군요."

"원주민들은 몸이 좀 말라야 된다는 게 내 생각이에요. 당신은 믿지 않겠지만, 새미도 영국에서 돌아왔을 때는 부지깽이처럼 깡말라 있었어요. 마틴이 스튜디오 구경을 시켜 줄 때만 해도 마이크랑 문손잡이도 구분 못 했고요. 나중에 마틴이 뭐라고 한 줄 알아요? 사실 이건 말하기 좀 곤란한데, 뭐 말이 나왔으니 하죠. '저 주술사 본인을 위해서 말해 주고 싶은데, 몸에서 스컹크 같은 냄새가 나.' 이랬어요. 당신도 알 거예요. 그런 말 하면 말한 당사자도 민망하다는 거요. 그런데 말이에요, 대통령한테도 보고한다고 했어요."

"오, 이런!"

"그 말 듣고 얼마나 당황했는지 몰라요. 내가 이런 말을 한 것도 소문나면 난 즉시 추방당할 거예요. 뭐, 차라리 그렇게 됐으면 하는 마음도 없지는 않아요."

"셋이서 점심을 먹는다는 거 아무래도 좋은 아이디어는 아니었던 듯하네요."

"그럴지도 모르겠네요."

"부인의 견해가 오늘 아침부터 자꾸 변하는 것 같아서 말입니다."

"견해요? 나는 내가 무슨 견해를 갖고 있는지도 잘 모르겠어요. 정말이에요." 린다의 목소리가 점점 작아졌다. "그러니까 추방당해도 괜찮을 것 같다는 얘기예요. 부소가 크소로한테 한번 말해 볼까요?"

바비는 린다의 농담이 마음에 들지 않았다. 공연히 상대방을 떠보는 것 같은 말은 듣고 싶지 않았다. 그는 차를 빨리 몰기 시작했다. 젖은 도로를 달리기에는 조금 위험한 속도였다.

"동물은 늘 그 최후가 슬프다더군요."

바비가 말했다.

"바비, 이제 보니 당신은 낭만적인 말까지 할 줄 아네요."

바비는 더 이상 대꾸하고 싶지 않았다.

빗줄기가 점점 가늘어졌다. 구름이 서서히 걷혔다. 도로가 은빛으로 빛나기 시작했다.

*

앞쪽 도로 위에 장애물이 보였다. 경찰 지프차였다. 그 주위에 망토를 걸친 경찰관들이 몇 명 서 있었다. 얼룩말처럼 줄무늬가 그려진 나무 방책 두 개가 도로를 막고 있었다.

린다가 말했다.

"이게 말로만 듣던 도로 봉쇄라는 거군요."

바비는 경찰관과 대면할 준비를 갖추고 속도를 늦추었다. 어느새 그의 얼굴에는 미소가 번져 있었다.

"바비, 너무 친근하게 굴지 마요. 검정 제복에 망토까지 두르고 모자를 쓴 모습 좀 봐요. 저 경찰관들은 영국 물이 잔뜩 들었다고요. 저들 중에 대장은 뚱뚱한 남자일 거예요. 촌스럽게 멋을 낸 저 남자요."

린다가 말한 남자가 책임자인 것 같았다. 바비는 남자를 본 순간 화가 치밀었다. 남자는 젊은데도 얼마나 잘 먹고사는지 배가 불룩 튀어나와 있었다. 게다가 머리에는 짙은 갈색 펠트 모자를 얹고, 경찰복인 듯한 망토 아래 꽃무늬 스포츠 셔츠까지 입고 있었다.

책임자처럼 보이는 남자가 제복 차림의 두 경찰관과 함께 도로 중앙선을 따라 차로 다가왔다.

바비는 창문을 열고 남자를 향해 말했다.

"난 정부 관리요. 남부 관할 지구의 오구나 왕가 버트르 씨 부서 소속으로 있소."

스포츠 셔츠 차림의 경찰관이 입을 열었다.

"면허증."

운전면허증을 살피는 경찰관의 입술과 혀가 소리 없이 움직였다. 팔꿈치를 옆구리에 꼭 붙이고 서 있는데, 이따금 배가 가볍게 오르락내리락했다.

"관할 지구 통행증은 전면 유리에 붙어 있소."

바비가 말했다.

"보닛을 열고 차 열쇠 좀 주시오."

바비는 레버를 당겨 보닛을 연 뒤, 차 열쇠를 건넸다. 제복을 입은 경찰관들이 보닛과 뒤쪽 트렁크를 열고 살폈다. 그러는 동안 스포츠 셔츠 차림의 경찰관은 차 문 옆에 놓인 쿠션을 톡톡 두드렸다. 그리고 좌석 시트 사이를 더듬어 보았다. 그런가 하면 린다의 트렁크를 열어 그 넓적한 손으로 얇은 내용물들을 꾹꾹 눌러 보기도 했다. 그러고 나서는 이렇게 말했다.

"실례했습니다."

이 말은 가도 좋다는 뜻이었다. 차가 움직이기 시작하자 그 경찰관은 미소를 지으며 황급히 모자를 벗어 들었다. 마치 훈련받은 대로 실습하는 것 같았다. 모자가 살짝 얹혀 있던 머리는 영국식 스타일로 잔뜩 멋을 부려 빗겨져 있었다. 수북이 넘겨진 머리칼이 납작한 가르마 반대편과 대조를 이루었다.

"그나마 저 사람이 '우리 편'이라 위안이 좀 됐어요." 차가 얼룩말 무늬의 방책 사이를 빠져나올 때 린다가 말했다. "우리가 무기를 숨겨 오지 않았는지 검사하는 걸 거예요. 관할 지구로 무기를 밀수하는 사람들이 있다면서 윗사람들이 걱정을 많이 한다더군요. 여행자라든지 뭐 그 비슷한 사람들을 통해서요. 왕의 궁궐 안에 어마어마한 무기고가 있다는 소문도 있어요. 그나저나 저 경찰관들은 뜻밖에도 공손하군요. 그렇지 않나요?"

"하지만 그 사람들은 수도에서 왕을 찾고 있었던 것 같아요. 안 그래요? 어젯밤 소문에 왕이 택시를 타고 도망쳤다는데요."

도로 봉쇄, 경찰관들, 검정 망토에 달라붙은 빗방울, 드넓게 펼쳐진 도로, 안전 문제…… 이런 것들로 머리가 복잡해진 바비의 목소리는 한껏 흥분되어 있었다.

"분명히 사이먼 루베로가 그렇게 하라고 지시했을 거예요. 그 사람은 대국민 홍보 같은 것에 신경을 꽤 많이 쓰니까요. 사람들은 홉스가 도와주니까 그가 그나마 그렇게 된 거라고

하더군요. 하지만 작년 회의에 참석해서 그를 보니 크게 달라지지 않은 것 같았어요. 얼마 전 신문에 그의 인터뷰 기사가 실렸지요. 그런대로 봐줄 만하더군요."

"「이 분간의 침묵」이란 그 코너 말인가요? 그걸 봤더니 우리 모두에게 무언가 준비를 하라는 식이더군요. 사이먼은 너무 영국적이에요."

"그래서 나쁠 건 없잖아요? 그 사람의 경우는 말이오."

"실례했습니다."

린다가 경찰관의 말투를 그대로 따라 했다.

"통행금지는 틀림없이 있을 것 같아요, 안 그래요? 하지만 우리는 백인이고 정치적으로 중립이니까 별문제 없을 겁니다. 그런데 우리가 지금 엉뚱한 방향으로 날아가는 것 아닌지 모르겠네요. 이 길로 가는 사람이 거의 없군요."

바비는 정말로 날아갈 듯이 달리고 있었다. 검문을 받은 뒤 아프리카의 봉쇄된 위험한 도로를 빠져나가는 것처럼 흥분되었던 것이다. 도로 한쪽에 잎이 다 떨어진 키 큰 용설란이 촛대 모양으로 죽 늘어서 있었다. 이제는 비도 완전히 멎고 구름은 하늘 높이 올라가 있었다. 여기저기 햇빛이 비쳤다. 완만하게 굽은 도로가 눈부신 녹색 수풀과 나란히 이어져 있었다. 멀리 떨어진 숲의 푸른빛이 보이다 안 보이다 하면서 끝없이 펼쳐졌다.

바비가 연료 게이지를 들여다보며 말했다.

"에셔에 가서 연료 좀 넣어야겠어요."

"아시아인 배척 운동이 생각나네요. 당시 거주 구역에서는 모두 탱크에 기름을 가득 채워 놓았어요. 언제든 국경까지 도망갈 수 있게 말이에요."

"맞아요."

"정말 난리도 아니었죠. 매일 BBC에서 떠들어 댔어요. 공중 보급을 받을 수 있도록 요청해야 한다느니, 통조림 식품을 사다 놓아야 한다느니 떠들어 대며 캠페인을 했죠."

"그땐 나도 통조림을 사다 놓았어요."

린다의 얼굴에는 점심을 먹고 난 뒤의 노곤한 기운이 퍼져 있었다. 와인까지 마신 데다 하루 종일 차를 타서 더 그런 것 같았다. 얼굴이 창백하니 무척 피곤해 보였다. 눈 아래에는 검은 그늘이 졌고, 햇빛에 탄 광대뼈 부위는 얼룩처럼 갈색에 가까운 누런색으로 변해 있었다.

그녀가 말했다.

"이 햇빛 아주 드라마틱하지 않나요? 마음에 들어요. 저 용설란 좀 봐요. 처음 이곳에 왔을 때는 모든 것이 공허하게만 보였어요. 갈색의 자그마한 집만 띄엄띄엄 있을 뿐, 아무런 일도 일어난 적이 없는 조용한 곳 같았죠."

린다의 목소리를 들으면 그녀가 대체 무슨 생각을 하는지 알 수 없었다. 그녀는 자기의 말에 취해 있었다. 바비는 그 사실을 눈치챘다.

"여기서 무슨 일이 있었는지는 아무도 모를 거예요. 하지만 우리 가운데 몇 명은 알죠."

바비가 말했다.

"아시아인 배척 운동 당시 여기서 스물, 아니 서른 명 정도가 죽었어요. 뜨거운 햇볕 아래 이리저리 끌려다니며 고통을 당한 건 비단 덴마크 낙농 수출업자뿐만이 아니죠. 그런 일들은 신문과 라디오에 보도되지도 않았어요. 하지만 어딘가에 기록되지 않았을까 싶어요. 암암리에 말이에요. 이를테면 블랙리스트처럼요. 그 양도 꽤 많을 거예요."

바비 생각에 린다는 자기가 무슨 말을 하는지 신경을 쓰지 않는 것 같았다. 그녀는 무언가 다른 걸 염두에 두고 있는 듯했다. 바비가 보기에 그녀는 특별한 이유도 없이 그의 기운을 꺾으려는 것 같았다. 자신의 불쾌한 기분을 상대방에게 옮기려는 것처럼 보였다. 그런 생각을 하자 조금 전에 느꼈던 흥분이 가라앉았다. 바비는 자신의 가라앉은 흥분을 린다가 일으키기를 기다리는 꼴이 됐다고 생각했다.

"당신은 지진이 일어났을 때 여기 와 보지 않았죠?" 린다가 말했다. "나는 와 봤어요. 어느 날 아침 하우스보이 한 명이 내게 와서 울먹이며 말했어요. 지진이 일어난 마을 중 한 곳에 자기 가족이 산다고요. 나는 그 애를 데리고 경찰서로 달려갔어요. 그 마을에 사고가 났으면 사상자 명단이라도 볼 수 있지 않을까 싶어서요. 그런데 그런 것도 없었지만 경찰관이 아주 불친절하더군요. 나는 일주일 내내 여기저기 돌아다니며 알아봤죠. 하지만 명단 같은 건 어디에도 없었어요. 시간이 좀 지나자 나도 그랬지만 하우스보이 그 애까지 걱정을 하지 않았어요. 「이 분간의 침묵」도 그 지진에 관해서는 단 한 줄도 언급하지 않았죠. 라디오에도 그런 뉴스는 나오지 않았고요. 모두 약속이나 한 듯 지진에 관해서는 싹 잊어버린 것 같앗어요. 사람들에게 물으면 '지진이 났었다고? 언제?' 이런 식의 반응이었죠. 어쩌면 그때 사람들이 죽지 않았을지도 몰라요. 설령 죽었다고 해도 크게 신경 쓰지 않았겠죠. 그 하우스보이도 공연히 관심을 끌어 보려고 그랬을 수 있고요. 여기에선 무슨 일이 일어나도 다들 대수롭게 생각하지 않아요. 다른 곳이라면 난리가 날 일도 말이에요. 그렇기 때문에 여기에서는 뉴스란 게 있을 수 없어요. 아마 새미 키세니가 매일 주기도문을 방송하고 그걸 뉴스라고 우겨도 따질 사람은 별로 없을 거예요."

바비는 린다의 말을 듣고 마틴이 이런 식으로 자주 비꼬아 말하는 모양이라고 생각했다. 그는 자기 생각을 밝힐까 하다 그만두고 이렇게 물었다.

"뉴스가 될 만한 일이 아니라서 그런 것 아닐까요?"

"그런 걸로 당신과 논쟁을 하고 싶진 않아요. 내가 무슨 말을 하려는지 알죠?"

"좋아요. 에셔에 들러 연료나 넣읍시다."

"머리가 아파 정신이 없는 것 같네요."

린다가 사과하는 듯한 목소리로 말하고는 바닥의 백을 집어서 무릎 위에 놓았다. 잠시 후 그녀는 손거울에 비친 자기 얼굴을 보더니 "어머, 세상에!" 하고 한숨을 쉬었다. 그러고는 우울한 기분을 떨쳐 버리려는 듯 빠른 손놀림으로 화장을 고치기 시작했다.

이제 그녀의 얼굴에서 지친 기색은 찾아볼 수 없었다. 그녀는 머리를 매만지고 스카프를 새로 묶었다. 그녀의 팔 피부는 아직 싱싱했다. 셔츠의 짧은 소맷자락이 위로 들려 말끔하게 면도한 겨드랑이에 난 사마귀가 훤히 보였다. 이윽고 그녀는 선글라스를 쓰고 의자 등받이에 몸을 기댔다. 편한 자세를 취해서인지 어느 때보다 안정돼 보였다. 하지만 바비는 그녀와 함께 있는 것 자체가 불편하기만 했다.

*

3킬로미터마다 하나씩 서 있는 도로 표지석에 '에시'라는 지명이 적혀 있었다. 얼마쯤 더 가자 영국식으로 고안된 표지판이 나타났다. 영국에서 만들어 가져온 것 같았다. 표지판에는 '에서'라고 제대로 쓰여 있었다. 하지만 눈앞에는 거친 들판만 펼쳐졌다.

도로 너머 철조망 뒤에는 늙은 소나무가 줄지어 서 있었다. 트랙터 자국이 선명한 비포장도로는 고속 도로로 이어졌는데, 그 너머는 거친 들판이었다. 도로 한쪽 옆은 완만한 구릉지대였다.

고속 도로는 꼬불꼬불 커브가 많았다. 반쯤 지워진 도로 표지판이 나타났다. 표지판에는 가까운 곳에 교차로가 있다고 쓰여 있었다. 어느 순간 차가 덜컹거리며 흔들렸다. 차는 어느새 키 큰 유칼립투스 나무가 죽 늘어선 넓은 길에 들어섰다. 나뭇잎에서 빗방울이 뚝뚝 떨어졌다. 쭉 뻗은 나무의 밑동은 껍질이 벗겨져 흉했다. 멀리 보이는 거대한 산봉우리를 배경으로 높이 솟은 언덕이 주변 경관과 어울려 신선한 모습으로 다가왔다. 울타리 안으로 넓게 펼쳐진 목초지를 비롯하여 나지막이 구릉진 대지, 울창하게 우거진 유칼립투스 방풍림, 오랜 세월을 견뎌 온 야생 수풀이 보였다. 하지만 뭔가 부족해 보이는 풍경이었다. 마치 대륙을 할퀴어 생긴 상처가 있는 풍경 같았다.

도로변이 점점 넓어졌다. 저택의 드넓은 정원 안쪽으로 페인트칠이 바랜 별장 몇 채가 보였다. 정원 안에는 아직도 회전목마가 남아 있었다. 고속 도로를 달리던 차는 이내 시내로 접어들었다. 교차로마다 새롭게 흑백 표지판이 서 있었다. 표지판에는 지명을 대신하여 장관들 이름이 적혀 있었다. 교차로는 죽 이어지다가 250미터쯤 떨어져 있는 진흙길에서 끝났다. 수도는 성장 발전을 예상하고 건설되었으나 원래 모습 그대로였다. 초기에 지은 함석과 목재 건물이 낡은 상태로 그 자리에 서 있었다. 자그마한 은행 건물과 자동차 및 트랙터 전시장이 새로 들어선 탓에 옛 건물들이 더욱더 조야해 보였다. 하얀 콘크리트로 지은 나지막한 경찰 초소는 흙탕물까지 뒤집어써서 마치 수도 내 원주민 구역의 임시 막사 같았다.

바비가 들어선 주유소는 독립 이후 이 나라에 진출한 석유 회사 소유였다. 높이 세운 노란색과 검은색 간판에는 국제적으로 통용되는 그림이 굵게 그려져 있었다. 그런데 전화기 그림 위에는 네모난 갈색 종이가 붙어 있었고, 포크와 나이프를 엇갈려 그린 그림에는 크게 가위표가 있었다. 가위표는 엔진 오일이 묻은 손가락으로 그린 게 분명했다. 노란 간판의 아랫부분에도 사무실 흰 벽과 마찬가지로 기름 묻은 손자국이 잔뜩 찍혀 있었다. 깨끗이 지우려다 오히려 더 많은 손자국이 생긴 곳도 있었다. 차양에 덮인 아스팔트 바닥이 기름에 절어 시커멓게 보였다. 차양 바깥 바닥은 군데군데 빗물이 괴어 무지갯빛 얼룩이 있었다.

아프리카인 넷이 주유기 쪽으로 다가서는 차를 바라보고 있었다. 모두 버린 옷을 주워 입은 것처럼 파란색 낡은 작업복 차림이었다. 바비가 차를 세우고 경적을 울리자 그들이 모두 놀란 듯 움찔했다. 그들은 서로 얼굴을 바라보며 나서기를 망설였다. 그중 한 사람은 키가 아주 작았다. 옷이 너무 커서 작업복 가랑이가 축 늘어져 보였다. 발목 부분도 몇 겹으로 접어 올린 탓에 두툼했다.

"화장실 좀 다녀올게요."

린다가 말했다.

그녀는 고개를 푹 숙인 채 종종걸음을 쳤다. 무릎 아래의 바지가 불룩하게 부풀어 있었다. 양쪽 어깨 사이로 기다랗게 땀에 얼룩진 자국이 보였다.

키 작은 사람이 동료와 함께 차로 다가왔다. 그는 축 늘어진 작업복이 거추장스러운지 발길질하듯 걸었다. 그의 손에는 물통과 스펀지, 쇠자루 걸레가 들려 있었다. 잠시 후 그가 아무런 말도 없이 차 유리를 닦기 시작했다.

"화장실 문이 잠겨 있어요."

린다가 돌아와서 말했다. 그러자 키가 큰 편인 아프리카인이 주머니를 뒤적거렸다. 그는 곧 기름때 묻은 엄지와 검지로 시커멓게 얼룩진 열쇠를 꺼냈다. 린다는 말없이 열쇠를 받아

서둘러 화장실 쪽으로 달려갔다.

엔진 오일, 가솔린, 냉각수, 배터리, 타이어……. 바비는 잘한다고 부추기면서 키 큰 아프리카인에게 일일이 지시했다. 그는 사근사근한 목소리로 말하기도 하고 크게 웃기도 했다. 하지만 아프리카인들은 일에 열중한 채 대꾸하지 않았다. 린다가 돌아와서야 바비는 입을 다물었다. 린다는 선글라스로 표정을 감추고 아스팔트 바닥에 서서 도로 너머의 언덕을 바라보았다.

마침내 일이 끝났다. 바비는 돈을 지불하고 린다와 함께 차에 올라탔다. 두 사람은 거스름돈을 기다리면서 키 작은 아프리카인을 유심히 바라보았다. 그는 잠자코 있다가 걸레를 들고 차창 하나를 뿌옇게 만들었다. 린다가 이맛살을 찌푸렸다. 그러고는 한숨을 내쉬었다. 키 큰 아프리카인이 거스름돈을 들고 다가왔다. 바비는 린다가 또 한 차례 한숨을 내쉬면 뭐라고 한마디 해야겠다고 생각했다. 아프리카인은 동전을 하나하나 세어 바비의 손에 떨어뜨렸다. 그런데 거스름돈이 생각보다 많았다. 바비가 낸 액수보다 훨씬 많았다.

"딱하네요."

린다가 속삭였다.

키 작은 아프리카인은 린다의 옆 유리에서 물러나 앞 유리 쪽으로 자리를 옮겼다. 그는 와이퍼를 무지막지하게 당기고 걸레로 유리를 닦기 시작했다. 그의 얼굴과 린다의 얼굴이 단 몇 센티를 사이에 두고 마주했다. 아프리카인은 이마를 잔뜩 찡그리고 열심히 유리를 닦았다. 린다의 얼굴을 보고 있는 것이 아니라는 점을 보여 주고 싶어 하는 표정이었다.

"정말 딱하네요."

바비는 속으로 린다가 한 번만 더 그런 말을 내뱉으면 한 대 쥐어박아야겠다고 생각했다. 그는 더 받은 돈을 돌려주려고 동전을 셌다. 키 큰 아프리카인은 둥그런 손바닥을 내밀고 참을성 있게 기다렸다. 바비는 다정한 목소리로 동전을 하나하나 세고는 팁까지 얹어서 건네주었다. 그러고는 아프리카인을 바라보며 미소 지었다. 그 아프리카인은 동전을 받고 사무실 쪽으로 갔다. 키 작은 아프리카인이 물통을 들고 바비 쪽 앞 유리로 옮겨 왔다.

"바비, 이 남자가 뭘 하고 있는지 좀 봐요."

린다가 말했다.

바비는 린다 쪽 앞 유리를 살핀 뒤, 키 작은 아프리카인을 바라보았다. 아프리카인이 쓰는 쇠자루 걸레는 한쪽은 고무, 다른 한쪽은 스펀지로 되어 있었다. 그런데 양쪽 모두 거의 닳아 있었다. 그런 걸레로 문질러 댄 탓에 유리마다 긁힌 자국이 지저분하게 나 있었다. 그는 열심히 일하는 걸 증명하려는 듯 인상을 쓰면서 바비 쪽 앞 유리를 긁어 댔다.

바비가 보기에 그 아프리카인의 외모는 출중했다. 피부가 흑단처럼 검은 데다 반짝반짝 윤기가 흘렀다. 그것만으로도 왕의 부족이란 걸 알 수 있었다. 바비는 순간 화가 났다. 아프리카인은 바비가 자기를 쳐다보는 걸 알아채고 아까보다 더 심하게 인상을 썼다.

"대체 지금 뭐 하는 거야?"

바비가 거칠게 문을 열면서 소리쳤다. 순간 아프리카인이 문에 부딪혀 비틀거렸다. 그러다 서둘러 차에서 물러서고는 한마디 내뱉었다.

"뭐?"

아프리카인은 무언가 더 말을 하려는 듯 입을 벌렸다. 하지만 아무 말 못 하고 그저 놀란 눈으로 바비를 바라보기만 했다. 어느새 그의 눈가에는 물기가 묻어 있었다. 그의 왼손에는 너덜너덜한 스펀지 조각이, 오른손에는 쇠자루 걸레가 쥐어져 있었다.

"네가 뭘 했는지 좀 봐!"

바비가 다시 소리쳤다.

"네가 내 차 앞 유리에 상처를 냈어. 차 유리창을 다 망가뜨렸다고. 유리를 갈아 끼우려면 돈이 얼마나 많이 드는지 알아? 이거 누가 물어낼 거야? 너야?"

"보험."

아프리카인이 대꾸했다. 그러고는 다시 무언가 말할 듯이 입을 우물거렸지만, 더는 말하지 않았다.

"너 참 똑똑하구나, 보험도 알고. 하긴 너희 부족민들은 모두 똑똑한 편이지. 아무튼 보험이든 뭐든 이건 네가 물어내."

바비는 그렇게 말하면서 아프리카인에게 한 걸음 다가섰다. 그러자 작업복 차림의 아프리카인이 당황한 표정으로 뒷걸음질을 쳤다.

다른 아프리카인들은 잠자코 지켜보고만 있었다. 세 사람 모두 더러운 파란색 작업복 차림이었다. 그중 한 사람은 사무실 문 옆의 하얀 벽에 기대서 있었고, 다른 한 사람은 노란 표지판 앞에 서 있었으며, 나머지 한 사람은 연료 탱크 앞에 서 있었다.

"물어내지 않으면 여기서 쫓겨나게 만들 거야." 바비가 엄포를 놓았다. "너희 부족이 사는 곳으로 돌려보낼 거라고. 여기 책임자 누구야?"

하얀 벽에 기대선 아프리카인이 손을 들었다. 방금 바비에게 거스름돈을 내주었던 사람이었다. 그는 잠시 머뭇거리다가 바비에게 다가오더니 뒷짐을 지고 말했다.

"책임자."

바비는 그 사람에게 직원을 채용하고 해고할 권한이 없을 거라고 생각했다. 아무래도 회사에서 술수를 쓴 것 같았다.

"너희 본사로 편지를 보낼 거야." 바비는 그렇게 말하고 셔츠 주머니에서 봉투와 볼펜을 꺼내 들었다. "너희 윗사람이 누구야? 상사가 누구냐고?"

"관리자. 인도 사람."

"아시아인들이 흔히 쓰는 원격 조종술이군. 그래서 그 사람이 여기에 오나? 너희 지역 관리자 말이야."

"오늘 안 온다. 집에 있다. 저기 산다."

책임자는 바비가 막 운전해 온 시내 쪽을 가리켰다.

"흠, 오늘은 모두 숨었단 얘기군. 그 사람 주소를 말해. 너희 상사 말이야. 어디에 살지?"

바비는 마음이 급한 나머지 봉투에 글씨를 또박또박 썼다가 잠시 멈추고는 약자로 간단하게 쓰기 시작했다. 그러면서 혼잣말처럼 말했다.

"너희 같은 부족민들은 고용하면 안 돼. 너희가 왕이라 부르는 사람이나 너희는 너무 오랫동안 제멋대로 놀아났어. 이제 그것도 끝이야!" 바비는 차 앞 유리로 시선을 돌렸다. "어이, 내 차 앞 유리 좀 봐."

책임자가 유리를 바라보았다. 그는 자신이 유리를 보고 있다는 사실을 바비에게 알리기라도 하듯 몸을 그쪽으로 바짝 숙였다.

작업복 차림의 키 작은 아프리카인은 이제야 자기 잘못을 깨달은 듯 입을 굳게 다문 채 반성하는 표정으로 기름에 얼룩진 바닥을 내려다보았다. 손에는 여전히 스펀지와 쇠자루 걸레가 들려 있었다.

바비는 자기를 쳐다보려고도 하지 않는 그를 보자 다시금 화가 났다. 그는 불쑥 이렇게 내뱉었다.

"이건 경찰에 신고할 일이야! 알아?"

키 작은 아프리카인이 놀란 듯 고개를 번쩍 들었다. 그의 두 눈은 겁에 질려 있었다. 그는 다시 무언가 말하려는 듯 입을 우물거렸다. 하지만 아무 말도 하지 않은 채 먹고살 도구이기는 하나 스펀지고 걸레고 몽땅 내던져 버리겠다는 비장한 태도로 돌아섰다. 그러고는 작업복 자락을 걷어차며 앞마당 끝까지 걸어갔다.

"어이, 나는 정부 관리야!"

바비가 그 아프리카인을 향해 소리쳤다.

아프리카인이 걸음을 멈추고 바비를 향해 돌아섰다.

"네?"

"내가 말하는 중에 건방지게 등을 돌려?"

바비의 원주민 셔츠가 펄럭였다. 그는 오른팔을 굽혀 손바닥을 훤히 보인 채 키 작은 아프리카인에게 다가갔다.

아프리카인은 피하지 않고 그 자리에 서 있었다. 그저 눈을 반짝이며 날아올 주먹을 기다릴 뿐이었다.

다른 세 명도 제자리에 선 채 꿈쩍하지 않았다. 한 사람은 노란 표지판 앞에, 또 한 사람은 연료 탱크 옆에, 나머지 책임자라는 사람은 차 곁에 서 있었다.

"바비."

린다가 바비를 불렀다. 반쯤 열린 차 문을 통해 그녀의 목소리가 들렸다. 바비를 책망하는 기색이 없는 차분한 목소리였다. 마치 바비와 오랫동안 알고 지내온 듯 친근한 목소리였다.

"네가 감히 어떻게 등을 돌릴 수 있냐고?"

"바비."

린다가 차 문을 열었다. 금방이라도 내릴 태세였다.

네 명의 아프리카인들은 모두 제자리에 꼼짝 않고 서 있었다. 바비는 그들이 지켜보는 앞에서 누런 원주민 셔츠를 펄럭이며 차로 돌아왔다. 그는 차를 몰고 앞마당 끝에 가서 멈추었다. 그때까지도 아프리카인들은 여전히 그 자리에 서 있었다.

"빌어먹을 주소." 바비가 말했다. "그걸 어디에 넣었지?"

바비는 단지 암호처럼 *끄적거렸을* 뿐, 아무것도 제대로 적은 게 없는 봉투를 찾아 여기저기 화난 손길로 마구 뒤적였다.

"그런 일 그만 신경 끊어요."

린다가 말했다.

"안 돼요."

"그럼 아까 말한 대로 당신이 직접 본사에 편지를 써 보내요. 저 사람이 말한 주소를 찾아 여기저기 뒤질 것 없이 말이에요."

바비는 여전히 봉투를 찾고 있었다.

잠시 후 그는 급히 시동을 걸었다. 그리고는 파란 연기에 요란한 타이어 마찰 소리를 내면서 왼쪽으로 차를 돌렸다. 그는 지역 관리자에게 따지겠다는 생각을 접고 액셀러레이터를 밟았다. 네 명의 아프리카인들은 여전히 그 자리에 선 채 시내를 빠져나가는 차를 바라보았다.

*

"생각할수록 수치스럽네요."

바비가 아직도 분노가 가라앉지 않는 듯 몸을 들썩이며 말했다.

린다는 아무 말도 하지 않았다.

그들은 도시를 벗어나 잡초가 무성한 공업 단지로 들어섰다. 거대한 콘크리트 창고 서넛과 주유소 하나만 있을 뿐 황량한 곳이었다. 눈앞에 펼쳐진 이차선 도로도 울퉁불퉁했다. 백인을 흉내 내어 크게 웃는 아프리카인의 사진이 붙은 광고판도 빛바랜 채 낡을 대로 낡아 있었다. 다시 고속 도로가 나타났다. 도로 옆의 언덕에는 페인트칠이 되지 않은 자그마한 목조 건물이 죽 늘어서 있었다. 그 옆으로 폐허로 변한 식민지 시대의 플랜테이션 농장이 보였다.

"정말 수치스러워요!"

먹구름이 멀리 떨어진 산의 오른쪽 기슭을 에워싸고 있었다. 그보다 멀리 떨어진 산들은 먹구름에 가려 잘 보이지 않았다. 하지만 왼쪽으로 고개를 돌리자 하늘이 높고 맑아 보였다. 구름 사이로 햇살이 비치면서 물에 젖은 도로가 반짝거렸다. 울타리 안으로 펼쳐진 목초지는 아름다운 초록빛을 띠고 있었다.

바비가 갑자기 브레이크 페달을 밟았으나 주의를 기울인 덕에 차는 도로 밖으로 미끄러지지 않았다. 오가는 차가 없었던 것도 다행이었다. 차의 왼쪽 바퀴는 잔디가 자란 도로 옆 진흙에 빠졌고, 오른쪽 바퀴는 갓길에 걸쳐졌다. 바비는 핸들 위에 엎드렸다. 브레이크 페달을 밟은 순간 그의 이마가 핸들에 가볍게 부딪혔다. 그는 고개를 들고 오른쪽 팔꿈치를 핸들에 얹었다. 그러고는 오른손을 입에 갖다 댔다가 이마를 짚으며 다시 고개를 숙였다.

이윽고 그가 손을 다시 입에 대고 중얼거렸다.

"젠장, 왜 그랬는지 모르겠어요."

먹구름이 이리저리 옮겨 다녔다. 그 때문에 대지가 어두워졌다 밝아졌다 했다. 해 질 녘처럼 어둑어둑했다가 금세 오후의 햇살을 받은 것처럼 밝아졌다.

"끔찍해요." 바비가 손끝으로 입술을 톡톡 두드렸다. "정말 끔찍합니다."

그는 양손으로 핸들을 쥐고 그 위에 몸을 가볍게 기댔다. 그 바람에 원주민 셔츠의 양쪽 소매가 위로 치켜 올라갔다. 그 아래 드러난 그의 팔은 낮 동안 쬔 햇볕 탓에 분홍빛을 띠었다.

린다는 여전히 아무 말도 하지 않았다. 바비 쪽으로 고개를 돌리지도 않았다. 선글라스에 가려져 있어서 그녀의 표정이 어떤지 살필 수 없었다.

바비가 고개를 들었다.

"나는 왕의 부족민들을 잘 알아요." 그가 말했다. "아마 그는 기독교인일 거예요. 일요일이면 교회에 나갈 겁니다. 옷을 말끔히 차려입고요. 셔츠라곤 두 벌뿐이지만 열심히 빨고 다려서 입을 거예요. 아내는 관할 지구 내에서 아이들을 가르칠 수도 있어요. 그 사람도 글을 읽을 줄 알 거예요. 파란색 작업복 뒷주머니에 페이퍼백 같은 소설책을 넣고 다닐지도 모르죠."

바비는 지금 자기의 하우스보이를 떠올리고 있었다. 왜소한 체구의 하우스보이도 왕의 부족민이었다. 그리고 교회에 다녔으며 성경과 교과서 정도는 읽을 줄 알았다. 그는 돈이 생기는 족족 술을 마셨기 때문에 한 달에 보름 정도를 무일푼으로 지냈다. 이따금 숙취로 괴로워하는 모습을 보기도 했는데, 그럴 때면 예민한 상태에서 아무 말도 하지 않았다.

"젠장." 바비가 핸들에 기댄 채 조용히 중얼거렸다. 그의 뇌리에 뉴 슈롭셔의 바가 떠올랐다. "젠장." 어느새 그의 목소리가 달라져 있었다.

"젠장, 왜 저렇게 아름다운 거야?"

그는 푸른 초원을 비추는 햇살의 움직임에 감탄했다.

마침내 린다도 반응했다. 그녀는 고개를 들어 드넓은 초원을 바라보았다.

"내가 왜 그런 짓을 했는지……. 난 그의 마지막 남은 자존심마저 짓밟아 버렸어요."

바비가 말했다.

"아뇨, 난 그렇게 생각하지 않아요." 린다가 말했다. 하지만 그녀는 바비의 눈에 고인 눈물을 보고 이내 태도를 바꾸었다. "아마 그 사람은 뭐가 뭔지도 잘 모를 거예요. 그리고 사실 혼내 줄 필요는 있잖아요. 혼 좀 내 줬다고 큰 문제가 되지는 않아요. 당신도 거기 화장실이 어땠는지 봤어야 해요. 어머, 세상에! 거기 열쇠를 내가 갖고 있네요."

"아무래도 그곳에 다시 가야 할 것 같군요."

"왜요? 왜 가죠? 우리가 가면 그 사람들은 정말로 겁을 먹을 거예요. 경찰을 부를지도 몰라요."

"나는 울음을 터뜨릴지도 모르고요."

하지만 바비의 눈가를 촉촉하게 적셨던 눈물은 어느새 말라 있었다. 그는 겸연쩍게 웃어 보였다.

"글쎄요. 당신이 돌아갔을 때 그들이 모두 웃고 있으면 또 불같이 화를 내지 않겠어요?"

"아무튼 가야겠어요."

"내가 겪은 일이라서 알아요. 이따금 하우스보이들 때문에 비슷한 일들을 겪거든요. 걸핏하면 분유통이 없어져서 한번은 크게 화를 냈죠. 그러고 나서는 집 안에서도 그 사람들 눈치를 살펴야 했어요. 자칫 자살을 할지도 모른다고까지 생각했거든요. 그런데 얼마 지나지 않아서 그들은 아무 일 없는 듯 태평하게 지내더군요. 어느 날인가는 동네 친구들을 다 불러 모아서는 왁자지껄 떠들더라고요."

"우리는 그들이 웃는 걸 나쁜 뜻으로 오해하고 있어요."

바비가 기어 레버를 만지작거리면서 말했다.

"그럴 수도 있죠. 그들은 당황하거나 공감하지 않는다는 걸 웃음으로 표현하는지도 몰라요. 전에 새미 키세니가 그렇게 말했어요. 유럽인들도 그 사람한테 대놓고 그런 얘기를 했겠죠. 하지만 그들은 그냥 웃는 것일 수도 있어요."

바비는 시동을 걸었다.

그때 린다가 비명을 질렀다. 그녀는 셔츠를 걷어 올리고 차 문 쪽으로 몸을 돌렸다.

"벌레에 물린 것 같아요! 뭔지 좀 봐 줘요. 내 눈에는 안 보여요."

바비는 그녀의 몸을 살폈다. 린다는 셔츠를 비스듬히 걷어 올린 채 선글라스 너머로 차 천장을 올려다보았다. 갈비뼈 바로 아래 빨갛게 부어오른 자국이 보였다.

"뭐예요?" 린다가 다급하게 물었다. "뭐에 물린 것 같죠?"

"물린 자국은 보여요. 그런데 뭐에 물렸는지 모르겠어요."

"이게 무슨 꼴이람."

린다는 뻣뻣한 자세 그대로 움직이지 않았다. 바비는 그녀의 맨살을 살폈다. 노출된 피부는 어린아이처럼 촉촉했다. 하지만 얇은 주름이 조금씩 잡혀 있었다. 연약한 갈비뼈와 브래지어가 바비의 눈에 들어왔다. 오늘 하루의 여행을 위해 입은 속옷이 그녀의 작은 가슴을 감싸고 있었다. 파란 바지에 두른 허리띠 아래로도 속옷이 살짝 보였다. 그것도 브래지어와 마찬가지로 수술 후에나 감는 붕대 같았다.

바비는 고개를 숙여 빨갛게 부어오른 상처에 입술을 갖다 댔다. 린다가 천장에 꽂혀 있던 시선을 거두어 바비의 머리를 바라보았다. 린다는 셔츠 자락이 바비의 머리를 덮지 않도록 조심했다. 그를 방해하지 않도록 움직이지도 않았다.

바비는 부어오른 상처를 쪽쪽 빨았다.

"좀 어때요?"

바비가 물었다.

"괜찮아진 것 같아요."

바비가 고개를 들자 린다도 바로 앉아 옷매무새를 가다듬었다.

"방금 내가 한 행위 오해하지 않았으면 좋겠어요."

바비가 말했다.

"오해하긴요? 지금껏 경험한 것 중에서 가장 근사했어요."

"무슨 말을 하는지 모르겠네요."

바비가 액셀러레이터를 밟으며 말했다.

"마치 아기라도 생긴 것처럼 말하는군요."

"여자라면 그렇게 느낄 수도 있는 거예요."

린다가 토라진 어조로 말했다. 바비가 바라던 대로 두 사람 사이엔 제대로 균형이 잡힌 것 같았다. 바비는 린다와 자기가 서로 친구로, 그리고 인격자로 대하는 것이 바람직하다고 생각했다. 이제 두 사람이 탄 차는 도로로 나섰다.

어둠이 더 짙어졌다. 몇 겹으로 겹친 검은 구름이 머리 바로 위에 떠 있었다. 녹색 대지를 비추던 마지막 햇살도 사라져 보이지 않았다. 이윽고 비가 쏟아지기 시작했다. 얼마나 거세게 내리는지 엔진 소리가 들리지 않았다. 도로 위에 빗방울이 튀었다. 비에 가려 주변 풍경은 더 이상 보이지 않았다. 하지만 차 안은 평온할 정도로 아늑했다.

*

"이 긁힌 자국 말입니다." 바비가 입을 열었다. "시간이 지나면 익숙해질 거예요. 어릴 때 어머니가 아끼던 개한테 물린 적이 있어요. 그때는 그야말로 난리도 아니었지요. 나도 어머니도, 심지어 개까지도 어쩔 줄 몰랐어요. 아주 심하게 물렸거든요. 그런데 신기하게도 상처가 두 줄로 나란히 났어요. 장딴지 뒤에요. 그 개는 벌써 오래전에 죽었지만 흉터는 지금까지 남아 있죠. 이렇게 유리에 긁힌 것 같은 자국으로요. 하지만 별로 신경 쓰이지 않아요." 바비는 잠시 입을 다물었다가 다시 말했다. "한번은 의사가 진정제를 주더군요. 겨우 몇 년밖에 안 된 일이에요. 당시는 예전처럼 상태가 나빴어요. 상처가 재발한 셈이었죠. 그 때문에 신경 쇠약에 걸릴 정도로 전전긍긍했어요. 그런 두려움은 지금도 나를 떠나지 않죠."

"진정제요? 어머! 지금도 그런 걸 먹는 건 아니겠죠?"

"내 말 계속 들어 봐요. 의사가 준 진정제, 그 하얗고 조그만 알약이 무슨 해가 될 것 같지는 않았어요. 그런데 이상한 부작용이 나타나더군요. 약을 복용하고 사흘 뒤…… 내 얘기 계속 듣고 싶어요?"

바비가 히죽 웃었다.

"계속해요."

"사흘 뒤 페니스를 보니까 끝이 벗겨져 있었어요."

린다는 그런 말을 듣고도 태연했다.

"어머, 그랬군요."

"마치 불에 덴 것 같았어요."

바비는 여전히 미소를 머금고 있었다.

*

비는 그칠 줄을 몰랐다.

"생각하면 참 신기한 일이에요."

바비가 말했다.

"여기 오기 전엔 운전을 할 줄 몰랐어요. 그런데 병상에 누워 있는 동안 비 내리는 추운 밤거리를 차로 끝없이 달리는 환상으로 마음을 달래곤 했어요. 언덕 위 오두막에 닿을 때까지 달렸죠. 오두막에 들어가서 불을 쬐는 상상을 하면 마음이 평온해졌어요."

"비 내리는 밤에 불이 피워진 따뜻한 오두막이라니…… 정말 낭만적인 상상이네요."

"그래요. 정말 낭만적이죠. 그런데 그런 상상을 하면 마음이 평온해질 것 같지 않나요?" 바비가 조금 비아냥거리는 어조로 말했다. "하지만 정신을 차리고 보니 나는 엉뚱한 방에 있더군요. 모든 게 새하얀 방이었죠. 바람에 가볍게 펄럭이는 커튼도 벽도 침대도 다 흰색이었어요. 높은 곳에 난 창문들은 죄다 열려 있었고요. 창문을 통해 초록빛 언덕이 보였어요. 언덕 아래쪽엔 파란 바다가 펼쳐져 있었고요."

"그리스섬에 있는 병원 얘기처럼 들리네요."

린다가 말했다.

"아마 거기였을 거예요. 나는 모든 걸 포기하고 싶었어요. 아무것도 아닌 존재로 지내고 싶었죠. 나 자신이 유령처럼 변해 가는 걸 지켜보며 아무 일도 하지 않고서 말이에요. 나는 매일 그 하얀 방에서 시간을 보냈어요. 밤에도 멍하니 그 방에 머물렀죠. 그 방의 침대 옆에는 탁자 같은 것도 없었어요. 그래서 손목시계를 바닥에 놓곤 했어요. 그러다 어느 날 아침 실수로 손목시계를 밟았어요. 그 바람에 유리가 깨졌어요. 처음에는 유리를 갈아 끼우려 했는데, 마음이 변했어요. 내 상태가 좋아질 때까지 그냥 차고 다니기로 한 거예요."

"어쩐지 괴기스럽네요."

"깨진 시계를 차고 돌아다니는 게 정상적인 행동은 아닐 테죠. 하지만 정말 괴기스러운 게 뭔지 알아요? 사람은 자기 삶이 송두리째 무너져 버릴 수 있는 일에도 별 거부감 없이 익숙해진다는 거예요. 나도 처음엔 금세 좋아질 줄 알았어요. 다음 주면 괜찮을 줄 알았죠. 그런데 그게 다음 달이 되더니 다음 해가 돼 버리더군요."

"뭔가 충격 요법 같은 건 안 받았나요?"

"진정제 같은 것 말인가요? 그런 건 잘 몰라요. 정신 의학 같은 건 미국인들의 농담에나 등장하는 말인 줄 알죠. 정신과 의사도 영화 「스펠바운드」에 나온 잉그리드 버그먼 같은 사람인 줄로만 알아요."

"그건 우리 때 영화네요. 참 괜찮은 영화 아니었나요?"

"괜찮은 영화였죠. 아무튼 난 댁이 말한 충격 요법 같은 걸로 효과를 보지 않았나 싶어요. 웬만큼 차도가 있는 것 같았으니까요. 나를 치료한 정신과 의사는 자기 암시로 류머티즘을 고쳤대요. 자기는 절대로 죽기 싫다는 사실을 스스로에게 인식시켰더니 병이 싹 나았답니다. 일차 진료가 끝난 뒤 그 의사가 내게 그러더군요. '오늘은 내 집사람이 자네를 시내까지 태워다 줄 걸세.' 그 전까지 나는 한 번도 의사 부인을 만난 적이 없었어요. 어쨌든 그날 나는 응접실에 앉아 부인이 나오기를 기다렸죠. 그 의사는 집에서 환자를 봤거든요. 외과 의사가 아니니까 집에서 진료했던 겁니다. 그때 다른 곳에서 기다렸어야 하는데 부인이 다른 사람에게 말하는 소리를 죄다 들었어요. 그 여자가 명랑한 목소리로 이러더군요. '당신도 태워다 줄게요. 마침 아서한테 진찰받는 젊은 동성애자를 시내까지 태워다 줘야 하거든요.' 의사 부인은 내가 응접실에 있는 줄 몰랐나 봐요. 난 의사한테 털어놓은 말이 비밀에 부쳐질 거라고 철석같이 믿었어요. 아무튼 그때처럼 누군가를 지독하게 증오해 본 적이 없었던 것 같아요. 의사와 부인 둘 다 그 자리에서 콱 죽어 버렸으면 싶었죠. 지금 생각하면 비겁한 기원이지만요. 의사는 내게 정말 자상했어요. 그런데…… 아마 그 사건이 아니었더라도 차도는 있었을 거예요. 하지만 그때의 충격이, 그러니까 댁이 말한 충격 요법으로 작용하여 효과가 있었던 것 같아요."

린다는 긁힌 유리창을 통해 비 내리는 밖을 내다보았다.

"아서한테 진찰받는 젊은 동성애자……."

바비가 웃으며 중얼거렸다.

린다는 아무 말도 하지 않았다. 바비는 그녀가 자기 말에 당황하면서도 감동했다는 것을 눈치챘다. 그는 약간 도전적인 말투로 말했다.

"내 얘기에 놀랐겠군요." 잠시 뒤 그가 다시 말을 이었다. 이제 미소는 사라지고 없었다. 목소리도 조금 전과 사뭇 달랐다. "사람은 참 독한 존재인 것 같아요. 자신이 온전한 인간이란 걸 확인하기 위해 스스로에게조차 지독한 짓을 하는 걸 보면 말이에요. 아무튼 살아오면서 그때처럼 약점을 잡혔던 적이 없는 것 같아요."

"이제 사람들 생각도 많이 달라졌어요, 바비."

"글쎄요, 그건 잘 모르겠어요. 나도 영국인 동성애자는 딱 질색이에요. 그들은 지저분하고 음탕해요. 물론 나 역시 동성애자란 이유로 체포당한 적이 있어요. 언젠가 토요일 밤에 늘 가던 장소에서 체포됐죠. 경찰관들은 불친절한 정도가 아니라 아주 거칠었어요. 한 경찰관은 나를 아예 개조시키려고 했죠. 그는 말도 안 되는 짓을 했어요. 내 속에 있는 정욕을 불러일으키려 했어요. 강간이라도 하라고 부추기는 것 같았어요. 그때 나는 경찰관이 지갑을 꺼내어 그 안에 넣어 둔 포르노 사진을 꺼내 보일 줄 알았어요. 하지만 그는 흔한 수법을 썼어요. 조심스럽게 내 손수건만 꺼냈던 거예요. 손수건만 꺼냈다니까요! 나는 너무 창피해서 죽고 싶었어요. 손수건이 엄청 더러웠거든요. 나는 월요일 아침 일찍 법정에 갔어요. 매춘부들 다음이 내 차례였죠. 유죄. 유죄. 10파운드. 10파운드. 나는 판사에게 순간적으로 흥분한 바람에 일을 저질렀다고 말했어요. 그 말을 하자 곧 사방에서 킥킥거리는 소리가 들리더군요. 그보다 더 멍청하고 엉뚱한 말은 없었던 거죠. 하지만 나는 금방 풀려났고, 그 즉시 옥스퍼드행 급행열차를 탈 수 있었어요. 그러니까 런던에서 방탕한 주말을 보낸 뒤 월요일 점심시간에 맞춰 학교로 돌아갈 수 있었던 거예요. 나는 데니스 마셜이 댁에게 죄다 얘기한 줄 알았어요. 얼마 전 신경 쇠약 탓에 그에게 다 말했거든요. 사실 신경 쇠약으로 골치가 아픈데, 그럴 때면 이것저것 마구 말을 하게 돼요. 아무래도 내 성격에 여자 같은 면이 있어서겠지만요. 도리스 마셜이 남아공에서는 나 같은 사람을 어떻게 다룬다고 한 줄 알아요? 머리를 빡빡 밀고 원주민 옷으로 갈아입힌 다음 원주민 구역으로 보낸답니다."

린다는 여전히 바비를 바라보고 있었다.

"미안해요. 쓸데없는 얘기를 늘어놨네요. 나 때문에 댁의 기분까지 우울하게 만든 것 같군요."

"아니에요. 나는 그저 도로 상황을 생각하고 있었어요."

린다가 입을 열었다.

"진흙탕 길이 아니어도 8시나 9시 전까지는 관할 지구에 도착하기 힘들 것 같아요. 대령 집에서 묵을지 지나갈지 빨리 결정해야 할 듯싶어요. 4시까지 도착하려고 해도 이미 늦었어요. 벌써 2시 30분이에요."

"관할 지구까지 가다가 길에서 굶어죽었단 얘기는 들어 본 적 없어요."

"농담할 때가 아니에요. 어서 빨리 결정해야 돼요. 곧 교차로도 나와요."

"댁은 어떻게 결정했는지 물어볼 필요도 없을 것 같군요."

"대령은 늙었지만 아주 재미있는 사람이에요. 나는 늘 그렇게 생각해요." 린다가 말했다. "그리고 호수 경치를 보고 싶어요. 이렇게 날씨가 안 좋은 날은 더 그래요."

"나 때문에 기분이 우울해지지 않은 것 같아서 다행이군요. 여기 경치도 좋네요. 비가 오는데도 말이에요. 안 그래요?"

바비가 밖을 바라보며 말했다.

"밤새 차를 몰아 언덕 위에 있는 당신의 자그마한 집까지 가겠다는 말로 들리네요."

"반대할 만한 증거가 있다는 건 알지만 나는 데니스 마셜의 계약이 갱신되지 않은 것을 유감이라고는 말하지 못하겠어요. 그 사건이 나와 관계없는 일이라고 사람들을 설득할 자신도 없고 말이에요."

"바비, 나는 그게 중요한 문제가 아니라고 생각해요."

"부소가 크소로가 서류를 갖고 왔을 때 내가 뭐라고 할 수 있었겠어요? 우리는 아프리카인들만 부패한 것처럼 떠들었는데 말이에요. 더욱이 내 상관이 누군데 무슨 말을 할 수 있었겠냐고요?"

"도리스 마셜이 들으면 불쾌하게 생각하겠지만, 그 여자가 무슨 말을 하든 신경 쓰는 사람은 별로 없을 거예요."

"생각하면 웃음이 나는군요. 늘 그런 사람들이 있어요. 여기에 머무는 동안에는 걸핏하면 이 나라를 비방하고 국민들을 무시하며 헐뜯어요. 그러다 떠날 때가 되면 얘기가 또 달라지죠."

"나도 그런 사람이겠네요."

"그런 뜻으로 한 말이 아니에요. 댁 같은 사람이 떠나면 서운할 것 같아요."

"왜 서운하죠?"

바비는 자기 생각을 그대로 말할 수 없었다. 그는 린다와 함께 차를 타고 왔을 뿐만 아니라 그녀에게 모든 걸 말했기 때문에 그녀가 자기에 대해 웬만큼 알 거라고 생각했다.

"댁의 입장에서 보면 일이 잘 풀리지 않아 서운함을 넘어 쓸쓸한 기분일 것 같아요."

"당신 입장에서는 그렇지 않다는 얘기처럼 들리네요."

"댁은 아까부터 그런 식으로 말하는군요."

"저기 좀 봐요. 도로를 봉쇄한 것 같아요."

*

　제복을 입은 경찰관들이 교차 지점의 도로와 그 주변에 서 있었다. 망토 아래 소총을 차고 빗속에 선 모습이 시커멓게 보였다. 암청색 경찰 지프차 한 대가 교차 지점 너머 관할 지구로 가는 도로를 막고 있었다. 빨간빛을 내뿜는 전등이 하얀 방책에 걸려 있었다. 기다란 흰색 표지판에는 산속으로 이어진 평평한 길을 가리키는 까만 화살표가 그려져 있었다.

　산속으로 이어진 길은 봉쇄되지 않았다. 그 길에는 손짓으로 차를 세우는 경찰관도 없었다. 하지만 바비는 차를 멈추었다. 방책 너머 15미터쯤 떨어진 곳의 지프차 뒤쪽으로 두 개의 두꺼운 판자가 고속 도로를 막고 있었다. 두 줄로 박힌 15센티미터쯤 되는 쇠못에 맞아 빗방울이 사방으로 튀었다. 그 너머 90미터쯤 더 나아간 지점, 그러니까 나지막한 덤불숲에 고속 도로 커브길이 가려지는 곳에 군용 트럭 대여섯 대가 나란히 서 있었다. 트럭 후미에는 연대 마크가 붙어 있었다.

　바비는 경찰관에게 보일 미소를 지으면서 창문을 내렸다. 창틀에 빗방울이 뚝뚝 떨어져 차 안으로 튀었다. 그런데 경찰관들은 아무도 지프차에서 내리지 않았다. 이윽고 지프차 뒤에 탄 경찰관이 빨리 가라고 손짓해 보였다. 뚱뚱한 체격의 젊은 남자였다. 그는 몸을 앞으로 숙이고 있었는데, 망토 아래에 초콜릿색과 노란색이 섞인 꽃무늬 셔츠를 입고 있었다. 입 모양으로 보아 음식을 먹는 것 같았다.

　"다행이네요. 차 안을 수색하면 어쩌나 싶어 잔뜩 겁을 먹었는데 말이에요."

린다가 조용히 말했다.

"저들은 눈치가 빨라요. 한 번 딱 보고 우리가 누군지 단박
에 알아챈 모양입니다."

바비가 말했다.

"저 사람들이 우리가 갈 길을 정해 준 것 같네요."

린다가 말하고 창밖을 살피며 덧붙였다.

"이제 어쩔 수 없어요. 대령 집으로 가는 수밖에요. 사이먼
루베로의 권한도 여기서 끝나는 것 같군요. 저 군대는 통제가
잘되고 있는 듯해요. 아무튼 저 군용 트럭과는 두 번 다시 마
주치지 않았으면 좋겠어요. 군인들을 만나는 건 생각만 해도
소름 끼쳐요."

"나는 군인들에게 경의를 표해 왔어요. 지금도 그렇고요."

"마틴은 군용 트럭이 다가오면 차를 갓길에 세우랬어요. 트
럭이 지나갈 때까지 꼼짝하지 말고요. 군인들은 재미로 아무
차에나 막 부딪친다더군요. 쫓아오기도 하고요."

"저 사람들이 검문 규칙이나 제대로 준수했으면 좋겠네요."

바비가 말했다.

"사이먼 루베로도 그렇게 해야 좋을 겁니다."

5

산속으로 몇 킬로미터 들어섰는데도 도로는 아스팔트로 포

장되어 방금 지나온 고속 도로만큼이나 넓고 안정감이 있었다. 둑을 쌓아 만든 것이 아니라 평평한 땅에 길을 낸 도로라서 더 그런 느낌이 드는 것 같았다. 도로는 산기슭에 이르러서야 완만한 오르막을 이루었다. 도로에는 장애물도 나무도 없었다. 드넓게 펼쳐진 도로 양쪽으로 울타리를 잇는 말뚝이 군데군데 서 있었다. 앞쪽으로 도로를 가로지르는 빗물이 보였다. 차도 사람도 없는 비스듬한 경사로가 길게 뻗어 있었다. 빗줄기 너머로 희미하게 산이 보였다. 이제 산은 저절로 시야에 들어오는 것이 아니라 보는 눈을 정상까지 이끌었다.

넓은 밭의 가장자리를 따라 울타리가 있었다. 비에 젖은 표지판 앞으로 진흙 범벅인 지저분한 교차로가 보였다. 드문드문 집도 보였다. 콘크리트와 목재로 지어진 집들도 비에 젖어 지저분하기는 마찬가지였다. 나무와 덤불도 비에 젖어 있었다. 이제 도로는 꼬불꼬불한 오르막으로 이어졌다. 도로 폭도 좁아졌다. 포장도로도 아니었다. 도로는 어느새 울퉁불퉁한 자갈밭으로 바뀌어 있었다.

그들은 비탈진 길을 올라가면서 막 지나온 고원을 바라보았다. 길이 꼬리를 감추며 빗속으로 멀리 사라지고 있었다. 차는 점점 산속 깊숙이 들어갔다. 길 양옆은 수풀뿐이었다. 웬만큼 가자 커브 길이 골짜기를 따라 크게 꺾였다. 흙더미와 툭 튀어나온 나무뿌리 아래에서 빗물에 젖은 바위가 반짝거렸다. 잡초가 무성하게 자란 물웅덩이로 흙이 흘러내렸다. 흙더미가 도로 위를 덮고 있는 곳도 더러 있었다.

"어디로 가야 좋을지 모르겠네요."

바비가 말했다.

"진흙투성이여도 고속 도로를 이용해 시속 150킬로미터로 달릴 것인지, 이대로 죽 가야 하는지 정하기가 어렵군요."

잠시 후 차는 더 깊은 산속으로 들어섰다. 높은 산등성이가 시야에 나타났다. 그 너머로는 비와 안개를 뚫고 우뚝 솟은 봉우리들이 보였다. 삼십 분 정도 더 가자 아프리카 대륙의 중앙에 솟아 있는 세계의 지붕에 오른 것 같은 착각이 들었다. 구름과 안개 사이로 비치는 햇빛과 곧게 뻗은 검은 길을 달리는 바퀴의 마찰음, 그리고 푸른색을 되찾은 초원 등을 대한 순간 문득 다른 세계에 온 것 같은 기분이었다. 이윽고 차는 울퉁불퉁 솟은 바위를 피해 나아갔다. 도로에는 미끄럼을 방지하기 위해 시커먼 숯을 뿌려 둔 곳도 있었다. 그런 곳을 지날 때면 자갈 밟는 소리가 났다. 차가 덜컹거리며 내는 소음도 요란했다. 이제는 엔진 음이 빗소리를 압도했다. 두 사람은 다른 차 소리가 나는가 싶어 말없이 귀를 기울였다. 모퉁이를 돌 때마다 군용 트럭이 나타날까 봐 조마조마했다. 바비와 린다는 그렇게 텅 빈 도로에서 신경을 바짝 곤두세웠다.

이따금 길옆으로 자그마한 오두막이 보였다. 빗방울이 튀는 작은 연못 가장자리에 야생 백합이 피어 있었다. 가끔 길이 한쪽으로 무너진 곳이 나타났다. 가로수 밑동에 달린 나뭇가지들은 흙탕물에 젖어 시커멓게 보였다. 이파리에 고인 빗방울이 바닥으로 똑똑 떨어졌다. 차가 들어선 곳은 짙은 녹색의 골짜기였다. 계단식으로 층이 진 언덕들이 보였다. 언덕 사이의 진흙길은 울타리를 둘러친 오두막을 향해 위로 곧게 뻗었다가 골짜기 너머로 꼬불꼬불 이어졌다.

"내가 전에 말했던 곳이 바로 이런 데예요." 린다가 입을 열었다. "이런 곳에 밭이 있으리라는 것도, 언덕 꼭대기까지 계단식으로 밭을 경작하리라는 것도 상상 못했어요. 저기 저렇게 꼬불꼬불 이어진 길도 마찬가지고요. 꽤 오래전부터 사람들이 정착해서 사는 곳일 텐데 전에는 통 몰랐어요."

"여기는 우리가 원주민들에게 남겨 준 땅입니다."

바비가 말했다.

린다는 좌석에 몸을 기대고 선글라스를 벗었다. 바비는 자신이 뭔가 잘못했다고 생각했다. 아무래도 엉뚱한 말을 한 것 같았다.

잠시 후 바비가 입을 열었다. 조금 전과는 사뭇 다른 목소리였다.

"지금 생각하면 어처구니없지만 처음 여기에 왔을 때만 해도 아프리카에 대해 아무것도 몰랐어요. 그래서 아프리카인들이 철을 가공하는 걸 보고 깜짝 놀랐지요. 아무도 내게 그런 말을 해 준 적이 없거든요. 정말 놀랐어요. 더구나 고철 덩어리를 밖에 내놓기만 하면 그들이……."

바비는 그런 농담을 들은 적이 있었다. 하지만 처음 들어 재미있다는 듯 큰 소리로 웃었다.

"이곳에 와서 막연하게 이런 생각을 했어요. 나는 백인이고 영국에서 왔으며 남아공에 관련된 건 대부분 아니까 이곳 사람들이 적대시할 거라고요."

"그럴지 모르겠지만 이곳 사람들은 남아공 문제에는 신경도 안 써요."

"그런 것 같아요. 냉소적이랄까요? 뭔가 얘기를 하면 픽픽 웃더군요."

"새미 키세니는 그들이 분노를 감추려고 웃는 거랬어요."

"과장이에요. 정치가들은 허풍을 잘 떨잖아요. 게다가 새미는 이따금 인종 문제를 들먹이길 좋아해요. 그저 상대방의 생각을 떠보려고 그런 얘기를 꺼내기도 하지만요. 나는 제3세계의 문제에 대해서는 왈가왈부하고 싶지 않아요. 새미는 그런 수법을 영국에서 배워 왔어요. 아무튼 평범한 사람은 아니죠. 그런데 영국에서는 꽤 고생을 했다더군요."

"백인 여자와의 문제가 발목을 잡았죠. 그는 세상 물정을 모르는 데다 맹목적인 사람이에요. 한마디로 앞뒤 분간을 못하는 사람이죠."

"안타까운 일이네요. 새미를 생각하면 얼마나 많은 아프리카인들이 그 같은 일을 당했을까 싶어요."

"생각하면 끔찍한 일이에요. 그런데 새미는 자신이 흑인이고 남이 보기에 덩치만 큰 것 같지만 자기에게는 여자들이 저항할 수 없는 매력이 있다고 생각해요. 게다가 영국에 가서 영국인 다루는 법을 터득했다고 생각하죠. 정말이지 못 말리는 사람이에요."

"새미는 아프리카인으로는 예외적인 사람이랄 수 있어요. 평범한 아프리카인들은 새미처럼 남의 속을 떠보려고 하지 않아요. 그래서 평범한 아프리카인들과 있으면 마음이 편해요. 그들은 누구든 있는 그대로 받아들여요. 도리스 마셜의 말이

옳아요. 나는 데니스에게 신세를 크게 졌어요. 그가 나를 이 곳으로 불러들였거든요. 누구나 젊었을 때는 그렇지 않나 싶 어요. 남들이 보는 시험을 따라서 보고, 남들이 지원하는 자 리에 덩달아 지원해 보고 그러죠. 나는 그런 것을 집단 히스 테리라고 생각했어요. 스스로 찾아서 할 수 있는 일이 많은데 왜들 그러나 싶었죠. 충분하지는 않겠지만 나는 내가 지닌 지 식만으로도 뭐든 할 수 있다고 생각했어요. 물론 목표를 정하 고 꾸준히 노력한다 해도 안 되는 일이 많죠. 도중에 그만둘 수밖에 없는 사정도 생기고요. 나는 투쟁을 통해 뭔가를 얻 어 내는 타입이 아니에요. 옥스퍼드를 졸업한 이후로 그저 몸 건강하니까 그것으로 다행이라는 식으로 만족하며 살았어요. 제대로 된 인간으로서 무언가 성취감을 맛보며 보람차게 살겠 다는 생각 같은 건 해 본 적이 없었죠. 어떻게 설명해야 할지 모르겠네요. 말을 길게 하다 보면 자기도 모르게 오해를 부르 게 된다는 것 잘 알아요. 주위에는 겉만 번드르하지 내용은 아무것도 없는 말을 장황하게 늘어놓는 사람들이 많더군요."

"바비, 당신도 참 어렵게 사는군요."

"왜 그런 말을 하죠?"

"사람이 직업을 선택하는 데는 여러 가지 이유가 있을 수 있어요. 이곳 사람들이 말이 좀 많긴 해요. 다른 곳에 사는 사 람들도 여기 아프리카에 와 있는 사람들처럼 자기가 있는 곳 얘기를 많이 늘어놓는지 궁금하네요."

"옥스퍼드에 있는 사람들도 그랬어요. 모두 옥스퍼드 얘기 만 했죠."

"어쩌면 우리는 스스로를 납득시키려고 그동안 억지를 부렸는지도 몰라요. 우리는 이곳에 온 첫날부터 아프리카는 우리가 머물 곳이 아니라는 걸 인정해야 했어요. 과감하게 결단하여 영국으로 돌아가야만 했을 거라고요."

"하지만 그렇게 말하는 댁도 육 년째 여기에 머물고 있잖아요?"

"마틴이 뭐랬는 줄 알아요? 우리는 스스로에게 거짓말한 죄로 천벌을 받을 거랬어요."

"이제는 어쩌려고요? 남쪽으로 옮겨 갈 생각인가요?"

"계획은 그래요. 사 년만 있으면 마틴 나이도 쉰이에요. 영국으로 돌아가면 그는 프리랜서로 열심히 일하게 되겠죠. 일을 하지 않고는 한시도 못 견디는 사람이니까요. 하지만 마흔여섯에 새 출발을 하기란 쉽지 않겠죠. 마틴은 사실 프리랜서 타입도 아니에요. 뭔가에 과감히 뛰어들어 성취하는 타입도 아니고요."

차는 울퉁불퉁한 길을 덜컹거리며 달렸다. 나무에서 빗방울이 뚝뚝 떨어졌다. 검은 나뭇잎 사이로 멀리 솟은 산봉우리와 잿빛 호수가 보였다. 호수는 찌푸린 하늘과 닮아 있었다. 길옆에 선 자카란다 나무 아래에는 갓 떨어진 자줏빛 꽃잎이 어지럽게 흩어져 있었다. 바위와 진흙투성이인 길이 자줏빛으로 물든 것 같았다. 차는 그 길을 따라 계속 달렸다.

"내 인생은 여기에 있어요."

"바비!"

갑자기 린다가 소리쳤다. 바로 위쪽 언덕길에 몇몇 아프리카인들이 보였다. 그들은 밝은 빛깔의 무명옷을 걸친 채 빗속을 줄지어 걷고 있었는데, 비를 맞지 않으려고 머리에 커다란 나뭇잎을 쓰고 있었다. 마치 숲속에서 위장하고 돌아다니는 사람들 같았다. 그들은 바비와 린다가 탄 차에는 눈길조차 주지 않았다.

"저 사람들을 보니 여기가 다른 나라라는 게 실감 나네요."

린다가 말했다.

"저런 숲속 생활은 앞으로도 영원히 사라지지 않을 거예요."

"아무래도 댁은 조지프 콘래드의 소설을 너무 많이 읽은 것 같군요. 그의 소설들은 내 취향이 아닌데, 댁은 좋아하죠?"

"저 사람들이 결혼식이나 일 년에 한 번 있는 모임에 가는 거라는 얘기를 하고 싶은가 보죠?"

"지금 댁의 그 말투, 꼭 도리스 마셜 같군요."

"그럴 거예요."

"나는 데니스가 마음에 들어요. 아니, 좋아하죠. 내게 해 준 일을 생각하면 어떻게 감사해야 할지 모르겠어요. 대학 동문 모임에서 그를 만난 이후 내 인생은 크게 달라졌어요. 여기 일자리를 얻어 준 사람도 데니스예요. 그는 아프리카에서 적응하는 방법도 알려 줬어요. 하지만 데니스는 내가 계속 연약한 존재로 남아 있기를 바랐죠. 그러니까 계속해서 내 보호자로 남고 싶었던 거예요. 그는 내가 이곳 사람들을 이해하지 못할 거라고 했어요. 자기가 나를 대신해서 이곳 사람들을 상대하겠다고도 했고요. 내가 스스로 결정하고 행동하자 그는 그걸 영 못마땅하게 여기더군요. 지금 생각하면 순진한 사람 같기도 해요. 그는 나를 자기 재산처럼 관리하고 싶었던 모양이에요. 내가 이곳 사람들과 사귀는 걸 알고는 벌컥 화를 낸 적도 있어요."

"당신과 데니스 둘 다 문제가 있었던 것 같네요."

"그는 입만 열었다 하면 아프리카를 위해 봉사한다고 했어요. 그런 말을 얼마나 많이 들었던지 진이 다 빠질 정도였죠. 그런데 어느 날부터 느닷없이 나를 공격하기 시작하더군요. 그래서 그와는 끝났다고 생각했지요. 그런데 나는 그때부터 오구나 왕가 버트르와 부소가 크소로를 존경하게 됐어요. 나중에 알았지만 그들도 데니스의 꿍꿍이를 눈치챘더군요."

"이제 그 얘기는 그만했으면 좋겠어요."

"아무튼 그렇게 된 거예요."

바비의 흥분이 금세 가라앉았다. 솔직하게 모든 걸 털어놓으려던 우정 어린 분위기는 순식간에 식어 버렸다. 바비는 자신에 대한 린다의 호감 또한 식었다고 생각했다. 쓸데없는 말을 너무 많이 했던 것이다. 내일 아침이면 후회할 짓을 하고 말았다는 생각이 들었다. 린다 또한 기피해야 할 사람이 될 터였다. 바비의 표정이 굳어졌다. 그는 아무 말도 하지 않았다.

언덕에는 아프리카인들이 몇 명 더 있었다. 하지만 린다는 아무런 반응을 하지 않았다. 말을 하지도, 손가락으로 뭔가를 가리키지도 않았다. 바비는 어색한 분위기를 눙치려면 무슨 말을 해야 좋을까 생각했다. 조금 전만 해도 하고 싶은 말이 많았는데, 막상 하려니 아무 말도 떠오르지 않았다. 린다는 그를 질책하는 듯한 표정으로 옆자리에 가만히 앉아 있었다. 바비는 자신이 내뱉은 말을 번복하거나 몽땅 거두어들이고 싶었다. 하지만 아무리 생각해도 방법이 떠오르지 않았다.

"내 생각에는 바로 이 길이……" 바비가 입을 열었다. "내가 꿈속에서 달렸던 길인 것 같아요. 저 산도 그렇지만, 비가 내리고 숲도 이렇게 우거져 있었어요. 마치 잉그리드 버그먼의 영화에 나왔던 곳 같군요."

방금 파헤친 것 같은 황토색 둔덕이 길옆에 나타났다. 길 바로 위에 둔덕도 있었다. 대형 트럭이 막 지나갔는지 바퀴자국이 깊이, 그리고 길게 파여 누런 실개천을 이루고 있었다. 길 아래로 빗속에 희미한 녹색 골짜기가 보였다. 골짜기 안에는 원뿔 모양의 작은 언덕들이 많았다. 계단식으로 가꾸어 놓은 밭도 보였다. 얼마쯤 가자 풀로 엮은 울타리 너머 초가집들이 눈에 들어왔다. 초가집으로 이어진 길은 엷은 갈색을 띠었다. 마치 동화에 나오는 오솔길 같았다.

"나는 매일 그 하얀 방에 갇혀 몇 시간이고 이런 길을 달리는 상상을 했어요. 그런데……."

"바비!"

*

갑자기 차가 심하게 휘청거리며 미끄러졌다. 바비는 핸들을 왼쪽으로 꺾었지만, 차체 뒷부분이 흙더미에 부딪혔다. 경사진 언덕의 암벽이 눈앞을 가로막았다. 차는 곧바로 오른쪽으로 미끄러졌다. 깊은 골짜기가 바로 발아래 놓여 있었다. 다행히 추락할 위험은 없어 보였다. 흙더미가 차를 받치고 있기 때문이었다. 바비는 이 점을 상기하면서 정신을 차리려고 애썼다. 차가 이따금 불안하게 흔들거렸다. 그럴 때마다 차가 뒤집힐까 봐 조마조마했다. 이윽고 차의 움직임이 멎었다. 앞바퀴는 암벽 앞쪽의 도랑에 살짝 걸치고, 차 뒷부분은 도로변 덤불에 처박혀 있었다. 앞 유리를 통해 지금까지 달려온 풍경이 보였다. 검은 나뭇가지와 빗물에 젖은 잎사귀들이 왼쪽 창에 잔뜩 달라붙어 있었다. 엔진 소리도 더 이상 들리지 않았다. 차체와 수풀 위로 내리는 빗소리만 들렸다.

바비는 시동을 걸고 기어를 넣었다. 차체가 흔들리면서 진흙에 빠진 바퀴가 도는 소리를 내다가 이내 멎었다. 바비는 한 번 더 시동을 걸었다. 이번에도 차는 앞으로 나아가지 못했다. 헛바퀴 도는 소리만 요란했다.

바비는 차 문을 열었다. 바람이 윙윙 소리를 내면서 거세게 불었고, 쏟아지는 빗방울에 풀잎이 심란하게 흔들렸다. 바비는 상체를 숙인 채 도로에 내렸다. 누런 원주민 셔츠가 그의 빠른 움직임에 맞춰 춤추듯 펄럭거렸다. 하지만 셔츠는 곧 비에 젖어 축 늘어졌다.

"차에는 이상이 없어 보여요." 바비가 린다를 향해 소리쳤다. "뒤에서 좀 밀면 빠져나올 것 같아요. 내가 밀 테니까 운전하세요."

"나 운전 못 해요."

"그럼 누가 밀라고요?"

"아까 본 아프리카인들이 올 때까지 기다리면 안 될까요?"

"우리와는 몇 킬로미터 떨어져 있어요. 우리끼리 하는 데까지 해 봐야 하지 않나 싶군요. 언제까지 가만히 앉아 그들만 기다릴 수는 없으니까요."

린다는 바비가 나온 문을 통해 밖으로 나와서 빙빙 헛도는 바퀴 뒤쪽의 진창에 섰다. 그러고는 차를 밀기 시작했다. 그녀는 바비의 지시대로 차체를 흔들어 보려 애썼다. 그러다 손바닥으로 차를 몇 번 쳤다. 바비는 후진을 해 보기로 했다. 린다는 앞쪽으로 가서 밀었다. 후진을 시도한 보람이 있었다. 이윽고 차가 도랑에서 나왔다. 바비는 액셀러레이터를 요령껏 밟아 차를 도로 위에 올렸다.

잠시 후 바비는 달리던 방향으로 차를 돌리기 위해 핸들을 잡았다. 린다는 도로의 양옆을 오가며 차가 엉뚱한 곳으로 빠지지 않도록 큰 소리로 지시했다. 그녀는 무릎까지 진흙 범벅이었다. 셔츠가 흠뻑 젖은 채 착 달라붙어 브래지어가 그대로 드러났으며, 머리칼도 축축했고, 손에는 진흙이 잔뜩 달라붙어 있었다. 그런데 갑자기 차가 움직이지 않았다. 배기관이 흙더미에 처박혔던 것이다. 바비가 내려서 살펴보니 배기관에 흙이 가득 들어차 있었다. 두 사람은 배기관을 뚫을 나뭇가지를 찾아 주위를 두리번거렸다. 차는 불안정한 각도로 좁은 길을 막고 서 있었다. 두 사람은 비에 흠뻑 젖은 채 서로 떨어져서 수풀 속을 헤맸다. 바비는 또 한 차례 군용 트럭을 떠올렸다. 마음이 다시 초조해졌다. 린다도 신경이 예민해져서 주위의 나뭇가지를 닥치는 대로 꺾었다. 그러고는 그것들을 바비에게 보였다. 그녀는 바비에게 꽃가지도 들이댔다. 다른 사람이 보면 꽃을 바치는 줄 알 터였다.

마침내 차가 달리던 방향으로 돌아섰다. 각자 자리에 앉은 두 사람은 한동안 아무런 말도 하지 않았다. 눈앞의 경치는 여전히 아름다웠지만, 두 사람의 눈에는 들어오지 않았다. 차 안의 모든 것이 축축하게 젖어 있었다. 좌석 시트와 고무 깔개에는 진흙이 덕지덕지 묻어 있었다. 바닥과 계기판도 진흙투성이였다.

"대체 어떤 멍청한 놈이 저런 흙더미를 만들어 놨는지 모르겠네요."

바비가 투덜거렸다.

린다는 대꾸하지 않았다.

몇 킬로미터를 달려도 흙더미가 자꾸 보였다. 깊게 바큇자국이 난 진흙길을 지날 때마다 두 사람은 차가 또 미끄러질까 봐 불안했다. 차바퀴가 자줏빛 자카란다 꽃잎을 짓뭉개 진흙 속에 박았지만 둘은 아무 말도 하지 않았다. 언제부터인지 흙더미가 보이지 않았다. 비도 멎었다. 구름이 조금씩 걷혔다. 멀리 서쪽 하늘이 은빛으로 빛났다. 비 내리던 숲은 해 질 녘처럼 약간 어두웠지만 시간은 아직 오후였다.

골짜기는 비 내린 뒤 찾아오는 정적으로 고요했다. 길에는 사람 그림자 하나 보이지 않았고, 사납게 비를 퍼부어 대던 먹구름은 희끄무레한 상태에서 높이 떠올라 움직이지 않았다. 나무와 풀 들도 꼼짝하지 않는 것 같았다. 회색빛 하늘도 움직일 기미를 보이지 않았다. 오늘 안으로는 해가 다시 나오지 않을 듯했다. 얼마쯤 가자 길 위에 사람들이 나타났다. 울타리를 친 오두막에 사는 사람들이었다. 오두막 몇 채에서 공중을 향해 연기가 곧게 피어오르고 있었다.

가도 가도 길 한쪽 옆에는 언덕과 숲이 있었다. 이윽고 숲 속에 난 짙은 갈색 오솔길에 밝은 옷을 입은 아프리카인들이 나타났다. 검은 피부에 알록달록한 무명옷을 입은 탓에 쉽게 눈에 띄지는 않을 것 같았다. 바비와 린다는 그들로 인해 자기들이 끼고 달리는 언덕에 생명이 불어넣어지는 것을 느꼈다. 오솔길 쪽으로 고개를 돌릴 때마다 아프리카인들의 수는 더 불어나 있었다. 오솔길이 언덕으로 꺾여 드는 곳에 나지막한 오두막이 있었다. 초가지붕에 기둥 몇 개와 나뭇가지를 엮어 만든 오두막은 마치 숲의 일부처럼 보였는데, 새 옷을 차려입은 아프리카인들로 북적였다. 오두막을 중심으로 꼬불꼬불 이어진 길에도 삼삼오오 아프리카인들이 모여 있었다.

"저건 결혼식이 아니에요." 린다가 오랜만에 입을 열었다. "증오의 의식을 치르려는 거죠."

"저 사람들은 대통령의 부족이 아니에요."

"비슷해요. 잠시 후 저 사람들은 저 위쪽 어딘가에서 옷을 벗어 던지고 서로 손잡고는 춤을 춘 뒤 인분을 먹을 거예요. 대통령이 최고급 인분을 보냈을 수도 있어요. 여기서는 사람이 쥐도 새도 모르게 사라진다는 소문이 있는데 우리도 죽을 수 있어요. 저쪽에서 무슨 일이 일어나는지 누가 알겠어요? 강물이 시뻘겋게 물들어도 아무 일 없었던 듯 그냥 묻히고 말 거예요."

"저 사람들은 오랫동안 농노로 지냈어요." 바비가 말했다.

그는 다시 화가 났다. "수백 년 동안 압박과 착취에 시달렸던 사람들이란 말입니다."

"아무튼 어처구니없는 사람들이에요."

린다가 말했다.

바비는 눈앞의 길에 신경을 집중했다.

"어처구니없는 건 저 사람들이 아니라 이런 곳에 온 나예요."

두 사람이 탄 차는 언덕 꼭대기를 향해 나아갔다. 하늘이 더 넓어진 것 같았다. 숲을 빠져나온 차는 휑한 경사면을 올라갔다. 아래쪽 골짜기의 풍경이 그야말로 장관이었다. 조그만 시골 마을도 보였다. 계단식 밭과 초가집도 보였다. 밥을 짓는지 굴뚝에서는 연기가 피어올랐고, 비에 젖은 오솔길은 꼬불꼬불 끊어질 듯 이어졌다. 시간이 지나자 광활한 주변 경관이 조그맣게 내려다보이는 마을과 함께 서서히 안개 속에 갇혀 흐릿해졌다. 그 경관도 감탄할 정도로 웅장해 보였다.

바비는 린다의 입에서 감탄사가 튀어나올 줄 알았다. 그런데 그녀의 입에서 나온 건 이 말뿐이었다.

"버그먼."

바비의 얼굴이 굳어졌다.

그들은 내리막길로 접어들었다. 아름답던 경치가 시야에서 사라졌다. 오르막길에서 보지 못한 식물들이 눈에 띄었다. 하나같이 잎이 무성했다. 새의 날개 모양으로 뻗은 대나무가 우거진 숲도 보였다. 멀리 회색빛 호수도 보였다. 차는 그쪽을 향해 어스름한 숲을 나왔다 들어갔다 하면서 끝없어 보이는 내리막길을 달렸다. 꼬불꼬불한 내리막길이라서 운전이 훨씬 힘들었다. 얼마쯤 내려가자 오두막이 몇 채 나타났다. 풀과 나무를 벤 자리에 지은 것 같은 별장도 있었다. 호숫가 마을에 다 온 것 같았다. 차에 탄 두 사람은 지친 표정을 한 채 아무 말을 하지 않았다. 이제 차 안은 뽀송뽀송했다. 좌석과 계기판에 묻은 진흙도 말라붙어 있었다.

바비가 침묵을 깼다.

"대령 집에서 따뜻한 물로 몸을 씻을 수 있나요?"

"그랬으면 좋겠군요."

린다가 조금 부드럽게 말했다.

차가 다시 자갈길로 들어선 듯 덜컹거렸다. 이제는 어스름한 숲이 없었다. 늦은 오후의 햇살이 넓게 뻗은 도로를 비추었다. 조금 더 가자 드넓은 호수가 눈앞에 나타났다. 물빛이 하늘빛과 비슷하여 구분하기 어려웠다. 어느새 차는 아스팔트로 포장된 도로를 달리고 있었다. 언덕에서 호수까지 직통으로 놓인 도로 같았다. 그런데 도로는 뜻밖에도 시내를 향해 뻗어 있었다. 도로 폭도 이차선이었다. 도로 중앙에는 가로등이 죽 늘어서 있었다. 야자나무가 높이 서 있었는데, 한눈에 보아도 수입한 품종이었다. 자연스레 자란 이곳 열대 식물이 아니었다. 기후가 온난한 휴양지에서 흔히 볼 수 있는 야자나무였다.

도로는 울퉁불퉁했다. 가로등도 몇 개는 부서져 있었다. 도로와 호수 사이에 공원과 카페가 있었다. 하지만 카페는 영업을 하지 않는지 불이 꺼져 있었다. 호숫가의 조그만 선착장에도 사람이 없었다. 도로 반대편에는 넓은 정원과 그 안에 자리 잡은 별장들이 있었다. 정원은 숲을 모방해서 만든 듯 요란한 색채로 꾸며져 있었다. 빨간 부겐빌레아 덩굴이 죽은 나무를 친친 감고 있었다. 급유기가 한 대뿐인 오래된 주유소가 눈에 띄었다. 기념품 가게도 있었다. 쇼윈도 너머로 자그마한 진열장이 보였다. 거기에는 상아와 가죽 제품이 많았다. 나지막하고 초라한 건물 벽 게시판에 영화 제목과 배우 이름을 쓴 하얀 포스터가 붙어 있었다.

언뜻 번화해 보였지만 시내는 그처럼 볼품없었다. 별장으로 이어진 차도에도 잡초만 무성했다. 열린 대문 틈으로 가득 쌓인 모래 더미와 쓰레기가 보였다. 램프를 본떠 만든 전등이 벽에 붙어 있었는데, 전구도 없고 전등갓은 부서져 있었다. 쇠라는 쇠는 전부 시퍼렇게 녹슬어 있었다. 도로는 울퉁불퉁한 정도가 아니었다. 이곳저곳 갈라지거나 움푹 패어 있었다. 몇몇 별장의 지붕은 밑으로 내려앉아 있었다. 골함석으로 된 베란다 지붕 하나는 새가 날개를 펼친 모양으로 아슬아슬하게 매달려 있었다.

도로와 마찬가지로 공원도 언덕을 깎아 평지로 만들어서 조성했는데, 바닥이 도로 못지않게 울퉁불퉁했다. 도로 끝에는 군데군데 곰팡이가 핀 콘크리트 담이 있었다. 담은 땅에서 올라오는 힘을 이기지 못한 듯 한쪽이 들린 채 기울어져 있었다. 담을 따라 현관 위쪽으로 시선을 돌리자 '호텔'이라는 글자가 박힌, 화살 모양의 기다란 간판이 걸려 있었다. 두 사람이 탄 차는 그쪽을 향해 콘크리트 포장도로를 올라갔다. 이윽고 콘크리트 벽 옆의 좁고 오래된 정원을 지나자 자갈이 깔린 앞마당이 나왔다. 맞은편에는 이 층짜리 커다란 목조 건물이

서 있었다. 베란다가 딸린 그 건물은 아직 온전해 보였다.

바비는 차를 멈추었다. 물소리가 들렸다. 호수에서 들려오는 물소리였다. 차를 멈춘 곳에서 가까운 자그마한 방에서 누군가 영어로 크게 고함치고 있었다.

"대령의 목소리예요. 기분이 좋은 모양이네요."

린다가 말했다.

6

고함 소리가 계속 들렸다. 바비와 린다는 차에서 내린 뒤 저마다 트렁크를 꺼냈다. 바비는 자동차 도난 경보기를 작동시켰다. 그러자 경보기가 "삐삐삐" 하고 울렸고, 차 문을 닫은 순간에는 불쾌할 정도로 시끄러운 소리를 냈다. 그때까지도 대령의 고함은 멈추지 않았다. 그런데 펠트 모자를 들고 사무실 계단을 내려오는 아프리카인은 고함이 신경 쓰이지 않는 듯 미소를 짓고 있다가 바비와 린다를 보고는 환하게 웃었다. 이윽고 그가 모자를 쓰자 얼굴이 가려져 버렸다. 웃음 띤 얼굴은 이제 보이지 않았다. 그가 입은 유럽 스타일 옷은 축 늘어져 볼품없고 더러웠다. 그는 낡은 군용 장화를 질질 끌면서 빗물에 젖은 자갈길을 지나 앞마당으로 걸어갔다.

바비는 굳은 표정으로 린다와 나란히 사무실 쪽으로 올라갔다. 대령이 차 소리를 들었던지, 숙박계와 이런저런 장부, 책, 달력 등이 어지럽게 흩어져 있는 어두컴컴한 사무실에서 두 사람을 기다리고 있었다. 그도 바비처럼 굳은 표정이었다. 대령은 바비가 생각했던 것보다 키가 작았다. 소매가 짧은 셔츠를 입고 있었는데, 카운터 모서리를 딛고 있는 양팔의 근육이 조금 쪼글쪼글했으나 체격은 다부져 보였다. 대령과 린다는 서로 아는 사이인데도 대령은 그녀를 보고 알은체를 하지 않았다. 방금 고래고래 고함을 지른 탓인지 검고 축축한 그의 눈동자에는 흥분의 기운이 가득 배어 있었다. 눈동자에 눈물과 함께 분노가 차올라 있는 것 같았다. 대령은 바비만 뚫어져라 바라보았다. 하지만 먼저 말을 걸 기미는 보이지 않았다. 외면을 당한 린다도 입을 꾹 다물었다.

바비가 먼저 입을 열었다.

"오늘 밤 묵을 방으로 둘 주시오."

바비의 얼굴을 바라보던 대령의 시선이 바비의 셔츠에 꽂혔다. 바비는 그 시선을 피해 주위를 둘러보았다. 대령 뒤의 벽에는 시커먼 철제 금고가 놓여 있었다. 한눈에도 낡아 보였다. 그 위쪽 책꽂이에는 벨기에 달력이 걸려 있었다. 다른 곳과 달리 대통령 사진은 보이지 않았다. 호수와 호텔을 그린 수채화 한 점이 액자에 끼워져 있었다. 그 그림 아래에는 "1949년, 짐에게"라는 글과 화가의 사인이 적혀 있었다.

대령은 대꾸도 하지 않은 채 무뚝뚝한 표정으로 바비에게 숙박계를 내밀었다. 바비도 통명스러운 얼굴로 숙박계를 작성했다. 그는 이것저것 쓰다가 문득 대령이 노인임을 깨달았다. 잉크 얼룩이 묻어 지저분한 대령의 손은 주름투성이였다. 카운터를 짚은 두 팔도 가늘게 떨리고 있었다. 대령에게선 악취도 났다. 속옷도 시커멓게 때에 절어 있었다. 주름진 목덜미도 때가 끼어 꺼멓게 보였다.

바비는 린다에게 숙박계를 건넸다. 이윽고 대령이 카운터에서 뒤로 한 걸음 물러서더니 고개도 돌리고 큰 소리로 심부름 소년을 불렀다. 이제 그의 팔은 떨리지 않았다. 바비를 바라보는 얼굴에도 긴장감이 없었다. 두 눈동자에는 조소의 빛까지 감돌았다.

마침내 대령이 바비와 린다를 향해 입을 열었다.

"당신 둘 저녁 식사 할 거요?"

"한 사람 더 올 수도 있어요."

린다가 말했다.

"지금쯤 진흙 더미에 갇혀 꼼짝 못 하고 있겠지만요."

바비로서는 예상치 못한 말이었다. 그는 대령을 바라보던 굳은 표정으로 린다를 바라보았다.

두 사람은 말없이 소년을 따라 본관으로 들어가 계단을 올랐다. 어린 소년이 걸친 검은 바지와 빨간 튜닉은 전형적인 아프리카인의 옷차림이었다. 소년이 한 걸음 한 걸음 내디딜 때마다 신발이 벗겨져 발뒤꿈치가 삐죽 드러났다. 계단에 칠해진 페인트는 곳곳이 벗겨졌고, 층계참에 잔뜩 쌓인 낡은 판자들은 선반을 부수고 남은 잔해처럼 보였다. 어두컴컴한 2층 복도에 깔린 매트에서는 곰팡이와 함께 진흙 냄새가 풍겼다. 복도 끝에는 침대가 하나 놓여 있었다.

바비와 린다는 말없이 각자의 방으로 들어갔다. 두 방은 복도를 사이에 두고 마주하고 있었다. 린다가 묵을 방이 좀 나은 편이었다. 그 방에서는 큰길과 호수가 내려다보였다. 바비가 묵을 방은 좁고 어두웠다. 빗물이 흐른 자국이 있는 유리창 너머로 호텔의 급수탑, 나무, 덤불, 건너편 건물 지붕 등이 보였다. 마당 아래쪽에는 하얀 페인트를 칠한 낮은 건물이 있었는데, 호텔 종업원들이 묵는 숙소였다. 원주민 말투로 목청껏 떠드는 소리가 들렸다. 냄비가 시끄럽게 부딪치는 소리도 들리고 비명 소리도 들렸다. 그런데 맞은편 시내 쪽은 쥐 죽은 듯 조용했다. 이따금 피어오르는 굴뚝 연기와 희미하고 푸른 안개만이 도시를 뒤덮고 있었다.

침대를 정리한 지 꽤 오래된 것 같았다. 자잘한 꽃무늬가 박힌 침대 시트에는 곰팡이가 피어 있었다. 모든 침구가 지저분했다. 천장의 불빛도 희미했다. 천장 전체를 하얗게 페인트 칠했지만 거친 나뭇결과 옹이가 그대로 드러나 있었다. 욕실의 비품도 낡은 데다 쓸데없이 무겁기만 했다. 세면대는 금이 가고, 물이 똑똑 떨어지는 수도꼭지는 시커멓게 때가 끼어 있었다. 배수구의 놋쇠 마개도 색깔이 검게 변해 있었다. 바비가 수도꼭지를 틀자 흙탕물이나 마찬가지인 적갈색 물이 나왔다. 비 온 뒤의 호수에서 끌어온 물이었다. 아무리 기다려도 물 빛깔은 맑아지지 않았다. 다행히 온수는 금세 나왔다. 바비는 조심스레 샤워를 하기 시작했다.

아래층에서 라디오 소리가 들렸다. 분명하지 않은 아프리카인의 목소리가 텅 빈 목조 건물 안에 울려 퍼졌다. 수도에서 방송하는 저녁 6시 뉴스였는데, 바로 논평이 뒤를 이었다. 뉴스 해설자는 단어를 하나하나 무미건조하게 읽는가 싶더니 이

내 음절마다 뚝뚝 끊어 읽기도 하고 방향을 잃은 채 더듬거리다 제멋대로 건너뛰었다.

"봉-건…… 포력단…… 아바암 링컨…… 방이군…… 해충…… 바멸."

마치 화를 참지 못해 말을 더듬는 것 같았다. 호텔 종업원들은 원주민 특유의 말투로 라디오와 경쟁하듯 더욱 큰 소리로 한참 동안 떠들어 댔다.

흑갈색 더러운 물이 콸콸 소리를 내면서 시커먼 배수구를 통해 빠져나갔다. 세면대 바닥에 남은 진흙이 개천 바닥의 이끼처럼 흐느적거렸다. 악취가 코를 찔렀다. 흰 수건이 있었지만 닳고 닳아서 얇았다. 수건에서도 곰팡이 냄새가 났다. 바비는 눈 주위를 꾹꾹 누르며 얼굴을 닦았다. 갑자기 피로감이 몰려왔다. 오랫동안 운전을 했으니 피곤할 만도 했다. 호수, 낯선 휴양지의 호텔 방, 늦은 오후. 바비의 피로감은 어느새 우울감으로 바뀌었다.

우울하기는 했어도 견디지 못할 정도는 아니었다. 그저 조금 외로울 뿐이었다. 그럼에도 바비는 혼자 있고 싶었다. 외로움도 그에게는 은근한 즐거움이었다. 돌아보면 정말 긴 하루였다. 말도 굉장히 많이 했고, 순간순간 잘못 판단하기도 했다. 그런 생각을 하니 여기서 소리 없이 사라지고 싶었다. 그는 울적하면 그 같은 마음이 들었다. 그런데 그런 식으로 자책을 하고 나면 새 힘이 솟았다.

바비는 바지는 그대로 입고 셔츠만 전날 수도에서 오찬 때 입던 것으로 갈아입고는 아래층으로 내려갔다. 바의 불은 꺼져 있었는데, 라디오에서는 여전히 뉴스 해설자가 격앙된 목소리로 단어들을 난폭하게 내뱉고 있었다. 베란다 난간에 닿을 정도로 높이 자란 큰길의 넓은 야자나무 잎이, 움직이지 않는 구름과 호수를 배경으로 콘크리트 벽 위에 검은 그림자를 드리웠다. 호수의 물결이 철썩이며 부딪는 공원 외벽은 무성한 수풀에 가려 보이지 않았다. 하늘은 희부연 연기를 머금은 채 조금씩 어둠으로 물들었다.

바비는 호텔 현관에 서서 주위를 둘러보았다. 딱히 큰길로 나가고 싶은 마음은 들지 않았다. 그는 앞마당으로 나가 이리저리 어슬렁거렸다. 호텔 종업원들의 숙소에서 밥 짓는 연기가 피어올랐다. 마당 한구석에 옹기종기 모인 여인들과 아이들이 바비를 바라보았다. 그렇게 많은 사람들이 모여 있는 줄 몰랐던 바비는 조금 당황했다. 그는 다시 현관으로 돌아왔다. 그래도 많은 사람들이 자기를 바라보는 것 같았다. 그는 바 입구 쪽으로 고개를 돌렸다. 대령도 불 꺼진 바 입구에 기대선 채 바비를 바라보고 있었다. 바비는 어쩔 수 없이 큰길로 나섰다.

그는 호텔의 콘크리트 벽을 따라 걸었다. 커다란 나무 아래 습기가 차서 시퍼렇게 보이는 빈집이 서 있었다. 베란다에는 흙덩이와 벽돌 조각, 모르타르 등이 어지럽게 흩어져 있었다. 진입로에서 쓸려 들어온 모래와 흙이 잡초와 뒤섞여 있었다. 바비는 옆길로 방향을 틀었다. 시내는 고작해야 세 블록 넓이 정도였다. 어느 별장 베란다에 아프리카인들 몇몇이 불을 에워싸고 쪼그려 앉아 있었다. 바비가 그 옆을 지나가자 그들 중 너덜너덜한 군복을 입은 남자가 자리에서 벌떡 일어섰다. 바비는 엉겁결에 남자의 시선을 피했다. 하지만 남자는 바비에게 관심 따위 없는 듯 주머니를 뒤져 냄비에다 무언가를 던져 넣고는 다시 자리에 앉았다.

숲에서 나온 아프리카인들은 이런 폐가를 무단으로 점거하고 있었다. 그들은 어디선가 주워 온 희한하게 생긴 물건들로 벽이며 현관이며 창문이며 가구까지 장식함으로써 빈집들을 숲속의 둥그런 오두막처럼 꾸몄다. 또 응접실에 움막을 짓기도 하고 베란다에 지붕을 올리기도 했다. 그런가 하면 나무를 모아 불을 피우고 함석이나 벽돌을 조리 도구 삼아 요리를 했다. 남자들은 대부분 낡은 군복을 입고 있었는데, 빗물에 젖은 데다 주머니가 무언가로 꽉 차서 옷이 축 늘어져 있었다. 오두막 울타리처럼 문을 떼어 낸 현관을 보니 자전거 한 대가 세워져 있었다.

집집마다 쌓인 잡동사니 틈으로 잡초가 무성하게 자라 있었다. 쓸모없다고 판단되는 물건들은 내다 버리기 때문에 길은 잡동사니와 잡초로 가득했다. 금이 간 액자 유리, 부서진 안락의자, 스프링을 빼낸 매트리스, 종이가 들러붙은 두툼한 책과 젖은 잡지도 있었다. 납작하게 찌그러진 담뱃갑이 바비의 눈에 띄었다. 흐릿한 빨간색 바탕에 검은색으로 '벨가'라고 쓰여 있었다. 바비는 유럽에서 휴가를 보내던 때를 떠올렸다. 마치 호수 너머에 벨기에를 비롯하여 유럽 전토가 펼쳐져 있는 것 같았다. 호수 또한 조금 다르기는 해도 영국 해협처럼 느껴졌다. 애초에 이곳은 아프리카를 찾는 관광객을 상대로 건설된 휴양지가 아니었다. 아프리카에 머물러 살면서 유럽을 잊지 못하는 사람들을 위해 마련된 휴양지였다. 공원, 선착장, 호숫가 산책로 등 모든 것이 유럽 스타일이었다. 그런데 이 나라의 갖가지 문제는 호수 너머 이곳까지 영향을 끼쳤다. 독립이 되고 경제 공황을 겪고 군대에서는 폭동이 일어났다. 백인들은 남쪽으로 탈출했고 아시아인들은 추방당했다. 그리고 많은 사람들이 죽었고, 그래서 이 휴양지는 제 역할을 못 하고 있었다.

저 멀리서 흥겨운 리듬 소리가 희미하게 들렸다. 누군가 춤을 추는 것 같았다. 하지만 소리가 너무 작아서 무슨 춤인지 알 수 없었다. 바비는 잠시 멈추고 귀를 기울였지만, 소리가 어디서 나는지 가늠하기 어려웠다. 그는 앞으로 죽 걸어갔다. 길 끝쪽 수풀이 무성한 곳은 예전에 상가가 번성한 지역이었다. 그곳까지 걸어가자 엔진 소리가 들렸다. 잠시 후 자동차 한 대가 울퉁불퉁한 길을 달려왔다. 인도 아가씨가 모는 쉐보레 자동차였다. 그녀는 한 가게 앞에 차를 세웠다. 그리고 바비를 힐끗 바라보고는 황급히 가게로 들어갔다. 하이힐이 콘크리트 바닥에 닿을 때마다 또각또각 소리가 났다. 가게는 어두컴컴했지만 영업 중인 것 같았다. 선반 가득 통조림이 놓여 있었고, 계산대에는 중년 남자가 앉아 있었다.

리듬 소리는 계속 들렸다. 소리가 점점 또렷해졌다. 웬 남자가 소리를 질러 댔다. 바비는 고개를 돌려 넓은 호수를 바라보았다. 나무숲 못지않게 울창하게 우거진 검은 덤불숲과 울타리 너머로 보이는 호수는 칙칙한 은빛을 띠고 있었다. 바비는 소리를 쫓아 걷기 시작했다. 소리가 점점 커졌다. 큰길에 이르자 바비는 천천히 달렸다. 얼마쯤 가자 숲을 빠져나오는 병사들이 보였다. 어스름한 저녁, 검은 병사들이 걸친 흰 조끼가 한곳에 모아 놓은 새하얀 방패처럼 반짝거렸다. 병사들의 하얀 신발이 퍼덕거리는 비둘기 날개 같았다. 콧수염을 기른 남자가 병사들과 나란히 달리고 있었다. 남자는 이스라엘 군대의 작업복을 입고 있었다.

병사들은 삼열 종대로 구보를 하고 있었다. 모두 카키색 바지에 하얀 신발을 신고 흰 조끼를 입고 있었다. 병사들의 얼굴은 보이지 않았다. 그들은 대열의 선두에 있는 이스라엘 교관의 구령에 맞추어 가볍게 달렸다. 교관은 몸을 돌려 병사들을 마주 보면서 계속 구령을 외쳤다. 그러면서 이따금 다리를 번쩍번쩍 들어 올리며 병사들도 그렇게 하라고 지시했다. 하지만 그와 병사들의 동작은 달랐다. 이스라엘 교관은 자신의 건장한 몸을 자랑하듯 상체를 앞으로 쑥 내밀었다. 그러나 병사들은 몽롱한 표정을 한 채 눈을 반쯤 감고 달렸다. 그들은 무릎을 거의 들어 올리지도 않았다. 그들의 빡빡 깎은 머리에서 땀방울이 흘러내렸다. 땀방울이 흘러드는지 병사들은 눈을 자꾸만 껌뻑거렸다.

구령을 외치는 이스라엘 교관은 병사들을 자기보다 앞서 달리게 했다가 양치기 개처럼 다시 맨 앞쪽으로 달려가곤 했다. 그다지 소용이 없는 것 같은데도 그는 열심히 구령을 붙였다. 규칙적인 식사 덕인 듯 아프리카 병사들은 모두 통통하게 살이 올라 있었다. 팔뚝도 굵었다. 반면 이스라엘 교관은 작고 마른 편이었다.

이윽고 교관과 병사들이 큰길 쪽으로 난 샛길을 달려 내려가기 시작했다. 바비는 다른 쪽 샛길로 그들을 뒤따라서 호텔로 내려갔다. 옅은 어둠 속에서 하얀 조끼들이 춤추듯 가볍게 흔들거리며 앞으로 나아가고 있었다. 하얀 신발들도 여전히 날개처럼 퍼덕거렸다. 잠시 후 그들의 모습은 큰길 한가운데의 희끄무레한 화단에 가려 잘 보이지 않았다. 발소리도 서서히 멀어졌다. 하지만 교관의 구령 소리는 여전히 또렷했다.

발소리와 구령 소리가 다시 커졌다. 병사들이 반대편 샛길로 내려오고 있었다. 어둠 속에서 커다란 덩어리가 길을 막고 달려왔다. 조금 더 있자 그 덩어리는 하얗게 변하면서 점점 더 커졌다. 바비는 걸음을 멈추고 그들을 바라보았다. 그런데 대열이 가까워져 흰 조끼 위로 빡빡 머리가 드러나자 마음이 편치 않았다. 가만히 보고 있으면 안 될 것 같았다. 병사들도 바비를 의식할 터였다. 흘러내리는 땀 때문에 눈을 껌벅이면서도 경쾌한 리듬에 맞춰 고개를 빳빳이 들고 달리는 병사들을 외면하고, 바비는 그 옆을 지나쳤다. 계속 구령을 외치며 병사들 옆에 바짝 붙어 달리는 교관의 존재도 무시했다.

마침내 어둠이 대지를 덮었다. 베란다 한두 곳에서 아프리카인들이 피우는 나지막한 모닥불이 보였다. 가로등도 파란 형광 불빛을 밝히기 시작했다. 별장에도 희미하게 불이 밝혀졌다. 하지만 큰길 건너 잡초가 무성한 공원은 호수와 마찬가지로 깜깜했다. 바비는 다시 커다란 나무가 있는 집 앞으로 갔다. 호텔 마당의 희미한 불빛이 집을 비추고 있었다. 콘크리트 벽 아래는 칠흑같이 어두웠다. 호텔의 현관 불빛이 자갈이 깔린 앞마당을 희미하게 비추었다. 바에도 불이 켜져 있었다. 베란다에 린다의 그림자가 어른거렸다.

"바비?"

바비는 그녀가 자기를 기다렸다고 생각했다. 그녀의 목소리는 기다리는 사람의 외로움에 젖어 있었다. 그녀는 낮에 입었던 옷이 아닌 새 옷을 입고 있었다. 바지가 흰색 같기도 하고 크림색 같기도 했다.

린다가 낮은 목소리로 속삭이듯 말했다.

"포트와인과 레몬이 생각나네요."

바는 쓸쓸할 정도로 조용했다. 대령과 도리스 마셜에 관한 농담이었지만 아무도 웃지 않았다.

바비와 린다는 자리에 앉아 말없이 셰리주를 홀짝이며 벽에 걸린 사진과 수채화, 그리고 테이블에 놓인 지저분한 조니 워커 인형을 바라보았다. 은테 안경을 쓴 대령은 전등 아래 앉아 진을 홀짝이면서 페이퍼백을 읽고 있었다. 카운터 뒤에는 빨간 튜닉을 입은 소년이 쪼그려 앉아 있었다.

자갈길을 걷는 발소리가 들렸다. 이윽고 발소리는 콘크리트 계단에서 나더니 이내 베란다 쪽으로 옮겨졌다. 키가 크고 호리호리한 아프리카인이 바 입구에 나타났다. 그는 낡은 군용 비옷 아래 검은 정장을 입고 있었다. 게다가 때 묻은 흰 셔츠에 검정 나비넥타이까지 했는데, 신고 있는 군용 장화도 진흙이 묻어 지저분했다. 그는 잠시 두리번거리다가 대령을 발견하자 재빨리 허리를 굽혔다.

"안녕하십니까, 대령님."

대령은 말없이 고개만 끄덕이고는 다시 책으로 눈을 돌렸다.

아프리카인은 주위 사람들은 안중에 없는 듯 성큼성큼 바 안으로 들어왔다. 소년이 그에게 위스키소다를 따라 주었다. 아프리카인은 가늘고 긴 손가락으로 유리잔을 쥐고는 곁눈질로 바비와 린다를 힐끗 살폈다.

대령은 여전히 책을 읽고 있었다. 한 사람이 더 들어왔지만 바 안은 변함없이 고요했다.

자동차 소리가 큰길에서부터 점점 가까이 다가왔다. 호텔 밖의 자동차 불빛이 바 안을 비추었다. 잠시 후 자동차 한 대가 앞마당으로 들어섰다. 차 문이 닫히는 소리가 두 번 들렸다. 대령을 제외한 모든 사람들이 밖을 내다보았다. 민간인 복장의 작고 야윈 이스라엘인 두 명이 바 입구에 나타났다. 그들은 대령에게만 아는 척했을 뿐, 바비와 린다에게는 눈길조차 주지 않았다. 두 사람은 테이블로 다가가 소년도 쳐다보지 않고 마실 것을 주문했다. 그러고는 비밀 이야기를 하듯 자기들끼리 나지막이 속삭였다. 마치 남들과 접촉하지도 대면하지도 말하지도 말라는 명령을 받은 사람들 같았다.

아프리카인은 한 손을 주머니에 찔러 넣은 채 잔을 비우고 술값을 계산하려는지 엄지와 검지로 동전을 꺼내더니 카운터 끝에 살짝 내려놓았다. 그는 밖으로 나가다 말고 대령이 앉은 테이블 근처에서 걸음을 멈추었다. 그러고는 대령이 고개를 들 때까지 잠자코 기다렸다.

"좋은 밤 보내십시오, 대령님. 고맙습니다."

대령이 고개를 들자 그가 허리를 굽히며 말했다. 대령도 고개를 끄덕이며 인사했다.

아프리카인이 밖으로 나가자 대령이 안경 너머로 바비와 린다를 바라보았다. 그러면서 입가에 희미한 미소를 띠고 속삭이듯 말했다.

"요즘도 저렇게 차려입고 다니는 사람이 있군요."

린다는 미소로 화답했다.

하지만 바비는 굳은 표정을 지었다. 그는 미소 짓고 있는 대령을 바라보면서 속으로 쾌재를 불렀다.

"서너 달째 위층에 올라간 적이 없어서 방 상태가 어떤지 모르겠소." 대령이 한 손을 허리에 대고 말했다. "지금은 보이 반장을 맡은 피터가 관리하고 있소. 그러니 불편한 점이 있으면 피터에게 가 보시오. 보이 숙소에 있으니까. 나도 전에는 한 달에 한 번씩 방을 보러 올라갔소. 하지만 그래 봐야 소용이 없어 그만뒀다오. 올라가서 본다고 뭐가 달라지겠소? 달라질 건 아무것도 없다오."

대령은 어깨를 으쓱하고 양손에 쥔 책을 다시 읽기 시작했다. 그때 옆방에서 제복을 입은 키 큰 소년이 들어와 대령에게 말했다

"대령님, 저녁 식사 준비됐습니다."

두 이스라엘인이 기다렸다는 듯 자리에서 벌떡 일어나 잔을 든 채 옆방으로 들어갔다.

"나는 잠깐 위층에 갔다 올게요."

린다가 일어서며 바비에게 말했다.

바비는 그녀를 기다리지 않고 먼저 식당으로 들어갔다. 넓

은 식당 한가운데에 네모난 기둥이 두 개 서 있는 게 인상적
이었다. 철망이 있는 커다란 창문 너머로 호수가 내다보였다.
한쪽 벽에는 수채화가 가득 걸려 있었다. 식당 안의 테이블은
열두 개쯤 됐다. 대령이 앉을 테이블에는 양념 통만 여섯 개나
놓여 있었다. 길쭉한 양념 통 받침대는 은으로 만든 것이었다.
테이블 한쪽에는 책과 잡지도 몇 권 쌓여 있었다. 보이 하나가
세 사람 몫으로 준비된 테이블로 바비를 안내했다.

보이는 몸집이 컸는데 동작은 아주 민첩했다. 보이가 움직
일 때마다 냄새가 조금씩 났다. 그가 입은 빨간 튜닉의 소매
와 목깃은 때에 절어 더러웠다. 양쪽 뺨과 목덜미도 때가 낀
것처럼 보였다. 보이가 바비에게 내민 메뉴판에는 요리 이름
이 옛날식의 비스듬한 글씨체로 굵게 적혀 있었다. 식사는 다
섯 차례의 코스 요리로 구성된 것 같았다.

린다가 식당으로 들어오자 바비가 말했다.

"빨리도 오는군요."

린다는 얼굴을 찡그린 채 메뉴판을 집어 들었다.

"당신 방에 누가 있어요."

린다가 계속 얼굴을 찡그리고 바비를 바라보며 넌지시 말
했다. 바비에게 직접 방에 올라가 보라는 말투였다. 바비는 린
다가 자기 일에 간섭하는 것 같아 약간 짜증이 났다. 하지만
일단 식당에서 밖으로 나오자 기분이 좀 가라앉았다.

계단에는 희미한 불이 밝혀져 있었는데, 2층 복도는 깜깜했
다. 서둘러 방으로 들어가 불을 켠 바비를 맞이한 것은 유리
창을 통해 보이는 어두운 바깥 풍경과 어수선한 침대 옆에 그

대로 방치된 트렁크였다. 누런 원주민 셔츠도 의자 등받이에 걸쳐져 있었다. 달라진 것은 아무것도 없었다. 단지 아까보다 냄새만 좀 더 강해졌을 뿐이었다.

바비는 복도 건너 린다의 방으로 들어가 보았다. 바비의 방보다는 작았지만 훨씬 밝고 깨끗했다. 대령이 특별히 린다에게 호의를 베푼 듯했다. 팔걸이의자에는 린다가 낮에 입었던 셔츠와 브래지어가 걸려 있었고, 진흙이 튄 바지는 주름이 잡힌 채 놓여 있었다. 구겨진 허리띠와 둥근 엉덩이 근처에 바지를 입은 사람의 몸 윤곽이 그대로 드러나 있었다. 텅 빈 침대 위 테이블에서 무언가가 은빛으로 반짝거렸다. 서툴게 찢은 흔적이 있는 얇은 비닐 팩이었다. 팩에 든 것은 샴푸가 아니었다. 이름도 희한한, 여성의 음부 냄새를 제거할 때 쓰는 일종의 탈취제였다.

음탕한 여자 같으니라고. 바비는 속으로 생각했다. 매춘부나 다름없군.

바비는 고개를 숙이고 미소를 지은 채 식당 테이블로 돌아왔다. 하지만 자리에 앉은 순간 미소는 사라지고 그의 얼굴은 딱딱하게 굳었다. 한 사람 몫으로 차려졌던 접시가 치워지고 없었다. 바비는 린다가 짓고 있는 표정을 이해하려 애썼다. 이번에도 쉽지 않았다. 그는 린다에게 아무 말 않기로 했다가 아무래도 한마디 하는 게 낫겠다 싶어 나지막이 속삭였다.

"아무도 보지 못했어요."

린다는 무언가 불만스러운 표정이었다. 그녀는 이마를 찌푸리며 신경질적으로 한숨을 내쉬었다. 그러고는 어쩔 수 없다는 듯한 표정을 지었다.

바비는 린다뿐만 아니라 그녀와 관련된 모든 것이 싫었다.

*

대령이 어색한 걸음걸이로 들어왔다. 그는 책 사이에 손가락을 끼우고 있었는데, 술을 마셔 취기가 도는지 얼굴이 불그레했다. 대령은 잠시 서서 식당 안을 둘러보고는 만족스러운 표정을 지었다. 마치 식당에 손님이 가득 찬 광경을 보는 것 같은 표정이었다. 그는 자리에 앉더니 매우 부드러운 눈길로 린다를 바라보았다.

"혹시 이 책 읽으셨소?"

대령이 책을 들어 보이며 린다에게 물었다. 나오미 제이컵이 쓴 책이었는데, 제목은 보이지 않아 알 수 없었다.

"독일 놈들의 심리를 낱낱이 파헤친 책이라오."

대령은 그렇게 말하고 곁에 선 보이에게 고개를 돌렸다.

"나는 메뉴판 필요 없어. 그 메뉴 다 내가 썼잖아. 나는 수프 먹으련다." 대령은 다시 린다에게 고개를 돌렸다. "독일인들이 여기에도 이따금 나타났소. 프랑크푸르트에서 온 패키지 여행객들 말이오. 그 사람들, 보는 족족 내쫓아 버렸어야 했어요."

그 사람들이 당신을 내쫓았어야 하지 않을까? 바비는 그렇게 생각했다.

"그자들은 내 재산을 축내려고 온 것 같았소." 대령이 다시 입을 열었다. "이를테면 싹쓸이를 하는 거죠. 그자들에게 식사를 뷔페 형식으로 차려 줬는데 그게 큰 실수였소. 독일 놈들에게는 아예 뷔페 같은 걸 제공하지 말아야 하오. 마지막 남은 부스러기까지 다 먹어 치워야 직성이 풀리는 자들이니까요. 테이블에 올린 햄은 다 자기 혼자만 먹으라는 것인 줄 안다오. 그러니 늘 서로 먹으려고 법석을 떨죠. 여자 둘이 머리채를 잡고 싸우는 꼴도 봤소. 정말이지 저 멀리 독일 놈들이 보이면 되도록 빨리 뷔페 상을 걷어치워야 해요. 문 앞에 독일인들이 나타나면 이렇게 말할 거요. '손님들, 오늘은 단품 주문만 받습니다.'라고 말이오."

"하긴 그쪽 사람들이 대식가이긴 하죠."

린다가 말했다.

"벨기에 사람들도 마찬가지요. 최근에 그 사람들이 여기로 떼를 지어 왔소. 호수 저 건너편에서 무리를 지어 오곤 했죠. 벨기에 사람들을 위해서는 질 좋은 부르고뉴산 적포도주가 어떤 것인지만 알고 있으면 돼요. 이곳에서는 그런 걸 알아도 크게 도움이 되지는 않지만 말이오. 물론 여기에……." 대령은 철망을 친 창문 너머 어둠 속의 호수를 가리켰다. "그 사람들은 일 때문에 여기에 오죠. 그런데 손바닥만 한 벨기에에서 살아서 그런지 넓은 이곳에 오기만 하면 곧바로 여유로운 삶을 살 수 있을 거라고 생각하는 것 같소. 노동 같은 건 하려고 들지도 않으면서 말이오. 노력도 하지 않고 잘 먹고 잘살기를 바랄 수 있겠소? 그중에는 '여기는 우리 땅이에요. 왕이 우리에게 하사했어요.'라고 떠들고 다니는 여자도 있었소. 벨기에 사람들이 여기에다 무얼 만들어 놓고 사는지 두 눈 똑바로 뜨고 봐야 해요. 그들은 대저택과 성과 수영장 등을 만들어 놓고 산단 말이오. 그런데 벨기에 사람들은 두 부류로 나뉘어……."

"플레밍족과 왈룬족으로 나뉘죠."

린다가 끼어들었다.

"그 사람들은 이름과는 정반대로 생겨 먹었소. 왈룬족은 뚱뚱할 것 같은데 사실은 마르고 호리호리하죠. 이와 반대로 플레밍족은 날씬할 듯하지만 살이 쩌서 뚱뚱해요. 식사를 하러 오는 플레밍족 무리를 본 적 있소? 그들은 10시에 밥 먹으러 오겠다고 하고 7시에 온다오. 7시에 말이오. 그러고는 그때부터 바에서 진탕 퍼마셔 대는 거요. 식욕을 돋우기 위해서라면서요. 그러다 8시쯤 되면 배고프다면서 이것저것 닥치는 대로 집어 먹기 시작해요. 여기저기서 보이를 불러 안주 더 내놓으라고 아우성치면서 말이오. 안주를 얼마나 많이 늘어 놓고 처먹어 대는지 당신들도 봤어야 하는데……. 그 사람들은 마시고 또 마셔서 식욕을 한껏 돋우죠. 그러고는 보이들이 음식을 차려 놓고 기다려도 식당에 나타나지 않아요. 10시라고 했으니까 그때까지 버티는 거죠. 10시까지 식욕만 돋우겠다는 심보라고요. 서로 소리 지르고 싸우고 카드 게임도 하면서 말이오. 아이들까지 소리를 빽빽 질러 대서 정신을 차릴 수가 없어요. 여기저기서 안주를 더 가져오라고 소리를 질러 대니 보이들만 죽어나죠. 플레밍족 사람들의 가족 모임만으로도 그 모양이오. 10시가 되면 그들은 식당으로 우르르 몰려들어 와요. 그러고는 장장 한 시간 반 동안 게걸스럽게 먹어 댑

니다. 어미고 아비고 애들이고 할 것 없이 돼지처럼 쩝쩝거리
거나 코를 쿵쿵대면서 말이오. 마치 커다란 지방 덩어리처럼
보여요. 그런 자들이 아프리카인들을 비난하다니, 정말 웃기
는 일이죠. 아프리카인들도 눈이 있으니 그자들의 꼬락서니를
볼 거요. 그런데 아프리카인들은 참 희한한 사람들이오. 그들
은 몇 주일이고 쉬는 날도 없이 고분고분 말을 잘 들으며 일하
다가 특별한 이유도 없이 어느 날 갑자기 내빼 버려요."

주방에서 뭔가 깨지는 소리가 나더니 와자지껄 떠드는 소
리가 들렸다. 비명에 가까운 웃음소리도 들렸다. 그리고 뒤를
이어 많은 사람들이 합창하듯 소리를 질렀다.

대령은 멍한 표정을 지었다. 그는 더 이상 린다를 보고 있
지 않았다. 이스라엘인들이 나지막이 속삭이고 있었다. 키 큰
소년이 바비와 린다 앞에 놓인 빈 그릇을 치우러 왔다. 소년이
돌아선 순간 냄새가 풍겼다.

"당신들, 옷을 이상하게 차려입고 나타난 그 사람 봤소?"

대령이 물었다.

바비는 이마를 찌푸렸다. 린다는 미소를 지으려다 대령의
무표정한 얼굴을 보고 웃음기를 거두었다.

"그 작자는 한 달째 그런 차림으로 여기에 온다오. 어디서
그런 옷을 얻어 입었는지 모르지만 말이오. 나는 사실 그 작
자가 누군지도 모르겠소."

린다가 입을 열었다.

"그 사람 무척 예의 바르던데요."

"물론 예의야 바르죠. 그런데 그 작자는 내 콧대를 꺾으려

고 여기에 오는 것 같소. 안 그러냐, 티모시?"

키 큰 소년은 가만히 서 있다가 대령의 말에 고개를 들었다.

"무슨 말씀인지요?"

"그 작자는 날 죽이고 싶을 거야, 안 그러냐?"

쟁반을 손에 든 티모시는 꼼짝하지 않았다. 그는 심각한 표정만 지을 뿐, 아무런 대꾸도 하지 않았다. 대령이 식사를 계속하자 소년은 그제야 안심하는 표정이었다.

"머지않아 그자들이 당신 같은 사람들을 몰아낼 날이 올 거요."

대령이 말했다.

티모시는 성큼성큼 주방으로 들어갔다. 주방에서 들리는 왁자지껄한 소리 틈으로 낯선 목소리가 끼어들었다. 잠시 뒤 그 목소리는 들리지 않았다. 대신 불만이 가득한 목소리들이 뒤를 이었다. 티모시가 다시 주방에서 나왔다. 동작은 민첩했지만 표정은 심각했다. 그가 향한 곳은 이스라엘인들의 테이블이었다.

"살로니카나 인도 같은 데로 보낼 사내들을 훈련시키던 일이 생각나는군요." 대령이 말했다. "이따금 그들을 말에 묶을 때가 있었소. 이랴, 이랴! 말을 몰 때마다 그들의 비명 소리가 연병장 끝까지 울려 퍼졌죠. 그들 중에는 다리가 2~3센티미터나 퉁퉁 부은 녀석도 있었소. 하지만 우리는 결국 그들을 기병으로 키웠다오. 그렇게 해서 살로니카고 인도고 어디든 필요한 데로 보냈소." 대령은 다시 린다를 바라보았다. "지금은 낯설게 들리는 지명일 거요. 이곳의 이름도 곧 낯설어질 테지요."

주방의 와자지껄한 소리가 잦아들었다.

대령은 잠시 멍한 표정으로 있다가 식사를 계속했다.

키가 크고 호리호리한 아프리카인이 주방에서 나왔다. 피부가 그다지 검지 않았다. 짙은 갈색에 가까웠다. 그의 몸놀림은 운동선수처럼 가벼웠다. 그는 이스라엘인과 바비와 린다를 향해 미소를 지으며 가볍게 고개를 끄덕였다. 그러고는 대령의 테이블로 가서 그 옆에 섰다. 활달한 동작이나 뚜렷한 얼굴 윤곽으로 보아 그는 아프리카인이 아니라 서인도 제도나 중남미 백인과 원주민의 혼혈 같았다. 디자인이 단순한 옷을 맵시 있게 차려입은 모습도 인상적이었다. 그는 깔끔한 카키색 바지도 단정하게 다려 입었는데, 회색 셔츠 깃도 깨끗하고 빳빳했다. 크림색 스웨터를 받쳐 입은 모습이 테니스나 크리켓 선수 같기도 했다. 머리는 가르마를 타서 말끔했고 갈색 구두는 반짝반짝 광이 났다.

대령 앞에 선 그는 대령이 고개를 들 때까지 가만히 기다렸다. 이윽고 그가 입을 열었다.

"저녁 인사 드리러 왔습니다, 대령님."

말투가 대령과 비슷했다.

"그래, 피터. 일이 끝났구나. 접시 깨는 소리에다 와자지껄 시끄럽더니만. 그런데 이 시간에 어디를 가는 거지?"

"영화 보러 갑니다."

그의 아프리카식 영어는 간단명료했다.

"혹시 근처에 있는 정신 병원 보셨소?" 대령이 린다에게 물었다. "그 병원도 곧 폐쇄될 거요. 군대가 철수한다면 말이오."

이스라엘인들은 대령의 말을 듣지 못한 것 같았다.

"그래서 뭘 볼 거냐, 피터?"

대령의 질문에 피터는 당황한 표정을 지었다. 그는 대령의 얼굴을 가만히 바라만 보았다. 그러다 희미하게 웃더니 아프리카인 특유의 멍한 표정을 지었다.

"잘 모르겠습니다, 대령님."

"이건 당신 들으라고 한 말이오."

대령이 린다를 바라보며 말했다. 하지만 린다가 들으라고 한 말은 아니었다.

피터는 계속 잠자코 서 있었다. 대령은 식사를 하느라 정신이 없었다. 잠시 후 피터는 평정심을 되찾고 다시금 애매한 미소를 지었다. 그러다 더는 못 참겠는지 입을 열었다.

"저 갑니다, 대령님?"

대령은 쳐다보지도 않고 고개만 끄덕였다.

피터는 운동선수 같은 날렵한 몸놀림으로 식당을 나갔다. 가죽 구두의 뒤축이 바닥에 닿는 소리가 바와 베란다를 넘어 점점 멀어졌다. 그 소리가 콘크리트 계단에 이르렀을 때 대령이 양념 통으로 테이블을 탁 내려치며 벽력같이 소리쳤다.

"피터!"

바비는 깜짝 놀랐다. 티모시는 한 대 얻어맞은 듯 얼굴을 움찔했다. 그때까지 조용히 있던 이스라엘인들도 놀랐는지 대령 쪽을 바라보았다. 식당은 쥐 죽은 듯 조용했다. 바도 주방도 조용하기는 마찬가지였다.

잠시 후 피터가 발소리를 죽이며 식당으로 돌아와서 대령의 테이블 앞에 섰다.

대령이 입을 열었다.

"폴크스바겐 열쇠를 다오, 피터."

"열쇠는 사무실에 있습니다, 대령님."

"피터, 그건 말도 안 되는 소리야. 열쇠가 사무실에 있으면 내가 왜 너한테 달라고 하겠어? 안 그래?"

"그렇습니다, 대령님."

"그러니 그건 말도 안 돼. 그렇지?"

"네, 말도 안 됩니다."

"너도 참 멍청하구나, 피터."

피터는 아무런 대꾸도 하지 않았다.

"피터?"

"말도 안 됩니다, 대령님."

"그런 식으로 말하지 마, 피터. 네가 멍청하니까 말도 안 되는 짓을 하는 거야. 멍청한 것도 병이지. 어떤 의사도 고칠 수 없는 병이야, 병."

피터는 더 이상 방 안을 둘러보지 않았다. 그의 시선은 대령에게 꽂혀 있었다. 단단한 어깨가 구부정했다. 대령의 모욕에 굴복한 것 같았다.

"아, 이 녀석 참 잘생겼잖소?" 대령이 린다에게 들으라는 듯 말했다. 하지만 그는 린다를 보지 않았다. "알고 보면 아주 세련된 녀석이죠." 대령은 손바닥을 앞으로 내밀고 올렸다 내렸다 했다. "하지만 이 녀석들 숙소에 한번 가 보시오. 병에 걸리지 않으면 다행일 거요."

피터의 핼쑥한 얼굴에 박힌 두 눈동자가 반짝거렸다. 그의 입은 약간 벌어져 있었다.

"피터, 열쇠 내놔."

"폴크스바겐 안에 있습니다, 대령님."

바비는 접시를 옆으로 치웠다. 린다가 테이블 아래로 바비의 다리를 툭툭 찼다. 바비는 아무 일 없다는 듯 자세를 고쳐 앉았다. 대령이 그 모습을 지켜보았다. 그는 피터를 바라보다 말고 바비의 발을 내려다보았다. 그러고는 잠시 멍한 표정을 지었다.

대령이 집게손가락으로 바닥을 가리켰다.

"피터, 이 호텔 부지 폭이 얼마나 되지?"

"46미터쯤 됩니다, 대령님."

"안쪽 길이는?"

"60미터 조금 넘습니다."

"내가 책임질 땅은 300제곱미터도 안 돼. 밖에서 일어나는 일은 나와 상관없으니까 신경 쓰지 않아. 나는 여기만 책임지면 된다고. 내가 하는 게 마음에 안 들면 나가. 지금 당장."

바비는 손가락으로 식탁보를 눌렀다. 그러고는 빵 부스러기를 집어 들었다.

"피터, 넌 나를 어떻게 생각하지?"

"좋아합니다, 대령님."

"나를 좋아한다고? 네가 나를 좋아한단 말이야?"

"대령님은 제가 어렸을 때 저를 거두어 주셨습니다. 제게 일자리를 주셨고 숙소도 주셨죠. 대령님은 또 제 아이들도 보살펴 주셨습니다."

"이 녀석의 자식이 몇인 줄 아시오? 자그마치 열넷이나 된다오. 동물 세 마리도 키우고 있죠. 그야말로 세련되고 멋진 인생을 살고 있어요. 그런데 펜을 어떻게 쥐는지도 몰라요. 그게 믿어지시오? 이 녀석이 시궁창 같은 곳에서 나왔다면 믿을 수 있겠소? 피터, 너는 더러운 걸 좋아하지? 안 그래? 너는 시궁창 같은 데 기어 들어가서 쓰레기를 주워 먹고 벌거벗은 채 춤추는 것도 좋아하지? 그리고 좋아하는 걸 하기 위해서라면 거짓말은 물론이고 도둑질도 할 테지? 안 그래?"

"저는 제 숙소가 좋습니다, 대령님."

"그래, 내 숨이 붙어 있는 동안에는 거기에 붙어 살아야겠지. 감히 이 안으로 기어 들어와 살지는 못할 거야. 피터, 나는 네놈이 그런 건 꿈도 꾸지 않기를 바란다. 내가 죽으면 너는 끝장이야. 굶어 죽게 된다고. 피터, 내가 죽으면 너는 숲으로 돌아가게 될 거야."

"맞습니다, 대령님."

"너는 나를 좋아한댔지. 하긴 내가 너한테 잘해 주니까 좋아하겠지. 하지만 언제까지고 호의가 계속되지는 않을 거다. 전에 너희들을 가만두지 않겠다는 손님을 받은 적이 있지. 생각나나?"

"생각 안 납니다."

"거짓말하는군."

"저는 대령님을 좋아합니다."

"냉장고에 갇혔던 보이는 생각나냐?"

"그건 여기가 아닌 어딘가 다른 곳 얘기입니다."

"그것 봐라. 너는 다 알고 있어."

"저는 그런 얘기는 절대로 입 밖에 내지 않습니다, 대령님."

"매를 맞은 얘기도? 신물이 날 정도로 하지 않았어? 너희들이 경작해서는 안 될 곡물 얘기는? 다 생각나지? 자, 이래도 나를 좋아한다고 말할 테냐?"

"저는 대령님을 미워합니다."

"그래, 당연히 그럴 테지. 네가 나를 미워하는 줄 난 알아. 지난주 너희들은 남아공 사람을 한 명 죽였어. 늙어 힘도 없는 사람을 말이야. 내 말이 틀리냐? 그자는 여기서 이십 년이나 살았지. 너희네 여자와 결혼도 했고."

"그 사람은 도둑이 죽였습니다, 대령님."

"그건 너희들이 늘 둘러대는 말이지. 안 그래, 피터? 우리는 누가 그 사람을 죽였는지 알아. 그를 미워한 누군가의 짓이야."

"아닙니다, 대령님."

"네 계집이 앓아누웠던 때 생각나냐, 피터?"

"그건 대령님도 다 아시는 일이잖습니까."

"다시 한번 얘기해 봐라."

대령을 바라보는 피터의 눈이 분노로 이글거렸다. 피터는 반쯤 벌린 입을 꾹 다물고 콧등 위 미간을 한껏 찌푸렸다.

"네가 늘 하는 얘기잖아." 대령이 말했다. "누구나 열심히 들어 준 얘기이기도 하고."

티모시는 식당 한가운데에 있는 기둥에 등을 기대고 머리를 뒤로 젖힌 채 고개를 살짝 갸웃거리며 대령 쪽을 바라보았다.

"제 아내는 병에 걸렸습니다."

피터가 입을 열었다. 하지만 분노가 치미는 듯 말을 잇지 못했다.

"넌 계집이 셋이나 더 있잖아. 아무튼 계속 얘기해 봐."

"아내는 밤마다 숙소에서 울었습니다."

"더럽고 냄새나는 방에서 말이지."

"어느 날 밤인가는 심하게 앓았습니다. 저는 아내를 차에 태워 병원으로 데려갔습니다. 하지만 병원에서는 진료를 거부했습니다. 유럽인 전용 병원이라면서 원주민은 움막에나 가 보라고 했습니다. 결국 인도인 의사가 아내를 진찰했습니다. 하지만 너무 늦었습니다. 아내는 죽었습니다."

"그래서 너는 다음 날 나가서 다른 여자들을 구해 왔어. 그 계집들은 나무를 해 오라고 숲으로 보내면 등에다 한 짐씩 나무를 지고 돌아왔지. 그리고 밤마다 자네를 찾았고. 정말 멋진 얘기야. 관광객들이 들으면 무척 좋아할걸."

"저는 그런 얘기를 하고 다니지 않습니다, 대령님."

"너는 누가 더 미우냐? 인도인 의사냐, 나냐?"

"인도인이 밉습니다."

"너는 은혜도 모르는구나. 누가 더 밉냐니까? 그 인도인이야, 나야?"

"저는 항상 대령님이 밉습니다."

"그걸 잊지 마라. 네가 나를 미워하는 게 나를 살아 있게 한다. 언제가 될지는 모르겠지만, 네가 내 방문을 두드리는 날이 있을 거야."

"아닙니다, 대령님."

"너는 비옷을 걸치고 오겠지. 아니면 재킷을 입고 오거나. 아마 팔꿈치를 옆구리에 딱 붙이고……."

"아닙니다, 대령님. 그렇지 않습니다."

피터는 눈을 한 번 감았다 떴다.

"하지만 피터, 나는 그 남아공 사람처럼 넋 놓고 있다 당하지는 않을 거야. 네가 '좋은 밤입니다, 대령님.' 하고 인사하면 내가 '피터구먼. 반가워, 피터. 어서 안으로 들어와. 차라도 한 잔 하지. 어때, 잘 지내나? 식구들은 건강하고?' 하면서 반겨줄 것 같나? 천만에! 절대로 그런 말은 하지 않을걸. 차도 주지 않을 거고. 나는 바보 같은 짓 안 해. 대신 이렇게 말할 거다. '피터구먼. 너는 나를 미워한댔지.' 이렇게 말해도 네가 나가지 않으면 나는 너를 죽일 거야. 총으로 탕 쏴서 죽여 버릴 거라고."

피터는 눈을 부릅뜨고 대령의 정수리 부분을 내려다보았다.

"이것이 내 나름의 약속이야." 대령이 말했다. "이렇게 환한 불빛 아래서, 그리고 증인들 앞에서 공개적으로 약속하는 거지. 가서 네 친구들에게도 그대로 전해."

피터는 한동안 못 박힌 듯 그 자리에서 서서 대령의 정수리만 내려다보았다. 꾹 다문 입에 표정도 더 굳어졌다. 하지만 붉게 충혈된 눈에 눈물이 고이지는 않았다. 그는 한 손을 카키색 바지 주머니에 넣어 열쇠가 두 개 달린 열쇠고리를 꺼냈다. 피터가 열쇠를 테이블에 놓으려는 찰나 대령이 손을 내밀었다. 피터는 대령의 손바닥 위에 열쇠를 놓았다. 그는 이제 대령 옆에 머물 필요가 없었다. 식당을 가로질러 주방으로 향하는 그의 발걸음은 여전히 가볍고 날렵했다.

대령은 식당에 있는 그 누구에게도 눈길을 주지 않았다. 물이 담긴 유리잔을 든 그의 손이 가볍게 떨렸다. 그는 테이블에 조용히 잔을 내려놓았다. 얼굴이 창백했다.

티모시가 기둥에서 등을 떼더니 바쁘게 움직이기 시작했다.

문득 정신을 차린 듯 대령의 얼굴에 혈색이 돌았다. 그가 린다를 향해 말했다.

"저 녀석들은 오늘 밤 큰 행사를 하려고 이번 주 내내 준비했소. 우리 미스터 피터는 호텔에 폴크스바겐을 타고 등장할 예정이었죠. 놈들은 미스터 피터가 호텔을 거의 손아귀에 넣은 줄 알고 있을 거요. 바깥에서 미스터 피터는 꽤 잘나가는 사업가 행세를 하거든요. 하지만 그게 바로 문제라오. 내 말이 틀리냐, 티모시?"

대령은 더 이상 손을 떨지 않은 채 티모시를 향해 히죽 웃었다.

티모시는 안도의 한숨을 내쉬며 웃음으로 화답했다.

주방은 다시금 시끌벅적해졌다. 높고 빠른 억양의 목소리와 비명이 웃음소리와 섞여서 들렸다.

"저 목소리 들려요?" 대령이 린다에게 물었다. 린다는 포크를 입에 댄 채 고개를 끄덕였다. "믿기 힘들겠지만 저게 바로 피터의 목소리요. 저 녀석들이 지금 무슨 얘기를 하는지 아시오? 뭔가 대단한 토론이라도 벌이는 것 같지만, 실상은 아무

의미도 없는 말을 지껄이고 있소. 새들이 지저귀는 것과 마찬가지 소리를 내는 거죠. 여기 있는 티모시가 들어가면 또 무슨 소리가 들리는지 귀를 기울여 보시오."

그때 티모시는 이스라엘인들의 접시를 치우고 있었다. 그는 대령의 말에 미소를 지을 뿐, 동요하는 기색이 없었다. 그저 이맛살을 찌푸리며 다문 입을 한 번 삐죽거릴 뿐이었다.

주방에서 다시 웃음이 터져 나왔다.

"저 목소리도 피터요." 대령이 다시 입을 열었다. "저 녀석들은 저런 식으로 몇 시간이고 시시덕거린다오. 아무런 의미도 없는 짓을 하는 거죠. 저녁 식사는 괜찮았소?"

"네, 아주 좋았어요."

린다가 대답했다.

"내 덕은 아니오. 순전히 주방장 솜씨죠. 주방장이 말하면 나는 그저 메뉴에 적을 뿐이오. 주방장을 보면 당신도 웃음을 참을 수 없을 거요." 대령이 빙긋 웃었다. "숲에서 나온 지 얼마 안 된 사람이오. 여기 오기 전까지는 의자에 앉아 본 적이 한 번도 없었댔소. 내가 이곳을 떠나면 주방장 녀석은 어떻게 될지 모르겠소. 뭐, 어떻게 되든 나와는 상관없는 일이지만."

"이곳을 떠나실 생각인가요?"

"온통 그 생각뿐이오. 하지만 이미 시기를 놓쳤소. 미국인이 와서 이 건물을 통째로 사들일 날만 눈이 빠지게 기다리고 있다오. 그들은 반드시 올 거요. 그렇지만 오면 뭐 하겠소? 내게는 너무 늦은 일인데."

이스라엘인들이 손짓만으로 계산서를 요구했다. 티모시가

지폐를 받고 거스름돈을 내주었다. 대령은 일부러 그들에게 눈길을 주지 않았다. 이스라엘인들은 대령이 앉은 자리를 지날 때 잠시 주춤하더니 가볍게 고개를 끄덕였다. 대령은 아무런 대꾸도 하지 않았다. 그는 고개를 들어 두 사람을 힐끗 보고는 이내 허공을 응시했다. 그들이 지나가는 바람에 사색에 방해가 되었다는 태도였다. 이스라엘인들은 자갈이 깔린 앞마당에 이르러서야 큰 소리로 이야기를 나누었다. 그때까지도 대령은 여전히 허공을 응시하고 있었다.

"저자들은 자기들이 얼마나 운이 좋은지 모를 거요."

대령이 말했다.

차 문이 닫히는 소리가 한두 번 들리더니 이내 시동 거는 소리가 들렸다.

"유럽인들이 이곳에 오십 년만 빨리 진출했으면 저자들은 사냥감으로 쫓기다가 끝내 몰살당했을 거요. 유럽인들이 이십 년이나 삼십 년 정도 늦게 왔더라도…… 아랍인들이 이곳을 덮쳤을 테고, 그러면 저자들은 밧줄에 묶인 채 부두로 끌려가서 노예로 팔렸겠죠. 아프리카란 그런 곳이오. 이곳 사람들은 왕을 죽일 거요. 사태가 진정될 때까지 왕의 부족민들까지 몰살시킬 거란 말이오. 당신들은 왕이 누군지나 아시오? 뉴스를 죽 들었소?"

"그냥 한번 본 적은 있어요."

린다가 대답했다.

"왕이 여기 와서 점심을 들고 간 적 있소. 아주 세련된 사람이더군요. 내가 조금만 젊었어도 발 벗고 그를 구하러 나설 거요. 뭐, 그런다고 크게 달라지진 않겠지만 말이오. 솔직히 말하자면 왕은 그다지 비범한 사람은 아닌 것 같았소. 운이 반만 따랐어도 그 주술사 같은 대통령을 잡을 수 있었을 거요. 어디를 가든 선과 악이 공존한다고 하는데, 여기엔 아무것도 없소. 그저 아프리카인들뿐이죠. 그리고 그들은 저마다 제 할 일을 하고 있는 거요. 늘 그런 생각을 염두에 두고 생활하시오. 아프리카인들을 미워하며 살 수는 없으니 말이오. 심지어 그들에게는 화를 낼 수도 없소. 물론 화를 내는 척은 할 수 있지만 말이오."

저녁 식사는 거의 끝났다. 티모시는 빈 테이블을 정리하고 있었다.

"때를 놓쳤던 거요." 대령이 테이블에 놓인 책과 잡지를 챙기며 다시 입을 열었다. "그 남아공 사람 말이오. 여기에 자주 왔죠. 마지막 총탄을 맞기 직전까지 말이오. 그자는 치명적인 실수를 한 거요. 순수한 혈통의 보어인 영감이었는데. 현장 바닥에는 반쯤 찬 찻주전자와 잔 두 개가 나뒹굴고 있었답디다. 사방엔 찻물과 핏물이 튀어 있었고요. 그자는 한두 차례 아내를 이곳에 데리고 왔소. 주름이 자글자글하고 아주 못생긴 여자였죠. 뭐랄까, 행복에 겨운 늙은 원숭이 같았소." 대령은 잠시 침묵했다가 입을 열었다. "지난 몇 년 동안 나는 아주 끔찍한 일들을 많이 봤소."

대령은 갑자기 사람을 홀릴 것 같은 말을 꺼냈다. 예상치 못한 말에 바비는 고개를 들어 대령을 바라보았다. 대령도 바비를 바라보았다. 바비는 커피를 후후 불어 조금씩 마시면서 대령의 시선을 외면했다. 대령도 시선을 다른 쪽으로 돌렸다.

주방에서 들리던 비명과도 같은 소리가 뚝 끊겼다.

그것이 신호라도 된 듯 대령이 자리에서 벌떡 일어섰다.

"신문에 종종 실리는 그런 얘기가 아니오. 고관들이 듣고 싶어 할 얘기도 아니고요. 그런 사람들에게는 시시하고 하찮은 얘기로 들릴 거요. 아무튼 그 주술사 같은 대통령을 건드리면 안 되오." 대령은 똑바로 서기 위해 애쓰면서 다시금 잡지와 양념 통을 정돈하고 책을 집어 가슴에 갖다 댔다. "이제 이 지역에서는 표가 제대로 나오지 않을 거요."

대령은 마치 마지막 대사를 던지고 퇴장하는 배우처럼 말했다. 그는 꼿꼿한 자세를 유지하고 식당을 나섰지만, 허리에 부상을 입은 사실은 감출 수 없었다. 대령은 바와 베란다를 지나서 자신의 침실로 향했다. 그가 걸음을 옮길 때 한쪽 발은 가볍고, 또 다른 발은 둔탁하면서도 무거운 소리를 냈다.

티모시는 장난하듯 가볍게 움직이면서 식탁보를 걷었다. 조금 전과 달리 그의 몸놀림은 빠르고 활기찼다. 미끄럼 타듯 여유까지 부리며 성큼성큼 걷는 모습이 큰 키와 넓은 보폭을 자랑하는 것처럼 보였다. 그의 몸에서 풍기는 냄새가 식당을 채웠다.

아직 8시 30분이 되지 않은 시간이었다.

"벨기에 사람들에 대해 무슨 말을 들었던 것 같아요."

린다가 말했다.

"10시 전에는 밥을 먹지 않는다고 했던가요?"

"플레밍족이 그런다고 했어요. 뚱뚱한 사람들이오."

바비가 말했다.

티모시가 전등 세 개 가운데 두 개를 껐다.

"댁은 이 지역에 관한 한 전문가 수준이에요."

바비가 말했다.

"바에서 잠시 기다려 줘요." 린다가 말했다. "함께 산책을 하자고요."

바비는 린다의 태도가 영 마음에 들지 않았다. 일이 원하는 대로 잘되지 않은 데다 날이 어두운 점이 그녀 안에 내재된 아내란 의식을 자극하여 바비에게 마틴의 역할을 요구하는 것 같아서 더 그랬다. 하지만 바비도 혼자 있고 싶은 생각은 없었다. 그는 바에 들어갔다. 티모시는 식당의 마지막 전등마저 끄고 주방의 누군가와 큰 소리로 이야기를 나누고 있었다. 카운터 뒤의 소년은 여전히 그 자리에 쪼그려 앉아 있었다. 언뜻 카운터를 정리하고 있는 듯 보였으나, 사실은 책을 읽고 있었다. 잠시 후 린다가 바에 나타났다. 그녀는 카디건을 걸치고 있었는데, 바비를 보자 우스꽝스러운 몸짓으로 벌벌 떠는 시늉을 했다. 그 몸짓에는 추워서 그러는 것만은 아니란 뜻이 담겨 있었다.

*

큰길로 나오자 주방과 보이 숙소에서 흘러나오던 왁자지껄한 소리가 들리지 않았다. 부서진 도로의 자갈과 모래를 밟는 신발 소리와 어둠 속에서 호수의 물결이 방벽을 치는 소리만 들렸다. 뒤쪽 보이 숙소에서 새어 나오는 불빛에 호텔 건물의 윤곽이 그대로 드러났다. 바의 불빛이 마당 한구석을 밝게 비추었다. 반대편에 위치한 불 꺼진 식당 창문으로도 희미하게 빛이 새어 나와 호텔 콘크리트 담장을 비추었다. 담장 너머 어둠 속에는 거대한 나무와 폐가가 있을 터였다.

린다가 입을 열었다.

"혼자 있으면 으스스할 것 같네요."

두 사람 앞에 서 있는 가로등 하나가 형광 불빛을 내뿜었지만, 비가 내린 뒤라서인지 김이 서려 희미하게 보였다. 어느 순간 커다란 무언가가 모습을 드러냈다. 그 그림자는 갈수록 짙어졌다. 가로등 불빛 아래 무너진 벽돌담의 울퉁불퉁한 모습이 훤히 드러났다. 빗물에 젖은 야자나무 잎이 반짝반짝 빛났다. 공원 안에도 반짝거리는 것들이 더러 있었다.

"정말 신기하네요." 린다가 조그맣게 말했다. "어떻게 저 집들을 까맣게 잊고, 호수도 아직 발견되지 않은 것처럼 무관심할 수 있는지 모르겠어요."

"호수가 아직 발견되지 않은 것 같다니, 그게 무슨 소리죠?" 바비가 목소리를 낮추지 않고 말했다. "여기 사람들은 걸핏하면 호수 얘기를 하는데 말이에요."

"그건 나도 알아요. 내 말은 이곳 사람들이 외부인들 대부분은 호수에 별 관심이 없다는 걸 알아야 한다는 뜻이에요."

두 사람은 함석지붕이 날개를 활짝 펼친 새 모양으로 아슬아슬하게 매달린 집까지 걸었다. 그 집 베란다에는 모닥불이 피워져 있었고, 사람들이 그 주위에 옹기종기 모여서 잡담을 하고 있었다.

"저 사람들은 지난번 왔을 때도 저러고 있더니 지금도 그러네요. 계속 베란다에서만 지내나 봐요."

린다가 말했다. 그러고는 계속 걷다가 발을 헛딛고 비틀거렸다. 조약돌 하나가 그녀의 발에 차여 데굴데굴 굴러갔다. 베란다에 있던 아프리카인이 벌떡 일어섰다. 훤히 드러난 앙상한 다리와 너덜너덜한 재킷이 모닥불빛을 받아 벽에 그림자를 드리웠다. 린다와 바비는 못 본 척 똑바로 앞만 바라보았다.

그 집을 지나고 나서 린다가 입을 열었다.

"대령 말이 맞아요. 그들이 대령을 죽일 거예요."

두 사람은 주유소를 지났다. 기념품 가게도 지나쳤다. 휑뎅그렁하게 서 있는 폐쇄된 영화관도 지나갔다. 그리고 큰길에 이르렀다가 석양 무렵 군인들이 구보하던 나무가 우거진 샛길로 접어들었다. 길에는 아스팔트가 깔려 있지 않았다. 발에 축축한 모래와 조약돌, 나뭇잎이 밟히는 게 느껴졌다. 어둠이 짙어지는 속도가 두려울 정도로 빨랐다. 잡초가 무성한 어두운 정원 너머로 별장의 담장이 희끄무레하게 보였다. 베란다도 시시각각 몰려오는 어둠에 잠겨 있었다. 이쪽에는 모닥불이 없었다. 샛길 위로 나지막한 나무들이 우거져 있었다. 탁 트인 공간 하나 없이 답답한 느낌뿐이었다.

개 짖는 소리가 낮지만 크게 들렸다. 개는 눈 깜짝할 사이에 두 사람 곁으로 다가와서 사납게 으르렁거렸다. 둘은 조용히 걸었다. 개는 멀리까지 쫓아와서 계속 짖어 댔다. 앞쪽에서도 길 양옆에서 개들이 짖어 대고 있었다. 그들은 곧 사나운 개들 사이를 지나가야 했다. 한 별장의 창문을 통해 모닥불이 아닌 희미한 전등 불빛이 새어 나왔다. 그 별장에서도 개들이 튀어 나왔다. 개들은 짖지 않고 발톱을 세워 잡초를 마구 헤집었다. 그러고는 복잡하게 휘어진 나무 울타리를 뛰어넘어 도로 위 모랫바닥에 내려앉더니 조그만 조약돌을 사방으로 흩어 놓았다. 이윽고 어두운 길 앞쪽에서 더 많은 개들이 짖는 소리가 들려왔다. 개를 부르는 사람의 목소리는 전혀 들리지 않았다.

"정말 어처구니없네요."

린다가 투덜거렸다.

두 사람은 뒤를 돌아보았다. 조금 전만 해도 샛길 가운데 가 휑하니 비어 있었는데, 어느새 앞이든 뒤든 온통 개들밖에 보이지 않았다. 모랫바닥을 딛는 개들의 발소리가 쇳소리처럼 둔탁하게 들렸다. 으르렁대는 소리는 그리 크지 않았지만 소름이 돋을 정도로 낮고 사나웠다. 멀리서도 개 짖는 소리가 끊이지 않고 이어졌다. 개는 갈수록 많아졌다.

"대체 이게 무슨 일이죠?" 린다가 말했다. "이 개들은 주인 도 없나 봐요. 사나운 들개나 마찬가지예요."

"조용히 해요." 바비가 입을 열었다. "넘어지지 않도록 해요. 비틀거리지도 말고요."

두 사람의 말소리에 개들이 더욱 흥분했다. 이미 샛길은 개 들이 장악했다. 개들은 공격할 순간을 기다리고 있는 것 같았 다. 그중 가장 용감한 녀석이 달려든다든지 바비나 린다가 비 틀거린다든지 개들을 쫓으려고 돌이라도 던지면 일제히 덤벼 들 태세였다. 그런데 다행히도 두 사람은 큰길의 가로등이 있는 곳에 다가와 있었다.

"어머니가 기르던 개한테 물려서 장딴지에 흉터가 남았다고
했죠?"

린다가 물었다.

바비는 예전 일이 생각나자 화가 났다.

"저 개들을 다 죽여 버릴 겁니다. 내 구두코엔 쇠붙이가 박
혀 있어요. 맨 먼저 달려든 놈부터 죽여 버릴 거예요. 있는 힘
껏 걷어차서 머리통을 박살 낼 거라고요."

화가 치밀자 용기가 샘솟는 것 같았다. 개들이 바비의 그런
변화를 눈치챘는지 슬금슬금 길가로 물러났다. 두 사람을 바
짝 에워싼 녀석들도 조금씩 뒷걸음쳤다. 두 사람은 이제 가로
등 아래에 서 있었다. 불빛이 비쳐 주위의 어둠이 엷었다. 개
들은 큰길까지 따라오지 않았다.

"파상풍에 걸리면 열네 번이나 주사를 맞아야 한대요."

린다가 말했다.

"아프리카인을 공격하기 위해 데려온 개들이에요."

바비가 물러나는 개들을 바라보며 말했다.

"맞아요, 바비. 그런데 이제는 아무나 공격하고 있어요."

"아프리카인만 공격하도록 훈련시켰을 겁니다."

"그렇다면 훈련을 제대로 못 시켰네요."

"이건 그냥 웃어넘길 일이 아니에요."

"내 말이 농담처럼 들렸나요?"

두 사람은 묵묵히 호텔까지 걸었다. 이번에는 모닥불에 눈
길도 주지 않았다. 호텔 바에는 아직도 불이 켜져 있었다. 사

무실 옆 대령 방은 어두컴컴했다. 베란다에서 린다는 바비가 무슨 말을 하기를 기대하는 눈초리였지만, 바비는 아무 말도 하지 않았다. 그는 굳은 표정으로 린다를 등진 채 돌아서서 혼자 바에 들어갔다. 린다는 베란다를 지나 복도로 내려갔다. 그녀가 계단을 올라 제 방에 들어가는 소리가 바비의 귀에 들렸다. 이제 겨우 9시가 넘은 시각이었다. 두 사람의 산책길 모험은 삼십 분도 걸리지 않았던 것이다.

*

바비는 카운터 의자에 앉아 짙은 자홍색 뒤보네[2]를 마셨다. 두려움은 잦아들고, 어두운 샛길에서 공황 상태에 빠졌던 기억도 희미해졌다. 분노의 감정은 어느새 피곤함으로 바뀌었다. 거대한 아프리카의 호수 옆 바에 홀로 앉아 있는 바비는 다시금 우울함에 젖어 들었다. 그는 빨간 튜닉을 입은 보이의 지저분한 머리를 멍하니 바라보며 속으로 생각했다. 가엾은 녀석, 가엾은 아프리카인, 가엾은 아프리카인의 머리……. 문득 그의 눈에 눈물이 고였다.

"나 프랑스 책 읽는다."

소년이 표지가 얇고 너덜너덜한 책을 보이면서 서툰 영어로 말했다.

바비는 언뜻 소년이 무슨 말을 하는지 알아듣지 못했다. 그

---

2) 프랑스산 식전 포도주.

는 소년을 바라보며 개들을 떠올렸다. 가엾은 녀석.

"나 기하 읽는다."

소년은 이렇게 말하고 카운터 아래에서 너덜너덜한 책을 한 권 더 집어 들었다.

바비는 그제야 소년이 자기와 이야기하고 싶어 한다는 사실을 알아챘다. 나이가 어린 아프리카인 중에는 이런 식으로 대화를 시도하는 이가 종종 있었다. 그들은 여행객 중에서도 친절해 보이는 사람을 골라 말을 걸었다. 자신의 영어 실력이 어느 정도인지 시험해 보기도 하고, 이런저런 지식을 얻으며 유럽식 에티켓도 익히려는 의도였다. 바비는 소년이 자신을 그런 상대로 여긴다고 보고 마음 문을 열었다. 오늘 하루 갖가지 일을 겪어 심란한 터에 소년이 자신을 신뢰한다고 생각하니 그동안 대령에게만 신경 쓰고 소년에게는 제대로 눈길조차 주지 않았던 게 마음에 걸렸다. 자신을 믿는 소년을 그저 제복 입은 아프리카 꼬마로만 보아 넘긴 것이 미안하기도 했다. 바비는 소년을 그저 따분한 호텔에서 일하는, 대령의 고용인 중 한 명으로만 생각했던 것이다.

"기하를 읽는구나."

바비가 소년을 빤히 바라보며 말했다.

"어느 부분을 읽는지 나한테 보여 다오."

소년은 환하게 웃으며 까치발을 하고는 몇 번 깡총깡총 뛰었다. 그러고는 팔꿈치를 카운터에 대고 첫 몇 페이지를 펼쳐 보였다. 소년은 손바닥 전체로 페이지를 넘겼는데, 책장이 닳아 너덜너덜한 데다 때가 묻어 새카맸다.

"나 여기 읽는다."

소년이 여전히 깡총거리며 말했다. 그러고는 손바닥으로 책의 양쪽 페이지를 누르고 바비 앞에 내밀었다.

바비는 책을 받아 카운터 중간에 놓았다.

"너 여기 읽어? 삼각형의 세 각의 합은 180도다?"

"나 여기 읽는다."

소년은 카운터에 상체를 기댔다.

"당신 나 가르친다."

"가르쳐 줄 테니까 종이 한 장 줘 봐."

소년이 메모지를 내놓았다.

"가르쳐 줄 테니까 잘 보고 잘 들어. 직선을 그을게. 직선은 180도야. 180. 알았어? 이번엔 직선 위에 삼각형을 그릴게. 자, 삼각형이지? 이 각과 이 각, 그리고 이 각을 합하면 180도가 돼. 알아들었어?"

"배, 백."

"못 알아들었군. 잘 봐, 다시 알려 줄 테니까. 여기에 원을 그릴게. 원은 360도야."

"배, 백"

"왜 자꾸 백이라는 거야? 360. 300하고 60이라고. 내가 100도를 보여 줄게. 원을 이렇게 나눠 보자. 이러면 위가 100도고, 여기도 100도인 거야."

"나 프랑스어 읽는다."

"너 많이 읽는구나. 왜 그렇게 많이 읽지?"

"나 내년 학교 간다." 소년이 자랑스럽게 말했다. 그는 뽐내려는 듯 아랫입술을 삐죽 내밀었다. 그리고는 양손 끝으로 기하책을 들어 카운터 아래에 넣었다. "나 책 더 산다. 나 큰 직장 얻는다."

바비는 소년의 말을 듣다가 소년이 전에 누군가에게 이런저런 것들을 배운 적이 있으리라고 생각했다. 틀림없었다. 바비는 모험 같은 건 생각하지 않고 있었다. 오늘 하루는 일찌감치 모험을 포기해야 했던 날이었다. 하지만 선생 없이 혼자 공부하려 애쓰는 소년의 서글픈 모습을 대하자 무언가 모험이 시작되려는 듯한 예감이 들었다. 이따금 기대하지 않았던 상을 받게 되듯이 어느 날 문득 예기치 않게 모험을 해야 하는 순간과 맞닥뜨리기도 할 터였다. 그러고 보면 세상은 아주 공평하게 돌아가는 것 같았다. 물론 바비는 소년에게 무언가를 가르치기는 해도 소년을 알지 못했다. 바비는 소년의 머리를 바라보았다. 기름을 바른 듯 착 달라붙은 데다 지저분했다. 야윈 목도 때가 낀 듯 거칠어 보였다. 자신이 관찰 대상이 되고 있다는 사실을 알아차렸는지 소년의 표정이 굳었다. 그는 두꺼운 입술을 조용히 움직이며 프랑스어로 쓰인 책을 들여다보았다.

"네 이름이 뭐지?"

바비가 소년의 귀를 가만히 응시하며 물었다.

"카를로스."

소년이 책에서 눈을 떼지 않은 채 대답했다.

"좋은 이름이구나."

"당신 나 프랑스어 가르친다."

프랑스어책의 빨간 표지는 닳아서 얇고 너덜너덜했으며, 때가 묻어 끈적거렸다. 책의 저자는 아일랜드 신부였다. 그리고 아일랜드에서 인쇄한 책이었다.

"어디까지 읽었지? 너 여기 읽고 있니? 부분 관사?"

"부분."

"영어에는 부분 관사란 게 없어. 이건 영어로 하면 '조금 잉크 가져와'라는 뜻이야. 하지만 보통 이렇게 말하지는 않지."

바비는 말을 멈추었다. 그는 언어를 가르치는 데에는 의외의 어려움이 있다고 생각했다.

"프랑스어로 할 때는 '조금 잉크 가져와'라는 식으로 표현해야 해."

"조금 잉크."

"그래."

바비는 소년을 바라보았다. 소년은 가만히 책을 보면서 입술 사이로 두꺼운 혀를 내밀었다 넣었다 했다.

"바 몇 시에 닫지?"

바비가 물었다.

"당신 나 영어 가르친다."

소년이 불쑥 말했다.

"당신 나 프랑스어 안 가르친다. 당신 프랑스어 몰라?"

"나 프랑스어 알아. 가르쳐 줄게. 이건 영어로는 '잉크'야."

"잉크."

"프랑스어로는 '랑크르'이고."

"링크."

"바 몇 시에 문 닫지?"

"언제든지. 링크. 당신 나 더 가르친다."

"조금 잉크 가져와. 드 랑크르 가져와. 드 랑크르. 그런데 언제든지라고? 그게 무슨 소리지?"

소년은 말이 없었다. 금방이라도 뜯겨 나갈 것 같은 프랑스어책에 얼굴을 바짝 대고 있을 뿐이었다. 바비의 눈에 소년의 정수리가 그대로 보였다. 그 부분의 머리칼 사이로 비듬이 하얗게 끼어 있었다.

"바 10시 닫는다."

소년이 말했다.

"그럼 10시에 홍차 좀 갖다줘."

소년은 책 쪽으로 고개를 푹 숙였다.

"주방 닫았다."

"홍차 갖다줘. 4호실이야. 내가 좀 더 가르쳐 줄게."

바비는 주먹을 살짝 쥔 손으로 소년의 기름 낀 머리칼을 쓰다듬었다.

"너한테 돈도 줄게."

"주방 닫았다."

소년이 말했다.

바비는 손바닥을 펴서 소년의 수북한 머리칼과 따뜻한 목에 걸쳐 놓았다.

"너무 깐깐하게 굴지 마."

바비는 그렇게 말하고 소년의 고개를 자기 쪽으로 돌렸다. 그러고는 소년의 귀에 대고 나지막이 속삭였다.

"내가 5실링 줄게."

소년은 바비를 쳐다보지 않았다. 바비는 소년의 머리를 살며시 들어 올렸다. 소년은 잔뜩 긴장한 표정이었다. 바비는 엄지로 소년의 왼쪽 귀 뒤를 살살 문질렀다. 아프리카인 특유의 매끈매끈한 피부 밑의 뼈가 만져졌다. 소년은 미동조차 하지 않았다. 바비의 눈가가 촉촉해졌다. 그는 자신의 엄지와 소년의 오묘하게 생긴 귀와 헝클어진 머리칼을 내려다보았다. 그러나 그가 생각하는 것은 호텔 보이도, 개들도, 이제 막 가까워지려는 소년과의 관계도 아니었다. 단지 지금 이 순간 가슴 가득 솟구치는 감정, 즉 소년에 대한 자신의 따뜻한 마음과 우울한 기분에 젖어 있을 뿐이었다.

소년이 갑작스레 몸을 뒤로 뺐다.

바비의 차에 설치된 도난 경보기가 요란하게 울렸다. 날카로운 금속성의 진동음이 높아졌다 낮아졌다를 되풀이하며 계속해서 울렸다. 호텔 방마다 불이 밝게 켜졌고, 앞마당은 순식간에 어수선해졌다. 보이 숙소에서 누군가가 높은 목소리로 고함을 질렀다. 그 목소리는 이내 날카로운 비명으로 이어졌다.

"피터! 피터!"

대령의 목소리였다.

보이 숙소에서 여인이 울부짖는 소리가 들렸다. 호텔 안과 앞마당을 비롯하여 사방에서 발소리가 요란했다. 소년은 공포에 질린 눈으로 바비를 쳐다보았다.

도난 경보기는 여전히 시끄럽게 울리고 있었다. 차를 움직여 소리를 멈추기 전에는 저절로 멈출 것 같지 않았다.

"피터!"

대령이 아까보다 더 크게 외쳤다.

바비는 베란다로 나왔다. 베란다 끝 대령의 방에 불이 켜져 있었다. 방문도 열려 있었다. 방의 뒤쪽 창문을 통해 환하게 불이 밝혀진 마당이 보였다.

차고는 비를 피할 지붕만 있을 뿐 헛간이나 마찬가지였다. 전구 하나가 사방에 어두운 그림자를 던졌다. 차가 흔들리지 않는데, 경보음은 뚝뚝 끊기면서도 계속 울렸다.

차바퀴도 멀쩡했다. 휠 캡도 그대로 붙어 있었다.

경보음이 울리는 간격이 전보다 멀어졌다. 소리도 점점 작아졌다. 이윽고 경보음이 완전히 멎었다. 하지만 환하게 밝혀진 마당은 여전히 부산스러웠다.

바비는 바로 돌아왔다. 소년은 여전히 겁에 질린 눈초리로 바비를 바라보았다. 그는 바 안의 불을 전부 켜 놓고 있었다.

"피터."

다시 대령의 목소리였다.

마침내 보이 숙소도 조용해졌다.

"개나 고양이가 차 위로 뛰어올랐던 것 같습니다, 대령님."

"너는 자고 있었느냐?"

"자고 있었습니다, 대령님."

"정말 멍청한 녀석이구나."

여인들이 다시금 울부짖었다.

"너희를 꽁꽁 묶어 놔야겠다. 티모시! 카를로스!"

소년이 깜짝 놀라 고개를 들었다. 하지만 그는 제자리에서 꼼짝도 하지 않았다.

　여인들이 울부짖는 바람에 대령과 피터의 대화 소리는 들리지 않았다.

　"카를로스!"

　대령이 부르자 그제야 소년이 몸을 일으켰다. 반쯤 벌어진 채 툭 튀어나온 그의 입은 얼어붙은 듯 움직이지 않았다. 그의 몸놀림은 어색했다. 팔다리의 움직임도 무척 굼떴다. 그는 바의 뒷문을 열었다. 그러고는 바비에게 등을 돌리고 한 손을 뒤로하여 문손잡이를 잡았다. 어두운 복도 너머 널빤지를 반쯤 덧대어 만든 문이 조금 열려 있었다. 그 문을 통해 환한 앞마당이 내다보였다. 급수탑의 원형 사다리에 전구가 주렁주렁 매달려 있었다. 모든 것이 인공적인 분위기를 풍겼다. 하얗게 페인트칠한 보이 숙소 건물이 불빛을 받아 반짝거렸다. 어두운 그림자가 드리운 뒤쪽 수풀도 반짝반짝 빛났다.

　"카를로스!"

　대령의 목소리에 소년은 문밖으로 나갔다. 이제 바에는 바비 혼자였다. 불이 환하게 밝혀져 있어서인지 바가 무척 넓어 보였다.

　밖에서는 여인들의 울부짖는 소리가 끊임없이 이어졌다. 숨을 쉬기 위해 잠시 울음을 그칠 법도 한데 계속 울어 댔다. 남자들의 대화 소리는 도무지 알아들을 수가 없었다. 울부짖음은 이제 귀에 익숙해져 밤에 나는 소리의 일부처럼 들렸다.

　카운터 벽에 걸린 액자에는 사인이 적힌 사진이 들어 있었다. 확대된 사진인 듯 선명하지 않고 흐릿했다. 보트에 탄 남자가 강렬한 햇빛 아래에서 커다란 물고기를 들고 환하게 웃는 사진이었다. 사진의 분위기나 날씨, 자연 풍광은 어느 특별한 하루를 암시하는 것 같았다. 아프리카의 경치가 담긴 달력도 하나 걸려 있었다. 벨기에 양조 회사에서 만든 달력이었다. 벨기에와 아프리카 지명들이 빨간 글씨체로 똑같이 인쇄되어 있었다. 절반쯤 비어 있는 갈색 선반은 칠이 벗겨져 덧칠하기 전의 크림색이 살짝 드러나 있었다. 선반 한쪽 귀퉁이에 술병이 대여섯 개 놓였는데, 대부분 비어 있었다. 병에 달라붙은 라벨도 오래되어 변색되거나 다른 색에 물들어 지저분했다.

밖에서 울부짖는 소리가 점점 수그러들었다. 이제는 밤에 나는 소리의 일부로 여길 수 없을 만큼 희미했다. 대령의 고함 소리가 바비의 귀에 들렸다. 그와 동시에 울부짖는 소리가 다시 커지는가 싶더니 이내 잦아들었고, 얼마쯤 지나자 쥐죽은 듯 고요했다.

바비는 바를 나와서 재빨리 베란다를 건너 외부와 막힌 복도로 들어갔다. 마당 쪽으로 나가는 문이 반쯤 열려 있었지만, 그는 밖을 내다보지 않았다. 그래도 마당이 얼마나 밝으며 거기에서 어떤 일이 일어나고 있는지 훤히 알 수 있었다. 바비는 자신이 누군가에게 감시당하고 있다는 사실도 알았다.

그는 위층으로 올라가서 방에 들어가려다 주춤했다. 린다가 문을 열고 나왔기 때문이다. 그녀는 무명의 짧은 나이트 드레스를 입고 있었다. 반짝이며 윤기가 흐르는 정강이가 팔꿈치처럼 약간 튀어나와 보였다.

"피터 짓이죠? 그럴 줄 알았어요. 그럴 것 같았다고요."

린다가 속삭이듯 말했다.

바비는 린다가 또 부부 사이의 애매모호한 친밀감 속으로 자신을 끌어들이려 한다고 생각했다. 자기도 말 상대가 필요하다고는 느꼈지만 기분은 별로 좋지 않았다. 바비는 아래층의 일로 기분이 상한 척 굳은 표정을 짓고 린다에게서 등을 돌렸다. 그러고는 한마디 말도 없이 문을 밀고 안으로 들어갔다.

마당의 불빛 덕에 방 안은 무척 밝았다. 바비는 방에 들어가기 직전 무언가 결심한 듯 일부러 작은 소리를 내며 방문을 닫았다. 바닥의 무언가가 발에 부딪혔다. 그는 불을 켜지 않고도 그것이 자기 차의 열쇠라는 사실을 금세 알아챘다.

*

옷을 벗은 순간 바비는 불안감을 느꼈다. 누군가 방에 들어와 있을지도 모른다는 생각이 들었다. 침입자가 있다면 위험한 상황에 놓일 수도 있고, 차를 빼앗긴 채 감금당할 수도 있었다. 바비는 언제라도 떠날 수 있도록 가방부터 챙겨 놓아야겠다고 생각했다. 그는 의자 주변에 트렁크, 바지, 누런 원주민 셔츠, 구두, 양말 등을 가지런히 모아 놓고는 속옷 차림으로 침대에 누웠다. 누가 보면 이상해 보일 수도 있는 행동이었다. 하지만 관할 지구에서는 누구나 일상적으로 하는 일이었다. 이윽고 마당의 불빛이 꺼졌다. 어둠 속에 있어서인지 바비는 문득 이 세상에 혼자뿐이라는 생각이 들었다. 그러나 방금 준비해 놓은 걸 상기하자 마음이 놓였다.

문 두드리는 소리가 들렸다. 하지만 소리가 너무 작아서 정말로 누가 문을 두드렸는지는 확신할 수 없었다. 바비는 가만히 누운 채 기다렸다. 다시 문 두드리는 소리가 났다. 바비는 자리에서 일어나 앉았다. 하지만 전등을 켜지는 않았다. 문이 열리고 천장에 달린 전등이 켜졌다. 들어온 사람은 린다가 아니었다. 카를로스가 홍차가 담긴 잔을 쟁반에 들고 들어왔다. 세상은 평소와 다름없이 돌아가고 있었다. 호텔도 본래의 호텔로 돌아와 있었다.

"문 닫아."

바비가 말했다.

카를로스가 문을 닫았다.

"카를로스, 차를 가져왔니? 너 참 착하다. 차를 이리 가져와 주지 않겠니?"

카를로스는 침대머리 옆 테이블에 쟁반을 내려놓았다. 소년의 몸놀림은 둔했다. 팔다리의 움직임도 민첩하지 않았다. 표정도 달라져 있었다. 눈은 벌겋게 충혈되고, 두툼한 입술은 주름이 잡힌 채 바싹 말라 하얗게 들떠 있었다. 얼굴 전체가 공포와 불신으로 이글거렸다.

"여기 앉아라. 나랑 얘기 좀 하자. 내가 가르쳐 줄게."

카를로스가 빨간 튜닉의 착 달라붙은 호주머니에서 종이 한 장을 꺼냈다.

"네게 프랑스어 가르쳐 준다고. 100도 알려 줄게."

종이는 찻값 계산서였다. 부드러운 연필로 갈겨쓴 것으로 보아 대령의 필적이 분명했다.

바비는 순간 화가 났다. 소년의 굳은 얼굴을 보자 더욱 화가 나서 참을 수 없었다.

"연필."

바비가 명령조로 말했다.

카를로스가 연필을 건넸다.

"이제 나가라!"

바비가 연필과 계산서를 돌려주며 말했다.

카를로스는 꿈쩍도 하지 않았다. 얼굴 표정도 바꾸지 않았다.

"나가!"

"당신 내게 줘."

"줘? 뭘? 네게 줄 물건 같은 거 없어. 때려 줄 수는 있지만."

진심에서 한 말이 아니었다. 자신을 괴롭히려고 다른 사람이 쓰던 말을 내뱉었던 것이다. 그는 침대에 앉은 자기에게 다가오는 아프리카 소년의 상기된 얼굴을 똑바로 바라보았다. 무심코 내뱉은 자신의 분노 섞인 말에 상처받은 얼굴이라는 느낌이 들었다. 순간 분노 대신 두려움이 가슴에 몰려왔다. 그것은 스스로 제어할 수도 없고 이성적으로 이해할 수도 없는 정체불명의 두려움이었다.

바비가 말했다.

"네게 주기로 약속했으니 주겠다."

그는 침대머리 옆 테이블에 둔 잔돈에서 1실링을 집어 들었다.

"당신 다섯 개 준다."

"그래, 줄게."

돈을 받은 카를로스는 의심스러운 눈초리로 손바닥에 있는 돈과 바비의 얼굴을 번갈아 바라보았다. 카를로스가 나가려고 문을 향해 걸어갈 때 바비는 소년이 '숲에서 나온 지 얼마 되지 않았다'는 사실을 알아챘다. 순간 소년의 표정을 잘못 읽고 오해했다는 생각이 들었다.

"잠깐."

바비가 말했다.

카를로스가 걸음을 멈추고 바비에게 고개를 돌렸다.

"불을 꺼 줘."

카를로스는 바비의 말대로 했다. 소년은 방을 나선 뒤 조용히 문을 닫았다.

바비는 머리맡에 있는 스탠드를 켜고 차를 한 잔 따랐다. 맛이 연한 데다 찻잎이 둥둥 떠 있었다. 미지근한 물에 차를 우린 탓이었다. 그야말로 아무 맛도 나지 않았다.

7

그는 정체가 확실하지 않은 여자와 함께 차를 타고 있었다. 둘은 말다툼을 벌였다. 여자가 하는 말은 하나부터 열까지 옳았다. 하지만 그 말은 그에게 상처가 되었다. 그는 반론할 수 있었지만, 그래 봐야 소용없을 것 같았다. 그로서는 여자가 소리를 지를 때마다 더욱 큰 소리로 맞서는 수밖에 없었다. 그는 거의 비명에 가까운 소리를 질러 댔다. 차는 텅 빈 도로를 무서운 속도로 달렸고, 핸들은 춤을 추듯 제멋대로 튀어 올랐다. 여자는 점점 더 그의 감정을 상하게 했다. 그의 머리는 분노와 두통으로 터질 것 같았다.

그는 지금 차 안에 있지 않았다. 수많은 사람들이 북적대는 방 안의 테이블 옆에 서 있었다. 그는 머리가 너무 아파서 그 자리에 털썩 쓰러지고 말았다. 사람들이 지켜보는 가운데 바닥에 쓰러져 쭉 뻗은 것이다.

정신을 차렸을 때는 머리가 아팠던 기억만 났다. 여자와 말다툼을 했던 기억은 나지 않았지만 마음의 상처는 남아 있었다. 주위는 어두웠다. 그러나 곧 날이 밝으리란 걸 예고하는 어둠이었다. 바비는 기억을 더듬어 어제 저녁과 밤에 있었던 일을 떠올렸다. 언제든 도망칠 수 있도록 짐을 꾸렸던 일도 떠올렸다. 이제는 원주민 셔츠만 걸치면 당장이라도 이곳을 떠날 수 있었다. 하지만 연료가 충분치 않았다. 연료 탱크가 거의 비어 있었다. 바비는 꿈에서처럼 공포를 느꼈다.

아침 햇살이 방 안에 비쳐 들었다. 보이 숙소에서 재잘거리는 소리가 희미하게 들려왔다. 어젯밤에는 보지 못했던 호텔 뒤편의 나무들이 눈앞에 어른거렸다. 아래층에서 라디오 소리가 들렸다. 아프리카인 아나운서가 수도로부터의 뉴스 속보를 거친 목소리로 더듬거리며 전하고 있었다.

식당으로 내려간 바비는 밝은 아침 햇살 아래 탁 트인 호수를 보고 깜짝 놀랐다. 정말 경이로운 경치였다. 하늘은 높고 푸르렀으며, 대로변의 야자나무 너머로 호수의 수평선이 끝없이 펼쳐져 있었다. 지난밤에는 폐쇄적으로 보였던 식당 창문의 철망이 오늘 아침에는 쏟아지는 햇빛에 파묻혀 거의 눈에 띄지 않았다. 축축하고 무거운 열대의 밤을 통과한 공기는 어제와 다르게 무척이나 상쾌했다. 호텔, 넓은 길, 공원, 호수 등 휴양지 특유의 들뜬 분위기가 물씬 풍기는 아침이었다. 큰길에는 벌써 차량이 오가고 있었다. 호텔 콘크리트 담 너머로 군용 트럭이 보였다. 트럭들은 왼쪽에서 오른쪽으로 천천히 이동하고 있었다.

대령은 어제와 같은 복장으로 전용 테이블 앞에 앉아 있었다. 이미 아침 식사를 마친 듯 홍차를 마시며 책을 읽고 있었다. 누런 원주민 셔츠 차림의 바비는 호수와 아침 햇살에 관심이 없는 듯 굳은 표정으로 왼팔을 겨드랑이에 딱 붙이고 오른팔을 흔들어 셔츠 자락을 펄럭이며 걷기 시작했다. 이윽고 그는 통로를 사이에 두고 대령의 건너편 테이블 앞에 앉았다. 그러고는 여전히 굳은 얼굴로 대령을 물끄러미 바라보았다. 바비가 바라보든 말든 대령은 책에서 눈을 떼지 않았다. 식탁보에는 빵가루가 흩어져 있었고, 여기저기 마멀레이드 잼과 버터가 묻어 있었다. 린다는 먼저 식사를 하고 나간 것 같았다. 바비는 떨떠름한 표정으로 차갑게 식은 토스트에 버터를 발랐다.

"오늘 아침엔 좋은 뉴스가 없구려." 대령이 편안한 목소리로 말했다. "이번 일은 빠른 시일 내에 정리되어야 우리한테도 좋은 건데 말이오."

바비는 딱딱한 토스트를 한 입 베어 물고 별 뜻 없이 빙긋 웃었다. 대령은 여전히 바비를 쳐다보지 않은 채 책장을 넘겼다.

상쾌한 아침 공기인데도 티모시가 풍기는 냄새는 자극적이었다. 티모시는 바비에게 메뉴판을 내밀었다. 메뉴판은 티모시의 팔에 걸쳐 있는 빨간 체크무늬의 천 냅킨만큼이나 더러웠다. 오늘 아침 티모시의 몸놀림은 어제보다 자유롭고 활달했다. 친밀한 척 행동하는 것으로 보아 바비에게 말이라도 걸고 싶은 눈치였다. 얼굴 가득 친근한 미소를 띤 그가 움직일 때마다 팔에 걸친 냅킨이 펄럭이면서 냄새가 더 심하게 났다.

군용 트럭 한 대가 덜덜거리며 호텔 앞을 지나갔다.

"군대가 이동하고 있소." 대령이 말했다. "저렇게 군대가 이동할 때는 도로에 나서지 않는 게 좋아요. 나도 늘 저 군인들은 피하고 있다오."

"도로가 아직 빗물에 젖어 있을 텐데요."

바비가 말했다.

"그렇소. 아마 저 트럭 중 한두 대는 절벽 같은 데로 굴러 떨어질 거요."

대령이 바비를 바라보며 얼굴 가득 미소를 지었다. 어제보다 더 늙어 보이는 얼굴이었다. 하지만 긴장한 기색은 보이지 않았다. 오히려 눈가와 입 언저리가 어제보다 부드럽고 온화해 보였다.

바비는 대령의 말이 농담인지 진담인지 구별할 수 없었다.

대령이 바비의 속내를 읽은 듯 말했다.

"도로가 엉망인데도 이동을 강행하는군요."

"햇볕이 나니까 도로가 곧 마르지 않을까요?"

바비가 말했다.

"하긴 이 정도 햇볕이면 금세 마를 거요. 점심 무렵이면 완전히 마를 것 같소."

그 말은 바비에게 좀 더 머물라는 권유처럼 들렸다. 예상치 못한 말이었다. 하지만 린다가 먼저 식당에 내려왔으므로 대령과 무언가 이야기를 나누었을 터였다.

자동차 한 대가 앞마당으로 들어오고 거칠게 문 닫는 소리가 들렸다. 대령은 책에 책갈피를 꽂았다. 대나무로 만든 칼 모양의 책갈피인데, 꽤 오래 사용한 듯 반짝반짝 윤이 났다. 대령은 차를 타고 온 사람을 기다렸다. 그 사람이 누구인지 아는 것 같았다.

피터였다. 그는 어제처럼 운동선수 버금가는 경쾌한 발걸음으로 바를 지나 식당 안으로 들어왔다. 오늘 아침에는 위아래 모두 카키색 옷이었다. 어제 입었던 카키색 바지에다 견장이 달리고 주머니에 단추가 붙은 카키색 셔츠를 말끔히 다림질해 입고 있었다. 그리고 소매를 반쯤 접어 올렸는데, 왼쪽 손목에는 스테인리스 줄이 번쩍이는 손목시계를 차고 있었다. 팔은 앙상했고 근육도 약간 늘어져 보였다. 특히 팔꿈치 살이 축 늘어지고 주름이 잡힌 걸로 보아 보기보다 나이가 많은 듯했다. 그는 손으로 쓴 명세서를 두어 장 들고 있었다. 장을 보고 온 모양이었다.

피터는 바비를 보더니 그 자리에 멈추어 섰다. 그러고는 미소를 지으며 가볍게 목례하고 영국식 억양으로 말했다.

"안녕하십니까, 선생님."

그의 미소에는 어색한 구석이 없었다. 오랫동안 알고 지낸 사람을 대하는 것 같은 미소였다. 그런데 목례와 그 미소가 어울리지 않았다. 이는 피터에게서 엿볼 수 있는 부조화의 한 단면일 터였다. 그의 미소는 옷차림, 목례, 억양처럼 훈련에 의해 몸에 붙은 습관일 뿐, 그 이상도 이하도 아니었다. 카를로스나 티모시처럼 피터 역시 호텔의 보이 숙소에서 생활하기 때문이었다. 바비는 혼란스러웠다. 대령 같은 초기 식민지 개척자를 대할 때처럼 심경이 복잡했다. 바비는 엉뚱한 길에 들어선 것 같은 기분이었다.

피터는 태연한 표정으로 대령의 테이블 옆에 서서 대령이 명세서를 훑어보기를 기다렸다. 그는 식당을 나갈 때도 바비에게 미소를 지으며 목례했다. 대령이 책을 가슴에 품고 자리에서 일어났다. 그러고는 몸의 균형을 잡고 똑바로 서서 가슴을 활짝 폈다. 대령은 몇 걸음 걷다가 잠시 멈추고 큰길을 오가는 군용 트럭 소리에 귀를 기울였다.

이윽고 대령이 바비에게 고개를 돌리고 말했다.

"이런 시기에는 군 기지에 가까울수록 안전할 거요. 군대는 통제가 잘되고 있으니 말이오. 당신들이 여기 온 이유가 폭동 때문이 아닌가 싶소. 주술사 같은 대통령까지 도망칠 정도였으니 말이오. 그 사람의 행방이 묘연해진 지 벌써 일주일이나 됐소. 그런데도 그동안 이곳에서는 아무 일도 없었소."

바비는 대령의 말에 뭐라고 대답해야 할지 몰라 망설였다.

"물론 하루나 이틀이면 모든 게 끝날 거요." 대령이 말했다. "모두 조용해질 거요. 하루나 이틀이 지나면 말이오."

바비는 대령의 말에 수긍할 수 없었다. 하지만 대령이 자기 같은 사람을 말 상대로 원한다는 사실은 알 수 있었다. 바비가 입을 열었다.

"우리는 지금 일정보다 하루 늦고 있습니다."

"점심은 일찍 준비하겠소. 통금 전까지 관할 지구에 도착할 수 있을 거요."

"통금 시간이 공식적으로 정해졌나요?"

"4시부터요. 늦지 않게 적당한 때 보내 주겠소."

*

바비는 아래층으로 내려갔다가 베란다에 서 있는 린다를 발견했다. 그녀는 선글라스를 쓰고 반짝이는 호수를 바라보고 있었다. 셔츠는 어제와 다른 걸 입었지만 바지는 어제 입었던 파란 바지 그대로였다. 솔로 진흙을 털어 낸 자국이 바짓단에 희미한 갈색 무늬로 남아 있었다.

린다가 입을 열었다.

"대령과 얘기했어요?"

그녀는 바비가 대답할 새도 없이 돌아서서 다른 데로 가 버렸다. 둘은 여전히 냉전 중이었던 것이다.

바비도 그녀와 이야기를 나누고 싶은 생각이 별로 없었다. 하지만 대령의 말 상대가 되어 정신을 산만하게 하고 싶지도 않았다. 그는 붙임성 없는 태도로 우울한 척하는 것이 상책이라고 생각했다. 그래서 우울한 표정으로 사무실에 있는 페이퍼백을 훑어보았다. 전쟁 소설과 역사 소설이 대부분이었다.

그는 한 권을 골라 베란다에 있는 붉은색 등의자에 앉아서 부루퉁한 얼굴로 책을 읽기 시작했다.

린다는 대령과 함께 있었다. 두 사람은 문이 활짝 열린 사무실에 앉아 있었기 때문에 둘의 말소리가 바비에게까지 들렸다. 이윽고 그들은 마당으로 나와 창고와 정원과 보이 숙소를 거닐며 이야기를 나누었다. 이제 대령의 목소리만 들렸다. 두 사람은 호텔 정문에 멈추어 섰다. 대령은 정문을 자기 영토의 경계선으로 여기는 것 같았다. 자갈이 깔린 앞마당에 버티고 선 채 큰길로 이어진 아스팔트 포장의 내리막길에 발을 내딛지 않으려 애쓰는 것처럼 보였다.

군용 트럭들이 간격을 크게 벌리고 느릿느릿 그들 앞을 지나갔다. 나무 아래를 지나가는 병사들의 포동포동한 얼굴에는 아무런 표정이 없었다. 세수를 한 지 얼마 안 된 듯 얼굴에 촉촉한 기운이 남아 있었다.

아침의 상쾌한 공기는 이제 사라지고 없었다. 햇빛도 점점 강해졌다. 책을 읽는 둥 마는 둥 집중하지 못하는 바비에게 버려진 휴양지의 황량한 분위기가 조금씩 풍겨 왔다. 카를로스가 바 안으로 들어왔다. 지저분한 머리에 번들번들한 얼굴, 낡은 검정 바지에 꽉 끼는 빨간 튜닉 차림으로 보아 어젯밤 이후로 옷을 벗지도 몸을 씻지도 않은 것 같았다. 카를로스는 빗자루와 걸레를 들고 부산스레 이곳저곳 돌아다녔다. 성큼성큼 걷다가 주르르 미끄럼을 타기도 하는 걸 보면 티모시의 흉내를 내는 듯 보였다. 그는 베란다에 앉아 있는 바비를 발견한 뒤로는 그쪽에 얼씬도 하지 않았다. 그러더니 어느 순간 빗자루와 걸레를 들고 자취를 감추었다. 바비는 그가 보이든 말든 움직이지 않았다. 그저 책을 뒤집어 무릎에 놓고는 이마를 찌푸린 채 마당을 바라만 보았다. 잠시 후 카를로스가 조심스레 움직이는 소리가 들렸다. 자기가 있는 걸 들키고 싶어 하지 않는 모양이었다.

대령과 린다는 여전히 함께 있었다. 하지만 이야기를 나누지는 않았다. 두 사람은 커피를 마시러 바에 들어와 바비의 테이블에 합석했다. 바비는 두 사람이 대화를 나누다 소재가 고갈되어 자기에게 온 것이라고 생각했다.

바비는 한껏 우울한 척 먼저 말을 꺼내지 않았다. 린다도 선글라스를 쓴 채 애매한 미소만 지을 뿐 먼저 입을 열지 않았다. 대령도 더 이상 할 이야기가 없는 표정이었다.

바비가 생각했다. 대령은 곧 아프리카인 이야기를 꺼내겠지.

카를로스가 커피 쟁반을 들고 입구에 서 있었다.

대령이 입을 열었다.

"이제는 트럭들이 멈춘 것 같소."

바비는 카를로스를 쳐다보았다. 그러고는 두 사람과 앉아 있기는 하지만 자신은 호락호락한 사람이 아니라는 걸 시위하듯 허공으로 시선을 돌렸다. 카를로스는 겁먹은 표정으로 그 자리에 가만히 서 있었다.

"내 화를 돋우는 건 말이오," 대령이 뻣뻣한 손놀림으로 잔을 늘어놓으며 말했다. "저 아프리카 녀석들이 명령을 따르든 어떻든 핍박받는 척 행동한다는 거요. 저 아프리카 운전사들이 하는 짓 보았소? 차를 아주 느릿느릿 몰아요. 아침에 매라

352

도 맞은 듯 풀죽은 표정으로 말이오. 하지만 그건 교관들이 눈을 부릅뜨고 자기들을 지켜보고 있기 때문이죠."

바비는 입을 꾹 다문 채 이가 빠진 데가 없는지 살피기라도 하듯 빈 잔을 이리저리 기울여 보았다.

"저들을 훈련시킬 수는 있지만 한계가 있다오." 대령이 그렇게 말하고는 바비가 들고 있는 잔을 낚아챘다. "카를로스! 곧 저 녀석들은 미치광이처럼 트럭을 몰 거야. 그러면 풀죽은 얼굴들이 싹 변하겠지. 안 그런가, 카를로스?"

카를로스는 여전히 겁먹은 표정으로 대령과 바비의 얼굴을 번갈아 바라보았다.

"카를로스." 대령의 목소리에는 짜증이 묻어 있었다. "이 잔 제대로 닦지 않은 것 같구나."

카를로스가 나갔다가 다른 잔을 들고 돌아왔다. 그들은 커피를 마셨다. 대령은 여전히 짜증을 내고 있었다. 짜증 난 척 연기하는 줄 알았는데, 그렇지 않았다. 결국 아침의 평온은 끝나고 말았다. 대령의 얼굴이 점차 굳어졌다. 린다는 아무 말도 하지 않았지만, 선글라스 아래로 보이는 미소는 의미심장했다. 바비는 여전히 부루퉁한 표정을 짓고 있었다.

대령은 커피를 다 마신 뒤 둘을 남겨 두고 밖으로 나갔다. 잠시 후 주방을 향해 점심을 준비하라고 소리치는 대령의 목소리가 들렸다. 그는 바비와 린다가 출발하고 없는 것처럼 행동했다. 두 사람이 점심을 먹는 동안에도 대령은 바와 식당 그 어디에도 모습을 드러내지 않았다. 아침과 달리 활기를 잃은 티모시가 계산서를 가져왔다가 돈을 받고 돌아갔다.

바비와 린다가 트렁크를 들고 내려왔을 때 대령은 마당에 서 있었다. 하지만 그는 두 사람을 쳐다보지 않았다. 바비가 차 문을 연 순간 도난 경보기가 울렸는데도 대령은 고개를 돌리지 않았다. 그는 주머니에 손을 찔러 넣은 채 현관에 서서 큰길과 호수를 바라보았다. 이따금 눈을 찌푸리며 호텔을 바라보는 그의 모습은 마치 그림의 구도를 생각하는 화가 같았다. 차에 시동을 걸어도 돌아보지 않았다. 차가 가까이 다가갈 때도 눈치채지 못한 듯 가만히 서 있었다. 그러다 바비가 속도를 줄이자 갑자기 몸을 앞으로 내밀고 린다를 향해 미소를 지었다.

대령이 말했다.

"군대와 마주치면 죽은 척하는 게 신상에 좋을 거요."

바비와 린다는 호텔을 나오다 큰길에서 호텔로 이어지는 오르막길을 올라오는 사람들을 보았다. 모두 여덟 명이었다. 터번을 쓴 인도인 둘과 흰 셔츠에 검정 바지를 입은 아프리카인들이었다. 모두 젊어 보였는데, 훈련병이거나 군 기지에서 온 건축업자거나 노동부의 고용인들 같았다. 인도인 한 명이 대령에게 뭐라고 말을 걸었다.

"점심이라고!" 대령이 고함을 질렀다. "여기는 길거리에 있는 싸구려 식당이 아냐. 너희들이 아무 때나 휙 들어와서 점심을 달라고 할 수 있는 데가 아니라고!"

차는 콘크리트 내리막길을 타고 내려와서 큰길로 접어들었다. 한낮의 햇빛 아래에서 보니 폐가가 있는 거리가 새 길처럼 환하게 빛났다. 두 사람은 그 같은 광경에 감탄했다. 그런데 얇게 깐 아스팔트 표면이 케이크처럼 부풀어 오르거나 자잘하게 금이 가 있었다.

"안 돼!" 대령의 고함 소리가 들렸다. "안 돼! 안 된단 말이야!"

"당신 때문에 저러는 거예요." 바비가 린다에게 말했다. "당신 같은 손님을 받았기 때문에 저런 사람들은 못 받겠다는 거예요."

"어머, 왜요? 돈을 많이 벌 수 있을 텐데요. 한 사람당 15실링이니까 여덟 명이면 120실링이잖아요. 술값은 별도로 하고도 말이에요."

"나는 그렇게 생각하지 않아요. 저 사람들에게 점심을 팔 겁니다. 못 믿겠으면 연료 넣은 뒤 가서 확인해 볼까요?"

린다는 턱을 쳐들고 못마땅한 듯 가볍게 코웃음을 치고는 고개를 옆으로 돌려 이끼 낀 빈집을 바라보았다. 어젯밤에는 어두워서 보이지 않던 집이었다.

8

주유소는 영업을 하고 있었다. 연료를 채울 수 있게 되자 남몰래 애태웠던 바비는 안도의 한숨을 내쉬었다. 그는 다시 호텔 앞을 지나고 싶지 않았다. 그래서 우회로를 택해 호수 쪽 큰길과 나란히 달려 휴양지를 빠져나왔다. 이윽고 차는 주변에 산재하는 별장들을 뒤로하고 산길로 접어들었다.

노면이 무른 갓길 쪽은 군용 트럭이 지나간 자국으로 엉망이었지만, 다행스럽게도 가운데 부분은 물기가 말라 단단했다. 여기저기 모퉁이를 도는 부분은 빗물에 젖은 데다 트럭이 지나다니는 바람에 움푹 패어 흙탕물이 고여 있었다. 노면이 살짝 주저앉거나 바위가 튀어나온 부분도 있었지만, 도로 사정은 전반적으로 무난한 편이었다. 휴양지 쪽으로는 아직 도로 보수 작업이 이루어지지 않은 것 같았다. 도로 위에는 쌓아 놓은 흙도 없었다.

두 사람이 탄 차는 가파른 오르막을 올랐다가 물기가 가시지 않은 숲속으로 들어섰다. 부드러운 햇살이 드문드문 도로 위에 쏟아졌다. 차는 풀과 나무가 뒤엉킨 어두컴컴한 언덕 중턱도 지나갔다. 햇빛을 받아 환하게 트인 호수의 전경은 더 이상 보이지 않았다. 가끔 아래쪽으로 호수가 얼핏얼핏 보이는 것으로 만족해야만 했다. 지금은 호수의 수면이 아까처럼 반짝거리지도 않거니와 물과 하늘의 경계도 분명하지 않았다. 이윽고 차는 숲을 빠져나와서 양치식물과 대나무가 빽빽하게 우거진 골짜기로 들어섰다. 하늘이 낮아져 있어 금방이라도 짓누를 것처럼 보였다. 햇빛도 아까와 다르게 활기를 잃은 것 같았다. 수면을 비추는데도 반짝거리거나 반사되지 않았다.

둘은 한참 동안 아무 말도 하지 않았다. 마침내 린다가 침묵을 깼다.

"아까 그 사람들이 어떻게 거기를 찾아왔는지 궁금하지 않아요?"

두 사람이 냉전 중이라는 사실을 증명하기라도 하듯 린다가 도발적인 말투로 물었다. 바비는 대답하지 않았다. 린다도 더 이상 말하지 않았다.

잠시 후 린다는 조심스레 자세를 고쳐 앉았다. 대나무와 양치식물이 시야에서 사라지더니 휑한 언덕이 나타났다. 차는 내리막길을 따라 내려갔다가 어제 보았던 것과 비슷한 골짜기를 지났다. 그러자 이번에는 들판과 계단식 밭과 자그마한 집들이 나타났다. 어제만 해도 비가 많이 내린 탓에 모든 것이 흐릿한 가운데 녹색과 회색 일색이었다. 그런 데다 좁고 꼬불꼬불한 길은 안개에 파묻히고, 들판은 인적 없이 텅 비어 있었다. 그런데 지금은 활기를 잃은 햇살 아래 길 주변의 것들이 강렬하면서도 거친 색채를 내뿜고 있었다. 진흙은 검고, 풀과 나무는 짙은 녹색이었다. 어제 빗속에서는 아늑하게만 보이던 오두막도 지금 보니 여기저기 짓밟힌 검은 진흙에 세운 조잡하기 이를 데 없는 목조 구조물에 불과했다. 시커먼 데다 좁아터진 밭에는 알록달록한 옷을 입은 여인들과 아이들이 엉성한 농기구로 질척한 땅을 일구고 있었다. 여인들은 다리를 쭉 펴고 허리를 한껏 구부린 자세로 일하고 있었는데, 펑퍼짐한 엉덩이가 툭 불거져 나온 것이 인상적이었다. 상체를 구부리고 머리부터 허리까지만 자유롭게 움직이는 듯 보였지만, 그들은 밭이랑을 따라 열심히 흙을 뒤엎고 풀을 뽑고 있었다. 군데군데 젖은 풀을 모아 모닥불을 피운 탓에 연기가 여인들과 아이들뿐 아니라 그 주변을 완전히 뒤덮고 있었다. 마치 먼 옛날 숲속의 생활 방식을 엿보는 것 같았다. 오솔길은 숲속에서 흔히 볼 수 있는 그런 길이었다. 멀리 다른 곳으로 이어져 있지는 않았다.

앞쪽 도로가 꺾어지는 부분에서 방향을 틀자 더 이상 길이 없이 탁 트인 풍경만 펼쳐졌다. 거기서부터 차는 오르내리기를 되풀이했다. 그러다 내리막을 달리는데, 대여섯 마리의 조그만 가축들이 넓은 하늘을 배경으로 옹기종기 모여 있었다. 자세히 보니 그 가운데 둘은 실오라기 하나 걸치지 않은 어린 애들이었다. 아이들은 멍한 눈동자에 진흙투성이 몸으로 가만히 서서 지나가는 차를 바라보았다.

린다가 말했다.

"마틴에게 갖다줄 '백인 개척자' 담배를 사려고 했어요. 혹시 그 담배 알아요? 몇 실링만 내면 한 보따리를 줘요. 말린 바나나잎으로 만든 상자에 가득 담아 주죠."

마틴이라……. 바비는 잠시 생각에 잠겼다. 이제 곧 집에 도착한다는 얘기군. 그가 큰 소리로 물었다.

"마틴은 파이프 담배를 좋아하는 걸로 아는데요."

"마틴은 그 담배를 좋아해요. 아주 독한데도 말이에요. 그는 그 담배 연기를 내뿜어 방을 자욱하게 만들고는 흡족해하죠. 그냥 연기를 내뿜기만 하는 거예요. 커튼이고 책장이고 쿠션 아래고 할 것 없이 곳곳에 담배 냄새가 잔뜩 배도록 하고 싶은 거죠. 전에는 대령의 호텔에서 그 담배를 구할 수 있었어요. 그런데 이번에는 눈에 띄지 않더군요. 그 담배 있냐고 물어보려 했는데, 그만 깜빡했어요. 아마 호수 건너편에서 담배를 들여올 거예요. 하지만 그 늙고 불쌍한 백인 개척자는 요즘 다른 일로 생각할 게 너무 많아서 담배에 신경 쓸 겨를이 없어 보이더군요, 안 그래요?"

"글쎄요. 잘 모르겠네요. 나는 그저 왜 사람들은 일이 자기 의도대로 돌아가지 않으면 끝났다고 믿는지 생각할 뿐이에요."

"그런 점에서 보면 대령은 환상 같은 걸 품은 사람이 아니에요. 아주 독한 사람이죠."

"나는 이렇다 저렇다 판단할 입장이 아니라서 뭐라고 말할 수 없네요." 바비가 말했다. "사실 나는 대령처럼 위엄 있는 식민지 개척자 편에 서서 생각한 적도 없는 사람이에요. 그래서 잘 모르죠."

"지금은 위엄 같은 것도 없어요. 사고로 허리를 다친 뒤부터 그러지 않나 싶어요. 그때부터 방도 엉망이 되고 보이들도 지저분해지고 대령마저 자기 몸을 돌보지 않았거든요."

"한눈을 판 탓이 아닌가 싶군요."

바비가 비꼬는 투로 말했다. 린다는 바비가 그런 말을 한 의도를 알아차리지 못한 눈치였지만 잠자코 침묵을 지켰다. 바비는 린다의 그 같은 태도를 자기 말에 동의하는 것으로 받아들였다.

그는 린다의 마음을 더 떠보기로 했다.

"나는 아프리카인들만 안 좋은 냄새를 풍기는 줄 알았어요. 도리스 마셜이 걸핏하면 내뱉은 말이 대체 뭘 의미하는지 모르겠더군요. 문명과 청결을 운운한 식민지 개척자들의 지혜는 또 뭔지 모르겠고요. 대체 그게 뭐죠?"

"정말 이해할 수 없어요." 린다가 입을 열었다. "그 티모시라는 사람 말이에요."

린다가 화제를 돌리자 바비는 이야기를 그만하고 싶었다.

린다가 계속 말했다.

"그 같은 사람은 세계 곳곳에 수도 없이 많겠죠. 가 본 적도 없고 알지도 못하는 별별 희한한 곳에 말이에요."

"사람이 어떻든 사는 곳이 어디든 다들 그런대로 잘 살고 있을 겁니다."

"그게 문제가 아니에요."

"그럼 뭐가 문제인데요?"

"당신은 별로 듣고 싶어 하지 않을 거예요. 하지만 이건 정말 끔찍한 얘기라고요."

린다가 갈라진 목소리로 말했다. 바비는 말을 하려다 입을 다물었다.

"그 어리석은 대령은 자기 뜻대로만 살려고 해요. 독불장군처럼 말이에요. 그가 입은 옷 봤죠? 셔츠가 얼마나 더러운지 한심할 정도예요. 하지만 무엇보다 그 사람한테 필요한 건 친구예요. 대령 말이 맞아요. 그 사람들은 대령을 죽이려고 틈을 노리고 있는 거예요."

"내가 거기에 계속 머문다면 언젠가는 그를 죽일 수 있을 거예요."

"그 피터라는 사람도 마찬가지예요. 나는 그를 손톱만큼도 믿을 수 없어요. 아첨하는 짓이며 지나치게 과장된 표현을 하는 것 등이 영 마음에 안 들었어요. 번쩍거리는 손목시계를 차고 있는 것도 그랬고요."

"하긴 피터는 다소 과한 면이 있죠. 그건 나도 인정합니다."

바비가 대꾸했다.

"대령은 1차 세계 대전 때 전쟁 신경증이란 병을 앓았어요. 내게 직접 말하더라고요. 누가 자기에게 큰 소리를 치면 머리가 헤까닥 돌아 버린대요. 대령 입에서 '헤까닥 돌아 버린다'는 말이 나올 줄은 몰랐어요. 그러다 좀 시간이 지나면 괜찮아진다고 하더군요."

바비는 애써 차분한 척했다.

"그럼 대령도 남쪽에 가서 살면 되겠네요." 그는 잠시 한숨을 내쉰 뒤 계속 말했다. "거기에도 부려 먹을 흑인은 많으니까요. 데려갈 흑인도 많고요."

"당신 말이 틀린 건 아니에요. 하지만 그 사람이 어디로 가든 장소가 문제는 아니라고요. 그 사람은 피터를 어릴 때부터 데리고 있었어요. 갓 숲에서 나온 그를 거두어서는⋯⋯."

"훈련을 시켰겠죠, 부려 먹으려고. 그 정도는 나도 알아요."

"당신 말대로 그들도 그런대로 잘 살았을 거예요. 어딘가 낯선 땅에 데려다 놓았더라도요. 이를테면 살로니카나 인도 같은 곳에요."

"귀가 솔깃한 말이네요. 살로니카에도 식민지 사람들을 보낸 사실을 깜빡 잊고 있었는데⋯⋯."

"나는 살로니카가 어디에 붙어 있는지도 몰라요. 어쨌거나 대령은 지금 호수고 호텔이고 할 것 없이 진절머리가 난댔어요. 보이 숙소도 싫고, 식당 음식도 싫고, 하루에 세 번씩 앉아 식사하는 테이블도 지겹댔죠. 그러면서도 그곳을 떠나려 하지 않아요. 몇 달째 호텔 밖으로 한 걸음도 나가지 않고 있대요."

"뭔가 뜻이 있어서 그런 건 아닐 거예요. 내 주변에도 그런 사람이 있어요. 숙모님 한 분이 영국의 촌구석에 틀어박혀 사시는데, 별 이유도 없이 밖으로는 좀처럼 나오려 하지를 않아요."

"그래도 대령은 더는 흐트러지지 않으려 애쓰고 있어요. 당신한테도 5코스로 식사를 대접했잖아요."

린다는 느릿느릿 말했다. 바비는 그녀가 무언가 있는 듯 보이려 그러는 거라고 생각했다. 그런데 그녀의 선글라스 아래로 가늘게 흐르는 눈물이 보였다. 바비는 그녀에게 왜 우는지 안다고 말할까 하다가 그만두었다. 그녀의 서글픈 감정을 건드리고 싶지 않았던 것이다.

바비는 운전에만 신경을 집중했다. 바위투성이 도로는 군용 트럭이 지나간 자국으로 엉망이었다. 표면이 무른 가장자리는 더 지저분했다. 트럭 바퀴에 땅이 움푹 패어 있었으며, 도로가 휘어진 곳에는 흙탕물이 가득 고인 웅덩이가 여기저기 있었다. 박혀 있던 돌멩이가 튕겨져 나간 자리는 두드러지게 희끄무레했다. 그래도 도로는 그럭저럭 다닐 만했는데, 차나 사람은 하나도 보이지 않았다.

"당신 말이 맞는 것 같아요." 린다가 입을 열었다. "그런 사람은 그렇게 살아가야죠. 그러지 말라고 말려도 소용없을 테니까요."

*

골짜기에서 나오니 다시 골짜기였다. 차는 오르막과 내리막을 번갈아 달렸다. 그러다 점차 낮은 지대를 향해 나아갔다. 골짜기는 점점 넓어졌고, 땅의 색깔도 조금씩 밝아졌다. 길에는 바위가 많았다. 햇빛은 열대의 그것처럼 밝고 따가웠다. 길가의 집들은 지금까지 본 것과 달랐다. 울타리도 마당도 없었다. 목재와 함석으로 지은 판잣집이 몇 채 모여 있었다. 비바람에 너덜너덜한 널빤지와 녹슨 함석만 남은 폐가도 눈에 띄었다.

도로 옆으로 기념비처럼 보이는 것이 나타났다. 전승 기념비 아니면 급수 시설 같았다. 가까이 다가가서 보니 급수탑이었다. 가장자리와 모서리 부분을 부드럽게 마무리한 커다란 콘크리트 벽에 검은 호스가 삐죽 튀어나와 있었다. 맨 윗부분에 파란 바탕에 하얀 격자무늬 띠가 둘러져 있었고, 띠에는 "공공사업 및 복지 사업 연합국, 1954년 5월 27일"이라고 적혀 있었다. 여덟 개나 되는 기념비적인 급수탑 가운데 첫 번째 것이었다. 그 급수탑 너머로 다시 도로가 길게 이어졌다.

차창 밖으로 바위투성이 강이 보였다 안 보였다를 반복했다. 도로가 평평할수록 강폭도 넓었다. 차는 이제 덤불숲을 벗어나 점점 넓어지는 강을 따라 높다란 콘크리트 제방 위를 달렸다. 모래톱과 모래톱 사이의 좁디좁은 진흙 강바닥과 반쯤 껍질을 벗은 관목들과 아무렇게나 쌓인 바위들이 햇빛을 받아 하얗게 빛났다. 제방 도로에는 가드레일 같은 것도 없었는데, 시야가 탁 트인 것이 오히려 불안했다.

강변을 벗어나자 다시금 덤불숲이 나타났다. 하지만 도로는 여전히 강을 끼고 이어졌다. 잠시 후 차는 덤불숲의 커브 길을 돌아 다시금 강가를 달리기 시작했다. 얼마쯤 가자 밝은 햇빛에 훤히 드러난 콘크리트 제방 위에 진홍빛 베레모를 쓴 병사가 서 있었다. 카키색 군복과 번질번질한 검은 피부가 뚜렷한 대조를 이루었다. 탁 트인 강을 배경으로 병사의 모습이 한층 선명하게 보였다.

병사는 반짝반짝 광을 낸 검은 부츠를 꼭 붙이고 서서 상체를 앞으로 살짝 내민 채 차를 향해 손을 흔들었다. 골짜기에 사는 아프리카 노동자들은 대부분 여윈 몸에 누더기같이 후줄근한 옷을 걸치고 있었다. 그런데 병사는 주름 하나 찾아볼 수 없는, 다림질이 잘된 군복 차림이었다. 통통한 팔과 허벅지, 약간 튀어나온 배 위로 군복이 착 달라붙어 있었다. 병사는 자기가 노동자들과 다르다는 것을 의식하는 듯 보였다. 자기는 군복을 입은 특별한 존재이며, 자기 몸은 규칙적인 군대 식사가 빚은 작품이라고 생각하는 것 같았다. 그의 손짓은 둔하고 어색하며 조금은 필사적으로 보이기까지 했지만, 권위 같은 것이 배어 있었다. 그리고 미소 띤 둥근 얼굴에는 자신감이 어려 있었다.

바비는 곳곳에 바위가 튀어나온 길을 조심스레 달렸다.

린다가 입을 열었다.

"뚱보 청년이 멋지네요."

아프리카인은 여전히 미소를 띤 채 손목을 움직여 손을 까딱거렸다. 하지만 바비는 차를 멈추지 않았다. 멈춘 것은 아프리카인의 손짓이었다. 그의 얼굴에서 미소가 사라졌다.

바비는 심하게 흔들리는 룸 미러를 흘깃거리면서 잠시 고민에 빠졌다. 어떻게 해야 할지 혼란스러웠다. 탁 트여 있는 것이 안전한지 위험한지 판단이 서지 않았다. 장애물 하나 없는 높다란 제방 도로가 그의 뒤에서는 비스듬히, 옆에서는 그와 나란히 달리고 있었다. 바비는 룸 미러에서 황급히 시선을 떼고 앞을 주시했다.

"병사가 우리를 바라보던 눈빛이 마음에 걸려요." 린다가 말했다. "어쩌면 자기와 비슷하게 생긴 친구들에게 전화할지도 몰라요. 그의 친구들이 벌써 검문소 같은 데서 우리를 기다리는 거 아닐까요? 지금쯤 보름달처럼 툭 튀어나온 배를 두들기며 친구들에게 신호를 보낼 수도 있어요."

"나는 항상 아프리카인들을 차에 태워 줘요."

"나는 당신을 막지 않았어요."

"막지 않았다니, 그게 무슨 뜻이죠?"

"말 그대로예요. 그 사람들은 어디서든 당신을 알아볼 거예요. 누런 원주민 셔츠를 입고 있으니까요."

"그래서 그 사람들에게 붙잡힌다는 얘기군요."

바비는 속도를 줄이려다가 다시금 난폭하게 액셀러레이터를 밟았다.

"아마 그들은 글을 읽지 못하기 때문에 색깔이나 모양에 예민하지 않을까 싶어요." 린다가 말했다. "그들의 시력은 정말 끝내줘요. 당신도 관할 지구 내 유럽인 거주 구역을 잘 알죠? 어느 날인가 마틴과 함께 차를 타고 그곳을 지나가다 도리스 마셜네 하우스보이인지 사환인지를 봤어요. 아직 대낮인데도 고주망태가 되어 잔디밭 위를 뒹굴고 있더군요. 그는 우리가 탄 차를 보더니 도로로 뛰쳐나와서 손을 마구 흔들어 댔어요. 마틴은 차를 세우자고 했고, 나는 싫다고 극구 말렸죠. 그런데 고주망태로 취한 그가 그러는 우리를 본 거예요. 우리 차에서 1미터 반이나 3미터쯤 떨어져 있었는데요. 그는 우리가 한 말을 그대로 도리스 마셜에게 일러바쳤어요. 도리스는 내게 화를 냈고요. 그건 남아공의 에티켓에 어긋나는 행위라더군요. 내가 자기의 하우스보이인지 사환인지 하는 사람의 마음에 상처를 입혔다면서요."

바비가 브레이크를 밟았다. 그는 차가 멈추자 엔진을 끄고 핸들을 꽉 잡은 채 그 위에 엎드렸다.

"어머, 바비. 그냥 해 본 얘기예요. 심각하게 받아들이지 말아요."

바비는 잠시 눈을 감았다가 떴다.

"정말이에요. 심각하게 한 얘기가 아니라고요. 설마 당신, 아까 그 병사가 있는 곳으로 되돌아가려고 생각하는 건 아니죠?"

사실 바비는 그렇게 할까 말까 고민하고 있었다.

"그건 말도 안 되는 짓이에요."

"오늘 아침에 할 일이 있었는데, 그게 생각나서 그랬어요."

바비가 말했다. "오구나 왕가 버트르나 부소가 크소로에게 전화해야 했는데, 왜 이제야 생각이 났는지, 원." 린다는 바비의 변명을 이해한 표정이었다. "오늘 그 둘 중 한 사람이라도 근무하고 있을지 모르겠네요."

바비는 시동을 걸기 위해 열쇠에 손을 뻗었다.

저 멀리 평야 쪽에서 헬리콥터 소리가 들려왔다. 그 소리는 희미하게 들렸다가 바람을 타고 크게 들리더니 이내 멀어졌다. 그러다 다시 들렸다 안 들렸다를 되풀이했고, 바비가 시동을 걸자 더 이상 들리지 않았다.

*

두 사람이 탄 차는 평야를 향해 달렸다. 헬리콥터 소리는 작아졌다 커졌다를 되풀이하며 울퉁불퉁한 도로를 달리는 차 소리와 엔진 소리를 선명하게 뚫고 들어왔다. 이제 강은 시야에서 사라졌다. 하지만 도로 양옆의 드넓은 땅은 강바닥처럼 허옇게 보였다. 기둥을 받쳐 지은 오두막이 드문드문 서 있었다. 한 오두막 앞에는 꽃이 핀 선인장이 검은 그림자를 드리우고 있었다. 이제 도로는 바큇자국이 깊게 파인 모랫길로 바뀌었다. 모퉁이에는 모래가 바싹 말라 있어서 바퀴가 자꾸 미끄러졌다. 이곳은 건조하고 황폐한 땅이었다. 그런데도 사람이 살고 있었다.

갑자기 남자 두 명이 도로로 뛰어들었다. 아마 소년들일 터였다. 발가벗은 몸에 하얀 가루를 뒤집어쓰고 있어 마치 하얀 바위처럼 보였다. 아니면 하얗게 껍질이 벗겨진 커다란 선인장 같기도 하고, 메마른 땅에 뿌리를 내리지 못하여 말라비틀어진 하얀 나뭇가지 같기도 했다. 사 초 아니면 오 초, 그 이상은 아니었다. 그들의 하얀 몸이 돌투성이인 도로변에서 천천히, 가볍게 움직였다. 그리고 관목과 바위가 많은 들판으로 달려가 버렸다.

어쩌면 그들의 걸음걸이는 지극히 평범했을지도 모른다. 그저 차가 달려오니까 깜짝 놀랐을 뿐이리라. 온통 하얀 탓에 얼굴은 물론이고 발가벗은 몸조차 제대로 볼 수 없었으며, 그들의 발걸음 또한 비현실적으로 가볍게 느껴졌을지도 모른다. 또 그들은 발소리를 내며 시끄럽게 떠들기도 했겠지만, 자동차의 소음 때문에 그런 소리들이 들리지 않았을 수도 있다.

아무튼 그들의 모습은 순간적으로 나타났다가 사라져 버린 환영 같았다. 아무 일도 일어나지 않았다. 바비는 여전히 엔진 소리를 삼킬 듯한 헬리콥터 소리에 귀를 기울이고 있었다. 그는 온몸이 하얀 소년들인지 성인 남자들인지가 달려간 하얗게 빛나는 바위가 가득한 들판 쪽을 돌아보지 않았다. 그린 다고도 마찬가지였다. 누구도 입을 열지 않았다. 이윽고 바비는 귀를 기울여 듣던 헬리콥터 소리가 더 이상 들리지 않는다는 사실을 깨달았다.

이제 차는 산길을 벗어났다. 룸 미러에 비친 산은 햇빛이 찬란한 평야에 봉긋 솟아오른 푸르스름한 산맥의 모습으로 남아 있었다. 다시 농장과 울타리를 둘러친 밭이 시야에 들어왔다. 교차로에는 개척자들이 사는 자그마한 집들이 있었다. 지저분하지만 넓은 마당 안에도 집과 오두막이 있었다. 목조로 지은 상점도 두셋 눈에 들어왔다. 낡은 목재 벽에는 페인트로 우툴두툴하게 그림이 그려져 있었고, 휘어진 기둥에는 색 바랜 간판이 붙어 있었다. 창틀도 뒤틀려 있었는데, 가게 안도 어두컴컴하기만 했다. 느닷없이 커다란 유조차가 나타났다. 인도인이 몰고 있었다. 바비는 속도를 늦추었다. 호텔을 나온 뒤로 처음 만난 차였다. 그런데 유조차뿐만이 아니었다. 낡은 트럭, 아프리카인이 모는 고물 자동차도 몇 대 보였다. 도로는 아스팔트로 포장되어 있었다. 바비는 차를 몰고 시장으로 보이는 곳에 들어섰다.

커브 길 근처에 황토색과 빨간색을 칠한 소규모 공공건물들이 흩어져 있었다. 건물과 건물이 이어져 있지 않아서인지 공터가 많은 도시처럼 보였다. 땅 대부분이 강바닥처럼 번질번질하니 불모지나 마찬가지였다. 건물들은 남아메리카의 분위기가 풍기는 이탈리아 스타일로 지어진 것 같았다. 하지만 곧게 세운 담장들은 진흙탕을 뒤집어쓰고 있어 지저분했다. 거칠게 회반죽을 바른 콘크리트 벽은 흙벽돌을 쌓아 만든 것처럼 보였다. 전봇대는 휘어졌고, 전선도 축 늘어져 곧 끊어질 것 같았다. 아스팔트 도로의 가장자리도 부서지거나 갈라져 있었다. 인도의 잔디는 발길에 짓밟혀 뭉개져 있었고, 흙먼지와 온갖 쓰레기로 뒤덮여 있었다. 버스 정류장 창고 밖에는 아프리카제 자전거와 고장 난 트럭과 자동차들이 늘어서 있었다. 마을은 발전되지 않았지만, 그럭저럭 돌아가는 것 같았다.

유칼립투스 나무가 높이 자란 지저분한 공원 한곳에는 아프리카인들이 웅크리고 앉아 있었다. 조그만 시계탑 아래에 시장이 서 있었다. 거기에는 아프리카인의 옷만 걸어 놓은 노점도 있었다. 옷걸이에 줄줄이 걸린 옷들이 상하좌우로 흔들리는 모습이 누더기 융단이 휘날리는 것처럼 보였다. 시계탑에 달린 시계 아래쪽을 보니 황토색 바탕에 빨간 콘크리트로 볼록 튀어나오게 쓴 "시장 1951년"이란 글자가 있었다.

마을을 벗어나자 도로는 다시 한산했다. 도로를 가로막는 것도 없었고, 공기도 맑고 상쾌했다. 땅이 평탄하고 시야가 탁 트여서 몇 킬로미터 떨어진 관할 지구 방향의 고속 도로 제방까지 보였다. 고속 도로에도 다니는 차는 한 대도 없었다. 널따란 검은 도로만 앞쪽으로 곧게 뻗어 있었다. 이제 차는 더 이상 흔들리지 않았다. 쉬익쉬익, 타이어가 도로 위에서 미끄러지는 듯한 부드러운 소리만 들렸다. 반쯤 열린 차창으로 바람이 거세게 불어닥쳤다.

"그거 알아요?" 바비가 흥분한 목소리로 말했다. "여기에서는 옆에서 불어오는 바람에 넘어질 수 있다는 거요. 방심하면 도로 밖으로 밀려나요."

앞 유리를 통해 강렬한 햇빛이 비쳐 들었다. 전날 주유소에서 긁힌 자국이 유리에 선명하게 나타났다. 보닛 위에도 미세한 흠집이 원 모양으로 나 있었다.

"나도 알아요."

린다가 말했다.

보닛에 햇빛이 반사되어 하얀 아지랑이가 피어오르는 듯 시야가 흐려졌다. 검은 아스팔트가 흐물흐물 녹아내리는 것 같기도 했다. 얼마쯤 가자 도로 한쪽에 차들이 뒤엉켜 있었다. 사고가 난 모양이었다.

"어쩐지 도로 사정이 너무 좋다 싶더라니……. 왜 꼭 이렇게 도로가 한산할 때 사고가 나는지 모르겠어요."

바비는 사고 현장으로 천천히 차를 몰았다. 회색과 진홍색이 섞인 폴크스바겐 미니버스가 도로 위에 수평으로 서 있었다. 파란색 푸조 세단도 도로변에 서 있었다. 암녹색의 낡은 푸조 스테이션 왜건도 보였는데, 그것은 반쯤 도랑에 빠져 있었다. 번호판을 보니 왜건은 주로 아프리카인들이 이용하는 장거리 택시였다. 그 주변에도 차가 몇 대 있었지만, 망가진 것은 왜건 한 대뿐이었다. 아주 새 차였는데도 부서진 정도가 심해 폐차를 피할 수 없을 것 같았다.

바비가 속도를 한껏 늦추어 다가갈 때였다. 검은 바지에 흰 셔츠 차림의 아프리카인이 미니버스 뒤에서 불쑥 나타났다. 바비는 재빨리 차를 세우고 큰 소리로 물었다.

"우리가 도울 일 있어요?"

아프리카인은 앞 유리에서 반사되는 빛에 눈이 부신 듯 눈을 찡그리며 조금 얼떨떨한 표정으로 바비와 린다를 바라볼 뿐, 아무 말도 하지 않았다.

바비는 처참하게 부서진 푸조 왜건 옆을 지나 앞쪽으로 천천히 차를 몰았다. 그러다 하얀 폴크스바겐 앞에서 다시 차를 멈추었다. 어디에서나 흔히 볼 수 있는 하얀 폴크스바겐이었다. 어제 본 폴크스바겐과 같다는 생각도 들었다. 하지만 차 뒤에서 어슬렁거리는 사람은 작달막한 백인이 아니었다. 키가 크고 몸이 다부져 보이는 흑인이었다. 그런데 피부나 체격이 아프리카인의 것이 아니었다. 강인한 인상과 온화한 표정으로 보아 다른 언어를 쓰는 먼 대륙의 낯선 인종 같았다.

한편, 린다는 담요에 대충 가려진 시체나 나뒹구는 구두나 흥건한 피를 애써 외면한 채 부서진 차를 물끄러미 바라보고 있었다. 그러다 흑인 남자의 당당한 모습을 보고 햇빛이 쏟아지는 밖으로 상체를 내밀었다. 그러고는 큰 소리로 남자에게 물었다.

"무슨 일이 일어난 거예요?"

남자가 린다를 향해 웃으면서 가까이 다가왔다.

"교통사고입니다. 부디 조심해서 운전하십시오."

흑인 남자는 이곳 사람이 아니었다. 말투로 보아 미국인이 분명했다.

미소와 말투, 예상치 못한 따뜻한 충고까지 더해져 남자의 말은 위엄 있게 들렸다. 바비는 남자에 대해 희미하게나마 인간애를 느꼈다. 묵묵히 어려운 임무를 수행하는 아프리카 관리나 경찰관을 볼 때 백인의 순수한 마음에서 우러나는 감상적인 기분 이상의 감정이었다. 바비는 자신이 남자의 충고를 받아들였다는 걸 보여 주고 싶었다. 그래서 타이어가 미끄러지면서 검은 도로 위에 시꺼멓게 만들어 놓은 기다란 자국을 피해 조심스레 차를 몰았다. 심하게 긁힌 앞 유리로 햇빛이 쏟아져 들어왔다. 눈부심이 위험할 수 있기 때문에 그는 운전석의 햇빛 가리개를 내렸다.

바비는 푸조 왜건과 미니버스 주변의 움직임을 룸 미러를 통해 살폈다. 방금 지나치면서 보았던 것보다 훨씬 사람이 많았다. 이윽고 차가 커브 길을 돌았다. 이제 사고 현장의 모습은 보이지 않았다.

커다란 바퀴가 달린 군용 트럭 네댓 대가 앞쪽에 세워져 있었다. 트럭 옆 도로변 풀밭을 비롯하여 그 옆의 얕은 도랑과 그 너머에 펼쳐진 들판의 자그마한 나무 그늘 아래 소총을 든 병사들이 모여 있었다. 바비는 수상한 사람이 아니라는 걸 병사들에게 보여 주기 위해 일부러 차를 천천히 몰았다.

병사들이 일제히 고개를 돌리고 차를 지켜보았다. 암녹색 모자 아래 그들의 검은 얼굴이 보였다. 윤활유를 바른 듯 하나같이 번들거리는 얼굴이었다. 도로변에 있는 병사들은 이마를 찡그리고 있었다. 통통하게 살찐 볼 탓인지 눈이 작아 보였다. 어젯밤 호숫가를 신나게 달릴 때는 그들의 이마가 미끈하게 보였는데, 지금은 미간을 찌푸려서인지 잔주름이 진 것 같았다. 도로변의 병사들은 모두 손에 권총을 쥐고 있었다. 여차하면 쏠 태세였다. 도랑이나 나무 그늘 아래의 병사들은 차를 바라보며 웃을 뿐, 특별히 경계하는 것 같지는 않았다.

바비는 핸들을 쥔 손을 번쩍 들고 살살 흔들어 보였다. 이에 반응하는 병사는 한 사람도 없었다. 피식거리며 웃거나 이마를 찡그리고 차를 바라볼 뿐이었다.

린다가 입을 열었다.

"사고가 아닐 거예요." 바비는 속력을 내기 시작했다. "바비, 저들이 왕을 죽였어요. 아까 그 차에 왕이 타고 있었다고요."

검은 도로는 거칠 것 없이 앞으로 쭉 뻗어 있었다. 축축한 아스팔트 포장도로 위를 달리는 바퀴에서 쉬익쉬익 하고 타이어 마찰음이 났다.

"분명히 왕이에요. 저들이 왕을 죽인 거라고요."

"글쎄요, 나는 잘 모르겠어요."

바비가 말했다.

"병사들이 왜 히죽거리며 웃는지 난 알아요. 저들이 웃는 모습 못 봤어요? 저들은 야만인들이에요. 뚱뚱하고 시꺼먼 야만인들이라고요. 저들이 저렇게 히죽거리는 모습을 보면 울화가 치밀어 견딜 수 없어요."

"왕도 흑인인데요."

"바비, 지금은 그런 얘기 할 때가 아니잖아요."

"그런 얘기라뇨? 나는 당신이 무슨 소리를 하는지 통 모르겠어요. 저건 아까 그 남자가 말한 대로 교통사고일 거예요."

"그렇게 보여야겠죠. 나는 왕이 변장을 하고 택시로 도망친다는 얘기가 농담인 줄 알았어요."

"이 근처 어디에서 택시를 탔겠죠. 도로가 봉쇄된 지점일 겁니다."

"수도에서는 모든 사람들이 왕이 그렇게 도망친다고 말했어요. 나는 그게 농담인 줄 알았고요. 설마 했는데 왕은 정말로 택시를 타고 도망쳤던 거예요."

"결국 국토 분리니 독립 왕국이니 하는 건 모두 속임수였어요. 사이먼 루베로가 그런 아이디어를 냈을 거예요. 왕은 그저 런던의 플레이보이였을 뿐이에요. 그쪽 동네에서 꽤 유명했다더군요. 하지만 아무리 좋게 보려 해도 자꾸 멍청한 인간이란 생각만 드네요."

"모두 그렇게 말해요. 그래서 나는 그런 말을 더 안 믿죠. 왕이 정말로 그렇게까지 멍청한 인간일 리는 없어요. 옥스퍼드식 악센트며 런던에서의 소문 같은 건 그저 남들에게 보이기 위한 연기였을 거예요."

"사이먼은 모든 사안에 대해 객관적인 판단을 내리는 사람입니다. 나도 우연히 알았는데, 그 사람은 그 일이 경찰 선에서 끝나길 바랐어요."

"당신은 아프리카인들한테는 그들만이 아는 비밀 통로 같은 게 있어서 마음만 먹으면 언제든 숲속으로 도망칠 수 있다고 믿고 싶을 거예요. 그렇죠? 아프리카인이지만 그래도 왕은 왕이에요. 따지고 보면 백인들이 헬리콥터를 타고 그를 찾아다니는 건 어처구니없는 일이죠."

"맞아요." 바비가 말했다. "그런데 흑인 놈들이 그를 잡은 겁니다." 바비는 그렇게 말하고 스스로 놀랐다. 그는 분노하고 있었다. 하지만 그것은 누군가를 향한 분노가 아니었다.

"흑인 놈들이 그를 잡은 겁니다." 바비는 같은 말을 되풀이했다. "이 얘기가 런던에 그대로 전해졌으면 좋겠습니다. 왕의 잘난 친구들도 이 얘기를 듣고 재미있어했으면 좋겠어요."

바비는 차를 무척 빨리 몰았지만, 도망치려는 의도는 아니었다.

그가 다시 입을 열었다.

"오구나 왕가 버트르에게 전화를 했어야 해요. 그 사람이면 통행금지 문제를 어떻게든 해결했을 거예요. 아니, 앞으로 또 무슨 일이 일어날 거란 얘기가 아닙니다. 우리가 드라이브를 하는 동안에는 아무 일도 없을 거예요."

"아프리카에 대해 사람들이 격언처럼 하는 말 알아요?" 린다가 말했다. "제아무리 멀리 달려 목적지에 도착하더라도 거기에서 할 일은 아무것도 없대요. 지금으로서는 그 낡은 공관을 다시 보는 것만으로도 감지덕지해야 할 것 같아요."

드넓게 펼쳐진 대지 끝의 지평선이 아래위로 굽이치고 있었다. 먼 곳에 있는 야트막한 담청색 언덕이 하늘로 빨려 들 것처럼 보였다. 차와 언덕 중간쯤에 기괴하게 생긴 바위산과 녹색 봉우리가 엷은 안개를 뚫고 우뚝 솟아 있었다. 말하자면 그것은 관할 지구이자 왕의 영토임을 나타내는 풍경이었다.

　"표범 바위네요."

　린다가 말했다.

　"내가 가장 좋아하는 풍경 중 하나입니다."

　"존 포드 감독이 만든 서부 영화 같아요."

　"영화 속 풍경 같긴 하죠. 하지만 내 눈엔 아프리카 그 자체로 보여요. 앞으로 몇 주 동안은 관할 지구 내에 별별 소문이 다 돌 거예요. 외국 신문에도 이곳 기사가 지겨울 정도로 날 거고요. 사람들이 이번 사태를 걱정하는 척이라도 한다면, 나도 쓸데없이 화를 내거나 하지는 않을 겁니다."

　"나는 이 사태를 어떻게 생각해야 하는지도 잘 모르겠어요. 걱정해야 할지 말아야 할지도 모르겠고요. 무서운 일인 줄은 알겠는데, 앞으로 어떻게 처신해야 좋을지 감도 안 와요. 그저 한시라도 빨리 공관으로 돌아가고 싶어요."

　상당히 빠른 속도로 달렸는데도 차는 여전히 제자리에 있는 것 같았다. 광활한 자연의 풍경도 변하지 않고 그대로인 것처럼 보였다.

　"저걸 왜 표범 바위라고 하죠?"

　린다가 물었다. 그녀의 목소리가 아까와 달랐다. 바비는 린다가 무언가 할 말이 있어서 입을 열었다는 걸 눈치챘다. 그는 대꾸하지 않았다.

린다가 이어서 말했다. "죽은 표범을 본 적이 있어요." 바비는 눈앞의 도로에만 정신을 집중했다.

"서아프리카에서요. 표범의 날카로운 이빨 사이로 붉은 혀가 길게 비어져 나와 있었어요. 막 실려 온 표범을 보자 몸에 온기가 남아 있는지 만져 보고 싶더군요. 하지만 벼룩이 얼마나 많은지 손을 댈 수가 없었어요. 사람들은 곧바로 표범 가죽을 벗겼어요. 가죽을 벗기자 마치 몸에 착 달라붙는 타이즈 차림의 발레리나 같았어요. 생각보다 근육이 참 아름답더군요. 그런데 사람들은 그걸 토막 내어 불길에 던져 버렸어요. 다음날 아침 눈을 뜨자마자 나는 '표범을 보러 가야지.'라고 생각했어요. 하지만 깜빡 잊고 말았답니다."

린다는 천천히 말했다. 자신의 이야기를 스스로 즐기고 있었던 것이다.

바비가 입을 열었다.

"그들이 왕의 가죽을 벗기지는 않을 겁니다."

"그 병사들이 히죽거리며 웃던 모습을 생각하면 속이 뒤집힐 것 같아요. 그 사람들 표정 봤죠? 당신은 폭동이 일어났을 때 여기 없어서 모를 거예요. 팔십 명이나 되는 해병대원들이 몰려왔어요. 정확히 팔십 명이었죠. 하지만 하는 짓이 아까처럼 히죽히죽 웃던 병사들이랑 다를 게 없었어요. 그들은 권총을 버리고 군복을 마구 찢더니 벌거벗은 채 숲속으로 도망쳐 버렸어요. 그때만 해도 그렇게들 도망칠 수 있었죠. 군인들이어도 다들 뚱뚱하지는 않았으니까요. 더 웃기는 일은 공항에서 있었죠. 관할 지구 내 사람들이 마중을 나간답시고 모두 공항으로 몰려갔어요. 그런데 해병대원들은 손도 흔들어 주지 않았어요. 아직 소년티를 벗지 못한 대원들이었는데, 총알이 장전된 권총을 찬 채 비행기에서 뛰어내려서는 박수 치는 군중 앞을 획 지나가 버리더라고요."

"그 얘기는 나도 들었어요."

바비가 말했다.

"아프리카인들도 잊지 않았을 거예요. 물론 당신만큼 흥미를 느끼지는 않았겠지만요. 그 대원들은 겁이 나서 그랬을 거예요. 콩고에서 벨기에 사람들이 저지른 만행을 생각해 봐요. 하늘에서 백인들이 마구 내려왔다고 했잖아요."

"새미 키세니가 바로 그 얘기를 했어요."

"아프리카인 대부분은 왕이 그 작전을 원한 걸로 생각했어요."

"나는 대령과 생각이 비슷해요. 팔을 걷어붙이고 왕을 구하기 위해 달려들었어야 한다고 생각하죠. 하지만 그랬어도 별반 달라진 건 없었을 거예요."

"바로 그겁니다. 당신이나 내가 관여할 일이 아니에요. 그들끼리 알아서 처리할 일이라고요. 이제는 왕 스스로도 그걸 깨닫고 있을 거예요. 총에 맞은 게 아니라면, 한 시간 반 안에 호수를 건너 위쪽으로 도망쳤어야 합니다."

"어머, 그러니까 당신은 그들이 호수에서 왕을 기다리고 있을 수도 있다는 말인가요? 어쩌면 어젯밤 내내 기다렸을지도 모르겠군요. 그런데 그 소식이 전해지면 관할 지구는 난리가 나지 않을까요?"

"하루 이틀은 비밀에 붙여져서 조용할 수도 있죠."

"나는 두 번 다시 관할 지구 밖으로 나오고 싶지 않을 것 같아요."

"그러면 삶을 새롭게 시작하는 계기가 될 수도 있겠군요."

"충분히 그럴 수 있죠."

린다는 비아냥거리는 듯한 바비의 말에 태연하게 응수했다.

"지금 이 순간에도 병사들이 그 부근에서 미쳐 날뛰고 있을 수 있어요."

탁 트인 주변 경관이 점점 좁아졌다. 광활한 대지는 군데군데 우거진 수풀로 거칠게 보였다. 나무도 점점 많아졌고 도로도 자주 꺾였다. 이윽고 차는 대여 농지와 상점과 오두막을 지났다. 마을에 들어섰지만 사람이 보이지 않았다.

"처음 왔을 때부터 난 이곳이 도통 마음에 들지 않았어요." 린다가 말했다. "이곳 사람들과 하나가 될 이유가 없는 것 같았죠. 처음부터 그랬어요. 이곳 사람들이 그렇게 만들었던 거예요. 내가 위화감 같은 게 들도록 행동하지 않았는데도요."

"당신은 자신이 왜 여기에 왔는지 잘 알지 않나요?"

바비가 말했다.

"우리가 여기에 올 때 지미 루엔기리가 공항으로 마중을 나왔어요. 차로 65킬로미터를 달리는 내내 나는 그의 얘기를 들어야 했죠. 이른바 교양 있는 사람과 나누는 대화가 어떤 식으로 전개되는지 당신도 잘 알 거예요. 그 사람은 스스로를 상대로 체스를 두는 듯했어요. 체스 말을 몽땅 자기가 갖고 말이에요. 나는 그저 창밖을 힐끗거리며 초라한 오두막들

을 바라보았어요. 그러면서 속으로 비명을 질렀죠. 이곳에서
는 좋은 일이 하나도 없겠구나 싶더라고요. 도착한 첫날엔 영
빈관이라는 막사처럼 생긴 방에서 묵었는데, 아주 지저분했어
요. 마틴은 고과 점수가 좋지 않았나 봐요. 우리는 그걸 몰랐
고요. 마틴이 생활하는 걸 보면서 점수를 한번 매겨 보세요.
어디서든 좋은 점수를 얻지 못하겠지만요."

"그런대로 잘하지 않았나 싶은데요."

"그날 오후쯤 됐는데, 옆방에서 어린 여자애가 계속 울어
댔어요. 덜컥 겁이 나더군요. 바로 떠나고 싶었죠. 태어난 뒤로
뭔가를 그렇게 간절히 바란 적은 없었던 것 같아요. 당장 공항
으로 달려가서 런던행 비행기에 올라타고 싶어 애가 탈 지경
이었죠."

"왜 그러지 못했어요?"

"새미 키세니와 함께 드라이브를 한다고 가정해 봐요. 교양
있는 대화를 나누면서 말이에요. 그러다 벌거벗은 야만인이
30센티미터나 되는 페니스를 내놓고 있는 모습을 본다면 어떻
게 하겠어요? 나라면 못 본 척할 수밖에 없어요. 당연히 그걸
봤다는 얘기도 못 하고요. 당신도 사내애 둘이 온몸에 하얀
가루를 뒤집어쓰고 벌거벗은 채 공공 도로를 활보하는 모습
을 봤죠. 그런데 당신 역시 그 일을 입에 올리지 않잖아요. 그
런 거예요. 새미 키세니가 회의석에서 방송과 관련된 보고서
를 읽었는데, 어처구니없게도 T. S. 엘리엇의 글을 한 문단 그
대로 표절했더군요. 그래도 아무도 그것에 대해 말하지 않아
요. 알아도 말할 수가 없는 거죠. 오히려 그를 격려하고 잘했

다며 치켜세우죠. 관할 지구 내에서는 자기들끼리 쑥덕거리면서요. 그 누구랄 것 없이 거짓말을 해요. 그리고 그 거짓말을 또 다른 거짓말로 덮죠."

"당신이 이곳에 왜 왔는지 알잖아요. 불평할 처지는 아니라고 생각해요."

"여기는 그들 나라예요. 내 나라가 아니죠. 내 인생은 나만의 것이에요. 그렇더라도 결국엔 내가 무엇을 어떻게 느끼는지 알 수 없게 돼 버리지만요. 아는 것이라곤 관할 지구 내에서 안전하게 지내고 싶다는 것 정도죠."

"어쨌든 당신은 자유를 찾아 이곳에 왔고, 당신 말대로 아주 잘 적응하고 있잖아요? 안 그래요?"

"당연한 얘기지만 당신과 나는 사물을 보는 관점이 달라요, 바비."

"그렇긴 해도 지금 당신이 무슨 생각을 하는가는 별로 중요하지 않아요."

"밤이면 관할 지구 내에서도 사람을 뒤쫓으면서 저놈 잡으라는 소리가 자주 들려요. 누군가를 죽도록 두들겨 패는 일도 있고요. 매주 살해당한 사람의 명단이 발표되지만, 죽은 사람이 누군지 밝혀지지 않는 경우도 있어요. 우리는 애초부터 그 사람들과 상종하지 말든지, 아니면 유리한 쪽과 친하든지 둘 중 하나를 택해야만 해요. 어중간한 입장을 취하면 우스운 꼴이 되기 쉽죠."

"마틴이 그런 말을 했나요? 아니면 대령인가요? 린다 당신한테는 도저히 못 당하겠군요. 당신 입장에서는 수도에서 주말을 즐겁게 보내고, 사람들과 이런저런 얘기를 진솔하게 주고받고 왔다면 그만일 수 있겠죠. 그런데 나는 당신한테서 그 이상의 뭔가를 기대했습니다. 정말 당신 취향에는 두 손 두 발다 들었어요. 그때그때 적응을 잘하는 편이라고 했나요? 어렵하시겠어요. 정말 대단하십니다. 그런데 처음 만난 사람이나 나머지 다른 사람들이나 똑같다는 생각이 들어요. 따지고 보면 누구 한 사람을 탓할 수 없겠죠. 당신네들은 똑같은 책들을 읽더군요. 물론 책을 많이 읽긴 하죠. 야만인들 틈에서 감정이 거칠어지면 안 되니까 그렇겠지만요, 안 그런가요?"

"바비, 당신이 그런 말을 할 입장은 아닌 것 같은데요."

"왜요? 나는 이런 말을 할 자격이 없다는 얘기인가요? 그렇다면 진작 말씀해 주시잖고요. 나는 당신이 나와 이상한 관계라고 당신의 하우스보이가 소문내 주기를 바라는 줄 알았어요. 내가 당신 잠자리 상대가 되어 당신의 비명에 흥분했다는 얘기를 퍼뜨리기를 바란다고 생각했던 말입니다."

"그건 도리스 마셜이 퍼뜨린 허무맹랑한 얘기예요."

"바비를 증인으로 세웁시다. 그자는 데니스 마셜의 심복이나 마찬가지예요.'라고 말인가요?" 바비는 고개를 위아래로 끄덕거렸다. "'바비로 해요. 그 남자라면 당신이 바라는 대로 될거예요.'라고 하던가요? '당신 셔츠 멋지네요, 바비.' 이렇게 치켜세우라고 했나요? 정말 재미있군요. 하지만 상대를 잘못 골랐어요."

"말도 안 되는 소리 그만해요."

"말이 안 된다고요?" 바비는 핸들에서 오른손을 떼어 머리를 가볍게 쳤다. "나는 모든 걸 주의 깊게 보고 이 머릿속에 담아 두는 사람이에요."

"나는 늘 당신이 낭만적인 사람이라고 생각했어요, 바비."

"당신은 상대를 잘못 고른 겁니다."

"방금 당신이 말한 대로 모든 걸 주의 깊게 보고 머릿속에 담아 두세요. 그런데 관할 지구에 있으면서는 그곳 사람들을 주의 깊게 살펴보지 못한 것 같네요."

"맞는 말입니다. 처음 만난 사람이 나머지 사람들과 똑같다고 해도 그걸 탓할 수는 없겠죠. 설령 당신이……."

"바비, 이제 그만해요. 아까 한 말 전부 취소할 테니까."

"야만인이니 뭐니 하면서 상종하지 말든지 유리한 쪽으로 친하든지 해야 한다고 말하던데……."

"전부 취소한다고요."

"린다, 당신 같은 부류의 사람이 너무 많아요. 우리는 우리의 정신이 때 묻게 하면 안 된다느니, 야만인들 틈에 끼어 사는 만큼 문화적인 활동을 해야 한다느니 말하죠. 그래요, 더러운 야만인들 사이에서 생활하는 만큼 우리가 얼마나 순수하고 사랑스러운 존재인지를 서로 상기시켜 줘야 할 거예요. 그 때문에도 매일 음부 탈취제를 쓰는 것이겠죠?"

"말 같지도 않은 소리를 하는군요."

"우리가 그래야 하는 거예요? 꼭 그래야 해요? 어느 브랜드 제품을 쓰고 있죠? 뜨거운 여자? 끝내주는 여자? 순결한 여자? 청순한 여자인가요? 따지고 보면 당신도 아무것도 아닌 존재예요. 썩어 가는 정욕 덩어리일 뿐이죠. 당신 같은 부류의

사람이 100만 명은 될 거예요. 아니, 100만 명도 넘을걸요. 적
응을 잘하는 편이라고요? 가엾은 여자들한테는 아무 짓도 안
했으면 좋겠다고요? 당신은 자신이 얼마나 잘났다고 생각하
는 겁니까? 물론 당신 인생은 당신만의 것이죠. 하지만 모든
게 당신 생각대로 돌아가지는 않아요. 그리고 당신 생각만 중
요한 게 아니라고요.”

린다는 편안히 앉아 차창 밖을 바라보았다. 차는 다시 마을
로 들어섰다. 지저분한 집들이 죽 늘어서 있었다. 집들 뒤에는
열대 식물이 우거져 있었는데, 좁은 길은 불결하기 이를 데 없
었다. 햇빛과 쓰레기와 나무들만 가득한 풍경이었다. 조금 더
가자 덤불이 이어졌고, 그 옆으로 고속 도로가 뻗어 있었다.

“당신 같은 부류의 인간은 100만 명도 넘을 거예요. 마틴
같은 인간도 그 정도 되고요. 당신들 같은 사람들, 아무것도
아닌 존재들입니다.”

“차 세워요. 여기서 내리겠어요. 당신과는 더 이상 말 섞고
싶지 않아요. 어서 차 세워요.”

바비는 브레이크 페달을 밟았다. 차는 뜨겁게 달구어진 도
로 위에서 멈추었다. 차창으로 불어오던 바람도 멈추었다. 엔
진 소리가 두 사람의 침묵 틈으로 끼어들었다. 나무들이 갓길
에 웅크리고 앉은 듯 그림자를 드리우고 있었다. 하늘은 높았
고, 공기는 불타는 듯 뜨거웠다.

린다가 입을 열었다.

“당신이 맞아요. 내 생각이 옳지 않았던 것 같네요.”

“그래요, 바보 같은 생각이에요. 그러다 화를 입을 수 있어요.”

"아무래도 나는 생각이 짧은 사람인가 봐요."

"모든 건 당신이 자초한 일이에요. 이 점을 명심하세요."

"다른 교통편을 찾을게요. 택시나 뭐 그런 걸 탈 수 있을 거예요."

린다는 몸을 돌려 차 문을 열었다. 셔츠의 등 부분이 땀에 젖어 있었다. 그제야 바비는 자신의 등도 땀에 젖었다는 사실을 깨달았다. 한기가 느껴졌다. 차에서 내린 린다는 방향 감각을 잃은 듯 길 위에 멍하니 서 있었다. 선글라스 때문에 표정을 읽을 수 없었다. 이윽고 린다가 자세를 고쳐 잡고 몸을 똑바로 폈다. 바비는 방금 지나쳐 온 마을을 향해 걸어가는 린다를 가만히 바라보았다.

바비가 소리쳤다.

"트렁크는 어떻게 할 거요?"

린다는 뒤를 돌아보지 않았다.

"당신 마음대로 해요."

바비도 차 문을 열고 밖으로 나왔다. 오랫동안 차를 몰고 도로를 달리다 고요하고 뜨거운 대기 속으로 들어선 탓인지 현기증이 일었다. 머릿속도 무언가로 꽉 차서 곧 터질 것 같은 느낌이었다.

"린다!"

바비가 불렀지만 린다는 종종걸음으로 멀어졌다. 땅을 내려다보며 걷는 그녀의 모습은 차량 통행이 없는 높다란 제방 도로와 전혀 어울리지 않았다. 무엇보다 바지와 셔츠의 밝은 색깔이 너무 파격적으로 부각되어 비현실적인 느낌을 풍겼다.

그런 색깔은 오히려 평야와 하늘의 빛에 어울렸다.

바비는 다시 차에 올라타 콩 소리 나게 문을 닫고는 액셀러레이터를 힘껏 밟았다. 그는 건조한 손바닥을 핸들에 쓱쓱 문지르면서 검은 도로에 정신을 집중했다. 햇빛이 보닛 위 둥글게 긁힌 자국을 비추었다. 보닛의 열기가 앞 유리를 뚫고 들어와 운전하는 그에게 그대로 전해졌다.

*

바비는 몇 분 동안 일몰의 순간순간을 온몸으로 느끼면서 나무들의 검은 그림자가 드리운 텅 빈 들판을 달렸다. 줄곧 엔진 음과 바람 소리를 듣던 그는 문득 악몽을 꾼 것 같은 느낌에 사로잡혔다. 대령과 그의 호텔, 널따란 강바닥 주변에 서 있던 아프리카 병사들, 짐승처럼 벌거벗은 몸으로 하얀 가루를 뒤집어쓴 채 도로로 튀어나와 소리도 없이 사라진 아이들, 도로 위에 서 있던 린다 등, 모든 장면이 차례대로 선명하게 떠올랐다. 그러나 그것은 실제가 아닌 상상 속의 장면 같았다.

바비는 침착해져야 한다고 생각했다. 그렇게 생각하자 조금은 평정심을 되찾을 수 있었다. 그런데 악몽을 꾼 듯한 느낌 대신 린다에게 심한 말을 퍼부은 기억과 앞으로 다가올지도 모를 위험에 대한 두려움이 일었다. 그는 이제 혼자였다. 그 자신이 자초한 일이었다. 바비는 자동차 경주에 나온 듯 속도를 높여 달렸다. 도로 끝에는 위험이 도사리고 있고, 혼자라서 더 위험할 수 있었다. 그럼에도 그는 진지하게 생각하지 않고 시간의 흐름에 몸을 내맡겼다.

어느 순간 차체가 붕 떠올랐다 쿵 소리를 내며 바닥에 떨어졌다. 그의 손이 잠깐 핸들을 벗어났다. 얇게 깔린 아스팔트 포장이 오후의 뜨거운 햇볕에 녹아 도로에 요철이 생겼던 것이다. 그곳은 바비도 아는 길이었다. 그는 속도를 줄였다. 다시 차체가 크게 흔들리면서 한쪽으로 미끄러졌다. 바비는 차의 움직임을 능숙하게 제어하여 차를 멈추었다. 정적과 함께 뜨거운 열기가 온몸으로 느껴졌다.

그는 차를 돌렸다. 도로는 아까와 마찬가지로 텅 비어 있었다. 아직 덜 마른 아스팔트 위에 그의 차가 새긴 바큇자국이 그대로 남아 있었다. 바비는 공황 상태에 빠진 나머지 자신이 목격한 도로와 들판 등이 헛것일 수 있다고 생각했다. 하지만 되돌아 가면서 본 것들은 놀라울 정도로 기억 속에 있는 그 모습 그대로였다. 차가 남긴 바큇자국도 흐트러진 곳 하나 없이 선명했다.

린다의 모습은 보이지 않았다. 도로 위에도 그녀의 흔적은 없었다. 도로 한쪽의 지저분한 흙길 주위에 자그마한 마을이 있었다. 집마다 문이 닫혀 있어 사람이 살지 않는 듯 보였다. 바비가 경적을 울렸지만 아무도 나오지 않았다. 뒤틀린 목조 구조물에 허름한 간판이 달린 상점 두어 개도 인기척 없이 지저분한 마당만 드러내 놓고 있었다. 굳게 닫힌 문에 못을 박아 붙여 놓은 양철 광고판도 햇빛에 표면이 벗겨지고 변색되어 거무스름한 담황색만 남아 있었다. 광고판에는 터번 같은 머리 장식을 하고 웃으며 습진 연고제를 들고 있는 아프리카 여인과 미소를 띤 채 담배를 피우는 아프리카 남자가 그려져 있었다.

바비는 마을로 이어진 흙길로 접어들었다. 순간 바람이 불면서 먼지가 피어올라 시야를 가렸다. 룸 미러에도 먼지 자욱한 풍경이 비쳤다. 소용돌이까지 치면서 부는 먼지바람은 마치 맹렬하게 타오르는 불길에서 솟아나는 노란 연기 같았다. 바비는 재빨리 차창을 닫았다. 차를 몰고 계속 앞으로 나아가도 먼지에 가려 아무것도 보이지 않았다. 조금 전에 보았던 덤불과 나무와 목조 구조물도 알아볼 수 없었다. 차창을 닫았는데도 먼지가 차 안으로 계속 들어왔다. 얼마쯤 가자 폐품 처리장 안에 함석으로 지은 창고가 희미하게 보였다. 먼지 속에 턱 버티고 선 창고는 제법 컸지만, 오랫동안 기름때가 앉아 거무스름했다. 창고 옆에는 관목이 두세 그루 서 있었다. 하지만 땅이 메말라 모두 말라 죽어 있었다. 관목 뒤로는 나지막한 기둥 위에 올린 하얀 콘크리트 방갈로가 오후의 뜨거운 햇살을 정면으로 받으며 서 있었다.

바비는 차를 세우고 차창을 내렸다. 모래 먼지가 차 주변을 천천히 맴돌았다. 바비가 경적을 울리자 비쩍 마르고 키가 큰 인도 소년이 방갈로의 현관문을 열었다. 그러고는 차를 향해 가까이 다가오라고 손짓했다. 바비는 잠시 망설였다. 소년은 어색한 표정으로 베란다와 안쪽 객실의 중간쯤에 서서 바비와 안쪽 누군가 사이를 잇는 중계자 역할을 하고 있었다.

바비는 방갈로 안으로 들어갔다. 오후의 햇볕을 받아 하얀 벽과 마루까지 열기를 내뿜고 있어 실내는 무척 더웠다. 베란다에도 사람이 없었다. 고개를 돌려 응접실 쪽을 보자 숨 막힐 듯 좁은 공간에 조화와 페이퍼백이 가득했다. 크롬으로 도금한 금속제 의자와 구릿빛 플라스틱으로 만든 힌두교 신상도 보였는데, 어찌 된 일인지 그 한가운데에 린다가 앉아서 차를 마시고 있었다. 그녀는 이를 훤히 드러내고 고추 피클 한쪽 끝을 살짝 베어 물다가 바비를 바라보았다.

바비는 린다에게 차를 대접하는 중년의 인도 남자는 거들떠보지도 않고 린다를 향해 입을 열었다.

"우리는 지금 시간이 많지 않아요."

"나는 지금 차를 마시는 중이에요."

린다가 말했다.

"하긴 딱히 서두를 필요는 없겠군요. 나도 차 한 잔 주실래요?"

"네, 네."

인도 남자는 짧게 대답하고 방을 나갔다.

바비와 린다도 키 큰 인도 소년도 입을 다물고 있었다. 지독히 더운 날씨였다. 린다의 얼굴이 붉게 달아올라 있었다. 바비도 땀을 흘리기 시작했다. 초록색 사리를 입은 젊은 여자가 들어오더니 피클이 담긴 그릇과 찻잔을 내려놓고 곧바로 방을 나갔다.

"아주 좋은 집이군요."

중년의 인도인이 돌아오자 바비가 말을 걸었다.

"매카틀랜드 부인 덕입니다." 인도인이 자리에 앉아 다리를 좌우로 흔들며 말했다. "그 부인이 남쪽으로 간다며 급히 팔

앉어요. 집뿐만 아니라 가구며 책이며 이 사업까지 전부 팔아 치우고 떠났지요."

"좋은 책이 많네요."

바비가 말했다.

"좀 가져가실래요?" 인도인이 다리를 계속 흔들며 책장 쪽으로 상체를 숙이더니 왼손 가득 책을 뽑아 들었다. "자, 가져가세요."

바비는 고개를 저었다.

"당신도 남쪽으로 갈 건가요?"

바비의 질문에 인도인은 나지막이 웃으면서 책을 제자리에 꽂았다.

"나는 미국에 가서 옷 장사나 할까 생각 중입니다. 아니면 카이로에 가든가요. 카이로에 간다면 이동식 주스 가게를 할 생각입니다."

"이동식 주스 가게요?"

"이집트 사람들은 신선한 과일 주스를 아주 좋아해요. 여기서 돈을 다 빼면 당장 갈 겁니다. 형은 벌써 거기에 가 있어요. 그런데 당신들은 어디로 가세요?"

"나는 여기에 살아요." 바비가 대답했다. "정부 관리예요. 공무원이죠."

인도인은 좌우로 흔들던 다리를 천천히 멈추고 조용히 웃었다.

린다가 자리에서 일어섰다.

"이제 그만 가야 할 것 같은데요."

바비는 미소를 지어 보이며 차를 한 모금 마셨다.

"매카틀랜드 씨와 아는 사이 아닌가요?"

인도인이 바비에게 물었다.

"모르는 사람인데요."

바비도 자리에서 일어섰다.

"그 사람 젊은 나이에 죽었습니다."

인도인은 그렇게 말하며 바비와 린다를 배웅하러 마당을 지나 길까지 나왔다. 여전히 모래바람이 휘몰아치고 있었다.

"카레이서처럼 차를 몰았어요. 매일 아침 여기에서 수도까지 시속 170킬로미터로 달리곤 했죠."

바비는 하늘을 올려다보느라 인도인이 건넨 작별 인사를 제대로 듣지 못했다.

"통행금지 전까지 관할 지구에 도착하려면 우리도 그 정도 속도로 달려야 할 것 같군요."

두 사람은 차에 올라탔다. 인도인은 베란다에 올라가 차가 방향을 바꾸는 모습을 내려다보았다. 다시 모래바람이 일기 시작했다. 달리는 차 뒤로 흙먼지가 뿌옇게 날렸다.

린다가 입을 열었다.

"수도까지 시속 170킬로미터로 달렸다는 말 믿어요?"

"당신은 믿어요?"

"왜 그런 말을 했는지 모르겠네요."

교차점의 가게들은 여전히 닫혀 있었다. 황량할 뿐 인기척이 없었다. 색이 바랜 양철 광고판 속에서 아프리카인들이 히죽히죽 웃고 있었다. 광고판의 그림자가 가게의 차양 아래로 길게 늘어져 있었다.

차가 고속 도로에 들어서자 두 사람은 차창을 열었다. 햇빛이 흠집 가득한 앞 유리를 통해 비스듬히 들어왔다. 차 안은 온통 먼지투성이었다. 계기판에도 먼지가 앉아 그림자가 진 것 같았다. 바비가 마을로 돌아갈 때 낸 바큇자국이 도로 오른편의 무른 아스팔트 위에 드러나 있었다. 하지만 얼마쯤 가자 넓은 바큇자국이 덧씌워져 더는 보이지 않았다. 적어도 대형 차량이 한 대 이상 지나간 것 같았다. 그런데 바큇자국이 도로 왼편으로 약간 치우친 걸 보니 관할 지구로 향한 모양이었다.

바비는 조심스레 차를 몰았다. 다시금 도로가 울퉁불퉁한 지점에 이르렀다. 무른 아스팔트가 녹아내린 것 같았다. 그곳은 아까 차를 멈춘 지점이었다. 차를 돌릴 때 남긴 바큇자국이 조금 남아 있었다.

"우리 많이 늦었나요?"

린다가 물었다.

"겨우 삼십 분쯤 지체했어요. 댁이 방긋 웃기만 하면 누구든 우리한테 차를 대접할 텐데 뭐가 걱정입니까?"

둘 다 조용히 미소를 지었다. 조금 전까지 있었던 일은 까맣게 잊은 표정이었다.

차가 오후의 뜨거운 열기 속을 달리자 두 사람의 얼굴은 다시 굳어졌다. 오른쪽에서 두 사람 쪽으로 비스듬하게 그림자가 지기 시작했다. 표범 바위가 다시 보였다. 하지만 이번에는 아무도 감탄하지 않았다. 바위는 아까보다 훨씬 크고 가깝게 보였다. 반 정도는 햇빛을 받고 나머지는 그늘져 있었는데, 수직으로 깎아지른 절벽은 생각보다 덜 가팔랐다. 그런데 덤불에 덮인 경사면은 울퉁불퉁하니 험해 보였다.

린다가 입을 열었다.

"아까 그 사람 정말로 카이로에 갈까요?"

"거짓말이에요." 바비가 대꾸했다. "모두가 거짓말을 하잖아요."

린다가 희미하게 웃었다.

그녀의 시선이 도로 끝 쪽 바비가 바라보는 지점에 꽂혔다. 군용 트럭이 앞쪽에서 줄을 지어 달리고 있었다. 결국 두 사람은 트럭의 바큇자국을 따라 여기까지 온 셈이었다.

9

바비는 속도를 낮추었다가 높였다. 그리고 다시 낮추었다. 그도 린다도 입을 다물고 있었다. 표범 바위는 여전히 두 사람의 오른쪽, 덤불숲 위에 우뚝 솟아 있었다. 경사면은 그늘이 져 있었는데, 그곳뿐 아니라 도로변의 초목들이 아까와 다르게 조금씩 변하고 있었다. 여전히 관목이 무성할 뿐 농작물은 찾아볼 수 없었지만, 열대 우림 지대 특유의 촉촉함과 싱싱함이 느껴졌다. 두 사람이 탄 차는 군용 트럭과 점점 가까워졌다. 트럭은 모두 다섯 대였는데, 그 그림자가 울퉁불퉁한 아스팔트 위에 드리워져 있었다. 이따금 표범 바위 너머로 드넓게 펼쳐진 열대의 땅이 보이곤 했다. 그곳은 왕의 영토였다. 햇빛을 받는 광활한 삼림 지대는 아무도 살지 않는 것처럼 보였다. 하지만 마을이 있다는 사실을 알리는 듯 드문드문 갈색의 아지랑이 같은 것이 피어오르고 있었다.

맨 뒤에서 달리는 군용 트럭 짐칸에 녹색 모자를 쓴 병사들이 앉아 있었다. 소총을 들고 바비와 린다가 탄 차를 바라보는 그들의 표정은 그늘이 진 탓인지 다들 어두워 보였다. 바비는 운전병 쪽으로 시선을 옮겼다. 운전석 쪽 사이드 미러에 비친 운전병의 옆얼굴과 모자가 흔들거리고 있었다. 눈부신 햇빛이 사이드 미러에 비쳐 그 얼굴은 아무런 특징 없는 검은 윤곽으로만 보였다. 그러다 이따금 트럭이 덜컹거리거나 운전병이 고개를 돌려 사이드 미러와 바비를 바라볼 때는 햇빛을 반사하면서 노랗게 반짝거렸다.

바비가 모는 차는 맨 뒤의 트럭과 일정 거리를 유지하면서 한참 동안 달렸다. 트럭 후미에 붙은 연대 마크 옆에 앉은 병사들은 여전히 어두운 얼굴로 바비의 차를 바라보고 있었다. 바비는 이따금 운전병의 시선을 느꼈다. 그때마다 사이드 미러에 비친 얼굴이 반짝반짝 빛났다.

린다가 말했다.

"이런 속도로 가면 우리는 분명히 늦을 거예요."

"이 길은 추월하기가 쉽지 않아요." 바비가 대꾸했다. "커브도 너무 많고요."

바비와 린다가 탄 차는 일정 속도로 달렸고, 병사들은 계속 두 사람을 바라보았다.

린다가 물었다.

"우리가 저 사람들을 불편하게 하는 거 아닐까요?"

바비는 대꾸하지 않았다.

그들은 곧게 뻗어 앞이 훤히 트인 도로로 접어들었다.

바비는 경적을 울리며 추월하려고 속도를 높였다. 앞 트럭의 병사들이 긴장한 듯 몸을 조금 움츠렸다. 바비는 그들을 올려다보며 액셀러레이터를 점점 더 세게 밟았다. 그는 병사들의 시선을 의식하고 급히 눈길을 돌렸다. 햇빛에 눈이 부셨다. 그는 다시금 경적을 울리면서 추월을 시도했다. 그러자 트럭이 오른쪽으로 옮겨 진로를 방해했다. 검은 점들이 바비의 눈앞에서 어른거렸다. 그는 경주하듯 속도를 높여 도로를 조금 벗어나서 달렸다. 자칫하면 차가 도로 밖으로 튕겨 나갈 수도 있었다. 트럭은 더 오른쪽으로 붙었다. 바비는 그 옆을 아슬아슬하게 달렸다. 오른쪽 바퀴가 갓길에 올라선 게 느껴졌다. 금방이라도 도랑에 빠질 것 같았다. 바비는 브레이크를 밟았다. 차체가 덜커덩거리면서 크게 흔들렸다. 트럭은 앞서 달려갔다. 병사들이 얼굴 가득 친근한 미소를 짓고 바비를 바라보았다. 운전석 쪽 사이드 미러에 웃고 있는 운전병 얼굴이 비쳤다. 평범한 얼굴이었다. 어느 순간 사이드 미러 속의 그 얼굴이 사라졌다. 바비와 린다가 탄 차는 갓길에 비스듬히 걸쳐진 채 멈춰 있었다. 이제 트럭은 제 차선을 달리고 있었다. 병사들의 얼굴이 점점 희미해졌다. 운전병이 운전석 옆 차창 밖으로 카키색 팔을 뻗고는 손목을 움직여 어색하게 손을 흔들었다. 추월해 가라는 신호였다.

린다가 입을 열었다.

"군대를 만나면 죽은 척하라는 말이 왜 생겼는지 알 것 같네요."

바비의 셔츠 등 부분이 축축했다. 얼굴도 붉게 달아올랐다. 엔진 열기와 보닛의 복사열과 앞 유리의 열까지 몽땅 그에게 쏟아졌다. 공기도 뜨겁고 차 바닥도 뜨거웠다. 온몸에서 땀방울이 솟아올랐다. 눈이 따끔거렸다. 땀에 젖은 바지가 정강이에 찰싹 달라붙었다.

바비는 차를 출발시켜 갓길에서 빠져나왔다. 그러고는 다시금 트럭의 바큇자국을 따라 달렸다. 바큇자국이 무른 아스팔트에 지퍼 모양으로 나 있었다. 그는 차를 천천히 몰았다. 시속 60킬로미터를 넘지 않게 달렸는데도 간간이 트럭이 눈에 들어왔다. 바위산은 점점 더 웅장하게 다가왔다. 그늘진 경사면은 안개에 가려 희미했다. 오후의 햇빛이 조금씩 약해지기 시작했다.

마침내 시야가 탁 트였다. 몇 킬로미터 앞까지 로마식 도로처럼 고속 도로가 쭉 뻗어 있었다. 그 너머의 도로는 언덕과 언덕으로 이어져 있었다. 그곳까지 가자 군용 트럭이 보이기 시작했다. 언덕을 오를 때면 보이지 않다가 언덕을 내려갈 때면 보이곤 했다. 이윽고 트럭들이 왕의 영토로 들어섰다. 이제 고속 도로는 오래된 숲길로 이어졌다. 왕의 부족민들은 수백 년에 걸쳐서 흙이나 갈대 같은 숲의 재료만으로 길을 닦았다. 언덕을 넘고 늪지를 건너 어연번듯한 길을 닦아 놓았던 것이다. 멀리 떨어진 앞쪽에 조그만 흰색 석조 건물이 보였다. 왕의 영토 경계선에 세워진 경비 초소였다. 하지만 지금 그곳에는 왕의 깃발이 걸려 있지 않았다. 바람에 나부끼는 것은 대통령 쪽 국기였다.

트럭들은 석조 건물 근처에서 다른 길로 접어들었다. 이제 도로는 다시 텅 비었다. 하지만 바비는 속도를 높이지 않았다. 빨리 갈 이유가 없었다. 통행금지가 시작되는 4시를 넘긴 시각이었기 때문이다. 낮지만 넓은 현대식 건물이 나타났다. 알록달록한 콘크리트와 화려한 유리창 덕에 건물 전체가 유리구슬처럼 밝아 보였다. 독립을 기념하는 선물로 미국인들이 초원 한복판에 지어 준 건물이었다. 이 건물은 원래 학교로 사용됨으로써 왕의 영토와 대통령의 영토를 상징적으로 연결하도록 예정되어 있었다. 하지만 이따금 방문객만 드나들 뿐, 학교로 사용된 적은 한 번도 없었다. 학생도 교사도 없이 오랫동안 텅 빈 채 서 있을 뿐이었다. 그런데 지금은 다른 용도로 쓰이고 있었다. 풀이 무성하게 자란 운동장에 군용 트럭이 가득서 있었고, 트럭의 그림자 아래 통통하게 살찐 병사들이 옹기종기 모여 있었다.

그쪽으로 가는 길에는 방책 같은 것이 없었다. 손짓으로 차를 세우는 병사도 없었다. 하지만 바비는 일단 차를 세웠다. 도로를 가운데 두고 왼편에는 학교와 트럭과 병사들이 있었고, 오른편에는 대통령 국기가 나부끼는 석조 건물이 있었다. 병사들은 차에 눈길도 주지 않았다. 석조 건물에서도 아무도 나와 보지 않았다. 바위산 너머로 햇빛 가득한 삼림 지대가 보였다. 점점 짙어지는 연기에 가려 희미하게 보이는 나무들이 물결치듯 지평선까지 뻗어 있었다.

자유 국가에서

"여기서 누가 오기를 기다리는 거예요?"

린다가 물었다.

바비는 아무 말도 하지 않았다.

"애초에 통행금지 같은 건 없었을지도 몰라요."

린다가 말했다.

병사 하나가 두 사람을 바라보고 있었다. 트럭 후미 근처에 함께 서 있는 동료 병사들보다 키가 조금 작았다. 그 병사는 양철 컵에 담긴 음료를 마시고 있었다.

"대령이 잘못 알았을 수도 있어요."

린다가 말했다.

"대령이 말입니까?"

바비가 물었다.

키 작은 병사가 후미 근처의 동료들을 떠나 양철 컵을 흔들며 바비와 린다가 탄 차 쪽으로 다가왔다. 모자를 쓰지 않아 빡빡 깎은 머리가 훤히 드러났는데, 불룩한 배 아래의 카키색 바지에는 주름이 잔뜩 잡혀 있었고, 걸을 때마다 스친 탓에 굵은 허벅지 부분은 닳을 대로 닳아 있었다. 병사는 상체를 한쪽으로 기울이더니 통통한 뺨을 움직이고 입술을 오므려 침을 탁 뱉었다. 그러고는 다시 차를 바라보며 웃었다.

그때 린다와 바비는 땅바닥에 널브러져 있는 사람들을 보았다. 포로들이었다. 그중 몇 명은 엎드려 있었다. 포로들 대다수는 벌거벗었기 때문에 관목 같은 키 작은 나무들 속에서, 트럭에 내리쬐는 햇빛과 그 그림자 속에서 쉽게 눈에 띄지 않았던 것이다. 포로들은 미동조차 하지 않았다. 그들의 검은 몸에서 살아 있는 듯 보이는 것은 반짝이는 두 눈동자뿐이었다. 그들은 왕의 부족민들로, 다들 칠흑같이 검은 피부에 골격이 가늘고 작았다. 옷을 입은 몇 명은 도로를 건설한 사람들이었다. 몸이 자유로울 때는 위엄 있어 보이던 그들도 지금은 적의 손에 잡힌 숲속의 야만인들에 지나지 않았다. 그들은 숲속의 전통적인 방식에 따라 밧줄 하나에 서너 명씩 목이 묶여 있었다. 마치 노예 상인에게 넘겨지기 전의 노예들 같았다. 모두 매를 맞은 듯 몸 여기저기에 검붉은 혈흔과 구타의 흔적이 있었다. 그들 중 한둘은 이미 숨이 멎은 것 같았다.

병사는 미소를 지으며 땀에 젖은 손으로 축축한 양철 컵을 들고 두 사람이 탄 차를 향해 계속 다가왔다.

바비는 왼손으로 땀에 젖어 왼쪽 겨드랑이에 찰싹 달라붙은 원주민 셔츠를 떼어 냈다. 그러고는 린다 쪽 창으로 몸을 기울이고 살짝 미소를 지으며 병사에게 물었다.

"자네 상관은 누군가? 대장이 누구지?"

린다는 병사의 얼굴을 피해 석조 건물과 깃발과 바위산과 뿌연 삼림 지대를 바라보았다.

병사가 불룩 튀어나온 아랫배를 차 문에 붙이고 섰다. 병사의 군복에서 풍기는 땀 냄새와 바비의 겨드랑이 냄새와 누런 원주민 셔츠가 들러붙은 등에서 나는 냄새가 뒤섞여 코를 자극했다. 병사는 바비와 린다를 번갈아 보더니 차 안을 들여다보았다. 그러고는 숲에서 쓰는 원주민 언어로 부드럽게 말했다.

"당신 대장 누구요?"

바비가 다시 물었다.

"바비, 그냥 가요." 린다가 말했다. "우리에게 관심 없는 것 같아요. 어서 그냥 가자고요."

바비가 석조 건물을 가리켰다.

"당신 대장 저기에 있어요?"

병사가 이번에는 린다를 향해 원주민 언어로 말했다.

"무슨 말인지 난 몰라요."

린다가 짜증 섞인 말투로 말하고는 앞을 똑바로 바라보았다.

병사는 뺨을 한 대 얻어맞은 듯 얼떨떨한 표정을 지었다. 그러고는 애매하게 웃으며 차 뒤로 한 걸음 물러서더니 양철 컵을 흔들면서 "돈 어네스탄. 돈 어네스탄." 하고 도무지 알아들을 수 없는 말을 내뱉었다. 그리고 나서 차체를 내려다본 뒤 차 문과 바퀴를 살폈다. 무언가를 찾는 것 같았다. 이윽고 병사는 몸을 돌려 동료들이 있는 곳으로 돌아갔다.

바비는 차 문을 열고 밖으로 나왔다. 밖은 시원했으나 땀에 젖은 셔츠 탓에 등 쪽이 서늘했다. 아스팔트는 푹신푹신했다. 포로들 모습이 똑똑히 보였다. 바위산 너머 삼림 지대에서 피어오르는 연기도 보였다. 그것은 안개도 밥 짓는 연기도 아니었다. 숲속 마을에 불이 난 게 분명했다. 조금 전 린다의 말에 뒷걸음질 쳤던 병사가 동료들과 이야기를 나누고 있었다. 바비는 애써 그쪽을 바라보지 않았다. 그의 마음은 당장이라도 차를 몰고 관할 지구로 달려가라고 재촉했다. 하지만 그는 그런 마음을 달래고 오른팔을 흔들며 햇빛 가득한 길을 재빨리 건넜다. 그리고 지저분한 앞마당을 지나 석조 건물의 그림자 안으로 들어선 뒤 활짝 열려 있는 현관문으로 들어갔다.

한 걸음 안으로 옮긴 순간 그는 실수했다고 생각했다. 그러나 돌아서기에는 이미 늦었다. 실내는 어둡고 서늘했다. 책상과 의자가 몽땅 벽에 밀어붙여져 있었다. 벽에는 대통령의 새 사진과 녹색 게시판이 걸려 있었다. 그리고 게시판에는 지방세와 국세에 관련된 공고문이 적힌 낡은 종이를 비롯하여 지명 수배자 명단과 이런저런 인쇄물이 다닥다닥 붙어 있었다. 그런데 공무원도 경찰관도 보이지 않았다. 보이는 것은 빡빡머리 병사 셋이었다. 그들은 유리창 아래 콘크리트 바닥에 모자를 무릎에 올려놓은 채 쭈그리고 앉아 있다 바비가 들어서자 벌떡 일어섰다.

"나는 정부 관리다."

바비가 딱딱하게 말했다.

"네, 각하!"

한 병사가 그렇게 외쳤다. 병사들 모두 차렷 자세를 취했다.

"자네들 상관은 누구야? 보스가 누구냐고?"

바비의 질문에 병사들은 대답하지 않았다. 바비는 기세 좋게 말했지만 다음에는 뭐라고 해야 할지 알 수 없었다.

병사들의 자세가 흐트러졌다. 표정도 여유로워졌다. 바비가 망설이는 걸 눈치챈 것이다. 그들은 호기심을 넘어 의심의 눈초리를 빛냈다.

가운데에 선 병사가 입을 열었다.

"보스 없다."

바비는 자신이 적당치 않은 단어를 썼다고 생각했다. 그는 가운데 병사를 보던 눈을 오른쪽으로 돌렸다. 오른쪽에 선 병사는 셋 중에서 가장 뚱뚱했다. 아까 바비를 '각하'라고 부른 병사였다.

"여기에서 통행 허가증 내주나?"

뚱뚱한 병사의 작고 촉촉한 눈이 볼살에 밀려 위로 올라간 것처럼 보였다. 그는 오른손을 쫙 펴서 바비의 얼굴 앞에 대고 흔들었다.

"허가증 없다."

가운데 선 병사가 말했다.

"왕가 버트르 씨가 내 대장이다."

바비는 웃으면서 손으로 불룩 나온 배를 그려 보였다. 그리고 배가 무거워 비틀거리는 시늉도 했다.

"부소가 크소로 씨는 내 큰 대장이다."

바비의 말에 병사들은 아무런 대꾸를 하지 않았다.

"부소가 크소로." 뚱뚱한 병사가 그렇게 말하며 바비의 얼굴을 빤히 쳐다보았다. 그는 마치 침을 모으는 듯 양쪽 볼과 입술을 움직였다. 그러고는 반복해서 말했다. "부소가 크소로."

"통행금지 없나?"

바비가 물었다.

"토-앵금지."

뚱뚱한 병사가 말했다.

"토-앵금지."

가운데 선 병사도 말했다.

"그래, 토-앵금지. 몇 시지? 4시? 5시? 아니면 6시야?"

"5시." 뚱뚱한 병사가 말했다. 그러고는 이렇게 덧붙였다. "6시."

바비가 손목을 내밀고 손목시계를 가리켰다.

"넷? 다섯? 아니면 여섯이야?"

"나 줘?"

뚱뚱한 병사가 바비의 손목을 잡고 물었다.

분홍빛 피부에 까만 피부가 닿아 있는 것을 모두 바라보고 있었다.

뚱뚱한 병사가 엄지손가락으로 시계 숫자판을 문질렀다. 그 눈빛은 친근하면서도 조금은 여성스러웠다. 병사의 양쪽 볼과 입술이 다시 움직이기 시작했다.

가운데 선 병사가 웃옷 주머니 단추를 풀더니 반쯤 비어 찌그러진 담뱃갑을 꺼냈다. 마을에서 본 광고판 속의 아프리카인이 피우던 담배였다.

건물 밖에 세워진 트럭들에서 시동 거는 소리가 들리기 시작했다. 재잘거리거나 고함 치는 소리도 들렸다. 아스팔트를 밟는 군화 소리와 차 문이 쾅 닫히는 소리도 들렸고, 트럭이 저속으로 가는 둔중한 엔진 소리도 들렸다.

"줄 수 없어." 바비가 말했다. "이것 하나뿐이야."

바비가 농담하듯 말하자 세 명의 병사가 소리 내어 웃었다.

"이것 하나뿐이야."

뚱뚱한 병사가 바비의 말을 흉내 내어 말하고는 손목을 놓았다.

"나는 이만 갈게."

바비는 그렇게 말하고 문 쪽으로 걸어갔다. 문 앞에 서자 햇빛이 쏟아지는 도로가 눈에 들어왔다. 대각선으로 그림자가 진 지저분한 마당도 보였다. 차 앞쪽을 보니 벌레들이 날아 다니고 있었다.

"어이!"

바비는 걸음을 멈추었다. 순간 그는 멈춘 걸 후회했다. 그는 어두운 방을 향해 돌아섰다.

그를 부른 사람은 가운데 선 병사였다. 그는 불을 붙이지 않은 담배를 들고 있었다. 까만 검지와 중지 사이에서 담배가 유독 하얗게 보였다.

"담배 준다."

"나 담배 안 피운다."

바비가 대꾸했다.

"준다. 이리 와라."

바비는 햇빛을 등지고 문을 벗어나 병사들 쪽으로 향했다. 무언가 일이 벌어져도 사람들이 보는 바깥보다는 어두운 방 안이 나을 것 같았다.

병사는 여전히 손을 내밀고 서 있었다. 아래를 향해 쭉 편 손바닥 위 검지와 중지 사이에 담배가 수직으로 꽂혀 있었다. 그런데 어느 순간 손가락 틈이 벌어지면서 담배가 바닥으로 뚝 떨어졌다. 그와 동시에 손바닥이 바비의 얼굴을 향해 날아 왔다. 바비는 순간적으로 손바닥이 자기 얼굴을 스칠 줄 알았 다. 하지만 그것은 그의 턱을 가격했다. 그리고 병사의 다른 손은 바비의 누런 원주민 셔츠를 찢었다.

"너, 위에 보고하겠다." 바비가 뒤로 물러서며 말했다. "너, 위에 보고하겠다."

다른 두 병사는 바비가 쓰러지면 붙잡으려는 듯 뒤쪽에 서 있다가 능숙한 솜씨로 바비의 양팔을 잡고는 위로 꺾어 올렸다. 바비 앞에 선 병사는 바비의 말보다 셔츠가 찢어지는 소리와 그 모습에 더 흥분하여 날뛰는 것 같았다. 그는 바비의 셔츠를 두어 번 찢고 나서 속옷까지 마구 찢었다. 그러고도 화가 풀리지 않는지 바비의 얼굴을 할퀼 듯 담배를 쥐었던 오른손을 들었다. 그 기세로 보아 금방이라도 바비의 코와 턱과 볼을 손아귀에 움켜쥘 것 같았다.

"너희들, 보고하겠다."

바비가 말했다.

병사들은 바비의 양팔을 더 세게 꺾고는 그를 앞쪽으로 밀었다. 바비는 이내 콘크리트 바닥에 쓰러졌고, 군홧발이 그의 등과 목과 턱을 짓밟았다. 그런데 놀랍게도 두 병사의 발이 바비의 눈앞에서 움직이지 않고 가만히 있었다. 허벅지 부분의 카키색 군복이 찢어질 듯 바쁘게 움직이는 것은 뚱뚱한 병사였다. 그는 바비의 머리칼을 움켜쥐고 바닥에 머리를 마구 찧는가 하면, 바비의 얼굴을 이리저리 돌리면서 바닥에 대고 사정없이 짓눌렀다. 바비는 얼굴의 살갗이 벗겨지는 걸 느꼈다. 두 병사는 여전히 바비의 눈앞에 가만히 서 있었다.

바비는 담배를 건네던 병사가 자기를 모욕하고 옷을 찢으며 상처를 입히는 줄로만 알았다. 그러다 어렴풋이나마 왜 이런 일이 벌어졌는지 깨달았다. 바비는 병사들에 대해 연민 같은 걸 느꼈다. 하지만 아무리 생각해도 그들의 행동은 지나쳤다. 바비는 시계를 달라던 뚱뚱한 병사가 자신을 죽일 수도 있

다고 생각했다. 그는 속으로 자신에게 말했다. 나는 나를 보호
해야 한다. 지금은 죽은 척해야 한다.

바비는 머리를 왼팔에 괴고 엎드린 상태에서 몸을 축 늘어
뜨렸다. 한 병사가 군홧발로 바비의 늑골과 아랫배를 더듬다
가 힘껏 걷어찼다. 바비는 몸을 움직이지 않으려고 이를 악물
었다. 그는 자신이 꼼짝하지 않고 있다고 생각했다. 매끈한 콘
크리트 바닥의 자그마한 모래알들이 바비의 축축한 살갗에
달라붙었다. 그는 혹시라도 실명했을까 두려워 눈을 뜨지 않
은 채 그대로 엎드려 있었다. 이윽고 군홧발 하나가 그의 오른
손목을 세게 짓밟았다. 그는 하마터면 비명을 지를 뻔했다. 날
카로운 통증이, 뼈가 부러지고 지금껏 온전했던 몸이 부서졌
다는 사실을 알려 주는 것 같았다. 하지만 바비는 다른 부위
의 통증은 상관하지 않고 손목에만 온 신경을 집중했다. 손목
에서 점점 힘이 빠져나갔다. 손목이 마비되면서 부어오르는
것 같았다. 어느 순간 바비는 도로 위에 나와 있었다. 그는 햇
빛을 받아 눈부시게 빛나는 주변 경치를 보면서도 차를 빨리
몰려고 안달했다. 지나온 도로에 난 바큇자국이 보였다. 비에
젖은 도로가 그의 눈앞에서 이리저리 굽이쳤다.

바비의 의식이 돌아왔다. 그는 눈을 떠야겠다고 생각했다.
몸 전체가 불타는 것 같았다. 눈을 뜨자 앞이 보이기 시작했
다. 어두운 방에는 아무도 없었다. 군복을 입고 선 병사가 보
이지 않았다. 그래도 바비는 조금 더 기다렸다. 확실히 하고
싶었다. 그는 의식이 있는 동안 기운을 차려야겠다고 생각했
다. 다시 힘이 빠지기 전에 행동해야겠다고 생각했다. 바비는

일어나 앉으려다 손목에 통증을 느꼈다. 그리고 그제야 손목에 부상을 입은 사실을 알았다. 그는 자리에서 일어나 몸의 중심을 잡았다. 다리는 멀쩡했다. 그는 더 이상 몸 상태를 살펴보지 않았다. 몇 걸음 옮기자 바닥을 내려다보고 싶었다. 하지만 아까 병사가 떨어뜨린 담배를 찾아보지는 않았다.

햇빛은 황금빛으로 물들어 있었다. 그림자가 아까보다는 길지만 엷게 드리워져 있었다. 먼지와 연기는 아까보다 훨씬 짙었다. 군용 트럭의 앞 유리와 학교 건물 유리창이 햇빛을 받아 반짝거렸다. 병사들이 자그마한 모닥불을 둘러싸고 앉아 양철 식판에 담긴 음식을 먹고 양철 컵의 음료를 마시고 있었다. 느긋하게 식사를 하면서 느끼는 기쁨이 그들의 눈빛과 목소리에 가득했다. 그들은 숲속의 야만인이자 제왕이었다. 그들의 입장에서 오늘 하루는 운 좋게 저무는 셈이었다. 하지만 병사들의 뒤쪽, 꽁꽁 묶인 채 햇빛을 받고 있는 포로들은 그렇지 않았다. 그들은 땅바닥에 쓰러진 채 손가락 하나 꼼짝하지 않았다.

병사 하나가 바비 쪽으로 고개를 돌리더니 뚫어져라 바라보았다. 그 눈은 적의로 반짝거렸다. 병사는 바비에게 시선을 고정한 채 옆에 선 동료에게 말을 걸었다. 잠시 후 모든 병사들이 바비를 바라보았다. 바비는 볼 테면 보라는 듯 양손을 옆구리에 대고 현관에 서 있다가 병사들의 시선을 한 몸에 받으며 차를 향해 걸어갔다. 차는 그가 세워 둔 자리에 그대로 서 있었다. 바퀴가 무른 아스팔트에 약간 박혀 있었다. 병사들은 다시 식사를 하기 시작했다.

조수석에 앉아 있던 린다가 상체를 기울여 차 문을 열어 주었다. 바비를 따라 차로 다가오는 사람은 없었다. 시동도 문제없이 잘 걸렸다. 바비는 핸들에 오른손을 얹었다. 차가 출발했지만, 앞을 가로막는 사람도 없었다. 오후의 햇살이 앞 유리의 긁힌 자국을 금빛으로 물들였다. 깎아지른 듯한 표범 바위의 경사면도 금빛을 띠었다. 경사면의 그림자가 진 부분은 조금 흐릿했는데, 그 아래의 무성한 수풀과 바위 주변의 덤불은 서로 이어진 듯 보였다.

　4킬로미터쯤 달려 언덕 아래를 지나자 도로 봉쇄를 알리는 바리케이드가 나타났다. 소총을 든 병사가 아프리카인 특유의 어색한 손짓으로 차를 세웠다. 모자에 가린 검은 얼굴이라 표정을 읽을 수 없었다. 그런데 미처 차가 서기도 전에 반대편에서 한 남자가 나타났다. 꽃무늬 셔츠에 검은 바지를 입은 그의 머리는 영국 스타일이었는데, 차를 향해 그냥 가라고 손짓했다.

　바비는 도로 한가운데에 세운 하얀 바리케이드 사이를 빠져나왔다. 그러고는 도로 반대편에 선 차들 앞을 천천히 지나갔다. 관할 지구에서 나온 차들이었다. 택시나 버스로 쓰이는 푸조들과 낡은 대형 트럭과 아프리카인들의 자동차가 뒤섞여 있었다. 여행자들은 모두 도로변에 서 있었다. 그들 중 몇 명은 복사된 종이를 들고 있었는데, 통행 허가증이었다. 잔디 위에 앉거나 누워 있는 사람들도 보였다. 그들은 반쯤 찢어진 옷을 입고 있어 맨살이 훤히 드러났다. 완전 군장을 한 병사들이 그들 사이를 어슬렁거렸다. 몇몇 아프리카 여인들은 에드워드 왕조 스타일의 옷을 입고 있었다. 맨 처음 유럽 선교사들이 왕의 부족을 찾아왔던 때의 옷차림이었다. 그 스타일은 그 후로 왕의 부족민들 사이에서 크게 유행했다. 일부는 아프리카식 무명옷처럼 모양이 바뀌었지만, 여인들은 공적인 행사에 참석하거나 먼 여행을 할 때면 에드워드 왕조 스타일의 옷을 입었다.

도로는 언덕과 언덕으로 이어져 있었다. 나무와 풀을 베어 낸 관목 지대를 따라 이어진 아스팔트 도로가 기다란 띠처럼 보였다.

린다가 입을 열었다.

"잠깐 차 세워요, 바비."

바비는 린다의 말대로 도로 위에 차를 세웠다.

린다는 그의 머리에 묻은 먼지를 털어 내고 너덜너덜한 원주민 셔츠를 단정하게 바로잡으려고 애썼다. 그녀가 바비에게 해 줄 수 있는 일은 그게 전부였다. 하지만 바비는 린다의 손길이 얼굴에 닿으려 할 때마다 고개를 돌렸다.

린다가 말했다.

"손목시계가 부서졌네요."

바비는 무거운 눈꺼풀을 닫았다. 아무것도 보이지 않는 상태에서 그는 불현듯 린다에 대해 연민의 정을 느꼈다. 그가 생각하기에 린다 역시 너무나 많은 일을 겪었다. 그렇게 생각하자 그녀의 손길이 따뜻하게 느껴졌다.

바비는 눈을 뜨고 도로를 바라보았다. 그러고는 다시 차를 몰았다. 하늘은 점점 어두워져 이제는 짙은 감색을 띠었다. 햇빛도 조금씩 시들기 시작했다. 왕의 마을 쪽 숲이 불타고 있었다.

옛 숲길을 따라 촌락을 이루고 사는 사람들은 모두 위험에 노출되어 있었다. 이들은 탐험가들이 이 땅에 상륙하기 전까지만 해도 숲의 정복자였고, 그 위세는 이 길을 따라 쭉쭉 뻗어 나갔다. 평소 같으면 옹기종기 모인 마을을 오가는 도보 여행객과 자전거를 탄 사람들로 북적거렸을 도로는 지금 텅 비어 있었다. 두 사람이 지나친 마을도 불에 타서 텅 빈 채 인적이 없었다. 화재가 난 마을들은 중심 도로에서 떨어진 지저분한 오솔길에 면해 있었다.

린다가 말했다.

"공관도 불타고 있는 건 아닌지 모르겠네요."

불타든 그렇지 않든 그들에겐 달리 갈 곳이 없었다.

움푹 꺼진 도로에 이르자 불타는 마을들이 더는 보이지 않았다. 낮은 지대에는 높다랗게 관목이 우거져 어두컴컴했다. 차는 숲으로 들어갔다. 길게 뻗은 검은 도로 양옆으로 빽빽이 들어선 나무들이 벽을 이루고 있었다. 이윽고 차는 언덕을 몇 차례 오르내리다가 높다란 지평선을 향해 올라갔다. 바비는 손목이 욱신거렸다. 눈꺼풀도 점점 무겁게 느껴졌다. 별안간 하얀 폭풍우가 몰려왔다. 하얀 나비 떼가 휘날리는 눈처럼 숲에서 날아온 것이다. 아스팔트와 풀 위에도, 나무줄기와 공중에도 헤아릴 수 없이 많은 나비들이 날아다녔다. 나비 떼는 멈추지 않고 물결처럼 춤을 추었다. 나비들은 차바퀴 쪽으로도 날아들어 짓밟혔다. 뜨겁게 달아오른 보닛 위에 앉았다가 날개를 파닥거리며 죽기도 했다. 앞 유리에 죽은 나비들이 잔뜩 달라붙었다.

린다가 워셔액을 분사하고 와이퍼를 작동시켰다.

도로가 조금씩 높아졌다. 나비 떼는 처음 나타났을 때처럼 삽시간에 사라졌다. 이윽고 차는 숲을 벗어났다. 하늘은 짙은 남색으로 변해 있었다. 멀리 떨어진 자그마한 도시 근처에서 마을들이 불타고 있었다. 빠르게 번지는 황혼 속에서 그 불타는 마을들은 마치 띄엄띄엄 이어 놓은 등불처럼 보였다.

바비가 말했다.

"손목에 좀 문제가 있는 것 같군요."

"내가 운전을 할 줄 알면 좋을 텐데요."

린다가 말했다. 몹시 당황한 목소리였다. 하지만 바비는 모른 척했다. 도로는 텅 비었고, 마을들은 약탈당해 썰렁했다. 진흙과 풀로 지은 집들은 죄다 무너져서 숲의 일부가 되어 있었다. 양철 지붕도 앙상한 뼈대만 남아 있었다. 폐허로 변한 집으로 돌아온 여인들과 아이들이 군데군데 보였다. 에드워드 왕조 스타일의 옷을 입은 그 여인들은 왕의 부족답게 하나같이 통통했다. 바비는 차가 저절로 가도록 내버려 둔 채 헤드라이트 불빛을 따라 시선을 옮겼다. 그는 번들번들한 얼굴이지만 지칠 대로 지친 여인들이 폐허에 모여 있는 모습을 보고도 눈 하나 깜짝하지 않았다. 또 도시 외곽에 있는 소규모 공장지대에 아직도 전기가 들어와 네온사인이 반짝이는 것을 보고도 놀라지 않았다. 높디높은 이중벽에 둘러싸여 호화롭게 번쩍이던 왕궁이 어둠 속에 잠겨 있는 모습을 보고도 마찬가지였다. 바비는 조금도 놀라지 않았다.

이중벽은 파괴되어 있었다. 내부도 여기저기 처참하게 파괴되어 있었는데, 부서진 벽 틈으로 군용 트럭들과 병사들과 모닥불이 보였다. 왕궁은 폐허 그 자체였다. 탐험가들이 유서 깊은 이곳에 와서 처음으로 숲 너머 세상 소식을 전한 지 백 년도 채 되지 않은 시점에 파괴자들의 손에 철저히 파괴된 것이다. 왕궁은 1920년대에 지어졌다. 당시 갈대와 풀이 아닌 내구성 좋은 재료로 지어진 건물은 이 왕궁이 처음이었다.

왕궁과 식민지 마을 사이의 드넓은 땅은 용도가 애매한 지역이었다. 여행자 쉼터와 쓰레기 매립장, 목초지와 시장, 가난한 사람들의 판자촌이 아무렇게나 섞여 있었다. 불빛은 손에 꼽을 정도로 적었다. 도매 상가의 전등과 신호등뿐이었다. 도로 표지가 복잡해 보였다. 몇 군데 교차로에는 군용 트럭과 지프차가 서 있었다. 이따금 헤드라이트 불빛에 눈부셔하는 병사의 녹색 군모와 번들거리는 얼굴이 보였다. 그런데 누구도 어설픈 손짓으로 바비의 차를 세우려 하지 않았다. 큰길에는 삼사 층 높이의 콘크리트 건물 대여섯 채가 우뚝 서 있었다. 그리고 그 아래에는 일찍이 개척자들이 영국풍과 인도풍으로 지은 낡은 목조 건물과, 인도인들이 운영하는 가구점들이 있었다. 몇몇 가구점은 약탈당했지만, 대부분은 문에 널빤지를 대고 단단히 못을 박은 덕에 멀쩡했다.

큰길을 지나자 시내가 한눈에 들어왔다. 드문드문 불을 밝힌 주택가 너머로 공원이 보였다. 조금 떨어진 교차로에도 병사들이 서 있었다. 가던 길을 그대로 직진하여 시내를 벗어나자 다시 주위가 어두웠다. 바비는 붉게 물든 하늘을 바라보며 차를 몰았다. 이번에 그가 다다른 곳은 아프리카인 거주 구역이었다. 번듯한 주택과 허름한 오두막, 도로변의 급수탑, 낡은 트럭이 서 있는 자동차 정비소, 상점과 노점, 공터와 채소밭 등이 유럽인 거주 구역까지 죽 이어져 있었다. 평소라면 도로는 무척 혼잡할 터였다. 특히 저녁 시간이면 술 취한 사람들이나 숲에서 갓 나와 자동차 속도를 제대로 가늠할 줄 모르는 원주민들이 어슬렁거려 운전하기 위험한 도로였다. 지금은 텅 비었지만 도로 사정은 좋지 않았다. 비가 온 뒤라 여기저기 움푹움푹 패어 있는 데다 녹아내렸던 아스팔트가 다시 굳어 울퉁불퉁했다. 당연히 그런 곳을 지날 때면 차체가 크게 흔들렸고, 그때마다 바비는 온몸의 힘이 쭉 빠져나가는 기분이었다.

시야를 가로막는 가로수 탓에 도로에서는 유럽인 거주 구역이 보이지 않는다. 그곳으로 이어지는 짧은 샛길을 철문이 가로막고 있었다. 철문 기둥 위에 달린 전구에는 불이 들어와 있었다. 철문은 굳게 닫히고, 붉은색과 흰색 줄무늬가 있는 그 앞의 나무 차단기도 내려져 있었다. 바비는 차를 세웠다. 조금 떨어진 곳에서 플래시가 그의 얼굴을 비추었다. 눈부신 빛 바로 뒤에는 군용 트럭과 병사들이 서 있었다.

플래시가 앞 유리를 구석구석 비추었다. 유리는 다닥다닥 달라붙은 나비 사체에서 흘러나온 누르스름한 액체로 뿌옜다. 이윽고 플래시 불빛이 유리 안쪽에 붙은 거주 구역 출입증에서 멈추었다.

"보스와 에 베브뉘. 므세, 멤.(안녕하세요. 어서 오세요. 신사, 숙녀분.)"

웃으면서 인사를 건넨 사람은 거주 구역 경비원이었다. 그가 구사하는 사투리 섞인 프랑스어는 다른 경비원들과 구별되는 그의 자랑거리였다. 그는 왕이나 대통령의 부족민이 아닌 외국인으로 관할 지구 내에서도 중립 입장을 취했다. 그리고 그 덕분에 사태를 여유롭게 관망할 수 있었는데, 유럽인 거주 구역만큼이나 정부로부터 안전을 보장받고 있었다.

거주 구역은 무사한 것 같았다. 병사들은 거주 구역을 지키려고 와 있었다. 병사들이 나무 차단기를 올리자 붉은색과 푸른색이 섞인 고풍스러운 제복을 입은 경비원이 재빨리 튀어나와 철문을 열었다. 그는 자신이 얼마나 성실하고, 자신이 모시는 사람들은 또 얼마나 높은 인물들인지 병사들에게 과시하고 싶어 하는 것 같았다. 문을 밀어서 반쯤 열고는 그대로 문을 잡고 서 있는 모습이 거만해 보였다. 경비원은 차가 미끄러져 들어가자 꾸벅 인사를 했다. 그리고는 다시 부산스레 문을 닫았다.

커다란 거주 구역 안내도에 불이 들어와 있었다. 거주 구역 내에서도 이름이 표기된 거리는 인위적으로 반듯하게 조성한 부지 쪽으로 뻗어 있었다. 그런 거리는 불빛도 밝았다. 푸르스름한 형광 불빛이 관목을 심어 만든 울타리와 정원을 비추었다. 방갈로와 아파트 창문을 통해 집 안의 벽에 걸린 바크 클로스[3]와 밀짚 공예품과 아프리카의 그림과 책꽂이 등이 보였다. 자그마한 클럽 회관은 사람들로 붐볐다.

---

3) 나무껍질을 물에 담가 부드럽게 한 뒤 두드려 펴서 만든 천이나 그 장식.

린다가 말했다.

"손목은 좀 어때요?"

바비는 대답하지 않았다. 린다의 목소리는 밝고 활기찼다. 이제 그녀에게서 두려움 같은 것은 찾아볼 수 없었다. 거주 구역은 그녀의 무대나 다름없었다. 그런 터에 그녀는 지금 여러 소식을 가지고 돌아왔다.

*

그날 밤, 바비는 자동차를 운전하다가 위험한 상황에 빠지는 꿈을 꾸고 몇 번이나 잠에서 깼다. 얼마나 위험했는지 깰 때마다 손목의 붕대를 보고 안도할 정도였다. 이윽고 날이 밝자 바비는 하우스보이 루크를 기다렸다. 그가 눈을 뜬 것은 호텔의 보이 숙소에서 흘러나오는 라디오 소리 때문이었다. 루크가 옆방에서 맨발로 돌아다니는 소리도 그의 잠을 깨우는 데 한몫했다. 바쁘게 움직이는 루크의 발소리에서 바비는 무언가 수상쩍은 낌새를 알아챘다. 루크는 까치발을 하고 살금살금 침실로 들어왔다. 그런데 그는 구겨진 카키색 바지 자락을 가랑이 부근까지 치켜올려 맨다리를 훤히 드러내고 있었다. 살금살금 걷는 모습이며, 바지가 구겨지고 흰 셔츠가 더러워져 있는 것으로 보아 술을 잔뜩 마시고 옷을 입은 채 그대로 잠들었던 게 틀림없었다.

루크가 커튼을 열어젖히고 술기운이 가시지 않은 굵은 목소리로 중얼거렸다.

"오늘 아침에도 파란 드레스가 정원에 나와 있네요."

그것은 두 사람만의 비밀스러운 농담 가운데 하나였다. 그러니까 거주 구역에 새로 들어온 미국인 부인이 몇 주째 똑같은 파란 드레스 차림으로 집 밖에 나와 있는 것이다.

루크는 몸을 돌려 바비를 바라보았다. 그러고는 그 자리에 똑바로 서서 입술을 꼭 오므렸다. 루크는 왕의 부족민으로 유럽인 거주 구역 근처의 마을에서 자랐다. 그도 대통령의 군대가 무슨 짓을 저질렀는지 잘 알고 있었다. 그는 붉게 충혈된 눈으로 계속해서 바비를 바라보았다. 그러면서 콧구멍을 벌름거렸는데, 어느 순간 길고 야윈 얼굴이 파르르 떨렸다. 이윽고 그는 냄새를 맡는 듯 코를 킁킁거렸다. 그러고는 오므렸던 입술을 풀고 입을 딱 벌렸다. 그런가 하면 갑자기 코웃음을 치며 오른발을 짚고 깡충깡충 뛰다가 미친 듯이 깔깔거렸다.

잠시 후 루크는 다시금 활발하게 움직이기 시작했다. 하지만 이번에는 자기를 지켜보는 사람 없이 혼자 있는 듯 상대방을 의식하지 않고 제멋대로 행동했다. 게다가 뜬금없이 바비의 여행복을 주섬주섬 챙겨 놓았다.

바비는 이제 그만 이곳을 떠나야겠다고 생각했다. 하지만 거주 구역은 병사들이 지키는 안전한 곳이었다. 결국 바비는 생각했다. 루크를 해고할 수밖에 없다고.

룩소르의 서커스단

항공편을 이용해 이집트로 가다가 밀라노에서 내렸다. 처리해야 할 일이 생겼기 때문이다. 하지만 그 주에 크리스마스가 끼어 있어서 일에 매달릴 시간이 없었다. 결국 나는 연휴가 끝날 때까지 밀라노에 머물러야 했다. 그런데 날씨가 우중충한데다 손님도 없어 호텔 분위기는 썰렁했다.

어느 날 저녁 무렵이었다. 밖에서 식사를 하고 빗속을 걸어 호텔로 돌아오다 호텔 식당을 나서는 중국인 두 사람과 마주쳤다. 두 사람은 감청색 정장을 입고 있었다. 그들을 보면서 나는 이렇게 생각했다. 이 사람들과 나는 산업 대륙 유럽을 떠도는 아시아 출신의 방랑자들이군. 그런데 두 사람은 나를 거들떠보지도 않았다. 그들에게는 동행이 있었다. 그들 뒤로 중국인 세 명이 식당에서 나왔다. 정장 차림의 젊은 남

자 둘과 꽃무늬 튜닉에 슬랙스를 입은 발랄하게 생긴 젊은
여자였다. 그들을 뒤따라 중국인 다섯 명이 또 나왔다. 젊고
활기 넘치는 남자와 여자 들이었다. 그들 뒤로도 열두 명 정
도가 더 나왔는데, 거기서 끝이 아니었다. 더 이상 셀 수 없
을 정도로 사람들이 줄줄이 나왔다. 그렇게 식당에서 나온
중국인들은 카펫이 깔린 넓은 로비를 소용돌이치듯 휩쓸더
니 두런두런 나지막이 잡담을 나누면서 천천히 계단을 올라
갔다.

중국인이 100명은 족히 되어 보였다. 로비가 텅 비기까지
시간이 꽤 걸렸다. 접객용 냅킨을 팔에 건 웨이터들도 식당 문
앞에 서서 중국인들을 쳐다보았다. 그제야 비로소 그 숫자에
놀란 표정들이었다. 마지막으로 중국인 두 명이 식당에서 나
왔다. 둘 다 키가 작고 나이가 들어 보였는데, 얼굴엔 주름이
가득하고 몸은 비쩍 말랐으며 안경을 쓰고 있었다. 한 사람은
조그만 손에 어울리지 않게 두툼한 지갑을 들고 있었다. 그는
많은 젊은이들을 통솔하는 데 따르는 책임감에 짓눌린 듯 보
였다. 웨이터들이 몸을 쭉 펴고 꼿꼿이 섰다. 지갑을 든 늙은
중국인이 웨이터들에게 팁을 주었다. 그런데 우쭐한 표정이
아니라 이탈리아 화폐 단위에 익숙지 않은 듯 우물쭈물하다
한 사람 한 사람에게 돈을 건네고 간단한 인사말과 함께 악수
를 했다. 그러고는 옆에 선 노인과 함께 고개 숙여 인사하고
엘리베이터에 올랐다. 호텔 로비는 다시 썰렁해졌다.

"서커스단 사람들이에요."

검은 정장을 차려입은 프런트 직원이 말했다. 그 또한 웨이

터들처럼 중국인들의 숫자에 놀란 표정이었다.

"뱅고노 달라 치나 로사.(붉은 중국에서 왔어요.)"

*

눈 내리는 밀라노를 떠나 카이로에 도착했다. 내가 묵는 호텔 뒤쪽의 막다른 골목에서 아이들이 흰 먼지를 일으키며 축구를 하고 있었다. 더러운 옷을 입은 아이들은 라마단의 금식으로 하루 종일 굶은 탓에 이따금 비틀거렸다. 전보다 더 초라해 보이는 카페에는 정장 차림의 그리스인과 레바논 사업가들이 현지에서 발간하는 프랑스어 신문과 영어 신문을 읽으면서 짐바브웨산 담배 거래에 관해 이야기를 나누고 있었다. 둘의 표정은 침울했는데, 그 담배를 취급하는 것은 불법이었다. 박물관에서는 여전히 자기가 사는 지역에 대한 지식만 가진 이집트인들이 안내를 맡고 있었다. 그리고 나일강 건너편 언덕에는 새로 지은 힐튼 호텔이 서 있었다.

이집트는 아직도 혁명의 불길에 휩싸여 있었다. 도로 표지판은 전부 아랍어로 적혀 있었다. 담배 가게에서 이집트 담배를 찾으면 주인은 마치 모욕이라도 당한 듯 날카롭게 반응했다. 남쪽으로 내려가는 기차를 타려고 들른 역에도 혁명과 함께 시작된 전쟁의 흔적이 고스란히 남아 있었다. 시나이 전선에서 복무를 마치고 햇빛에 그을어 돌아온 병사들이 대합실 바닥에 웅크리고 앉아 있거나 벌렁 누워 있었다. 얼굴이 홀쭉한 이들이야말로 이 나라를 지키는 혁명의 수호자였다. 하지만 혁명 이전부터 이집트 사람들의 의식 깊이 뿌리내린 관습에 의해 이들은 그저 평범한 병사이자 시골 농군일 뿐이었다. 따라서 무시해도 상관없는 존재들이었다.

기차의 창 너머로 하루 종일 농민들의 토지가 펼쳐졌다. 진흙처럼 탁한 강, 녹색을 띤 밭, 건조한 사막, 시커먼 흙, 물을 대는 데 쓰는 방아두레박, 우거진 잡초 속에 허물어져 가는 나지막한 집들, 먼지를 뒤집어쓴 듯 뿌옇게 보이는 초라한 마을 등이 지리 교과서에 실린 이집트와 똑같았다. 흐린 하늘이 석양빛으로 물들어 있었다. 대지는 고대의 상태를 그대로 간직한 것 같았다. 룩소르에서 기차를 내렸을 때는 이미 사방이 어두웠다. 나는 어둠을 뚫고 카르나크[1] 신전으로 향했다. 어둠 속에서 이집트인들의 곤궁한 삶을 대하는 대신 아득히 먼 옛날 나일 계곡에 살았던 사람들이 남긴 호화로운 기둥의 신전을 처음 볼 수 있었던 것은 내게 더없이 좋은 경험이었다.

*

그해 이집트에서는 동전을 쓰지 않았다. 오직 지폐만 사용했다. 외화는 구경도 하기 힘들었다. 룩소르는 왕국이던 시절만 해도 우아한 겨울 휴양지였는데, 그해에는 일반 관광객을 받아들였다. 구식 건물인 윈터 팰리스 호텔에 들어서자 복도에 모여 있던 하얗고 긴 가운 차림의 뚱뚱한 아프리카인 종업

---

1) 이집트 나일강 동쪽 강가에 위치한 유적지.

원들이 턱없이 큰 방을 권했다. 터키 사령관 아가 칸이 묵은 방이라는데, 화려하고 고풍스러운 가구가 가득 들어찬 데다 발코니까지 딸려 있었다. 발코니에 서자 나일강 변의 모래밭에 있는 나지막한 언덕들이 한눈에 들어왔다.

그 언덕들은 무덤이었다. 하지만 모두 왕의 무덤은 아니었다. 평범한 무덤도 더러 있었다. 고대 예술가들은 왕이 아닌 사람들의 일상생활을 기록해 놓았다. 간혹 그들은 당대 사람들의 즐거운 삶을 자유분방하게 묘사하기도 했다. 예컨대 사람들이 물고기와 새가 많은 강에서 즐겁게 물놀이하는 모습이라든지 음식을 먹고 술을 마시는 모습을 묘사한 것이다. 예술가들은 이집트 땅을 세밀하게 살피고 체계적으로 분류함으로써 예술적인 디자인으로 승화시켰다. 이것이 가능했던 것은, 이집트야말로 그 어떤 땅보다 풍요로우면서도 완벽하다는 점을 일찍이 간파한 예술가로서의 비범한 안목 덕분이었으리라. 나일강은 그저 출렁거리는 흙탕물일 뿐이었다. 하지만 벽화에서는 청록색 무늬로 물결치고 있었다. 실제와는 너무 달라서 동화 속에나 나올 법한 강처럼 느껴졌다.

무덤 안은 무척 더웠다. 경비원 업무를 겸하는 안내인이 쭈그려 앉아 이집트의 여신 하토르의 상징을 손가락으로 가리키며 쉴 새 없이 아랍어로 떠들어 댔다. 그는 그렇게 하여 관광객들에게서 피아스터[2] 지폐를 얻어 냈는데, 이따금 벽화를 보호한다면서 더러운 손가락으로 쓱쓱 문질러 댔다. 무덤 안

---

2) 이집트, 터키, 레바논 등에서 통용되는 화폐 단위.

에서 어둠과 고대 이집트의 휘황찬란한 과거에 잠겨 있다 밖으로 나오자, 자갈이 섞인 하얀 모래와 정신이 아득해질 정도로 강렬한 햇빛과 지저분한 지바[3] 차림으로 구걸하는 아이들이 보였다.

아이들은 바위 밑이나 모래 구덩이에 숨어 있다가 사람이 다가오면 불쑥 튀어나오는 사막의 동물들 같았다. 그런데 나를 태우고 온 운전사는 몇몇 아이들의 이름까지 알고 있었다. 그는 아이들을 쫓아 보내는 것 같았지만, 우물쭈물 망설이는 듯 애매하게 손짓하여 오히려 가까이 부르는 것처럼 보이기도 했다. 분명히 운전사도 한때 이 사막에서 지바를 입은 아이들과 같은 어린 시절을 보냈을 터였다. 하지만 그는 그 시절과 전혀 다른 모습으로 성장해 있었다. 스포츠 셔츠와 바지를 말쑥하게 차려입은 데다 스스로도 빠져들 정도로 용모가 수려했다. 그는 모든 일을 정확하게 처리하는 믿을 만한 사람이 분명했다. 사막의 안내인에게서 보였던 허풍 섞인 열의 같은 것도 없었다. 그는 사막의 권태로움을 익히 체득한 듯했다. 하루라도 빨리 카이로로 올라가서 번듯한 직업을 얻고자 하는 열망이 강해 보였다. 언뜻 보아도 고대의 유물과 관광객과 관광안내 따위에 싫증난 표정이 역력했다.

나는 그날 하루 종일 사막에 머물 생각을 하고 점심시간에 맞추어 윈터 팰리스 호텔에서 준비해 준 도시락을 갖고 있었다. 전에 사막 어딘가에서 새 정부가 세운 휴게소를 본 적이

---

3) 이슬람교도 남자들이 입는 긴 외투 같은 옷.

있는데, 거기에서는 여행자들이 테이블에 둘러앉아 샌드위치를 먹고 커피도 마셨다. 나는 운전사가 나를 그곳으로 안내할 줄 알았다. 그런데 차는 낯선 길을 달려 야자나무가 우거진 자그마한 오아시스에 도착했다. 그곳에는 나무로 지은 커다란 오두막이 있었다. 주위에는 특별한 것이 없었다. 승용차도, 미니버스도, 관광객도 보이지 않았다. 그저 후줄근한 옷차림으로 귀찮게 치근덕거리는 이집트 종업원들만 몇 명 있었다. 나는 그곳에 들어가고 싶지 않았다. 운전사는 내게 무슨 말을 하려다 그만두었다. 말하기도 귀찮은 모양이었다. 그는 새로 지은 휴게소로 가서 나를 내려 주고 나중에 데리러 오겠다고 말하고는 어디론가 가 버렸다.

휴게소는 사람들로 북적였다. 선글라스를 쓴 관광객들이 도시락을 펼쳐 놓고 유럽 각국의 언어로 떠들고 있었다. 나는 테라스에 가서 독일 청년 둘과 합석했다. 아랍 옷을 입은 중년의 이집트 남자가 테이블 사이를 바쁘게 오가며 커피를 날랐다. 그는 허리에 낙타를 부리는 데 쓰는 채찍을 차고 있었다. 나는 그것을 한참 바라보다가 휴게소에서 조금 떨어진 모래 언덕으로 천천히 시선을 옮겼다. 순간 거기에서 뛰어노는 조그만 아이들이야말로 이 사막에 생명을 불어넣는 존재들이라는 생각이 들었다. 사막은 깨끗했고 공기는 맑았다. 그러나 아이들은 몹시 더러웠다.

휴게소는 아이들이 함부로 발을 들일 수 있는 곳이 아니었다. 관광객이 내미는 샌드위치나 사과에 이끌려 아이들이 가까이 다가오면, 낙타 채찍을 든 남자가 낙타에게 겁주듯 고함을 지르며 멀리 내쫓았다. 그리고 가끔은 아이들에게 달려들어 채찍으로 모래를 마구 내리치기도 했다. 그러면 아이들은 뿔뿔이 흩어져 도망쳤는데, 그럴 때는 펄럭이는 지바 아래로 모래밭에 익숙한 가늘고 조그만 다리들이 필사적으로 움직이는 게 보였다. 물론 음식으로 아이들을 꾀던 관광객에게 주의를 주는 일은 결코 없었다. 그것은 어디까지나 이집트 사람들끼리의 이집트식 규칙이자 게임이었다.

그런 소동은 주위 사람들에게 별 영향을 끼치지 않았다. 나와 합석한 독일 청년들도 아무런 관심을 보이지 않았다. 휴게소 안 창가에 앉은 영국 학생들도 투탕카멘의 무덤을 발굴하는 데 카터와 카나본 경 중 누가 더 기여한 바가 많은지를 놓고 경쟁적으로 떠들어 댈 뿐이었다. 단, 테라스에 앉은 중년의 이탈리아인들만은 게임의 규칙을 이해하고 즐기는 것 같았다. 그들은 사과를 멀리 던져 아이들이 그것을 주우러 달려가게 하는가 하면, 아이들이 가까이 다가오도록 샌드위치 조각을 모래 위에 던져 놓기도 했다. 이탈리아인들은 그렇게 장난치곤 했는데, 마침내 낙타 채찍을 든 남자가 그들이 무엇을 원하는지 눈치를 챈 모양이었다. 그는 기세 좋게 테라스 끝으로 달려가서 고함을 지르며 채찍으로 모래를 마구 내리쳤다. 그러자 관광객들이 사과하는 의미로 그에게 피아스터 지폐를 건넸다.

이윽고 연분홍빛 저지를 입은 키 큰 이탈리아 청년이 카메라를 들고 자리에서 일어서더니 테라스 바로 아래에 음식을 놓았다. 잠시 후 아이들이 음식을 보고는 우르르 몰려왔다. 그런데 이번에는 채찍을 든 남자가 모래가 아닌 아이들 등을 향

해 채찍을 휘둘렀다. 마치 카메라에 찍힐 것을 의식하고 실감
나게 행동하려는 것 같았다. 그는 눈앞의 낙타에게 겁을 주듯
고함도 아까보다 더 빠르고 크게 질렀다. 그럼에도 휴게소에
있는 관광객들이나 승용차와 미니버스 운전사들은 술렁이지
않았다. 채찍을 든 남자와 모래 위에 엎어진 아이들만 발버둥
을 칠 뿐이었다. 테라스에 앉은 이탈리아인들은 태연했다. 연
분홍빛 저지를 입은 청년은 또 다른 샌드위치 포장을 뜯었다.
그때 청년보다 키가 작은 하얀 정장 차림의 중년 남자가 카메
라를 들고 자리에서 일어섰다. 많은 양의 음식이 놓였고, 채찍
이 쉴 새 없이 아이들 등에 날아들었다. 이윽고 채찍을 든 남
자의 고함이 점점 작아지더니 푸념하는 소리로 바뀌었다.

　나와 합석한 독일인들은 아이들과 남자가 뭘 하든 전혀 관
심이 없었다. 실내의 창가에 앉은 학생들도 계속 자기들끼리
떠들어 댔다. 하지만 내 손은 가늘게 떨리고 있었다. 나는 샌
드위치를 먹다 말고 철제 테이블 위에 내려놓았다. 그것은 내
의지와 상관없는 행동이었다. 내가 정신을 차리고 두려움을
느낀 것은 채찍을 휘두른 남자를 때려눕히려고 그에게 덤벼든
순간이었다. 나는 고래고래 고함을 지르며 채찍을 빼앗아 모
래 위에 내동댕이쳤다. 남자는 너무 놀라서 멍하니 나를 바라
보았다.

　"이 사실을 카이로에 알리겠소."

　내 단호한 말투에 남자는 겁먹은 표정을 짓더니 아랍어로
사정하기 시작했다. 상황이 어떻게 돌아가는지 감을 잡지 못
한 듯 아이들은 어리둥절한 채 멀찍이 달아나서 이쪽의 동정

을 살폈다. 카메라를 만지작거리던 두 이탈리아인의 표정은 선글라스 때문인지 태연해 보였다. 그런데 그들의 일행으로 보이는 여자들은 내가 누구인지 확인하려는 듯 의자에 앉은 채 몸을 뒤로 젖히고 나를 빤히 바라보았다.

마치 사람들 앞에서 발가벗겨진 기분이었다. 쓸데없는 행동을 했다는 생각도 들었다. 조금 전 앉았던 자리로 재빨리 돌아가고 싶었다. 나는 슬그머니 자리로 돌아와서 먹다 만 샌드위치를 집어 들었다. 모든 것이 순식간에 일어난 일이었다. 내게 뭐라는 사람도 없었다. 독일인들이 물끄러미 나를 바라보았다. 그러든 말든 나도 이제 그들에게 관심이 없었다. 연분홍빛 저지를 입은 이탈리아 청년에게도 관심이 없었다. 이윽고 이탈리아 여자들이 자리에서 일어났고, 그들 일행은 휴게소를 빠져나갔다. 연분홍빛 저지를 입은 청년도 내게 보란 듯 도시락과 샌드위치 봉지를 털어 내용물을 비우고는 휴게소를 떠났다.

아이들은 여전히 그 자리에 서 있었다. 채찍을 빼앗긴 남자가 커피를 들고 내게 다가와서는 영어와 아랍어를 섞어 가며 다시금 통사정을 했다. 그는 커피를 내밀며 공짜, 즉 선물이라고 말했다. 남자가 내게 말하는 중에 아이들이 슬금슬금 다가왔다. 잠시 후면 아이들은 이탈리아 청년이 모래밭에 쏟고 간 음식 부스러기를 주워 멀리 달아날 터였다.

나는 그 모습을 보고 싶지 않았다. 운전사가 팔이 훤히 드러난 옷차림으로 팔짱을 낀 채 차 문에 기대어 나를 기다렸다. 그는 지금까지 일어났던 일을 처음부터 끝까지 모두 지켜보았을 것이다. 나는 스포츠 셔츠에 바지를 입고 벨트까지 단단히 맨 청년, 사막의 빈곤에서 탈출하고 카이로를 동경하는 운전사가 내 행동을 옹호하는 말 한마디쯤 해 주기를 바랐다. 그러나 그는 눈을 가늘게 뜨고 큰 입의 한쪽 끝을 살짝 치켜 올리며 웃기만 했다. 그러다 모래 위에 던진 담배를 짓밟아 끄더니 입술 사이로 연기를 천천히 내뿜고는 한숨을 길게 내쉬었다. 하지만 그것은 담배를 피울 때마다 보이던 그의 버릇이었다. 나로서는 그가 무슨 생각을 하는지 그 속을 도저히 알 수가 없었다. 그는 역시 모든 일을 정확하게 처리하는 빈틈없는 사람이었다. 하지만 여전히 권태로워 보였다.

그날 오후 내내 어디를 가나 이탈리아 관광객 일행이 탄 연두색 폴크스바겐 미니버스와 마주쳤다. 가는 곳마다 연분홍빛 저지가 보였다. 이제는 곁눈질만으로도 그 사람들을 알아볼 수 있었다. 터벅터벅 취한 듯 좁은 보폭으로 걷는 모습이며, 선글라스를 끼고 약간 벗어진 머리며, 어색한 팔 동작 등이 전혀 낯설지 않았다. 나는 선착장에 도착하여 페리에 올라탄 후에 마침내 그들을 떨쳐 냈다고 생각했다. 그런데 별안간 미니버스가 도착하더니 이탈리아인들이 내리는 모습이 보였다. 룩소르강 변에서 내렸을 때도 거기서부터 그들과 헤어질 줄 알았다. 그런데 그들도 나처럼 윈터 팰리스 호텔에 묵었다. 연분홍빛 저지 차림의 청년은 공손하게 인사하는 로비의 이집트 종업원들 틈에도 자신만만하게 나타났다. 그뿐 아니라 바에도 나타났고, 정교하게 접은 냅킨과 싱싱한 꽃들로 장식한 식당에도 불쑥 나타났다. 그해 이집트에서는 지폐만 통용되었다.

룩소르의 서커스단

427

나는 룩소르강 변에서 이틀쯤 머물렀다. 그리고 의무를 이행하듯 저녁이면 달빛에 젖은 카르나크 신전을 찾았다. 사막으로 다시 나와도 그날의 휴게소 근처에는 얼씬도 하지 않으려고 애썼다. 그런 내 마음을 운전사가 알아차린 모양이었다. 점심시간이 되자 그는 아무렇지도 않은 듯 야자나무에 둘러싸인 커다란 나무 오두막으로 나를 데리고 갔다. 그날은 제법 많은 사람들이 와 있었다. 미니버스 네다섯 대가 오두막 앞에 주차해 있었다. 오두막 안은 어두웠지만 시원하고 조용했다. 그릇 부딪는 소리조차 들리지 않았다. 테이블 몇 개를 붙여 하나로 만들었는데, 거기에는 사십 명에서 오십 명쯤 되는 중국인 남녀들이 둘러앉아 조용히 이야기를 나누고 있었다. 그들은 밀라노에서 만난 서커스단 사람들이었다.

　테이블 끝 쪽에는 나이 지긋한 중국인 남자 둘이 조그만 체구에 몸매가 아름다운 여자와 함께 앉아 있었다. 여자는 곡예를 하기에는 나이가 좀 많아 보였는데, 지난번 밀라노에서는 보지 못한 얼굴이었다. 이윽고 음식값을 치를 때가 되자 두툼한 지갑을 든 노인이 어색하게 손을 움직였다. 순간 여자가 나서서 이집트 웨이터에게 뭐라고 말했다. 웨이터는 곧 동료들을 불러 모았다. 모든 웨이터들이 여자 앞에 일렬로 늘어섰다. 여자는 웨이터들과 일일이 악수하고 선물과 돈과 봉투를 나누어 주었다. 한 사람씩 목에다 메달도 걸어 주었다. 후줄근한 옷차림의 웨이터들은 딱딱하게 굳은 얼굴을 옆으로 돌려 여자와 시선을 마주치지 않으려고 애썼다. 마치 사열을 받는 병사들 같았다. 메달을 모두 걸어 주고 나자 중국인들이 일제히 자리에서 일어났다. 그러고는 나지막하게 웃거나 소곤거리면서 그 소리가 작게 울리는 오두막을 편안한 걸음으로 느릿느릿 걸어 나갔다. 그들은 나를 쳐다보지 않았다. 아마 내가 오두막에 있는지조차 몰랐을 것이다. 그들은 비 내리는 밀라노에서처럼 사막 안에서도 점잖게 차려입고 있었다. 남자들은 말쑥한 정장, 여자들은 깔끔한 슬랙스 차림이었다. 차분하고 단정한 가운데 서로 만족한 듯 건전하게 조용히 이야기하는 모습이 결코 관광객으로는 보이지 않았다.

웨이터는 기쁨을 감출 수 없는지 여전히 표정이 조금 굳어 있었다. 그는 더러운 줄무늬 지바 위의 목에 걸린 메달을 들여다보았다. 주형틀이 낡았는지 메달의 윤곽선이 조금 흐리긴 했지만, 거기에 새겨진 얼굴은 틀림없는 중국인이었다. 정확하게는 중국인들이 따르는 지도자 얼굴이었다. 봉투 안에는 중국 모란을 그린 예쁜 색깔의 엽서가 들어 있었다.

모란, 그것도 중국 모란이라니! 많은 제국들이 이곳에 진출했다. 오두막에서 멀지 않은 곳에도 로마 하드리아누스 황제의 대형 조각상이 서 있다. 황제는 자신의 이집트 방문을 기념하여 조각상 무릎 언저리에 자신을 칭송하는 시를 새기도록 했다. 윈터 팰리스 호텔에서 가까운 강가에도 로마 제국의 남쪽 경계와 함께 제국의 군대가 철수한 지역이 어디인지 로마체로 거칠게 새긴 표지석이 서 있다. 그리고 지금 또 하나의 머나먼 제국이 메달과 그림엽서를 통해 스스로의 존재를 선언했다. 그 두 물건 모두 분노와 부당함에 대한 인식을 일깨우는 것이었다.

*

　유일하게 순수했던 시대는 태초뿐이었는지도 모른다. 자기가 사는 땅 외에는 아무것도 알지 못한 고대 예술가들이 자신이 머문 땅이야말로 완벽하다고 여기던 때가 그 시대일 것이다. 하지만 카이로로 돌아가는 낯선 이방인인 나는 그 사실을 믿기 어려웠다. 이집트의 땅과 거기에서 일하는 사람들과 지저분한 도시와 기차역에서 시위하는 농민 무리를 비롯하여 모든 것을 본 나로서는 그런 순수한 시대가 있었다는 사실도 믿기지 않았다. 어쩌면 나일강은 단순히 물에 지나지 않는데도 청록색 물결무늬로 일렁인다니, 그것은 그저 지어낸 환상일지도 모른다. 이 나라의 경관도 아득히 먼 태곳적에 만들어진 데 대한 동경과, 무덤을 장식하기 위한 하나의 허상 같은 것에서 비롯되었는지도 모른다.

　객차의 에어컨은 기능을 제대로 하지 못했다. 아마 시골 생활이 몸에 밴 아프리카 승무원들이 객차 문을 활짝 열어 놓고 수다를 떨기 때문일 터였다. 하루 종일 먼지와 모래가 객차 안으로 날아들었다. 해가 기울었는데도 객차 안은 더웠고, 모든 것이 어둠에 잠겼는데도 하늘은 불그스름했다. 희미하게 불이 켜진 카이로역 대합실에는 전보다 더 많은 병사들이 바닥에 누워 있었다. 시나이 전선에서 돌아온 그들은 휴가를 얻어 잠시 고향에 가는 농민들이었다. 모두 제 몸보다 훨씬 큰 모직 군복을 입고 있는 그들, 또는 그들과 비슷한 처지의 병사들도 십칠 개월이 지나면 자기네 군대가 사막에서 완전히 패한 사실을 알게 될 것이다. 저공비행하는 헬리콥터에서 촬영하여 뉴스에 내보내는 사진들 속에 그들은 사막 위에 긴 그림자를 드리우며 고향을 향해 터덜터덜 걸어가는 패잔병의 모습으로 찍혀 있으리라.

1969년 8월부터 1970년 10월까지

작품 해설
포스트 식민 시대 유랑자들의 쓸쓸한 초상

 비디아다르 수라지프라사드 나이폴(Vidiadhar Surajprasad Naipaul)은 1932년 8월 17일 서인도 제도 남쪽 끝에 있는 섬 트리니다드에서 태어났다. 자그마한 이 섬은 스페인에 이어 오랫동안 영국의 식민 지배를 받다가 1962년에 인접한 토바고섬과 합쳐져 트리니다드 토바고 공화국으로 독립했다. 나이폴의 조부는 브라만 계급 출신으로 사탕수수 농장에서 일하기 위해 인도에서 이 섬으로 건너온 이주민이었고, 아버지는 《트리니다드 가디언》의 지역 특파원이었다. 나이폴은 트리니다드의 정치, 문화의 중심지이자 수도인 포트오브스페인에서 유년 시절을 보내며 이곳에 있는 퀸스 로열 칼리지에서 영국식 교육을 받았다. 그러다 열여덟 살이 되던 1950년 옥스퍼드 대학의 장학생으로 선발되어 영국으로 건너왔다. 그리고 삼 년 뒤 아버지가 심장 마비로 사망했는데, 그때 잠시 방문했을 뿐 그 뒤로는 트리니다드에 가지 않았다.

나이폴은 옥스퍼드 대학 유니버시티 칼리지에서 찰스 디킨스 같은 위대한 작가가 되고 싶은 열망을 품고 영문학을 공부했다. 하지만 졸업 후 진로를 정하지 못한 채 영국 국영 방송 BBC 라디오 주말 프로그램인 「카리브해의 목소리」의 프리랜서 기자 겸 방송 작가 일을 시작했다. 그리고 1955년 1월, 대학 후배인 패트리시아 앤 홀과 결혼했으며, 이 년 뒤인 1957년에는 데뷔작이라 할 수 있는 자전적 소설 『신비한 안마사(The Mystic Masseur)』를 발표했다. 나이폴은 이 작품으로 영국 신인 작가상을 수상함과 동시에 《뉴욕 타임스》에도 소개되는 영광을 누렸다. 1959년에는 포트오브스페인에서도 하류 계층이 사는 미겔 스트리트 주민들의 생활상을 그린 연작 소설 『미겔 스트리트(Miguel Street)』를 발표했다. 이 작품으로 서머싯 몸 상을 수상하며 작가로서 화려한 명성을 얻었다. 1961년에는 식민지 이주민 2세로 힘든 삶을 살았던 아버지에 대한 오마주 형식의 소설인 『비스와스 씨를 위한 집(A House for Mr. Biswas)』을 발표했다. 자신의 어린 시절에 대한 기록이기도 한 이 작품으로 나이폴은 영국에서 대중적인 인지도를 확고히 다졌다. 1962년에는 카리브 지역 탐방기인 『대서양 중간 항로(The Middle Passage)』를, 1963년에는 『스톤 씨와 나이츠 컴패니언(Mr. Stone and the Knights Companion)』을 발표하여 호손든 상을 수상했다. 그리고 1968년에는 식민지의 피지배자로 지배자의 삶을 흉내 내는 포스트 식민 시대의 지식인을 그린『흉내(The Mimic Men)』로 W. H. 스미스 문학상을, 1971년에는『자유 국가에서(In a Free State)』로 영어권 최고의 문학상이라 할 수 있는 맨 부커 상을 수상했다. 또 1975년에는 카리브해의 한 섬에서 일어난 봉기를 다룬『게릴라(Guerillas)』를 발표했고, 1977년에는 논픽션『인도: 상처 입은 문명(India: A Wounded Civilization)』, 1979년에는 중앙아프리카 신생 독립 국가의 불투명한 장래를 다룬『거인의 도시(A Bend in the River)』, 1981년에는『신자들 사이에서: 이슬람 기행(Among the Believers: An Islamic Journey)』, 1987년에는『도착의 수수께끼(The Enigma of Arrival)』, 1994년에는『미겔 스트리트』의 후속편이라 할 수 있는『세계 속의 길(A Way in the World)』을 발표했다. 게다가 2001년에는『인생의 반(Half a Life)』, 2004년에는 게릴라 조직에 참여한 주인공의 갈등과 고민을 그린『마법 씨앗(Magic Seeds)』, 2010년에는 아프리카를 다시 여행한 뒤 그곳 원주민의 신앙에 대해 쓴『아프리카의 가면극: 아프리카 신앙에 대한 단상(The Masque of Africa: Glimpses of African Belief)』을 발표했다. 이 밖에도『엘비라의 참정권(The Suffrage of Elvira)』(1958),『어둠의 영역(An Area of Darkness)』(1965)을 비롯하여『콘래드의 암흑(Conrad's Darkness)』(1974) 같은 조지프 콘래드(Joseph Conrad) 관련 논설문을 집필하기도 했다.

이상에서 살펴본 것처럼 나이폴은 2018년 8월 11일, 팔십오 세를 일기로 세상을 떠날 때까지 꽤 많은 작품을 발표했다. 그는 특히 영어이면서도 영국인은 잘 사용하지 않는 독특한 표현법을 구사하여 그만의 지적인 문장 체계를 구축했다.

그 결과, 1990년에는 영어 표현의 가능성을 확대한 공적을 인정받아 영국 왕실로부터 기사 작위를 받았고, 1993년에는 영문학을 통해 영어 표현의 우수성을 드높인 작가에게 주는 제1회 데이비드 코언 문학상을 수상했다. 나이폴은 지금까지 언급한 갖가지 상 외에도 예루살렘 상, 잉거솔 상, T. S. 엘리엇 상 등 권위 있는 상을 두루 받았다. 그리고 2001년에는 노벨 문학상까지 수상하는 영예를 안았다.

화려한 수상 경력이 작가의 문학적 역량이나 성과와 무관할 수는 없다. 더욱이 그 상들이 전 세계인이 인정하는 것이라면 탁월한 작가임이 분명하다. 나이폴은 괄목할 만한 수상 경력에 걸맞게 영국을 넘어 세계 문학사에 큰 획을 그을 정도의 명성을 얻었다. 평론가들은 나이폴을 탈식민주의 문학(Postcolonial Literature)의 대표 주자로 꼽으면서 유럽 제국의 지배와 약탈로 자연과 인간과 사회가 황폐해져 버린 식민지 국가들의 현실을 냉철하면서도 유머러스하게 그린 작가라고 평했다. 그리고 유럽에 정착해 살면서도 제3세계인으로서의 감수성을 잃지 않은 작가라면서 특히 모두가 잊고 있는 '피지배자들의 역사'를 아무나 흉내 낼 수 없는 목소리로 일깨워 주는 당대 최고의 이야기꾼이라고 했다. 나이폴이 노벨 문학상을 받았을 때 한림원 측은 다음과 같이 선정 이유를 밝혔다. "엄정하고 면밀한 시각에 통찰력 있는 내러티브를 결합한 작품을 통해 사람들이 억압된 역사가 현존함을 외면할 수 없도록 한다."

나이폴에게 탈식민주의 문학을 선도한 작가라느니 제3세

계 문학의 기수라는 등의 수식어가 붙는 것은 당연한 일이리라. 『자유 국가에서』도 그렇지만 대부분 작품에서 유럽 열강의 침략과 억압으로 문화와 전통, 삶의 뿌리와 공동체를 상실한 채 유랑하는 사람들의 모습을 그리고 있기 때문이다. 그런 점에서 작가로서의 나이폴 위치는 확고하다고 볼 수 있다.

유럽의 식민 지배를 비판적으로 바라보는 소설이 등장한 것은 20세기에 들어서다. 19세기 후반 유럽의 제국주의가 기승을 부리던 때 서양 작가들은 미개한 야만 사회를 문명화시킨다는 명분으로 '백인의 책무(White Man's Burden)'를 지상 과제인 양 내세우며 자국의 식민 지배를 정당화하고 찬양하는 글을 썼다. 이에 반기를 들고 나타난 대표적인 작품이 조지프 콘래드의 『암흑의 핵심(Heart of Darkness)』(1899)과 E. M. 포스터(Edward Morgan Forster)의 『인도로 가는 길(A Passage to India)』(1924)이라고 볼 수 있는데, 2차 세계 대전 뒤 탈식민주의 바람이 아시아와 아프리카 대륙에 휘몰아치면서부터는 신생 독립 국가의 작가, 특히 제3세계 작가의 작품이 줄을 이어 세상에 나왔다. 예를 들면 앨런 페이턴(Alan Paton)의 『울어라, 사랑하는 조국이여(Cry, The Beloved Country)』(1948), 치누아 아체베(Chinua Achebe)의 『모든 것이 산산이 부서지다(Things Fall Apart)』(1958), 진 리스(Jean Rhys)의 『광막한 사르가소 바다(Wide Sargasso Sea)』(1966), 아니타 데사이(Anita Desai)의 『해 질 녘 게임(Games at Twilight)』(1978), 살만 루슈디(Salman Rushdie)의 『한밤의 아이들(Midnight's Children)』(1981), 저메이카 킨케이드(Jamaica Kincaid)의 『애니 존(Annie John)』(1985) 같은 작품들이다. 여기에는 나이폴의 『미겔 스트리트』(1959)와 『비스와스 씨를 위한 집』(1961)도 포함된다.

이 같은 작품 대부분은 식민주의가 어떻게 세계사를 왜곡하고 개인의 삶을 짓밟는지를 설득력 있게 보여 주는 한편, 인종과 민족과 국가라는 정체성의 문제를 심도 있게 다루고 있다. 게다가 대다수 작품들은 지배자와 피지배자의 대립 구도를 통해 피지배자들의 문제를 식민 지배에서 비롯된 것에 초점을 맞추고 있다. 그런데 나이폴의 작품들은 여기에서 좀 벗어나 있다. 『미겔 스트리트』와 『비스와스 씨를 위한 집』도 그렇지만 식민지 사람들의 생활을 다룬 작품들에는 그들의 굴곡진 인생이나 내적인 갈등만 부각될 뿐, 그 근본적인 원인은 크게 다루어져 있지 않다. 제국주의 혹은 식민주의를 대하는 피지배 국민의 심경이 그려져 있을 법한데, 그런 것도 찾아보기 힘들다. 대다수 식민지 출신 작가들은 독립 이후 식민주의의 유산뿐 아니라 왜곡된 민족주의나 독재 정권과도 싸우는 모습을 보였지만, 나이폴의 작품에서는 그런 모습도 잘 보이지 않는다.

이런 점 때문에 나이폴은 서구 주류 문단으로부터 제3세계 출신 작가이면서 서양인의 식민주의적 시각으로 제3세계를 바라본다는 비판을 받았다. 『오리엔탈리즘(Orientalism)』(1978)의 저자인 문화 평론가 에드워드 사이드(Edward Said)는 제3세계의 문제가 악의적인 제국주의자에 의해 파생된 것이 아니라 바로 그들 자신에 의해 비롯되었다는 나이폴의 시선을 비판함과 동시에 제3세계를 절망 일변도의 시각으로 비추어 부정적

어 부정적 이미지를 조장했다며 나이폴을 "정신적 자살을 행하는 지적 파탄자"라고 혹평했다. 이에 나이폴은 구원의 방식은 제3세계에는 존재하지 않고 서양의 문명화된 제국에서만 가능하다는 식의 주장을 했다. 그러면서 고향 트리니다드를 아무렇지 않게 "오지"라고 부르는가 하면, 가난한 사람들이 아우성치고 아이들이 울어 대는 포트오브스페인의 혼란과 무질서를 혐오했다.

이 책에 실린 「자유 국가에서」나 「룩소르의 서커스단」에서도 엿볼 수 있지만, 나이폴은 작품에서 아프리카나 아시아 사람들을 무지하고 비굴한 모습으로 그리는 데 주저하지 않았다. 그의 이런 태도로 몇몇 평론가들은 나이폴을 식민지 교육으로 "영혼이 탈색된 엘리트"라거나 서구의 문화와 전통을 추종하며 서구의 인정을 받으려는 "해바라기성 작가"라고 폄하했다. 한쪽에서 나이폴을 "영국 사회의 희극적 전통을 잇는 풍부한 재능을 지닌 작가"라고 호평했을 때 다른 한쪽에서는 "경이로운 사회 적응 능력을 지닌 작가일 뿐"이라며 비꼬기도 했다. 제임스 조이스(James Joyce)의 『율리시스(Ulysses)』두 번째 에피소드 「네스토르」를 보면 "업신여기면서도 너그럽게 봐주는 주인의 관대함을 기대하고 어리광을 부리는 어릿광대"라는 말이 나온다. 조이스는 「오스카 와일드: '살로메'의 시인」에서도 이 말을 인용하며 아일랜드 출신의 조지프 셰리든 르파뉴(Joseph Sheridan Le Fanu)나 오스카 와일드(Oscar Wilde) 같은 희극 작가가 영국 문단에 이름을 남기기 위해서는 영국 궁정의 어릿광대가 되어 영국인들의 기분을 맞출 수밖에 없었을 것이라고 썼다. 여기에서 '아일랜드'를 서인도 제도 중 하나인 영국 식민지 '트리니다드'로 바꾸면 작가 나이폴의 처지를 객관적으로 볼 수 있는 청사진이 만들어지지 않을까 싶다. 식민지 출신의 작가가 종주국 문단과 독자들을 상대로 어떻게 써야 하는가에 대한 문제는 결코 간단하지 않았을 것이다. 그것은 늘 신경을 예민하게 곤두세우고 한 걸음 한 걸음 조심스레 발을 내디딜 수밖에 없는 외줄타기와 다름없었으리라.

그런데 식민지 출신이지만 어린 시절부터 영국식 교육을 받고 영국 문학을 동경하여 영국에 건너와 작가로 활동하며 오랫동안 영국에서 살면서도 나이폴의 문학적 소재나 대상은 고향인 트리니다드나 인도나 아프리카 같은 유럽 식민지에 국한되었다. 그 자신이 오랜 기간 살았던 영국이나 영국에서의 생활에 대해서는 거의 쓰지 않았다. 그의 많은 작품 가운데 영국을 제대로 다룬 것은 『스톤 씨와 나이츠 컴패니언』과 『도착의 수수께끼』 정도에 불과하다. 더욱이 나이폴은 이들 작품에서 영국 사회를 밝게 그리지도 않았다. 오히려 그 반대였다. 살만 루슈디는 『도착의 수수께끼』를 "슬픈 전원시(Sad Pastoral)"라고 칭하며 "근래 읽은 책 가운데 가장 슬펐다."라고 평했는데, 그만큼 작품 전체에 우울한 분위기가 감돌고 있다. 나이폴은 영국 사회나 영국 사람들을 그다지 호감 있게 그리지도 않았다. 이 책 『자유 국가에서』는 작중 인물을 통해 영국인을 심지어 "영국 돼지"라고까지 부르고 있다.

결국 종주국인 영국이든 트리니다드를 비롯한 인도나 아프리카 같은 식민지든 나이폴은 사뭇 냉소적인 시선으로 바라보았다고 할 수 있다. 그는 작품에서 서로 다른 인종과 문화와 정치적인 문제들을 다루고 있지만, 그의 관심사는 그 해결책이 아니다. 이 책『자유 국가에서』처럼 그의 시선이 머무는 것은 그 같은 문제투성이 국가나 사회에 정착하지 못한 채 포스트콜로니얼(Postcolonial), 즉 식민 지배 시스템이 붕괴된 이후 세계를 떠도는 유랑자들의 쓸쓸한 모습이다.

이 책은 네 개의 단편과 한 개의 중편으로 이루어져 있다. 그런데 이들 작품은 서로 연관성이 없어 보인다. 옴니버스 구성이라면 일관된 주제 아래 비슷한 이야기가 전개되겠지만, 그런 면은 보이지 않는다. 프롤로그 「피레우스의 방랑자」와 에필로그 「룩소르의 서커스단」은 작가의 실제 여행 일기에서 발췌한 단편이기는 하나 서로 비슷한 점이 없어 보인다. 「무리에서 벗어나 한 개인으로」와 「누구를 죽여야 하는지 말하라」와 「자유 국가에서」도 마찬가지다. 각기 다른 별개의 이야기를 다루고 있다. 다만 다섯 편의 이야기를 여행이라는 하나의 스크린에 비추면, "문학의 배로 세계를 두루 항해하는 자(Literary Circumnavigator)"라는 말을 듣는 나이폴의 특성을 엿볼 수 있다.

나이폴은 이 책에서 독자를 문학의 배에 태우고 그리스의 피레우스에서 이집트 알렉산드리아로 갔다가(「피레우스의 방랑자」) 인도 뭄바이에서 미국 워싱턴으로 가기도 하고(「무리에서 벗어나 한 개인으로」), 제3세계의 이름 모를 시골 마을에서 영국의 런던으로 가기도 하며(「누구를 죽여야 하는지 말하라」), 아프리카 한 나라의 수도에서 남부 관할 지구로 가기도(「자유 국가에서」) 한다. 그리고 마지막으로 이탈리아 밀라노를 거쳐 이집트 룩소르로 가는(「룩소르의 서커스단」) 것으로 항해를 마친다. 결국 프롤로그와 에필로그의 이집트는 전체 여행의 출발점이자 종착점인 셈인데, 시간 순서와 상관없기 때문에 다소 억지스러운 면이 있기는 하지만 이렇게 놓고 보면 작품 전체가 하나의 순환 구조를 이룬다고 할 수 있다. 그러나 구조는 단순할지언정 여기에 담긴 이야기는 다양한 인간 군상만큼이나 다채롭고 복잡하다.

첫 번째 「피레우스의 방랑자」는 배 여행을 소재로 한 작품이다. 배 여행은 영국 소설에서 단골로 등장하는 소재로, 작가는 이를 프롤로그의 자리에 배치함으로써 독자를 설렘 가득한 세계로 이끈다. 하지만 다양한 인종이 승객으로 뒤섞여 있는 알렉산드리아행 선실 풍경은 낭만적인 설렘과 거리가 있다. 여기에는 이집트에서 추방당한 난민도 있고 끊임없이 주위를 경계하는 미국인 학생 무리도 있는데, 세계 각국에서 온 이 같은 승객들은 삼삼오오 무리를 지어 서로 반목하며 충돌한다. 그 가운데에는 백인 영국인도 끼어 있다. 일인칭 관찰자 시점의 포커스는 거의 이 영국인에게 맞추어져 있다. 배낭에 바이런 시집이라도 들어 있을 듯 보이지만 하는 일 없이 떠도는 방랑자에 불과한 이 백인 영국인은 유색인들의 적대적인 시선에 떠밀려 누구와도 어울리지 못한 채 비좁은 선실에 갇혀 지내다시피 한다. 그러다 별다른 이유도 없이 폭행을 당하기도 하는데, 이처럼 타인과의 소통이 없는 상태에서 쓸쓸하게 떠돌며 사는 방랑자의 모습은 이어지는 이야기에도 계속 나온다. 가장 비슷한 인물이 「무리에서 벗어나 한 개인으로」의 산토시일 수 있겠지만, 「자유 국가에서」의 바비도 「누구를 죽여야 하는지 말하라」의 화자인 '나'도 영국인 방랑자와 크게 다르지 않은 모습이다. 어떻게 보면 이 영국인 방랑자는 이 책의 전체 주제를 상징하는 인물이라고 할 수 있다.

두 번째 작품 「무리에서 벗어나 한 개인으로」는 나이폴이 책 출판 일로 상당 기간 워싱턴에 머문 경험을 바탕으로 쓴 소설인데, 주인공 산토시야말로 포스트 식민 시대의 전형적인 방랑자라고 할 수 있다. 인도 뭄바이에서 워싱턴으로 건너온 산토시는 자유를 위해 고독을 희생한다. 주인의 일부인 하인으로서만 존재하던 그는 서서히 독립된 한 개인으로서 자유에 눈을 뜬다. 하지만 자유를 누릴 준비도 조건도 갖추지 못한 탓에 누구와도 관계를 맺지 못하고 고립된 생활을 한다. 자유를 상징하던 워싱턴은 어느새 감옥이 되었고, 자유인인 줄 알았던 그는 죄수나 다름없는 노예가 되었다. 자유를 반납하고 다시 뭄바이로 돌아가고 싶어 하는 그의 모습은 애처롭다 못해 슬프기까지 하다. 결국 산토시는 어느 곳에도 마음을 내려놓지 못한 채 갈팡질팡하다 인도인 프리야를 주인으로 섬기고 다시금 하인이라는 신분에 귀속되고 만다.

「누구를 죽여야 하는지 말하라」는 풍경이든 사건이든 아주 세밀하게 묘사한 것이 인상적이다. 한 장면 한 장면이 그림을 보는 것처럼 선명하다. 하지만 화자인 '나'는 국적도 분명하지 않은 이름 없는 사내다. 정체도 불분명하다. 전에 식민지였던

섬에서 탈출한 것 같기도 하고, 교도소에서 외출 허가를 받고 나온 사람 같기도 하다. 과거의 회상과 현재가 뒤섞인 채 이야기가 펼쳐지고 있어 시제를 구분하기도 쉽지 않다. 분명한 것은 화자인 '나'는 '데이요의 형'이고, 프랭크의 보호를 받으며 동생 결혼식에 참석하러 가서 동생을 만난다는 사실뿐이다. 양철 지붕 집, 말라리아, 당나귀 수레, 데이요가 영국으로 떠나기 위해 승선한 콜롬비호라는 이름에서, 그리고 이런저런 회상을 통해 화자가 말하는 고향이 작가가 태어나고 자란 트리니다드라는 사실도 어렵지 않게 짐작할 수 있는데, 이 작품에서도 포스트 식민 시대를 사는 사람들의 쓸쓸한 그림자가 어른거린다. 한 마리 늑대처럼 혼자 외롭게 살아온 화자의 과거는 실의와 좌절로 얼룩져 있고, 동생을 만난 현재는 죽음을 암시하는 절망뿐이다. 화자인 '나'에게 삶의 원동력으로 작용했고, 유일한 꿈과 희망이었던 동생 데이요는 타락한 채 한없이 무기력한 모습을 보인다. 몬트리올에 유학하여 안정된 삶을 누릴 줄 알았던 사촌 동생도 학업과 숙부의 기대에 짓눌려 쓸쓸하게 방황한다.

작품집과 제목이 같은 「자유 국가에서」는 나이폴이 처음으로 시도한 삼인칭 소설이다. 그래서인지 다른 작품들에 비해 감정이 배제된 객관적 묘사가 두드러진다. 첫 문장 "아프리카에 위치한 이 나라에는 왕도 있고, 대통령도 있다."에서 '이 나라'는 나이폴이 잠시 대학생들을 가르쳤던 우간다를 가리킨다. 한창 영어권의 중견 작가로 발돋움하던 1966년, 나이폴은 우간다 마케레레 국립 대학교 문학부 객원 교수로 부임했다.

작품에서 두 영국인 남자와 여자가 차를 몰고 남쪽으로 달릴 때 헬리콥터가 "타, 타, 타" 하고 요란스레 정글을 울리며 진행되던 왕의 추격은 그 무렵에 일어난 일이다. 말하자면 이 작품의 배경은 1966년 우간다의 국무총리 밀턴 오보테가 국왕 무테사 2세를 추방하기 위해 일으킨 쿠데타인 것이다.

이야기는 식민지였던 아프리카 땅에 잔류한 중앙 정부 산하 기관의 행정관인 영국인 남성 바비와 유럽인 거주 구역 정부 공관의 행정관 아내인 중년의 영국인 여성 린다를 중심으로 펼쳐진다. 이들 백인들은 식민 시대가 끝난 만큼 더 이상 특권을 누릴 수 없다. 오히려 신변의 위협을 느끼며 원주민들의 눈치를 살피는 처지다. 한편, 과거 종주국의 요구에 따라 국왕제와 대통령제를 병행한 채 슬그머니 자신의 계획을 펼치려던 왕은 궁지에 몰려 끝내 암살당하고 마는데, 이 또한 포스트 식민 시대의 전형적인 정변이라 할 수 있다.

왕이 암살되기 전날과 당일, 두 사람은 그 이틀 동안 '자유를 되찾기 위해' 차를 몰고 남쪽으로 달린다. 그러면서 차창 너머로 식민지를 벗어난 대륙의 풍경을 바라본다. 둘은 리트머스 종이처럼 사람과 풍물, 그리고 곳곳에서 만나는 사건에 반응한다. 아프리카를 사랑한 만큼 아프리카인들에게 호의적이던 바비는 식민 시대 명칭인 '남부 관할 지구'로 가면서 부딪치는 현실의 갖가지 상황 앞에 자신들은 그저 이방인일 뿐이라는 사실을 절감한다. 이제는 차를 타지 않으면 마음 놓고 움직일 수도 없고, 일정한 거리를 두지 않고서는 원주민을 대할 수도 없다. 결국 신경이 예민해질 대로 예민해진 바비는 원주민에게 화를 내는 모습을 보이고, 그들로부터 예기치 않은 집단 폭행을 당하기도 한다. 과거의 지배자들을 비판하던 린다도 하루빨리 도망치고 싶어 할 뿐, 조국의 식민지였던 아프리카 땅은 더 이상 그녀가 마음 둘 곳이 아니다.

작가는 이제 「룩소르의 서커스단」을 통해 다시 이집트로 돌아온다. 독자는 작가 나이폴이 키를 쥔 문학의 배를 타고 지구 한 바퀴를 돈 셈이다. 나이폴은 프롤로그 「피레우스의 방랑자」에서처럼 다시 일인칭 관찰자 시점에서 이집트와 그곳 사람들의 모습을 보여 준다. 작품에서 말하는 "왕국이던 시절"은 이집트의 마지막 왕이라 할 수 있는 파루크 1세(Faruk 1)가 1952년 군부 쿠데타로 이탈리아로 망명하면서 막을 내린 무함마드 알리(Muhammad Ali) 왕조 시대를 가리킨다. 나이폴이 이집트를 여행한 때는 선교사이면서 탐험가인 데이비드 리빙스턴(David Livingstone)이 개척한 아프리카는 물론이고, 데이비드 린(David Lean) 감독의 영화 「아라비아의 로렌스」에 나오는 아랍 국가들에서 떵떵거리며 부귀와 권세를 누리던 영국이 연달아 식민지를 잃고 서서히 움츠러들기 시작하던 시기이자 2차 세계 대전 뒤 독립한 국가들에서 재건의 망치 소리와 함께 권력을 쥐기 위한 칼부림이 치열하던 무렵이다.

비교적 쉽게 영국으로부터 독립한 이집트는 당시 가말 압델 나세르(Gamal Abdel Nasser) 대통령이 집권하고 있었다. 나세르는 '자유 장교단'이라는 군인 조직을 이끌고 쿠데타를 일으켜 왕조를 무너뜨리고 공화국을 세웠지만, 그가 집권하는 내내 이집트는 하루도 편안한 날이 없었다. 그렇지 않아도 반대파

와의 권력 투쟁과 정적 숙청 등으로 연일 불안한 정세인데, 수에즈 운하의 이권을 노린 야수 같은 영국과 프랑스에다 이스라엘까지 시나이 반도를 차지하려고 달려들어 승냥이처럼 사납게 물어뜯는 바람에 국토는 황폐하고 사람들은 혼란스러운 나날을 견뎌야 했다.

작가가 이 작품을 통해 보여 주려는 것은 바로 이 같은 식민 시대 이후 이집트의 민낯이리라. 시커먼 대지, 흙탕물만 출렁거리는 나일강, 먼지를 뿌옇게 뒤집어쓴 초라한 마을, 우거진 잡초 속에서 허물어져 가는 집들, 굶주림 때문에 채찍을 맞으면서도 관광객들이 남긴 음식을 주워 먹으려는 아이들……. 무엇보다 이집트의 민낯을 상징적으로 보여 주는 것은 지칠 대로 지친 모습으로 역 대합실 바닥에 아무렇게나 누워 있는 병사들이 아닐까 싶다. 만신창이가 된 채 패잔병처럼 널브러진 그들 앞에는 꿈도 희망도 없어 보인다. 작가가 그들의 텅 빈 눈동자에서 읽은 것은 절망뿐이다.

이 작품을 읽다 보면 혼자 외롭게 고통당하는 프롤로그의 영국인 방랑자 모습이 자꾸 떠오른다. 비단 영국인 방랑자뿐만이 아니다. 산토시와 바비를 비롯하여 소설 속 사람들이 하나둘씩 떠오르는데, 이는 그들 모두 이집트의 황량한 풍경과 닮아 있기 때문일 것이다.

이 작품에는 중국인 서커스단이 하나의 풍경처럼 묘사되어 있다. 당시 사회주의를 표방한 나세르의 이집트는 저우언라이의 중국과 돈독한 유대 관계를 맺고 있었다. 그렇기 때문에 100여 명이나 되는 중국인 서커스단이 이집트에 와 있는 것은 결코 뜬금없는 풍경이 아니다. 여기에서 중국인들은 품위 있고 조용한 모습으로 그려지지만, 이들 또한 무리 지어 이곳저곳 유랑하는 사람들이기는 마찬가지다.

식민 시대가 끝났지만 그 어두운 그늘에서 벗어나지 못한 채 정처 없이 떠도는 유랑의 무리, 그들이 닿는 곳은 어디일까? 기왕이면 산토시가 그토록 갈구하던 '자유'라는 등대의 불빛이 환히 비치는 항구였으면 좋겠다.

2021년 7월
정회성

작가 연보

1932년　8월 17일 카리브해의 영국령 트리니다드섬에서 인도
　　　　계 부모 아래 태어났다.

1948년　트리니다드 정청의 해외 유학 장학금을 취득했다.

1950년　영국 옥스퍼드 대학에 입학했다. 유니버시티 칼리지
　　　　에서 문학을 전공했다.

1953년　부친 사망. 영문학 학사를 취득했다.

1955년　1월 대학 후배 패트리시아 앤 홀과 결혼. BBC 라디
　　　　오 프리랜서 기자 겸 방송 작가로 일했다.

1957년　첫 소설 『신비한 안마사(The Mystic Masseur)』를 출간
　　　　했다.

1958년　『엘비라의 참정권(The Suffrage of Elvira)』을 출간했다.

1959년　『미겔 스트리트(Miguel Street)』를 출간했다.

1961년 『미겔 스트리트』로 서머싯 몸 상을 수상했다. 『비스와
　　　스 씨를 위한 집(A House for Mr. Biswas)』을 출간했다.

1962년 카리브 지역 탐방기 『대서양 중간 항로(The Middle
　　　Passage)』를 출간했다.

1963년 『스톤 씨와 나이츠 컴패니언(Mr. Stone and the Knights
　　　Companion)』 출간. 호손든 상을 수상했다.

1965년 『어둠의 영역(An Area of Darkness)』 출간. 12월부터 이
　　　듬해까지 아프리카 동부를 여행했다.

1968년 『흉내(The Mimic Men)』 출간. W. H. 스미스 문학상을
　　　수상했다.

1971년 『자유 국가에서(In a Free State)』 출간. 이 작품으로 맨
　　　부커 상을 수상했다.

1974년 『콘래드의 암흑(Conrad's Darkness)』을 집필했다.

1975년 『게릴라(Guerillas)』 출간. 인도를 여행했다.

1977년 논픽션 『인도: 상처 입은 문명(India: A Wounded
　　　Civilization)』을 출간했다.

1979년 『거인의 도시(A Bend in the River)』를 출간했다.

1981년 『신자들 사이에서: 이슬람 기행(Among the Believers:
　　　An Islamic Journey)』을 출간했다.

1983년 예루살렘 상을 수상했다.

1986년 잉거솔 상을 수상했다.

1987년 『도착의 수수께끼(The Enigma of Arrival)』를 출간했다.

1990년 영어 표현의 가능성을 확대한 공적을 인정받아 영국
　　　왕실로부터 기사 작위를 받았다. 트리니다드 토바고

최고 훈장 '트리니티 크로스'를 받았다.

1993년   제1회 데이비드 코언 문학상을 수상했다.

1994년   『세계 속의 길(A Way in the World)』을 출간했다.

1996년   2월, 부인 패트리시아 앤 홀과 사별했다. 4월, 재혼
했다.

2001년   『인생의 반(Half a Life)』출간. 노벨 문학상을 수상했다.

2004년   『마법 씨앗(Magic Seeds)』을 출간했다.

2010년   『아프리카의 가면극: 아프리카 신앙에 대한 단상
(The Masque of Africa: Glimpses of African Belief)』을 출
간했다.

2018년   8월 11일, 여든다섯 살을 일기로 세상을 떠났다.

자유 국가에서

1판 1쇄 펴냄   2021년 7월 19일
1판 2쇄 펴냄   2022년 10월 11일

지은이   V. S. 나이폴
옮긴이   정회성
발행인   박근섭·박상준
펴낸곳   (주)민음사

출판등록   1966. 5. 19. 제16-490호
주소   서울특별시 강남구 도산대로1길 62(신사동)
           강남출판문화센터 5층 (우편번호 06027)
대표전화   02-515-2000 | 팩시밀리 02-515-2007
홈페이지   www.minumsa.com

한국어 판 ⓒ (주)민음사, 2021. Printed in Seoul, Korea

ISBN   978-89-374-1772-6 03890